마지막
테우리

마지막 테우리

현기영
중단편전집

3

창비

차 례

마지막 테우리

오름 분화구의 동북쪽, 완만한 경사면에 납작 엎드린 옛 무덤 하나, 마을 공동목장의 테우리 고순만 노인이 그 무덤가에 앉아 친구 오기를 기다렸다.

야트막한 분화구는 말굽쇠 모양으로 서남 방향이 터져 있어, 일망무제로 퍼져 있는 초원과 크고 작은 오름의 무리들이 한눈에 들어왔다. 그 무덤 자리는 방목하는 소떼의 이동을 살피기 좋은 위치인데다가 바람 의지도 되어 그가 자주 찾는 장소였다. 그러나 지금은 소들이 모두 해변으로 내려가버리고, 바로 아래 분화구 바닥에서 풀을 뜯고 있는 저 암소와 송아지만 남았을 뿐이다. 그저께가 소설(小雪)이었고 계약 마감일인 그날에 맞춰 목장 계꾼들이 올라와 자기 소들을 몰고 내려가버렸는데, 무슨 바쁜 일이 있는지 현태문이만 어제오늘 이틀째 나타나지 않은 거였다. 날짜를 잊어버렸나? 아니면 몸이 아픈가?

　노인은 기다리기 무료하여 자꾸만 졸음이 왔다. 잠깐 자울자울 졸다가 구름 그림자만 스쳐도 금방 눈이 떠졌다. 늙으면 잠이 벗이라지만, 요즘에는 앉았다 하면 졸음이 왔다. 며칠 전에는 밥술을 뜨다 말고 깜빡 졸아 스스로 놀란 일도 있었다. 이제 노인은 또 졸음이 왔다. 눈이 절로 스르르 감겼다. 분화구 안은 포근하여, 엷은 졸음 속에서 햇볕이 부드럽게 무릎을 감싸는 온기가 느껴졌다. 그렇게 잠시 졸다가, 문득 누군가 부르는 소리에 놀라 눈을 떴다. 그러나 주위에는 아무도 없었다. 눈길을 멀리 보내 더듬어보지만 목장 오솔길도 여전히 인적 없이 비어 있었다. 아까도 졸다가 어렴풋이 부르는 소리를 들은 듯한데 이번엔 환청이라기엔 소리가 너무 또렷했다. "어이, 순만이 ──" 그것은 분명 태문의 목소리였다. 노인은 귓구멍을 후비며 고개를 갸우뚱했다. 이놈이 대관절 오진 않고 왜 자꾸 사람을 불러만 대는가? 혹시 아픈 게 아닐까? 목장 계꾼 열아홉명 중 유일하게 다른 마을에 살고 있는 친구였다. 저번 건초장만할 때 목장에 올라온 걸 보니까 몸이 많이 축나 있었는데, 혹시 또 각혈해서 몸져누운 건 아닐까? 낫질할 때마다 짙게 풍기는 풀 냄새에 연방 쿨룩쿨룩 기침을 해대더니…… 풀 베는 낫에 걸려 허리가 동강 난 도마뱀을 폐병에 좋다고 그대로 꿀꺽 삼키던 모습이 눈에 선했다.

　술렁거리는 풀잎 소리에 묻어 멀리서 포클레인 소리가 어렴풋이 들려올 뿐, 들판은 여전히 질펀한 적막 속에 잠겨 있었다. 오름 너머 참나무숲 속 표고버섯밭에서 들려오던 전기톱 소리도 요 며칠 사이 잠잠해진 걸로 보아 인부 장씨도 한해 일을 청산하고 마을로 내려간 모양이었다. 바람난 마누라와 싸우기 지겹다고 보름에 한 번꼴로 있는 휴일에도 집에 내려가지 않고 아침부터 술에 젖어 횡설수설 주정하더니…… 초원의 풍경을 찍는다고 일요일을 이용해 자주 올라오던 사진쟁이 총각도 일주일 전에 내년 봄을 기약하자며 작별인사를 하고 내려가버렸다.

해는 중천을 훨씬 벗어나 있었다. 초겨울 날씨답지 않게 몸에 닿는 볕뉘가 포근했다. 굴뚝새떼가 잎 털린 덤불숲에 잔뜩 모여 깃털을 부풀리며 햇볕을 즐기고, 투명하게 맑은 허공에는 매 한마리 높이 떠 느린 소용돌이 물에 뜬 낙엽처럼 빙빙 원을 그리며 돌고 있었다. 이따금씩 구름이 들판에 그림자를 던지며 지나갔다. 들판이나 오름이나 거의 야초로 덮여 있어서 소 방목하지 않은 곳이 없었는데, 요 며칠 사이에 목장마다 비로 쓸어낸 듯 소떼가 자취 없이 사라지고 말았다. 휑하니 비어 있는 초원을 바라보면서 노인은 가슴에 공동이 뚫린 듯 어쩔 수 없는 상실감에 한숨을 내쉬었다.

한철이 끝나버린 목장은 바야흐로 초겨울 특유의 눈부신 빛이 일렁거리고 있었다. 스러져가는 생명이 마지막으로 발산하는 아름다움. 눈부신 금빛의 들판과 오름들, 서리 깔린 듯 하얀 억새꽃 무리들, 구름이 그림자를 던지며 지나갈 때마다 마치 마지막 숨을 몰아쉬듯 밝았다 어두웠다 하고 있었다. 노인은 바로 아래 소 두마리가 외롭게 풀을 뜯고 있는 분화구 한가운데로 눈길을 돌렸다. 하늬바람이 덜 미치고 샘물통 근처라 초록빛이 조금 남아 있었다. 그러나 그 초록빛도 하늬바람의 메마른 손길에 곧 지워져버릴 터였다. 이미 샘물통이 말라붙어 소들은 오름 너머 멀리 떨어진 냇골창의 웅덩이물을 먹고 있었다. 분화구 위 허공을 질러가는 스산한 바람소리를 들으면서 노인은 덧없이 지나가버린 가을을 생각했다.

하늬바람은 추석 무렵에 터졌고, 그 바람이 불자, 농작물에 냉해를 끼치던 장마의 비구름떼가 먼바다로 밀려나가 쾌청한 날이 계속되었다. 하늘은 더할 나위 없이 맑아 오름 능선이 뚜렷해지는 설기였다. 사진쟁이 총각은 일기가 오름 사진 찍기에 안성맞춤이라고 일요일마다 목장에 올라오곤 했다. 한라산 기슭의 높은 지대라 바람은 늘 강하게 불었다. 그 총각이 바람에 물결 일으키는 풀숲에 잠겨 홀로 들판 이리저리 옮아다니는 모습이 선연히 떠올랐다. 마치 물 위에 등지느러미를 조금 내놓고 물살을 헤치는 작은 물고기처럼.

하늬바람 속에서 투명한 허공을 울리며 새 울음소리 영롱하고 풀씨가 빠르게 여물었다. 자굴씨가 터지기 전에 목장마다 계꾼들이 올라와 월동용 건초를 장만했고 뒤따라 아낙네들이 말똥버섯 캐러 왔다 가자 초원은 다시 인적이 끊겨 정적이 왔다. 그 정적 속에서 툭툭 풀씨 터지는 소리가 들려왔다.

하늬바람은 끊임없이 불어 초원을 서서히 마르게 했다. 대기가 건조하여 콧속에 딱지가 앉곤 했다. 먼저 고사리떼가 시들면서 바람의 빗질에 풀잎새들이 서서히 황갈색으로 바뀌어갔다. 풀거미는 풀잎새를 돌돌 말아 제 몸을 감싸고, 꽁무니를 땅속에 박고 알을 싸고 난 메뚜기들은 풀밭 위에서 맥없이 비슬거리고, 죽어가는 메뚜기떼를 쫓아 산까마귀들이 날아들었다.

하늬바람은 계속 불어 땅속까지 마르게 하여 샘물통의 물줄기는 실낱같이 가늘어지고 새벽안개도 더이상 피어오르지 않았다. 밤공기가 날로 차가워졌다. 동상 걸린 발가락들과 화상 입은 오른쪽 발바닥에 감각이 무뎌지면서 첫서리가 내렸다. 첫서리 내리던 날 밤, 소들은 잔등에 흰 서리를 인 채 불안한 듯 발굽을 쿵쿵 굴렀고, 테우리막 속의 노인도 밤새 잠 못 이루어 뒤치락거렸다. 그때부터 한밤중에 잠 깨어 뜬눈으로 날 밝히는 일이 많아져, 그러한 밤에는 별빛 아래 목장을 이리저리 배회하기도 했다. 바람이 허공을 흔들어 별빛은 마치 숨 쉬는 듯 말긋거렸다.

찬 서리 칠 때마다 풀밭은 눈에 띄게 달라져 황갈색이 초록을 덮으며 빠르게 번져갔다. 솔숲에서 알싸하게 풍기던 송진 냄새도 더이상 맡을 수 없었다. 그리고 바로 닷새 전에 첫눈이 내렸다. 한껏 먹어 살찌워두려고 부지런히 억새밭을 돌아다니던 오소리들도 겨울잠 자러 땅속에 들어가버리고 이제 남은 것은 저 분화구 안의 초록과 소 두마리뿐이었다.

노인의 메마른 가슴에 슬픔의 물기가 따뜻하게 번졌다. 여름철, 짙푸른 들판에 점점이 찍혀 있던 소들, 한낮이 기울어 긴 행렬을 이루고 저 샘물통으로 물 먹으러 오던 광경이 떠올랐다. 초원 위를 흐르는 황톳빛 냇물처럼. 숲을 이룬 뿔들은 햇빛에 빛나고 그 위로 금빛 먼지 같은 쇠파리떼가 떠돌고…… 은밀하고 잔잔한 그 슬픔은 오히려 생기를 주어, 노인은 자신이 좀더 젊어진 듯 여겨졌다. 불현듯 그 총각의 애젊은 얼굴이 떠올랐고 새삼스레 다시 그가 보고 싶어졌다. 그랬다. 바람과 야초와 소떼로만 구성된 노인 내면풍경 속에 어느날 홀연히 그 청년이 나타났던 것이다. 소떼 가운데서 소처럼 말을 잃고 살아가는 그에게 말문을 틔워준 게 그 청년이었다. 칼칼한 들바람에 쏘여 불그레 물들어 있던 그 얼굴. 시청 홍보실에서 사진을 담당한다고 했다. 일요일을 이용해서 올라오곤 했는데 때로는 새벽과 일몰 풍경을 찍는다고 토요일 오후에 올라와서 노인의 테우리막에서 일박하기도 했다.

한번은 저 샘물통에서 물 먹고 있는 암소를 뒤에서 수소가 덮쳤는데, 마침 옆에 있던 총각이 카메라를 들고 허겁지겁 대들다가 암소가 앞으로 고꾸라져 물에 빠지는 바람에 헛방을 놓은 적이 있었다. 하릴없이 쑥 빠져버린 수컷의 화젓가락같이 빨갛게 단 성기를 낭패스럽다는 듯이 흘끔흘끔 곁눈질하는 게 어찌나 우습던지 영락없이 서툰 수송아지 꼴이었다. "아하, 자네도 박지 못했군그래. 하하하." 그때 장면을 생각하며 노인은 쿡쿡 혼자웃음을 터뜨렸다.

총각은 자기가 사진 찍는 초원의 자연과 방목생활의 자세한 내막을 알고 싶어 이것저것 캐묻곤 했다. "아니, 영감님, 저 소 백이 십마리를 다 기억한다구요? 제가 보기엔 그놈이 그놈 같아 보이는데요." "그거야 학교 선생 제 아이들 얼굴 아는 것과 한가지. 남의 소를 맡아 키우긴 하지만, 다 내 손에 달린 목숨들인데 몰라서야 되나. 모양새도 모색(毛色)도 조금씩 다르고 뿔 생긴 모양만 해도 가지가지여. 잘 보게. 위로 솟은 뿔, 뒤로 젖혀진 뿔, 앞으로 굽은 뿔, 양옆으로 곧게 뻗은 뿔, 하나는 위로 솟고 하나는 아래로 처진 것, 넘어져 뿔 하나 꺾인 놈…… 또 가시덤불에 눈 찔려 눈물 흘리는 놈, 뱀에 물려 튀다가 발목 부러져 절뚝이는 놈, 하여간 다 달라."

그 말끝에 노인은 소를 잃어 애먹었던 이야기를 들려주었다.

생후 이개월짜리 송아지를 도둑맞았다가 이년 후 한라산 너머의 어느 목장 소떼에 붙어 있는 걸 우연히 지나다가 찾아낸 적이 있었다. 그사이 몰라보게 커버렸지만, 코쭝배기에 찍힌 흰 털점이 아무래도 낯익어 궁둥짝 털을 면도칼로 밀어내니, 과연 거기에 그가 찍은 낙인이 나왔다. 잃어버린 소를 서로 찾아주는 게 이 고장 인심인데 그는 어쩌다 두번씩이나 소도둑을 만났다. 두번째는 도둑에게 끌려가는 송아지를 도중에서 되빼앗은 경우였다.

그날밤 서리만 안 왔더라도 아마 송아지를 못 찾고 말았으리라. 한밤중 테우리막 안까지 끼쳐드는 서리찬 야기에 잠이 깨었는데 그때 어렴풋이 소 울음소리가 들려왔다. 소떼가 모여 있는 솔숲으로 서둘러 가보니, 과연 암소 한마리가 무리에서 떨어져나와 울음 울며 헤매다니고 새끼는 온데간데없었다. 그러나 도둑이 훔친 쌀자루에 구멍 터져 새는 줄 모르고 달아난 격으로, 흰 서리 깔린 풀밭에 발자국들이 선명하게 찍혀 있었다. 그래서 그 발자취가 숨어든 억새밭 소롯길로 급히 서둘렀다. 낯선 억새 잎에 얼굴 긁히면서 한 이십분쯤 쫓아갔을까, 문득 어둠속에서 두런거리는 말소리가 들렸다. 소롯길에서 벗어난 큰 바위 뒤였다. 살금살금 다가가 엿들으니, 도둑은 두 놈인데, 송아지를 그 자리에서 도살하여 고기로 운반하자는 수작이 분명했다. 송아지 목숨이 경각에 놓인 그때 그 순간을 상기하는 노인의 눈에는 희미한 옛 정열의 빛이 어른거렸다.

상대는 두 놈이고 게다가 칼까지 가졌는데, 순간적으로 꾀가 생각났다. 이쪽도 혼자 아니라는 듯이 목소리를 꾸며 호기 있게 나왔다. "어이, 태문이! 너도 들었지? 틀림없이 요 근처여." "새끼들, 여기 숨은 게 확실해. 자, 몽둥이를 단단히 잡으라구!" 이 소리가 끝나기가 무섭게 놈들은 놀란 노루마냥 후닥닥 튀어 달아났던 것이다.

그땐 나도 기운이 참 좋았지. 노인은 총각이 바로 앞에 있기라도한 듯이 어깨를 으쓱했다.

총각은 그런 이야기를 픽 재미있어하는 눈치였다. 새끼 밴 암소는 갑자기 사라졌다가도 며칠 후면 아기 송아지를 데리고 나타나고, 첫눈 내리는 날 없어진 소를 찾으러 온 산야를 헤매다가 낙심해서 돌아오면 소가 먼저 집에 와 있더라는 이야기, 안개 속에 사라진 소를 하루 종일 찾아다니다가 지쳐 주저앉아 있노라니, 문득 바람이 불어 안개가 걷히는데 보니까 바로 옆에 소가 풀을 뜯고 있었고, 또 소들 중에는 여름에 그늘을 좋아하여 한라산 숲으로 들어가 애먹이는 놈들이 있는데, 그러다가 바위틈에 발목 끼인 채 굶어죽는 수도 있다는 이야기…… 그리고 오른손 검지 끝이 뭉뚝하게 모지라진 걸 보고 의아해하기에, 목장에 벼락이 떨어져 바로 앞에서 소 두마리 타 죽고 자기는 손끝과 발바닥에만 화상 입고 무사했던 이야기도 들려주었다.

벼락 맞은 때가 언제였더라? 노인은 고개를 갸우뚱했다. 서른다섯살 무렵인 것도 같고 마흔살이 넘은 때 같기도 했다. 그것이, 잃어버린 송아지를 이년 만에 찾은 일보다 먼저인지 나중인지, 또 소도둑을 쫓아가 송아지를 되빼앗아온 것은 또 언제 적 일인지……

앞뒤 순서가 아리송하기만 했다. 이렇게 노인은 먼 과거의 일들을 회상할 때면 시간 순서에 자주 혼동이 생기곤 했는데, 그것이 지금 그의 시야에 올망졸망 솟아 있는 오름들이 멀리 있는 것일수록 어느 게 앞이고 어느 게 뒤인지 한 지평선에 놓인 듯 구별이 안되는 것과 같은 이치였다. 그만큼 노인은 시간적으로 아득하게 멀리 떠나와 있는 것이었다. 지지난 일요일, 총각은 자신의 어린 나이로서는 도저히 가늠할 수 없는, 일흔여덟살의 연륜도 사진에 담았다. 햇볕에 탄 흙빛 얼굴, 마른 땅거죽의 균열처럼 그물 친 주름살, 나무옹이처럼 툭툭 불거진 굳은살, 시든 입술, 마른 억새줄기 같은 두가닥의 목 심줄, 억새꽃 같은 흰 터럭의 머리칼과 구레나룻, 소처럼 알 수 없게 모호한 눈빛…… 총각이 보기에 노인은 늦가을의 초원 그 자체였다.

일흔여덟살, 그 나이에 쓸쓸한 목장에서 홀로 테우리 노릇 한다고, 소 죽은 넋 씐 게라고, 마을 사람들이 뒤에서 흉보는 것을 노인은 모르지 않았다. 이제는 목장일 그만두고 집에서 쉬라고 아들이 자꾸 졸라대지만 쉰다는 게 바로 죽음처럼 느껴지는 그였다. 하기는 자식으로서 늙은 아비의 건강이 걱정되고 자기 소는 한마리도 없이 남의 소 뒷바라지만 하니 남우세스럽기도 하리라. 십여년 전까지만 해도 자기 소가 여러마리 있었고 마을의 다른 계꾼들과 더불어 번차례로 소들을 돌봤기 때문에 목장 테우리 생활도 일년에 길어야 한달 정도였다. 그러던 것이 소값 파동으로 목장의 영리가 계속 폭락하여 폐쇄 위기에 놓이자, 농사일에만 매달리게 된 계꾼들을 대신해서 소를 맡아 키우는 고용 테우리로 자청해 나서게 된 것이다. 소 흥정하기 귀찮아 그때부터 자기 소는 아예 키우지 않았다.

비록 남의 소들이긴 하지만, 그것들과 함께 있는 것이 그의 유일한 낙이요 소일거리였다. 소들은 진드기약 치러 이따금씩 올라오는 제 주인은 몰라봐도, 노인만 보면 드러누웠다가도 와들랑 일어나 반색하곤 했다. 그걸 시기하여 주인들이 제 소와 친붙여보려고 약 치고 나서 잠시 놀아주는 시늉을 하지만 그게 어디 당할 노릇인가. 노인은 입만 벙긋하면 돈타령인 마을 사람들보다 소들이 좋았다. 마을에는 더불어 벗할 옛사람들이 남아 있지 않았다. 사십오년 전의 그 사태에 다 죽고 남은 건 현태문이 하나, 그 역시 다른 마을로 이사 가버려 만나는 일이 드물었다.

노인은 해변의 인간 잡사보다 초원의 야생이 좋았다. 초원은 옛바람이 그대로 불어와, 법 밖에 세월 밖에 존재하는 양 생활이 임의로웠다. 구름자락이 와닿는 오름 위에서 땟자국 눌어붙은 것 같은 해변의 도시와 마을들을 바라보노라면 자신이 마치 다른 나라 백성인 듯이 여겨지기도 했다.

그러나 초원이 한시절을 마감해버린 지금, 노인 역시 해변으로 내려가야만 했다. 한낮 짙푸른 풀밭 위에 민들민들 기름진 황톳빛으로 흘러가던 소떼들, 꽁지를 치켜들고 달리던 햇내기 송아지, 살에 진드기 물려 천방지축 날뛰던 암소들도, 해 저물 무렵 오름의 금빛 능선과 암청색 그림자도, 긴 그림자를 끌며 테우리막으로 돌아오는 노인 자신의 모습도 그 청년의 사진 속에만 남고 이제는 모두 사라져버렸다. 초원을 날마다 정화시키는 새벽안개도, 그 안개 속에 섬처럼 둥둥 떠 있던 오름들도, 해 떠오르면 안개의 허물을 벗고 신생(新生)처럼 정갈한 모습을 드러내던 초원과 소떼들도…… 그렇게 깨끗하던 소들의 몸은 이제 겨우내 외양간에 갇혀 제가 싼 똥에 더럽혀질 것이고, 노인 역시 방구석에 틀어박힌 채 입맛 잃고 소주병에나 정신 팔려 점점 쇠약해갈 것이었다.

그러나 굶은 토끼처럼 겨우내 몸이 축나다가도 목장에 새 풀이 묵은 풀을 먹어치우는 초록의 들불이 번지면 신기하게도 새롭게 원기가 솟구치곤 하지 않았던가. 연일 촉촉하게 안개비 내려 봄풀이 하루 다르게 새록새록 자라나면 고사리 캐는 아낙네들과 함께 소들이 올라와 다시 만나서 반갑다고 서로 뿔을 맞대고 비벼대곤 했다. 목장의 한철은 그렇게 시작되었는데, 그러나 과연 내년 봄에도 다시 목장에 올라올 수 있을는지…… 여든 가까운 나이에 앞일을 장담하기는 어려운 일이었다. 재작년부터 겨울나기가 무척 힘들어진 그였다.

문득 구수하게 풍기는 소의 입 냄새에 고개를 돌리니, 어느새 올라왔는지 소들이 바로 옆에 서 있었다. 사람 곁을 찾는 꼴이 빈 들판에 저들만 남아 있는 것이 아무래도 불안한 눈치였다. 암소도 송아지도 그동안 잘 먹어 민들민들 윤나게 살졌다. 송아지가 마른풀 속에 핀 물매화 흰 꽃이 신기한 듯이 냄새 맡다가 이쪽을 보며 귀를 쫑긋 세웠다. 무슨 생각을 하기에 그렇게 앉아만 있느냐는 듯이. 뭘 하긴, 느네 애비, 현태문이를 기다리지. 생후 넉달밖에 안되어 아직 인간이 사는 마을도 모르고 제 주인이 따로 있는 줄도 모르는 철부지였다. 송아지 다리에 달라붙은 도꼬마리, 도깨비바늘의 풀씨를 떼어주면서 노인은 다시 한숨을 내쉬었다. 귀여운 것, 요놈을 한번이나 더 목장에서 볼 수 있을는지……

그사이 바람의 방향이 바뀌어 포클레인 소리가 아주 또렷하게 들려왔다. 들들들, 피를 말리는 소리, 그 소리에 노인은 찬 바람 맞아 생명에 위협을 느낀 늦가을의 여치처럼 가슴이 오싹 오그라드는 느낌이었다. 골프장 만든다고 또 목장을 까발기는 것이다. 생흙, 생피를 벌겋게 드러낸 채 뒤집히는 야초지. 거기에 덮일 것은 독한 농약에 전 골프잔디, 지렁이도 두더지도 도마뱀도 씨 말려버릴 죽음의 카펫이었다. 노인은 신음처럼 괴롭게 한숨을 토했다. 초원을 야금야금 잠식해 들어오는 포클레인 소리를 들으면서 노인은 자신의 몸속에서 차츰 좀먹어들어오는 죽음의 진행이 느껴졌다.

그러나 그만하면 오래 살았다. 사태 때 이미 죽었을 목숨이 아닌가. 마을에서 남자로서는 그가 최고령인데, 그 나이 위는 물론 그 아래로도 거의 이십년 연하까지 사태 때 다 죽어 휑하니 무인지경이었다. 오직 과부 노인들만 더러 살아남아 긴 겨울 심심파적 삼아 모여 논다는 게 청승맞게도 눈물겨운 맷돌노래나 김매기노래였다.

사태 이후 그는 행복이라는 것도 인간이란 것도 믿지 않았다. 행복도 그 이전의 행복이었고 인간도 그 이전의 인간밖에 몰랐다. 그러니까 사태 이후 덤으로 주어진 그의 삶은 현실과 관계없는 가공의 삶이었다. 모두 떠나버린 자리에 홀로 남아 있다는 적막감, 그 빈자리를 그는 소떼로 메웠다. 물론 현태문이가 맡긴 소도 볼 겸 이따금 목장에 올라와 놀다 가곤 했지만 그 역시 사태 때 당한 고문으로 얻은 폐병에 몸져눕기 일쑤여서 온전한 이 세상 사람은 아니었다. 초원에 송두리째 혼 빼앗겨버린 노인 역시 이 세상 사람이 아니기는 마찬가지였다. 해변의 인간사를 그는 산기슭의 팔백 미터 고지에서 소들과 함께 무심히 바라볼 뿐이었다. 옛사람들은 초원에 누워 있었다. 바람도 옛 바람이 불어왔고, 그것은 저승 바람이기도 했다. 바람 속에 그들의 맑은 웃음소리, 구성진 노랫소리가 들려왔다. 어려려 돌돌 어려려 돌돌 이 산중에 노던 소야 저 산중에 노던 말아 어려 돌돌 어려 돌돌 고비 청청 돌아오라. 화앙, 이노무소! 어이, 순만이, 앞에서 썩 대들어!

그랬다. 그들이 있으므로 초원은 아직도 세월 밖에 존재하고 해변의 법으로부터 비켜난 곳이었다. 노인은 불현듯 격정에 사로잡혀 턱수염을 잡아당겼다. 사십오년 전, 초원은 법을 거스르고 해변에 맞서 일어난 곳이었다. 오름마다 봉화가 오르고 투쟁이 있었다. 한밤중에 모닥불을 가운데 두고 노인과 마주 앉아 이야기를 듣던 총각은 그 대목에서 격정에 치받친 듯 몸을 부르르 떨었다. "이보게, 안 그런가 말이여, 나라를 세우려면 통일정부를 세워야지, 단독정부가 웬 말인가." 단독정부 수립을 반대하여 섬 백성들이 투표날 초원으로 올라와버렸고, 그래서 초원은 여기저기 때아닌 우마시장이 선 것처럼 마소와 사람들이 어울려 흥청거리지 않았던가. 그러나 법을 쥔 자들의 보복은 실로 무자비했다. 그해 초겨울부터 시작된 대살육의 참화, 초원지대 근처 이른바 중산간의 이백여 마을을 소각시킨 무서운 불길과 함께 무수한 사람들이 죽어갔다. 그 많던 마소들도 거의 전멸이었다. 적어도 이만의 인간과 이만의 마소가 비명에 죽어 초원의 풀 밑으로 돌아갔다. 죽은 곳을 몰라 찾지 못한 시신들도 허다했다. 그 총각네도 조부의 시신을 못 찾아 헛묘를 썼노라고 했다.

초원은 그렇게 무참히 무찔러진 채 칠년간이나 방치되어 있었다. 인간도 마소도 자취 없이 사라져 비어 있던 초원이 개방되어 죽다 남은 테우리들이 죽다 남은 마소를 거느리고 드문드문 방목을 다시 시작했을 때, 그들은 무엇을 보았던가. 수백년 동안 마소와 테우리들이 다니던 목장의 소롯길들, 그 사태 후 풀숲이 우거져 사라졌던 그 길들이 다시 나타났을 때, 그들은 풀밭 여기저기에 뒹구는 백골들을 보고 진저리 쳤다. 흙 한점 묻혀보지 못하고 풍우 속에 허옇게 폭로되어 있던 백골들…… 지금도 건초 수확 때마다 풀밭에 늘비하게 눕혀 있는 건초뭇들을 보면 당시의 떼주검이 연상되어 몸이 오싹해지는 그였다. 초원에 묻힌 그들의 삭일 수 없는 한이 저 거친 야초를 키운 것이 아닌가.

노인이 지금 등을 기대고 앉아 있는 무덤의 운명 또한 기구한 것이었다. 말굽형 분화구의 양 등성이가 만나는 중심부, 사람으로 치면 양 가랑이 사이에 해당되는 곳에 자리 잡은 묘인데, 말할 것도 없이 풍수지리설에 의한 택지였다. 초원의 오름들은 민틋하게 흘러내린 능선이 주는 부드러운 양감 때문에 양순하게 엎드린 암소를 닮은데다가, 정상에 우묵 파인 분화구가 거대한 암컷 형상이라 그런지 초원에 마소 번식이 잘되었다. 그러니까 오름 분화구에 묘를 쓴다는 것은 자손 번식, 마소 번식 다 잘되라는 뜻이었다. 그러나 그 묘 역시 자손이 사태 때 씨멸족해버렸는지 벌초하는 사람이 없어 그가 대신 돌봐주고 있는 형편이었다. 자손 번성, 마소 번성, 모두가 허사였던 것이다.

백골들은 오랜 세월이 흐른 지금에도 버섯이나 약초 캐러 들어간 으슥한 굴형이나 덤불숲 같은 데서 이따금 발견되곤 했다. 노인은 인간의 뼈뿐만 아니라 마소 뼈도 고이 묻어주었다.

사태 때 그는 소백정 노릇을 한 사람이다. 토벌군들이 목장의 마소들을 그대로 놔두면 '폭도의 똥'이 된다고 보이는 대로 사살해서 고기를 가져가는 판국인데 그대로 두고만 볼 수는 없는 일이었다. 게다가 중산간 마을들이 불탈 때 간신히 살아남은 사람들이 산야로 쫓겨와 먹을 것 없이 굶주리고 있는 형편이었다. 그래서 각 마을 젊은 테우리들이 소사냥에 동원되었다. 토벌군과 맞싸울 변변한 무기도 없이 추운 겨울의 산야에서 굶어 죽지 않고 얼어 죽지 않고 버티는 것만이 유일한 투쟁이었던 당시 상황에서 테우리의 활동은 그래서 매우 중요한 것이었다. 그러나 소 돌보는 테우리가 소 잡는 백정으로 돌변했으니, 그 무슨 변괴이던가. 그렇게 양순하게 따르던 소들이 이제는 보기만 하면 달아났고, 달아나다가 가시덤불에 들어 길이 막히면 획 돌아서서 뿔을 겨누고 무섭게 달려들곤 했다. 달아나는 건 올가미 던져 걸리고 덤벼드는 것도 날래게 옆으로 비켜서면서 뿔이든 꼬리든 손에 잡히기만 하면 발을 걸어 쓰러뜨렸다. 테우리들은 대개 한라산에 야우(野牛)를 키운 적 있어 그런 일에 능했다.

그러나 소사냥에는 늘 위험이 따랐다. 소 있는 곳에는 소를 겨냥한 총구도 있지만 소를 잡으러 온 테우리를 향한 총구도 있었다. 그 역시 소가죽을 써 위장하고 소떼 있는 데로 접근하다가 진짜 소로 오인되어 사살당할 뻔했는데, 총알 맞은 것처럼 쓰러지는 시늉을 했다가 소가죽만 몰래 벗어놓고 풀숲 바닥을 기어 겨우 도망쳐 나온 일이 있었다.

그가 직접 칼 잡고 도살한 소만 해도 스무마리가 넘었다. 제가 잡은 소의 가죽을 쓰고 다녔고, 동상 걸린 발을 소의 뜨뜻한 내장 속에 녹이기도 했다. 당시에는 아무렇지도 않게 여기던 이런 경험들이 훗날 가슴속에 아픈 가시로 남았다. 제가 죽인 소가죽을 덮어쓰고 다녔는데 왜 '소 죽은 넋'에 안 씌겠는가.

그러나 정작 그를 초원에 머물게 하는 슬픔은 그보다 더 깊은 곳에 원천을 두고 있었다. 생각이 여기에 미치자 노인은 양 주먹을 불끈 쥐고 부르르 떨었다. 다시 그 총각의 얼굴이 떠올랐다. 제 혈족처럼 사랑하던 소들을 제 손으로 죽여야 했던 그 모진 세월의 이야기를 들려주었을 때 그 청년의 눈에는 눈물이 그득했다. 그러나 아직 그에게 못다 한 말이 있었다. 차마 발설할 수 없었던 그 비밀……

유독 날씨가 춥던 어느날, 그는 물 먹으러 올 소들을 기다리며 연못 근처에 숨어 있다가 그만 깜빡 잠이 들어 토벌대에 잡히고 말았다. 눈을 떴을 때는 달아나기에 충분한 거리였는데도 추위에 다리가 마비되어 도무지 움직일 수가 없었던 것이다. 미친 듯이 다리를 주무르고 두드리며 부득부득 애를 쓰던 그때의 공포는 훗날 자주 나타나 꿈자리를 사납게 했다. 그는 붙잡힌 즉시 개머리판으로 초주검이 되도록 얻어맞았다. 소고삐밖에 가진 게 없는 이른바 '비무장 폭도'로 잡히긴 했지만 살아날 길은 오직 자기편을 배신하는 것뿐이었다. 가족도 소도 행방불명되어 찾으러 다니는 중이라고, 제발 살려달라고 애원했으나 막무가내로 두들겨패는 것이었다. 폭도들이 숨어 있는 굴을 가리키라! 네가 있었던 굴은 어디냐? 그가 있었던 굴은 피난민 열댓명가량이 숨어 있었는데 거의가 노인과 아녀자들이었다. 그가 한 일도 그 굴에서 살면서 지시에 따라 소사냥하는 한편, 그 굴을 보호하는 보초 임무를 띠고 있었기 때문에 상부의 아지트가 어디에 있는지 알지 못했다. 그러나 피난민, 노약자라고 해서 사정 봐줄 그들이었던가. 당장 죽을지라도 차마 제 마을 사람들이 들어 있는 그 굴을 가리킬 수는 없었다. 그래서 생각해낸 것이 지난봄에 잃어버린 소를 찾아 빗속을 헤매다가 우연히 발견한 조그만 굴이었다. 그 굴에서 모닥불 피워놓고 젖은 옷을 말렸으니까 타다 남은 나뭇가지, 재 같은 사람이 들었던 흔적이 남아 있을 터였다. 아 그런데 그 무슨 귀신의 장난이던가! 아무도 모르는 굴이라고 생각한 거기에 사람 셋이 들어 있었던 것이다. 손주아이를 끌어안고 제발 이 아이만이라도 살려달라고 애걸하던 늙은 내외……

　그해 겨울, 눈 덮인 초원의 지하 여기저기에 숨어 있던 용암동굴들, 그 속에 피난민, 입산자 가족들이 과거도 미래도 끊긴 채, 극심한 굶주림에 제 살 깎이는 소리를 들으며 조용히 누워 있었다. 굶주림은 졸음을 동반한 현기증일 뿐 고통은 아니었다. 동굴 천장에 매달려 겨울잠 자는 박쥐들과 함께 의식도 감각도 흐릿해지고 호흡도 맥박도 느려져 오직 잠자는 것만이 먹는 것이던 그들. 이따금 동굴 천장을 울리며 토벌군의 발소리가 들리기도 했지만 그들은 무서워할 기력도 없었다. 그렇게 몽롱한 현기증 속에서 서서히 죽었던들 차라리 편안한 죽음이었을 것을. 그러나 무도한 자들은 그러한 죽음조차 허락하지 않았다. 발각된 굴속의 사람들은 밖으로 끌려나와 총살당하기도 하고 굴 안으로 불붙여 넣은 독약 태운 연기에 질식해 죽기도 했다.

사태 후 노인은 차마 오소리 굴에 연기를 넣을 수 없어 오소리 사냥을 포기했고 늦가을의 목장에 도는 말똥버섯들도 눈물겨워 캘 수 없었다. 말이나 소의 젖물이 땅에 떨어져 생긴다는 그 애틋한 말똥버섯들, 올망졸망 모여 있는 그 버섯가족들을 보면 그가 가리킨 굴속의 그 가족이 생각났던 것이다.

노인이 초원을 떠날 수 없는 것은 바로 그 슬픔 때문이었다. 그러나 그 슬픔은 이제 격정은 아니었다. 그 잔잔한 슬픔은 마치 가슴속에 마르지 않는 찬 샘을 갖고 있는 것과 같아서 오히려 마음을 정결하게 해주었다. 그러나 때때로 무서운 격정에 사로잡혀 영각하는 소처럼 들판을 향해 울부짖기도 했다.

초원의 안개는 여전히 죽은 자들의 슬픈 영혼으로 무리 지어 떠돌고, 임자 없는 백골들이 아직도 어느 굴형, 어느 굴속에 뒹굴고, 풀 뜯다가 풀 속에 숨어 있는 녹슨 탄피까지 잘못 먹어 장파열로 죽는 소도 있건만, 세상은 초원의 과거를 더이상 기억하지 않았다. 희생자 유족들도 체념해버린 지 오래였다. 서울 뚝섬경마장에서 기수 노릇 하다가 경기 도중 쇠파이프를 들이받고 머리 다쳐 반병신 꼴로 낙향한 오촌조카, 다섯살 때 마지막으로 본 어머니의 얼굴을 또렷이 기억하고 있었는데, 뇌수술받은 후로는 기억에서 흔적 없이 사라져버렸다고 서럽게 울곤 했다.

그리하여 초원은 이제 다시 한번 환란을 맞고 있는 것이었다. 밖에서 솔씨 하나만 날아와도 발 못 붙이게 완강하게 거부하던 초원이 사방에 아스팔트 도로로 절단되고, 야초를 걷어내어 그 자리에 골프잔디가 심기고 있었다. 골프장 반대운동이 있기는 했다. 그러나 그것은 골프장에 잘못 들어간 송아지가 골프채에 얻어맞고 응접실의 카펫같이 고운 양잔디 위에 겁똥을 칙칙 내깔기고 달아난 정도의 미미한 반항에 불과했다. 그렇게 포클레인으로 초원을 파헤치다가 우연히 동굴이 발견되어 그 속에서 사람뼈와 함께 소뼈가 나왔을 때 사람들은 어떻게 생각할까? 아마 옛날 몽골 지배 때의 우마적굴(牛馬賊窟)이라고 할지 모를 일이었다.

이제는 아무 가망 없이 죽는 일만이 남았다고 생각하면서 노인은 두 팔로 감싸안은 무릎 위에 머리를 떨어뜨렸다. 너무 오래 골똘히 생각한 탓인지 피로와 함께 다시 졸음이 밀려왔다. 하늘에 뜬 매의 그림자인가, 서늘한 감촉이 눈꺼풀 위를 휙 스쳐갔다. 눈꺼풀이 점점 무거워지고 들들거리는 포클레인 소리도 잠에 밀려 아득히 멀어졌다. 발끝에서 차오르는 낯익은 어둠, 죽음 역시 그렇게 낯익은 모습으로 오리라. 분화구 안은 자궁 속처럼 포근했고 노인은 자궁 속의 태아로 돌아가 몸을 조그맣게 움츠린 채 옛 무덤 옆에서 잠이 들었다.

그렇게 노인은 반시간쯤 푹 잠에 빠졌다. 잠결에 어렴풋이 소 뛰는 소리가 들린 듯했고 또 누가 부르는 듯도 했다. 풀잎처럼 흔들리면서 들판을 질러오는 현태문이와 사진쟁이 총각도 보였다. 그러다가 몸이 오슬오슬 추워지면서 덜컥 악몽의 덫에 잡혔다. 마음이 산란할 때면 나타나는 예의 그 꿈, 그 언젠가 목장에 벼락 떨어져 소 두마리 타 죽고 그 자신 벼락에 감전되어 나동그라진 그 장면이 사태 때의 그 무서운 불과 총소리로 뒤바뀌어 그를 엄습했다. 하늘이 갑자기 어두워지고 어미 소들이 제 새끼 부르는 다급한 울음소리, 소떼가 우당탕탕 내달리는데 그뒤로 천둥번개 치면서 검은 구름떼가 무섭게 쫓아왔다. 들판이 온통 번갯불로 벌게지고 와작착 와작착 내리꽂히는 불기둥들. 소떼의 처절한 울음소리. 다음 순간 섬광과 함께 바로 코앞에 벼락불이 내리꽂혔다. 뜨거운 쇳조각이 몸속을 꿰뚫었다. 거기에서 노인은 화들짝 잠에서 깨어났다. 꿈이 너무 생생하여 뜬 눈에도 번갯불이 꼬리를 끌며 사라지는 것이 보이는 듯했고 아직도 벼락에 감전된 것처럼 온몸이 부들부들 떨렸다. 아닌 게 아니라 옆에 있던 소들은 어느새 사라지고 보이지 않았다. 날씨가 갑자기 변하여 오싹 한기가 느껴졌다. 대기의 불안한 흐름이 아무래도 심상찮았다. 소들이 어디로 갔나? 아까 잠결에 소 뛰는 소리를 들은 듯한데, 예감이 빠른 소들이라 강풍이 올 줄 알고 미리 솔숲으로 피했나? 아니면 물 먹을 때가 되어 냇가로 내려갔나?

노인은 소고삐 타래를 어깨에 메고 서둘러 오름 등성이로 기어올랐다. 정상 근처 엉겅퀴밭에는 그가 잠들어 있는 사이에 발생한 생생한 유혈의 흔적이 있었다. 거멓게 말라 죽은 엉겅퀴떼, 그 험상궂은 가시 위에 핏자국 선명한 잿빛 깃털들이 흩뿌려져 있었다. 매의 날카로운 발톱과 부리에 찢긴 멧비둘기의 잔해.

정상에 오른 노인은 사방을 둘러보며 소의 행방을 찾았다. 그러나 소들은 보이지 않았다. 검은 구름떼는 이미 바다를 뒤덮고 해변에 육박하고 있었다. 바람에 들볶인 바다는 온통 흰 거품투성이고 도시의 항구에는 자석에 끌린 쇳조각들처럼 배들이 가득 모여들어 있었다. 노인은 마음이 다급해졌다. 폭풍이 닥치기 전에 소를 찾아야 할 텐데, 특히 어린 송아지가 걱정이었다. 우선 솔숲을 뒤져보기로 작정하고 서둘러 오름을 내려갔다.

그러나 검은 구름떼의 이동은 생각보다 훨씬 빨랐다. 잠깐 사이에 해변을 덮쳐 흰빛의 도시를 검게 지워버렸다. 초원에 한가롭게 떠돌던 흰 구름들이 급히 산 너머로 쫓기기 시작하고 햇빛이 점점 야위어지면서 초원을 가로지른 아스팔트 도로에 불길한 강철빛이 떠올랐다. 그 도로의 서쪽 편, 야초지를 벌겋게 갈아엎은 골프장 부지의 허공에 흙먼지구름이 자욱하게 일고 있었다. 강풍이 어느새 거기까지 달려온 것이다.

노인은 황급히 오름을 내려갔다. 그러나 다 내려오기도 전에 골프장 부지의 흙먼지를 싸안고 강풍이 밀어닥쳤다. 그뒤로 서릿발 같이 눈부신 흰 테를 두른 검은 구름이 시야를 가득 채우며 달려왔다. 초원을 쓸며 오는 꼬리 부분에 희끗거리는 눈송이떼가 뚜렷이 보였다. 눈이 내리기 전에 먼저 강풍에 날린 억새꽃들이 눈처럼 하얗게 날아올랐다. 마른 잎, 검불들도 휙휙 날아올랐다. 공중을 날던 까마귀들이 바람에 휩쓸려 까마득히 멀어져갔다. 바람은 쉿, 쉿, 날카로운 소리를 내며 무수한 뱀떼처럼 우쭐우쭐 풀밭을 휘저으며 무섭게 내달렸다.

검은 구름은 오름들을 차례차례 집어삼키며 굴러와 마침내 해를 침범했다. 그러자 초원은 대번에 핼쑥하게 빛바래지고 노인도 자신의 그림자를 잃어버렸다. 초원 한구석에 폭포수처럼 쏟아지던 마지막 빛줄기마저 사라지자 사방은 초저녁처럼 어둑해지고, 그러고는 곧 죽음같이 차디찬 냉기를 몰고 눈보라가 밀려왔다. 골프 장의 흙먼지 먹어 딱딱해진 눈송이들이 뺨을 아프게 후려쳤다. 노인은 얼른 마른 소똥 몇장을 주워 가슴에 품었다. 눈보라의 급류에 휘말린 노인은 물에 빠진 사람처럼 허우적거렸다. 바람에 밀려 발을 자꾸 헛디뎠고 얼굴을 후려치는 눈보라에 숨 쉬기도 어려웠다. 얼마 못 가 체온이 급격히 떨어졌다. 매와 불과 얼음의 시련이 남겨놓은 옛 상처들을 추위가 매섭게 침범하고 있었다. 동상, 화상 입었던 자리들이 먼저 마비되고 개머리판에 찍힌 살속 뼈에 닿은 상처들에도 격렬한 통증이 왔다. 혈관이 경직되어 오금이 저리고 머리가죽이 바싹 오그라들었다. 불과 십분 거리인데도 눈보라 속에 희끄무레하게 서 있는 솔숲은 피안의 세계인 듯 아득하게 보였다. 소고삐 타래가 어깨를 천근 무게로 짓눌러댔다.

광란의 들판에서 노인은 풀들과 함께 몹시 흔들렸다. 천지가 온통 흰 눈인데, 그 가운데에서 오직 노인의 흙빛 얼굴만이 유일한 색이었다. 아직 눈으로 덮이지 않은 한줌의 흙. 그러나 노인은 온몸으로 버티며 눈보라 속을 꿋꿋이 헤쳐나갔다.

간신히 눈보라를 벗어나 솔숲의 바위틈 새로 찾아든 노인은 곱은 손으로 어렵사리 마른 소똥에 불붙여 모닥불을 피우고 몸을 녹였다. 고드름처럼 굳었던 몸은 불을 쬐자 그제야 한기를 느껴 와들

와들 떨렸고 그렇게 한참 무섭게 떨고 난 노인은 완전히 탈진하여 앉은 채 그대로 잠에 떨어졌다. 다시 눈을 떴을 때는 이미 밤이었다. 어느새 폭풍설도 그쳐 사위는 고요한데 그 광막한 백색의 정적 속에서 다시 부르는 소리가 들려왔다. "어이, 순만이 ——" 그것은 분명 현태문의 목소리였다. 노인은 황급히 솔숲을 뒤지다가 눈 위에 찍힌 소 발자국들을 발견하고 그뒤를 따라갔다. 그 발자국들은 숲 밖으로 이어졌고 풀밭을 질러 냇가 소롯길에 닿았다. 노인은 홀린 사람처럼 눈 위의 소 발자국을 밟으며 그 길을 따라갔다. 그렇게 한시간쯤 내려간 곳에 그 마을이 나왔고, 거기에서 현태문이 임종의 마지막 숨을 내쉬고 있었다.

거룩한 생애

거칠게 밀리는 파도무리가 흰 이빨을 드러내고 물어뜯는 현무암의 검은 해안선, 그 해안선을 한입 덥석 물어 떼어놓기라도 한 듯 작은 섬 하나 떨어져나가고 우묵 들어간 곳에 우묵개라는 어촌이 자리 잡고 있었다. 삼백여 호수의 제법 큰 마을이었다. 그 섬이 우묵개를 향해 진입해 들어가는 형국이라고 해서 숫섬이라고 불렸는데, 그렇게 음양이 잘 어울려서 그런지는 몰라도 마을 앞바다에 해물 생산이 좋았다. 토지라고 해야 하나같이 가뭄 타는 돌짝밭들뿐인지라 그 섬이 없었더라면 마을이 그렇게 번성하지는 못했을 것이다. 정수리에 조금 풀빛을 이고 있을 뿐 불모의 바위투성이로만 보이는 그 섬은 희한하게도 물속에다 해물이 잘 자라는 기름진 밭을 가꾸어놓고 있었던 것이다. 연못이 생기면 개구리들도 생기게 마련이니, 그래서 예로부터 이 마을에는 잠녀가 많았다.

그렇게 그녀는 잠녀의 딸로 태어났다. 그녀의 생가는 갯가와 바로 맞붙어 있어서 종일 바다 물결 소리가 가득 실려 떠나지 않는 야트막한 초가집이었다. 해풍을 막으려고 두겹의 돌담을 지붕 높이까지 쌓아올렸는데, 밀물 때면 돌담 밑굽까지 수면이 차올라 거기에 파래가 밀생하고 참게들이 돌담 구멍을 들락날락했다.

그녀의 이름은 간난이었다. 성은 양씨, 이름은 따로 짓지 않고 그냥 간난이라고 불렸는데, 호적 이름은 그것의 한자 표기인 '양유아'였다. 성씨밖에 더 준 것 없는 부친은 그녀가 열살 나던 해에 홀연 세상을 뜨고 말았다. 남의 배 타기가 지겹다고 동네분 두사람과 함께 공동출자로 낚싯배 한척 사서 부리다가 석달도 못되어 그만 변을 당하고 만 것이었다. 저녁에 주낙낚시 상자를 어깨에 올려메고 호기 있게 대문을 나선 사람이 이튿날 아침 그 주낙낚싯줄에 자승자박당한 몸으로 죽어서 돌아올 줄이야.

먼바다도 아닌 숫섬 뒤편에다 닻을 박았는데 홀연 들이닥친 돌풍에 배가 파선되어 그는 물에 드리운 낚싯줄에 두 팔이 휘감겨 헤엄 한번 못 쳐보고 익사한 것이었다. 한배에 탔던 다른 두사람은 무사했다. 그들이 시신을 업고 왔는데, 객사죽음한 사람은 집에 들여놓지 못한다고 대문 밖에서 멈칫거리는 것을 간난이 모친이, 집주인이 왜 제집에 못 들어오느냐고 하면서 안으로 모셔들였다. "아이고, 요 어른아, 오늘은 무사(왜) 이리 늦읍데가? 시장할 텐디 어서 안으로 듭서" 하고 차디찬 시신의 손을 부여잡고 울던 어머니, 핏기 가셔 하얗게 바랜 아버지의 한쪽 뺨에 달라붙어 있던 싱싱한 해초 잎새 한가닥. 그것이 간난이가 처음 겪은 죽음의 모습이었다. 파선된 배에 출자한 아버지 몫의 돈은 금융조합 빚이어서 밭 두뙈기 중 하나를 팔아서 갚아야 했다.

그렇게 부친이 졸지에 세상을 뜨고 말자, 댕기머리 날리며 한창 뛰놀아야 할 나이에 간난이는 벌써 양어깨를 짓누르는 생활의 무게를 실감했다. 종일 밭과 바다로 번갈아 드나들며 일하는 어머니를 대신해서 네살짜리 어린 동생을 업고 키우느라고 어깨가 휘고 등짝에 오줌 지린내 가실 날이 없었다. 동무들이 재미있게 팔딱팔딱 줄넘기하는 옆에서 아기 업은 채 멀거니 구경만 해야 했다.

어머니가 집 안에 머무는 것은 비 오는 날뿐인데, 그런 날이라야 잠시 그 무거운 멍에에서 벗어날 수 있었다. 가뭄 타는 잎새처럼 비 오기를 얼마나 기다렸던지! 비 오는 날, 아기를 어머니한테 맡기고, 그 자신도 잠시 응석받이로 돌아와 어머니의 무릎을 베고 누워 머리를 빗기기도 했다. 어머니의 치마에선 언제나 정겹고 구수한 냄새가 풍겼다. "아이고, 소로 못 나면 여자로 난다더니, 간난아, 어린것이 너무 고생이로구나."

초경의 붉은 꽃잎이 내비치기 시작하던 열세살에 간난이는 어머니를 따라 물질을 배우기 시작했다. 조그만 뒤웅박을 안고 얕은 물에서 새끼 오리처럼 조짝조짝 걸음마 헤엄을 배우고 퐁당퐁당 자맥질도 배웠다.

봄풀처럼 한창 자랄 때인지라, 쑥쑥 길어지는 팔다리에 힘살이 붙고 담력이 생김에 따라 차츰 깊은 물로 나아갔다. 어머니는 어느 물, 어느 바위에 무슨 물건이 있는지 일일이 가르쳐주었다. 한번은 썰물이 시작된 줄도 모르고 혼자 떨어져 물질하다가 하마터면 먼 바다로 끌려갈 뻔했는데, 그때 미운 오리 새끼가 되어 다른 잠녀들한테 얼마나 야단을 맞았던지! 오리떼처럼 항시 무리 짓는 것이 잠녀들의 존재방식이었다. 서로 삼촌, 조카라고 부르면서 혈족같이 뭉쳐져 있어서, 밭농사에 품앗이하기, 관혼상제 부조하기, 영등제 마을굿 치르기, 마을 아이들이 다니는 야학당에 기부금 내기, 그리고 심지어 어업조합의 부당행위에 항의하는 일에 이르기까지 집단행동이 아닌 게 없었다.

물질은 간난이에게 힘든 노동이긴 해도 즐거움도 있었다. 특히 여름철 땡볕에 앉아 캉캉 마른 조밭에 김을 매다가 물때가 되어 바다에 들면 가슴이 북창문 터진 듯이 시원하기 이를 데 없었다. 물 위는 비단빛, 물속은 공단빛이라고 물속 경치는 언제 보아도 아름다웠다. 해류에 너울거리는 해초숲, 배꼽 밑을 스쳐가는 잔고기떼, 햇빛 무늬들이 어룽거려 오색으로 빛나는 바위와 돌. 그 아름다운 경치 속에 가슴 뛰게 하는 비밀이 숨어 있었다. 그 비밀이 번쩍하고 눈에 발각되는 순간의 기쁨이라니! 무엇보다도 해중 귀물인 전복을 발견했을 때가 제일 기뻤다. 바위에 넓적하게 붙은 놈을 비창 찔러 데꺽 떼어내면, 함박주둥이 입놀림처럼 호물짝거리는 그 모양에 절로 웃음이 나왔다.

그러나 지나친 욕심은 금물, 큰 전복일수록 깊은 물속 침침한 바위 안쪽에 숨어 있게 마련인데, 그걸 탐내다가 목숨을 잃는 수도 있었다. 간난이도 아직 물질이 서툴 때 전복을 캐다가 바위틈에 머리가 끼어 큰일 날 뻔했다. 아등바등 사력을 다해 빠져나오느라고 물안경이 깨어지고, 숨을 더이상 참을 수 없어 물이 한입 울컥 들어오는 순간에 간신히 물 위로 떠올랐던 것이다. 물도 하늘도 산도 벌겋게 보이던 그 위기의 경험은 지나친 욕심은 금물이라는 교훈을 무서운 실감으로 일깨워주었다.

팔다리가 늘씬하게 길어진 열일곱살 나이에 그녀는 펑퍼짐한 제 궁둥이와 맞먹게 덩실하게 큰 뒤웅박을 안고 상군잠녀가 되었다. 열길 물속을 제 안방처럼 맘대로 드나들 수 있는 기량과 담력을 지녀야 '상군' 소리를 듣는 법이었다. 섬고장 갯마을에서 일등 신붓감이라면 물질 잘하는 처녀밖에 더 있겠는가. 게다가 도톰한 입술, 고른 잇바디에 생긴 용모도 오목조목 귀염성 있고, 허우대도 늘씬하게 빠져, 우묵개 마을에서 그녀를 탐내지 않는 총각이 없었다. 다른 잠녀들과 함께 잠시 물가에 올라와 모닥불에 언 몸을 녹이노라면, 총각들이 우연히 지나치는 척하고 그녀의 몸매를 훔쳐보곤 했다.

그러나 홀어머니와 어린 오랍동생을 찌든 가난 속에 내팽개쳐두고 시집갈 수는 없는 노릇이었다. 그래서 그녀는 시집가기 전에 집안 살림을 다소 낫게 일구어보려고 여간 억척같이 굴지 않았다. 그러나 때가 왜정 시절이라, 어업조합이라는 착취기관의 그물에 갇힌 잠녀 신세로서 돈을 벌면 얼마나 벌겠는가. 그래도 그중 육지벌이가 좀 나은 편이어서 육지부로 물질 다니기 시작했다. 육지 물질은 특히 처녀들에게 인기 있어서 단 한번이라도 갔다 오지 않으면 시집도 안 간다고 떼쓸 정도였다. 아기가 딸리면 운신하기가 쉽지 않으니까, 돈도 돈이지만 시집가기 전에 섬 밖 구경을 한번 해보자는 것이었다. 큰 화통으로 어마어마하게 연기를 토하는 연락선도 타고 싶고, 간 떨어지게 꽤액, 소리지르며 내달리는 기차도 타보고 싶고, 부산 해운대 여관밥도 먹고 싶고, 대마도에서 젖가슴 드러내놓고 물질한다는 왜년들도 구경하고 싶고, 멀리 노령(露領) 땅 블라지보스또끄에 가서 호말같이 크고 억세고 머리칼 붉다는 로스께 년들도 구경하고 싶었다. 그러나 그것은 잠시 동안의 호기심일 뿐 반년간의 객지생활은 언제나 고달팠다.

섬 떠나 일하러 가는 것은 갯마을의 여자들만이 아니었다. 섬땅에 상륙한 왜자본은 쌀금을 똥금으로 폭락시켜 농촌을 거덜나게 만들었으니 섬 주위 연락선 기항지마다 남부여대하여 왜고장의 노동시장에 품 팔러 가는 군상이 꼬리 물고 이어졌다. 우묵개의 젊은 남정네들도 자주 일본 대판(오오사까)에 노동품 팔러 다녔다. 그중 구리공장 노동자가 많았는데, 먼저 자리 잡은 마을 사람들의 연줄로 그 공장에 모여들어 많을 때는 쉰명이 넘었다. 벌이가 좋은 대신 몹시 근력이 패는 중노동이어서 종종 스트라이크가 일어난다고 했다.

간난이는 이년 동안 내리 육지로 물질 다녔다. 첫해엔 대마도, 이듬해엔 주문진에 갔다. 타관객지 낯선 바다는 정도 안 붙고 무엇보다 물이 찼다. 몸이 어찌나 시리던지 물에서 나와 이빨을 딱딱 맞부딪치면서 배 위의 화덕불에 언 몸을 벌겋게 익히노라면 탁탁 튀는 불똥이 맨살에 닿아도 뜨거운 줄 몰랐다. 그녀의 발등엔 화상 자국이 거뭇거뭇 찍혔다. 물결 높아 물질을 쉬는 날에도 그녀는 세든 주인집 농사일을 도우며 일손을 놓지 않았다.

그렇게 이년간의 살 깎이는 고생 끝에 그녀는 기어코 부친이 잃어버렸던 밭을 되찾고 말았다. 그것은 참으로 남자 재주로도 감히 이루지 못할 일이어서 마을에 열녀 효부 났다고 사람들이 여간 칭찬하는 게 아니었다.

이제 간난이는 더이상 시집 안 가겠다고 버틸 구실이 없어졌다. 나이도, 혼기 늦어진다고 반사십이라고 부르는 스무살이 되었다. 등에 업고 키운 오랍동생도 어느덧 열네살이 되어 송아지 첫짐 지는 꼴로 서툴기는 하지만 어머니의 밭일을 제법 도울 줄 알게 되었다. 그 어린 나이에 벌써 가장 노릇 하겠다고, 큰아버지를 따라다니며 쟁기질 배우고 고기잡이 그물질도 익히고 있었다.

그러나 막상 시집간다고 하니까 어쩐지 두려운 생각이 들었다. 뭔가 야릇한 불안감이 그녀의 마음을 놓지 않았다.

중신어미가 들락날락하더니, 뜻밖에도 글 읽는 선비 집안인 김 직원 댁에서 청혼이 들어왔다. 신랑감은 연전에 별세한 김 직원의 장손이었다. 읍내 향교의 중책인 직원일을 맡아보았다 하여 김 직원인데 생전에 여러모로 덕행을 보여 마을 사람들의 존경을 받던 인물이었다. 그는 십여년의 역사를 가진 마을 야학당의 설립자이자 한문 과목을 맡은 교사이기도 했다. 공립학교와 똑같은 과목들을 가르치는 그 학당은 마을 아이라면 누구나 값싼 수업료로 다닐 수 있고, 거기서 사년 공부를 마치면 가정 형편에 따라 읍내나 다른 마을에 있는 공립학교에 편입시험을 쳐 5학년에 진학할 수 있었다. 아무튼 김 직원은 한문만은 젊은 놈한테 맡길 수 없다고 칠순 나이에 노환으로 돌아가실 때까지 십년 넘게 몸소 가르칠 정도로 소문난 고집쟁이였고, 조금도 선비 태깔 내는 법 없이 흙내 물씬 나는 농투사니 행색 그대로 타고난 성미가 소탈했다. 바쁜 농사철에는 도포로 갈아입기가 번거롭다고 농사꾼 일복인 감물 들인 갈옷을 입은 채로 향교에 나타나 다른 도포짜리들의 눈총을 태연히 받아넘기곤 했다. 그는 십년 터울로 두 아들을 두었는데, 장남은 신랑의 아비 되는 사람으로 일찌감치 시속에 눈 밝혀 장사에 나서버리고, 작은아들만이 마을 학당의 교사로서, 농사짓고 글 읽는 집안의 가통을 잇고 있었다.

간난이처럼 하냥 갯물에 젖어 살아온 잠녀의 신분으로서 그만하면 분수에 넘치는 혼처가 아닐 수 없었다. 그러나 그녀는, 대물림해온 물질을 하루아침에 그만두고 양갓집 며느리로 팔자를 바꾼다는 것이 과연 가능한 일인지, 마치 호랑이 아가리에 머리를 집어넣는 것처럼 불안하기 짝이 없었다. 송충이가 갈잎 먹으면 떨어진다는데……

신랑은 조부와 숙부의 대내림을 받아 얌전한 공부꾼이라는 소문이었다. 그러나 나이가 너무 어렸다. 여섯살 연하의 아직 꽁지도 덜 나온 수평아리같이 어린 아이를 신랑이라고 맞이해야 하나? 업고 키운 오랍동생과 동갑 나이로 함께 마을 학당의 4학년에 다니는 까까머리 학동이었던 것이다. 밥술깨나 먹는 집안에서 외아들 조혼은 흔히 있는 풍습이긴 하지만, 막상 당할 생각을 하니 간난이는 속이 느글거려 견딜 수 없었다. 아이고, 개떡을 떡이라고 하며 아기 신랑을 신랑이라 하랴. 며느리를 일찍 봐서 종년 부리듯 부려먹자는 심보겠지.

그러나 혼사란 워낙 어른들이 알아서 하는 일이라 간난이로서는 쓰다 궂다 말도 변변히 못하고 벙어리 냉가슴 앓듯 눈물만 찔금거렸다. 정 시집살이가 싫으면, 어린 신랑이 철들어 데리러 올 때까지 친정살이를 하는 수도 더러 있는데, 그렇게 시집은 가되 살지 말고 돌아와버릴까, 하고 생각도 해보았다. 그러나 그사이에 신랑이 자라서 다른 여자에게 눈 돌려버리면 그것으로 끝장이었다. 혼례를 치른 여자는 문서상 헌계집이 되어버리는데…… 풀어진 옷고름은 다시 매면 되지만 한번 얹은 머리는 다시 댕기머리로 바꿀 수 없는 노릇이었다. 그렇게 해서 팔자 그르친 여자들이 마을에 더러 있었다.

간난이가 곱게 땋아 얹은 머리 위에 녹두빛 장옷을 쓰고 타기 싫은 꽃가마를 타던 날, 어머니도 옷고름으로 눈물을 찍었다. "애야, 원래 말도 많고 흉도 많은 게 시집살이여. 그저 눈 질끈 감고 참는 게 제일이느니. 네 서방이 커서 네 편 들 때까지 두어해 고생은 될 거다. 그러니까 어린 서방 네 동생 키우듯이 잘 키워사 헌다."

마을 밖까지 이름난 김 직원 댁 혼사인지라 하객이 많아 삼일잔치를 치렀다. 가난한 섬고장 풍습대로 손님들은 털이 쑹쑹 박힌 돼지고기 석점, 순대 한점, 두부 한점, 술 석잔에다 쌀이라곤 눈 밝은 닭이나 주워먹음직하게 드문드문 섞인 통보리 팥밥을 대접받고, 하얀 입쌀밥은 새서방 새각시 상에만 올랐다. 이 섬고장 여자들이 일생 먹어도 서말 다 못 먹고 죽는다는 그 귀한 입쌀밥이 삼일 동안 끼니때마다 올라왔건만 시름에 겨운 간난이에게는 그저 소태맛일 뿐이었다.

시아버지는 말장사를 크게 한다는 평계로 외방에 나가 있는 날이 많았다. 농사일은 머슴아이 하나 붙여 아예 아내한테 맡겨버리고 줄창 밖으로만 나돌아다녔다. 보름에 한번쯤 나타나서는 며느리 보기가 민망스러운지 어설픈 웃음이나 샐샐 흘리다가 단 이틀도 머물지 않고 훌쩍 떠나버리곤 했다. 집에 올 때마다 각이 잘 빠져 걸출하게 생긴 백마를 타고 나타났는데, 기름 발라 빗자국도 선명하게 뒤로 빗어넘긴 하이칼라 머리도 그렇고, 뭔가 모르게 심상찮게 불길한 냄새가 풍겼다. 좋은 말을 구하려고 이 마을 저 마을 안 가는 곳 없이 다니느라 그렇다고 했지만, 말대꾸도 않고 눈을 허옇게 뜨고 흘겨보면서 부엌으로 들어가버리는 시어머니의 눈치로 봐서 어디에 첩살림을 꾸미고 있는지도 모를 일이었다.

그런 허랑방탕한 남편을 두었으니 시어머니의 심사가 편할 리 없었다. 남편이 훌쩍 사라질 때마다 분에 못 이겨 주먹으로 제 복장을 내지르며 울음을 터뜨리는 것이었다. "저놈 어디 가다 돌에나 걸려 거꾸러지라! 아이고, 전생 궂은 내 팔자여."

그런데 서방한테 소박맞은 여자 홧김에 개 배때기 차는 격으로 그 소박이 간난이한테 왔다. 시어머니는 여간 당찬 살림꾼이 아니었는데 일손이 잰 만큼 잔소리가 많았다. 간난이는 매일같이 바늘쌈지 입에 문 것 같은 시어머니의 잔소리에 시달리지 않으면 안되었다. 밭고랑 하나씩 타고 쌍나란히 앉아 김을 매다보면, 어느새 저만큼 앞서 나간 시어머니가 뒤돌아보면서 일손 더디다고 끌끌 몸살 나게 혀를 차고, 손바닥이 부르트게 방아를 찧어도 보리에 뉘가 많다고 핀잔이고, 늦은 밤 물레질하다가 깜박 졸아 실이 끊어지면 잠이 많다고 흉보고, 참새도 안 깬 어둑새벽에 먼저 잠 깨어 겉보리를 물 섞어 쿵쿵 찧으면서 "요 며눌아기야, 네 가랭이에 해가 비치는디, 어서 일어나 이 방아 도와주라" 하고 단잠을 깨우기 일쑤였다. 준치 잔가시 같은 그 잔소리들이 정말 지겨웠다.

아무리 어리다고 하지만 구박받는 제 각시에게 시늉일망정 다정한 말 한쪽지 하는 법 없는 신랑도 실망스러웠다. 일년 후 마을 학당 사년 공부를 마치면 읍내 공립학교에 편입해야 하는데 그 시험이 여간 어렵지 않다고 했다. 그렇다고 제 각시가 바로 코앞에서 귀청 떨어지게 야단맞는데도 모르쇠 등 돌리고 앉아 책만 읽어야 하나. 아직 어려서 그런가, 본심이 무정해서 그런가? 저러다가 커서 제 아비처럼 나를 소박맞히는 건 아닌지…… 말이 안 나게 쉬쉬하고 있었지만, 알고 보니 시아버지는 첩살림만 차린 게 아니라 말 장사합네 하고 한라산을 남북으로 넘나들며 투전판 찾아다니는 이골 난 노름꾼이었다. 그러고서 어찌 양갓집인가. 시집이란 데가 정말 어느 한구석 마음 붙일 만한 곳이 없었다. 요놈의 시집을 살아야 하나, 말아야 하나? 숫섬 근처에 뒤웅박 안고 자유롭게 둥둥 떠서 물질하는 벗들이 못내 부러웠다. 시어머니의 잔소리를 피해 당장 바다로 달려가고 싶었다. 바다는 출렁대며 자꾸만 오라고 손짓하고, 정말 오금에 좀이 쑤셔 견딜 수 없었다. 물질을 못하게 막는 시어머니가 밉살스러웠다. 요즘 세금값도 안 나오는 것이 밭농사인데, 그것만 붙잡아서 어떡허나, 물질로 벌어서 보태야지.

그래서 간난이는 결국 시집살이 두달 만에, 글 읽는 집안이라고 물질 못하게 된 금기를 깨뜨리고 말았다. 간난이는 양갓집의 금기를 깨뜨렸고 시어머니는 간난이의 뒤웅박을 깨뜨렸다. "이런 집안 망신이 있나! 쌍것 씨는 못 속여. 그렇게 마라 마라 했으면 들어야지, 그 천한 물질을 그렇게 하고 싶어 환장 났더냐! 요년 오늘 내 손에 죽어봐라!" 시어머니는 불탄 밭에 소 뛰듯 날뛰며 작대기를 휘둘렀는데 몸만 다친 게 아니라, 자신의 분신같이 소중한 뒤웅박도 무참히 얻어맞아 박살났다. 매 맞은 아픔보다도 "쌍것 씨는 못 속여"라는 말에 만정이 떨어졌다. 그녀는 물질을 천시하는 집안에 이제는 더 시집종사를 하고 싶지 않았다.

그녀는 그날로 당장 봇짐 싸고 친정으로 돌아와버렸다. 그러나 소박맞고 온 딸을 친정이라고 반겨줄 리 없었다. 정으로 못 살면 법으로 사는 것이 시집살이라고, 죽어도 그 집 귀신이 되라고 다시 시집으로 쫓아낼 궁리만 하는 어머니였다. 그래서 그녀는 경상도로 물질 가는 잠녀 동아리에 끼어 섬 밖으로 나가버렸다. 울산에서 구룡포에 이르는 해안을 목선 타고 오르내리면서 작업을 했는데 해초가 워낙 흉작이라 벌이가 시원찮았다. 세월이 약이라 그렇게 반년간 떠나 있으면 이혼이 기정사실로 굳어졌으리라 생각했는데 그게 아니었다. 고향에 돌아온 지 얼마 안되어, 시어머니가 사람을 놓아, 모든 걸 용서할 테니 어서 시집으로 들어오라는 전갈을 보내왔다. 그러나 간난이의 마음은 이미 돌같이 굳어져 있었다. 쌍것 씨는 못 속인다고 말한 사람이 누군데, 누가 누구를 용서한다는 말인가. 물질 못하면 시집도 안 산다고 간난이는 완강히 고집을 세웠다. 마침내 시어머니가 굴복했다. 곡식 잘 안되는 밭이라고 그냥 내버릴 수 있는가. 아무리 미운 며느리지만, 이왕 맺은 관계를 그렇게 쉽사리 노끈 끊듯 끊어버릴 수는 없는 모양이었다.

간난이를 데리러 오던 날, 시어머니는 어린 신랑과 함께 왔다. 간난이는 내친김에 어린 신랑한테도 단단히 다짐을 받아냈다.

"서방님, 나를 데려갈 테면 내 말에 대답해봅서. 나중에 커서 나를 물질하는 천한 계집이라고 박대할 거우꽈? 또 나중에 커서 서방님은 젊고 나 혼자 늙어 나를 늙은 년이라고 발로 차버릴 거우꽈? 서방님, 난 그렇게는 못 삽네다. 날 버릴 테면 지금 버립서. 꽃 좋고 잎 좋은 청춘인 때 나를 버립서."

간난이는 서러움에 목이 메어 더이상 말을 잇지 못했다. 어린 신랑의 눈에도 눈물이 흥건했으나 말씨는 또렷했다.

"아무 걱정 마. 절대로 아버지를 본받지는 않을 테니깐. 난 김 직원의 손자란 말이여. 할아버지처럼 덕망 있는 사람 될 거라."

그때는 아무도 몰랐지만, 시아버지는 이미 돌이킬 수 없는 파국의 길에 들어서 있었다. 간난이가 시집에 다시 들어간 지 두달이 채 못되어, 식구들이 모르는 사이에, 놀부집 지붕 위의 박덩이처럼 엄청 커진 시아버지의 빚덩이가 집의 반쪽을 결딴내고 말더니 나중에는 첩살림도 거덜나 시아버지는 파선된 배처럼 반쯤 기울어진 몸으로 집에 돌아왔다. 그러고는 속에 타는 울화를 끈다고 술을 억병으로 마셔대다가 몇달 후 그 독한 술에 밸이 녹아 세상을 뜨고 말았다.

그렇잖아도 성미 급한 시어머니인데 이 지경을 당해 정신이 온전할 리 없었다. 장지에서 돌아오자마자 마당에 꽈당 하고 까무러쳐 쓰러진 시어머니는 그길로 몸져 드러눕고 말았다. 반쯤 넋 나가 퀭한 두 눈을 허공에 걸고 그린 듯이 누운 병자의 모습은 애처로웠다. 험하기 짝이 없던 입도 미음을 떠먹일 때마다 조금 달싹거릴 뿐 언제나 멍하니 벌어져 있었다. 사발 바닥에 찍힌 목숨 수(壽)자가 훤히 들여다보이게 멀겋게 쑨 미음죽, 그것을 병자에게 떠먹일 때마다 간난이는 두려운 마음으로 사람의 목숨을 생각했다. 그녀는 조석으로 탕약을 달이고 미음을 끓여 공양하면서 정성껏 시어머니를 돌봤다. 그러던 어느날, 허공에만 걸려 있던 병자의 눈길이 문득 간난이한테로 옮아왔다. 그때야 비로소 제정신이 돌아온 것이었다. 병자의 퀭한 두 눈에서 눈물이 하염없이 흘러내렸다.

"아이고 며눌아기야, 참말로 고맙고 고맙구나."

간난이도 울었다.

시어머니는 그렇게 거진 스무날 동안 앓다가 한잠 자고 난 누에처럼 맑은 표정이 되어 자리에서 일어났다. 그러고는 "내 서방이 죽고 네 서방이 가장이 되었으니, 이제는 네가 이 집 안주인이 아니냐" 하고 웃음엣소리를 하면서, 굳이 안방을 내주고 건넌방으로 물러가는 것이었다.

이때부터 시어머니의 며느리를 대하는 태도가 사뭇 달라져, 잔소리는커녕 오히려 며느리의 눈치를 볼 지경이었다. 차츰 두 여자는 친모녀처럼 허물없는 사이가 되어 하는 일마다 대충 의논이 맞아떨어지곤 했다. 머슴아이도 내보내고 둘이 합심해서 열심으로 살림을 꾸려갔다. 둘이 찧는 보리방아도 옆엣사람 보기 좋고 먼뎃사람 듣기 좋게 쿵쿵 사이가 고르게 맞고, 지남철같이 위아래가 꽉 붙어 무거운 맷돌도 둘이서 의좋게 손잡이를 붙잡으면 스릉스릉 가볍게 돌아갔다. 일이 힘에 부치면 노래로 이겨나갔다.

이여이여 이여도허라
이여이여 맷돌이여
어서나 뱅뱅 돌아가라
김을 매다보니 저녁때가 늦었구나
이 보리쌀을 갈아야 저녁밥을 할걸
본디 저녁 늦는 집에 오늘이라고
밝은 때 하랴
이여이여 이여도허라

어린 신랑도 틈틈이 집안일을 돕기는 했으나 정신은 언제나 책에 가 있었다. 책은 숙부한테서 빌려왔다. 밭에서 늦게 돌아올 때면 으레 어린 신랑이 저녁밥을 지어놓곤 했는데, 한번은 아궁이에 불 때면서 책 읽다가 바짓가랑이를 태워먹은 적도 있었다. 간난이는 그렇게 공부에만 머리 쓰는 신랑이 대견스러우면서도 한편 불안하기도 했다. 그저 한장 한장 뜯어내어 방 도배나 했으면 좋음직한 그 종이묶음 속에 쌀도 있고 돈도 있고 권세도 있단다. 종이는 닥나무로 만든다는데, 오죽 글 읽는 선비가 부러웠으면 가난한 여자들이 부르는 맷돌노래에 이런 사설이 들어갔을까?

내가 죽거든 닥나무밭에 묻어
이내 가슴에 닥나무 나거들랑
베어다가 종이 백지 맹글어
일천 선비 글발에 놀고져라

그러나 그것도 이제는 노래에만 남아 있을 뿐, 글 읽으면 오히려 우환이 되는 세상이 되어버렸다. 왜놈 정치에 반항하다가 고문당하고 징역 가는 사람들이 대개 신식 공부를 한 청년들이라는 것을 간난이도 알고 있었다. 시숙부도 그런 사람이었다. 교실 밖에 망보게 해놓고 몰래 아이들에게 조선글을 가르치다가 순사가 오면 얼른 책과 공책을 지붕 위에 숨긴다고 했다.

이듬해 봄 남편은 용케도 그 어려운 시험에 합격하여 읍내 공립학교 5학년에 편입했다. 읍내까지 팍팍한 시오리 길을 벗도 없이 혼자 걸어서 통학해야 했는데, 아직 종아리가 덜 여문 열다섯살짜리로서는 여간 고달픈 게 아니었다. 처음 며칠은 발바닥에 물집 터져 걷기 어려운 신랑을 간난이가 업으며 걸리며 읍내 근처까지 바래다주었다. 도중에 인가가 없어서 비를 만나면 그대로 쫄딱 젖을 수밖에 없었는데, 간난이가 중간까지 마중 나가 찬비 맞아 덜덜 떠는 신랑을 마른 옷으로 갈아입히고 삿갓 씌워 데려오기도 했다. 운동화가 빨리 닳을까봐 길에서는 짚신을 신고 학교 근처에 가서야 운동화로 갈아신고는 했는데 그 먼 길을 다니느라고 한달에도 짚신 여러켤레가 축났다. 신발값뿐만 아니라 수업료, 학용품값 일체가 간난이가 물질로 번 돈에서 나갔다. 간난이는 그렇게 공부하는 어린 신랑을 정성껏 뒷바라지하면서 키워나갔다. 매일 오고 가는 그 먼 길 위에서 신랑은 점점 장딴지가 굵어지고 키도 쑥쑥 자라났다.

세월은 느리게 별 탈 없이 흘러갔다. 공립소학교를 졸업한 신랑은 곧바로 농업학교에 진학했다. 그 학교만 졸업하면 관공서 취직은 받아놓은 밥상이나 다름없었다. 몸도 숙성하여, 안으나 마나 매양 싱겁기만 하던 어린아이가 어느덧 가슴팍 실하고 입김 뜨거운 사내대장부가 되어 있었다.

그러나 농업학교를 마친 남편은 실망스럽게도 남들이 부러워하는 관공서 취직을 마다하고 마을에 눌러앉고 말았다. 조선놈이 관리가 되면 왜놈의 앞잡이밖에 더 되겠느냐고 하면서 일본으로 떠난 숙부를 대신해서 열여덟살 나이에 야학당 선생 자리로 들어갔다. 선배 교사 두사람과 함께 밤에는 야학을 하고 낮에는 소비조합 일을 보았다. 그러다가 얼마 후에는 샛별소년단을 만들어 그들을 가르친다고 날마다 샛별 보는 새벽에 일어나곤 했다. 돈벌이 없는 것은 고사하고 순사들의 눈총 받는 일만 골라서 한다고, 딴생각 말고 살아갈 연구나 하라고 시어머니가 극구 말렸지만 남편은 들은 척도 하지 않았다. 새벽마다 따뜻한 잠자리 속을 혼자 빠져나가는 남편의 뒷모습을 보면서 간난이는 차츰 체념을 배워갔다. 그것이 장부의 뜻이라면 아내 된 도리로서 따를 수밖에 없는 노릇이었다. 이때부터 마을의 아침은 참새들보다 더 일찍 일어나 체조하고 마을길 쓰는 샛별소년단의 씩씩한 노랫소리로 밝아오곤 했다.

동무야 동무야 앞으로 나아갑시다
반도 정기 타고난 우리 어린이
앞으로 앞으로 나아갑시다

큰아버지의 고깃배를 타던 친정동생은 그 무렵 제주와 부산 간을 왕래하는 연락선에 견습선원으로 들어갔다.

그리고 일년쯤 지나, 시숙부가 마을 청년 수십명이 노동자로 일하는 대판의 구리공장에서 한바탕 크게 스트라이크를 터뜨려놓고 어디론가 숨어버렸다는 소문이 들려왔다. 유황불이 활활 타는 지옥이 따로 있는 것이 아니라고 했다. 온도계가 꽝꽝 터질 정도로 시뻘겋게 녹은 쇳물이 팥죽 끓듯 펄펄 끓는 용광로 앞에서 땀을 억수로 쏟으며 일하는 것이 보통 고역인가. 땀을 바가지로 쏟고 쏟은 땀만큼 피가 바싹바싹 말라들어갔으니, 아무리 근력 좋은 사람이라도 반년 이상 버티기 어려웠다. 숙부는 그 용광로에 불 못 때게 굴뚝 꼭대기까지 올라가 삐라를 뿌리며 스트라이크를 선동한 것이었다.

대판에서 노동품 팔다가 돌아온 사람들의 입에서 이따금 튀어나오던 '스트라이크' '착취' '투쟁' '무산자'와 같은 낯선 말들을 간난이는 나중에 야학당에서 바로 남편의 입에서 다시 듣게 되었다. 물질하는 여자도 글을 알아야 왜놈들한테 속지 않고 물건값을 제대로 받을 수 있다고 젊은 잠녀 네명을 설득하여 야학공부를 시켰는데, 그중에 간난이도 끼였던 것이다.

"조합은 노동자의 손으로 만들어야 진짜 조합이지, 저놈들이 만든 조합은 잠녀 노동자를 착취하는 관제 노동조합입니다. 눈 뜬 봉사는 코 베어가도 모릅니다. 저울눈 볼 줄 모르고 장부책 볼 줄 모르니까 저놈들이 맘대로 속이는 것 아닙니까. 아는 것이 힘, 배워야 합니다. 배우면 힘이 됩니다. 또 아무리 약한 힘이라도 뭉치면 강한 힘이 됩니다. 무산자의 무기는 단결뿐입니다."

밖에 새어나가지 않게 나직이 힘주어 말하는 남편의 형형한 눈빛을 바라보노라면, 간난이는 저도 모르게 주먹이 꼬옥 쥐어지는 것이었다.

한달간 야학당에 다닌 간난이네들은 채취물 계량할 때 서로 번갈아가며 입회자로 나섰다. 이백 넘는 잠녀들 앞에 허벅지를 벌겋게 드러낸 물옷 바람으로 혼자 튀어나와 저울대를 가운데 두고 조합 서기놈들과 맞서는 것은 두려운 만큼이나 가슴 뿌듯하게 보람찬 일이었다. 언제나 왜놈 서기보다 그 앞잡이인 조선놈 서기가 한 술 더 떠 설쳤다. 무식한 것들이 사람을 의심한다고 마구 물건을 패대기치면서 바락바락 욕질해도 꼼짝도 않고 버티고 서서 저울눈을 속이지 않나, 상등품을 하등품으로 깎지 않나, 일일이 눈 밝히고 감시했던 것이다.

그러나 그런 시절도 몇달 못 가고 시국은 점점 암흑의 진구렁 속으로 빠져들어가고 있었다. 일제가 대륙에 벌여놓은 전쟁판이 커짐에 따라 물자조달을 강요당한 식민지 조선 백성의 고통도 점점 심해졌다.

그러더니 해가 바뀐 어느날 느닷없이 이름도 성도 왜놈식으로 고치라고 창씨개명의 명령이 떨어져 사람마다 치욕에 몸을 떨었다. 조선 백성의 골수를 후벼내고 속창자까지 바꿔 왜놈 종자로 환골탈태시키려는 일대 공작이 벌어진 것이었다. 조선글을 읽는 것은 물론, 조선말 하는 것도 범죄시되어 하시하처를 막론하고 왜말을 하도록 강요당했다.

이때 우묵개 마을의 야학당에도 흉측하기 짝이 없는 물건 두개가 생겨났으니, 왜왕 사진과 싸이렌이었다. 오전 오후로 하루에 두 번 싸이렌이 울었다. 싸이렌이 울면 마을 젊은이들은 너나 할 것 없이 일하다 말고 허겁지겁 야학당에 모여들어, 왜왕 사진 앞에 경배하고 "카따까나 히라가나" 하면서 왜말을 배워야 했다. 단 한마디 반항적 언사도 용서 없이 가혹한 체벌을 받았다. 사람들은 자기들 중에 숨어 있는 스파이가 두려워 입을 굳게 다물었다. 채취물 계량할 때마다 당당하게 입회자로 나서던 간난이네들도 자연히 주눅 들어 뒤로 물러나고 말았다.

이때를 당하여 간난이는 남편 걱정에 늘 좌불안석이었다. 소비조합도 소년단도 금지당한 터에 다시는 그런 불온한 행동을 하지 않겠다는 각서를 쓰고 게다가 그 더러운 왜말 강습까지 억지로 떠맡게 되었으니 오죽 낙담했을까? 부끄러워 하늘을 못 보겠다고 노상 고개를 푹 숙이고 다니는 남편이었다. 그러다가 한번은 왜말을 강습하던 중에 느닷없이 '으악' 하고 무서운 괴성을 터뜨려 사람들을 깜짝 놀라게 했는데, 그 일로 남편은 경찰 주재소에 끌려가 호되게 얻어맞았다. 어떻게나 혹독하게 맞았던지, 볼기짝과 양 허벅지가 온통 멍들고 피 터진 상처투성이였다. 차마 끔찍하고 너무도 무서워서 간난이는 울음도 나오지 않았다. '으악' 사건으로 남편은 더이상 그 더러운 왜말 선생질을 하지 않아도 되었지만, 가슴에 쌓인 울분은 무엇으로 삭이랴. 이판사판 자포자기하여 또 일을 저질러버리면 어떡하나. 이 마을 저 마을에서 똑똑한 청년들이 하나둘 잡혀들어간다는 소문이었다. 심지어 일본에서 갓 돌아온 윗동네 한 청년은 경찰 주재소에 귀향신고 하러 갔다가 아무 날 몇시에

'귀국'했다고, 즉 '귀향' 대신에 '귀국'이라고 했다고 모진 고문을 당한 일도 있었다. 너희 나라가 망한 지 언젠데 '귀국'이냐, 나쁜 사상에 물든 놈이 틀림없다고 그렇게 개 패듯 패더라는 것이었다.

거진 일년 반가량 잠적해 있던 시숙부가 끝내 잡히고 말았다는 소문이 인편에 전해졌다. 그 소식을 듣자 남편은 간신히 매달렸던 동아줄이 끊어져버린 듯 아주 낙담하여 어깨가 축 처져버렸다. 술 밖에 의지할 데가 없어 이때부터 술 마시기 시작했다. 술 배운 지 몇달 못되어 스무살 어린 나이에 소문난 술꾼이 되어버렸다. 그래도 술로 울분을 다스릴 수만 있다면 숙부처럼 일을 저질러 감옥 가는 것보다야 낫겠지, 저러다가 언젠가는 정신이 돌아오겠지, 징역꾼 서방보다 술꾼 서방이 낫다고 간난이는 애써 좋은 쪽으로만 생각하려고 했다.

그렇게 일년쯤 지나자, 주재소 순사놈들도 남편을 아주 고질적인 술꾼으로 여겨버렸는지 더이상 감시의 눈총을 보내지 않았다. 그러나 남편의 술은 좀처럼 끝날 기세가 아니었다. 이 술집 저 술집 외상을 달아놓아 술값이 대추나무에 연 걸리듯 했고 그 빚을 간난이가 물질로 벌어서 갚아야 했다. 집에 들어오지 않는 날이 점점 늘어갔다. 저러다가 시아버지처럼 술로 망하는 게 아닌가. 아무리 말려도 막무가내였다. 각시의 눈물도, 어머니의 하소연도 아무 소용이 없었다.

"아이고 며눌아기야, 참말로 미안허구나. 네가 그 고생 하며 물질로 한푼 두푼 번 돈을 서방이란 놈이 술값으로 다 녹여 없애니, 아이고 내가 부끄럽고나, 부끄러워."

이렇게 눈물을 글썽이며 탄식하던 시어머니는 드디어 그 불같은 성미를 터뜨리고 말았다. 집 나간 지 거진 보름 만에 술 냄새를 확 끼치면서 돌아온 아들을 뒤뜰의 복숭아나무 가지를 꺾어다 다짜고짜로 사정없이 후려팬 것이었다. 복숭아나무 가지는 무당이 환자 몸에 붙은 잡귀를 때려 쫓을 때 쓰는 회초리였다.

"이눔아, 이 술로 망할 눔아, 네 애비가 날 과부 맹글더니, 아이고 이젠 이 집에 쌍과부 생길로구나. 저 불쌍한 네 각시 보라! 네가 저 아이하고 결혼했지 술과 결혼했느냐. 술이 네 첩이냐. 술이 첩이라면 내가 때려서 내쫓아야겠다. 에라, 요 망할 것, 맞아봐라. 술이 네 몸에 붙은 잡귀라면 그것도 내가 때려서 쫓아내야겠다. 에라, 요놈의 잡귀, 너도 맞아봐라. 엇쉬, 쑤어나라!"

악에 받친 시어머니는 말리는 간난이까지 후려치면서 힘이 다해 제풀에 쓰러질 때까지 회초리를 놓지 않았다. 장승같이 우뚝 선 채 고스란히 매를 얻어맞은 남편은 젖은 눈빛으로 침울하게 두 여자를 번갈아 바라보더니 밖으로 나가버렸다.

그런 지 며칠이 지나지 않아 간난이의 신상에 뜻밖의 사건이 일어났다. 남편이 혹시 잡혀들지 않나 걱정했는데, 오히려 그녀가 잡혀들고 만 것이었다. 왜놈들은 그 무렵 화약 원료인 감태라는 해초를 잠녀들로부터 강제로 공출받아왔는데 지정된 수량에서 조금만 모자라도 이백여 잠녀들을 꿇려놓고 단체기합을 주기 일쑤였다. 허벅지를 벌겋게 드러낸 물옷 바람의 여자 몸으로 자갈밭에 무릎 꿇는 벌을 받아야 했으니, 그런 수모가 어디 있을까. 그날은 물결이 높아 채취물이 적을 수밖에 없었는데도 벌을 주려고 하자, 여자들이 아우성치며 달려든 것이다. 조합 서기들 중에 한 놈은 꽁지 빠지게 줄행랑 놓고 한 놈은 붙잡혀 뭇매를 맞았다. 주동자가 따로 없는 우발적인 사건인데도 간난이는 다른 세 여자와 함께 주동자로 몰려 이십일 구류를 살았다. 네 여자 모두가 물건 계량할 때 입회자로 나섰다고 해서 보복을 당한 셈이었다.

이 사건이 충격을 주었던지, 아니면 시어머니의 복숭아나무 회초리가 효험이 있었던지, 그제야 남편은 잠을 너무 오래 잔 사람처럼 화들짝 놀라 술에서 깨어났다. 이때부터 남편은 다시 얌전한 가장으로 돌아와 낮에는 밭일하고 밤에는 바느질하는 간난이의 곁에 누워 책을 읽었다. 그게 순사가 알면 곤란한 책이었던지 읽다가 문밖에 인기척이 나면 얼른 책을 베갯잇 속에 감추곤 했다. 아무튼 그녀는 참으로 오랜만에 사는 게 이런 것이다 싶게 푸근한 행복감을 느꼈다. 간난이의 배 속에 아이가 자라고 있었다.

시국은 급속도로 악화되어갔다. 대륙전쟁이 한창인 판에 이번엔 느닷없이 태평양전쟁이 터졌다. 공출량이 구르는 눈덩이처럼 갈수록 불어나 점심 굶는 집들이 속출했다. '나라를 위한 노력봉사'라는 미명 아래 우묵개 잠녀들은 허기진 몸으로 날마다 감태 채취에 강제 동원되었다.

간난이는 배 속의 아이와 함께 힘겹게 물속을 헤엄쳐다녔다. 그러나 달이 차 몸 밖에 나온 아기는 못 먹어서 그런지 아흐레 만에 속절없이 시들고 말았다. 그러고서 석달이 채 못되어 또 임신했다. 시절은 갈수록 궁핍해져 갓난아기가 살아가기에 어려운 세상이 되어버렸다. 이제는 점심 굶기는 예사이고 하루 두끼마저 굶는 집들이 늘어갔다. 낟알 곡식은 공출로 빼앗기고, 밀기울범벅, 콩깻묵죽, 보릿겨죽이 밥상에 올랐다. 간난이는 두번째 아기도 실패하고 말았다. 자식농사 반타작밖에 못하는 시절이라고는 하지만 연달아 두번 실패하고 보니 억장이 무너지는 듯 가슴이 아팠다. 어미는 자식을 땅에 묻지 않고 가슴에 묻는다고 했다. 파래 섞인 콩깻묵죽에 서러운 눈물이 뚝뚝 떨어지는 그 기막힌 세상에 그 아기들은 무엇을 먹겠다고 태어났던가. 너무도 허망했다. 그렇게 빨리 갈 것을 왜 태어났던가. 더이상 임신하는 것이 두려워 울기만 하는 간난이를 시어머니가 간곡한 말로 달랬다. 아기 잃은 슬픔은 다시 아기를 낳아야 잊히는 법이라고.

이듬해 간난이는 세번째 아기를 낳았다. 저 아기도 어미 가슴에 못이나 박고 가버릴 테지, 하고 아주 체념하고 있는데, 보름 만에 뜬금없이 시어머니가 출생신고 하겠다고 나섰다. 살지 죽을지 모르는데 왜 그런 헛수고를 하나. 백일 넘게 살아야 비로소 인간 취급해서 호적에 올릴까 말까 하는데…… 그런데 시어머니의 뜻은 전혀 다른 데 있었다. 무슨 수를 쓰든 이번 아기는 꼭 살려야 되지 않겠느냐 하면서 불쑥 꺼낸 그 '무슨 수'가 황당하게도 아기를 무당집 호적에 당분간 올려놓자는 것이었다. 인간의 생사와 길흉화복은 인력으로 어찌할 도리가 없다고, 아기가 나중에 크면 호적을 파오면 되지 않느냐고 했다. 남편도 미신이라고 반대했지만 결국 시어머니의 고집을 꺾을 수 없어 아기를 같은 동네에 사는 여자 무당 박씨네 호적에 올렸다.

공출은 더욱 혹심해져, 식량뿐만 아니라 말도 소도 끌어가고, 총탄 만든다고 조상의 제상에 오르는 놋그릇들은 물론 심지어 부러진 숟가락 몽뎅이까지 훑어갔으니 홍합 껍데기로 밥숟갈을 대신할 지경이었다. 왜놈 앞잡이들의 행패가 무서웠다. 공출을 독촉한다고, 개 싸다니듯 마을을 돌며 숨겨놓은 양식들을 빼앗고 몽둥이를 휘둘렀다. 자기 밭 소출로는 도저히 공출을 감당 못해 밭을 팔아버리는 사람들이 적지 않고, 말고삐를 풀다가 목매달아 죽는 사람도 있었다. 간난이네는 마당가 두엄자리 밑에 구덩이를 파 양식을 숨기고 있었는데 용케 들키지 않고 쥐 소금 먹듯 조금씩 조금씩 꺼내다 먹었다. 천행으로 아기는 별 탈 없이 자라주었다.

물자공출에다 설상가상으로 이번엔 사람공출 바람이 불어닥쳤다. 열아홉, 스무살짜리는 군대에 잡아가고 그 위로는 탄광 인부, 전쟁 노무자로 끌어가기 시작했다. 친정동생은 연락선 선원이라 상관없었지만 남편이 걱정이었다. 남편은 스물네살로 징용 대상이었다. 공부깨나 한 사람들은 대개 징용 가는 대신 관청일에 하수인으로 뽑혀가고 있었는데, 남편 역시 그렇게 왜놈 앞잡이가 되느냐 악마굴 같은 탄광에 끌려가느냐, 양단간에 결정하지 않으면 안 되었다. 이때 간난이가 꾀를 내어 육지로 물질 갈 잠녀들을 모집해 남편을 그 인솔자로 삼았다. 남편은 왜말을 할 줄 알아서 인솔자로서 안성맞춤이었다. 잠녀 아홉명을 모집한 간난이 부부는 돌 지난 아기를 시어머니한테 맡기고 연락선으로 섬을 떠났다.

그들이 반년을 기약하고 머문 곳은 금강산 바로 위 장전이라는 제법 큰 어촌이었다. 고향에서는 늘 일이 바빠 성산일출봉도 구경한 적 없는 간난이로서는 그 유명한 금강산 일만이천봉을 바로 눈

앞에 두고 보니, 정말 팔자에 없는 호강이다 싶었다. 그러나 벌이가 좀 낫기는 했지만 고향에서와는 달리 타관객지 낯선 바다의 물질은 언제나 두렵고 고달팠다. 작은 목선을 타고 금강산 앞바다를 이리저리 떠돌며 작업을 했다. 일이 바쁠 때는 포구로 돌아가지 않고 배 위에서 잠을 자기도 했다. '강원도 불바람'이란 돌풍도 두렵고 낯선 조류의 흐름도 두려웠다. 북에서 내려오는 조류는 차디찼고 자칫 조류를 잘못 만났다간 먼바다로 끌려가버릴 위험이 있었다. 그야말로 칠성판 같은 죽은 나무로 만든 배에, 혼백상자 같은 뒤웅박에 의지한 채 열길 물속 저승문을 들락날락해야 하는 고달픈 생활이었다. 남편은 관청과 물상객주를 상대하는 일 외에도 작업하는 잠녀들을 뒷바라지하고 땔감도 해오는 허드레꾼 노릇도 했다.

그렇게 금강산 근처 바다 위에서 여섯달째 작업을 하고 있던 9월 초승께 문득 풍편인 듯 종전 소식이 들려왔다. 그때가 여름철이라 시원한 배 위에서 숙식을 해결하며 해상생활을 했기 때문에 거진 스무날이 지난 뒤에야 지나가는 고깃배로부터 그 소식을 들은 것이었다. 태극기와 붉은기가 함께 내걸린 장전읍 거리엔 사람들이 해방의 기쁨에 들떠 흥청거리며 오가고 있었다. 그러나 졸지에 삼팔선이 그어져 그 이북에 놓인 간난이네 일행은 해방의 기쁨보다 혹시 고향에 못 돌아가면 어떡하나 하는 두려움이 컸다. 전쟁터와 탄광에서 놓여난 귀환 동포를 실은 배들만 더러 왕래할 뿐, 남쪽으로 내려가는 배편은 이미 끊겨 육로를 택할 수밖에 없었다. 간난이의 남편을 인솔자로 앞장세운 여자 아홉명은 고리짝에다 살림 행장을 꾸려넣어 한짐씩 짊어지고 그 멀고 험한 산길을 걸어갔다. 깊은 계곡을 끼고 구름이 걸리는 산등성이 위까지 꾸불거리며 올랐다 내려오는 강원도 산길은 걷기에 여간 힘들지 않아 쉴 때마다 퉁퉁 부은 발을 물에 담가야 했다. 큰 산 작은 산 여럿을 넘고 엿새 만에 평강읍에 도착했다. 삼팔선 형편을 수소문해보니 다행히도 삼팔선은 여기저기 구멍이 뻥뻥 뚫려 있어 사람들이 예사로 드나든다고 했다. 심지어 친일지주, 밀정, 불량배 노릇 하다가 도망가는 자들까지도 삼팔선 넘는 것을 눈감아준다고 했다. 이북에서는 해방된 새 세상에 그런 자들과 함께 살 수 없다고 마을에서 백리 밖에 나가 살라고 쫓아버리는데 삼팔선을 넘는 사람들 중에 그런 인간쓰레기들이 많다는 것이었다. 평강읍 길거리에 태극기와 함께 붉은기가 나부끼고 오고 가는 행인들의 표정은 한결같이 밝았다. "우리의 은인 소련군 만세" "위대한 붉은군대 만세"라는 현수막을 걸어놓고 연설하는 광경도 눈에 띄었다. 간난이는 난생처음 거기서 양코배기 로스께 병정들을 보았는데, 키가 껑충 크고 낯색은 흰데 머리칼은 붉어 도시 이 세상 사람 같지 않았다. 머리칼이 붉어서 '붉은군대'일까?

　기차는 붉은군대의 물자를 나르느라 분주하여 좀처럼 사람들을 태워주지 않았다. 여러날 지체하고 나서 간신히 기차를 잡아탔는데, 어찌나 사람들이 몰렸던지 간난이네는 차 지붕 위로 기어오를 수밖에 없었다. 안장 없는 말 잔등 타는 격으로 불안한 여행이었으나 그런대로 별 탈 없이 철원을 지나 연천에 닿았다. 삼팔선 가까운 곳이라 기차는 더이상 가지 않았다. 일행은 다시 무거운 다리를 끌며 기찻길을 따라 남쪽으로 걸어갔다. 삼팔선을 몰래 넘는 사람들은 길잡이를 앞세워 산길을 택하는 모양이었지만, 길잡이를 구할 형편이 못되는 간난이네는 그저 기찻길을 따라 걸을 수밖에 없었다. 도중에 단봇짐 짊어진 젊은 패거리를 두번 만나긴 했으나 한결같이 길을 물어도 대답도 않고, 간난이네가 뒤따라올까 두려운지 잰걸음으로 앞질러 달아나 어느 샛길로 숨어들어가버리는 것이었다. 왜놈 밀정 노릇 하다가 쫓겨가는 놈들이 분명하다고 하면서, 남편은 저런 인간쓰레기들을 자꾸 이남으로 내려보내면 어떡하느냐고 개탄스러워했다.

이틀 후 삼팔선에 닿았는데 기찻길 끝에 초소가 있었다. 가슴을 졸이며 다릿목에 다가가니, 따발총을 거꾸로 멘 로스께 병정들이 앞을 떡 가로막고 조선말로 "못 가!" 하고 소리치는 게 아닌가! 간난이는 가슴이 철렁 내려앉았다. 남편이 초소 안으로 끌려들어가고 짐 조사한다고 고리짝 행장이 마구 풀어헤쳐졌다. 그러나 거기에 나타난 것은 제주 잠녀들의 곤궁한 생활 모습뿐이었다. 둥그런 뒤웅박, 찌그러진 알루미늄 솥, 식기, 때 묻은 누비이불, 헌옷 따위들. 남편은 다행히 반시간쯤 조사받고 놓여났다.

탄탄한 콘크리트 다리를 마치 살얼음 밟듯 벌벌 떨며 건너가니 이번에는 또다른 양코배기 병정들이 앞을 가로막았다. 미군이었다. 다시 고리짝 짐들이 풀어헤쳐지고 남편이 초소에 끌려들어가 조사를 받았다. 별 탈 없이 조사가 끝나 모두들 후유 하고 안도의 숨을 내쉬는데, 별안간 한 놈이 디디티 분무기를 들이댔다. 그런 물건을 본 적이 없는 여자들인지라 총이라도 들이대는 줄 알고 여간 놀란 게 아니었다. 그러나 정작 그녀들이 겪은 것은 더러운 모욕이었다. 키들키들 기분 나쁘게 웃으면서 분무기 꼭지로 여자들의 치마저고리를 함부로 들추면서 디디티를 물컥물컥 뿜어넣자 여자들이 질색하여 비명을 질렀다. 머리 위까지 밀가루를 뒤집어쓴 듯 허옇게 디디티를 뒤집어쓴 간난이네를 보면서 다른 놈들도 재미있다고 깔깔대고 웃었다. 그 삼팔선 통과의식은 조선인 통역의 훈시로 끝이 났다.

"혹시 여러분이 이북에서 나쁜 병균을 묻히고 들어오지 않나 걱정해서 소독해주는 것이니, 그리 알고 이분들을 고맙게 여겨야 해요. 그러나 에 또, 그것보다 더 걱정되는 것은, 여러분이 혹시 저쪽 사상을 묻히고 들어오지 않나 하는 것이오. 저기 있을 동안 뭘 보고 뭘 들었는지 모르지만 하여튼지 저쪽 사상은 우리 이남에서는 아주 나쁜 병균이다, 이 말이오. 이 점 명심해야 합니다."

남편은 후에도 그때의 수치를 잊지 못하여 종종 사람들 앞에서 얘기하곤 했다. 야만인 취급 했다고, 그것은 방역도 그 무엇도 아닌 뼈아픈 민족적 모욕이었다고.

이렇게 미군 초소병한테 디디티 세례를 받고 삼팔선 이남에 들어섰는데, 그러나 밟고 있는 땅이 도무지 제 나라 땅 같지가 않았다. 짐승같이 키 큰 미군들이 떼 지어 걸어다니고, 미군 차량들이 먼지구름을 일으키며 무섭게 내달리고 있었다. 간난이는 마치 남의 나라 땅에 잘못 발을 들여놓은 듯 가슴이 조마조마했다. 땀과 먼지와 피로에 찌들어 영락없이 떼거지 행색인데다 남자 하나에 여자 아홉이 딸려 있는 꼴이 영판 우스웠던지, 지나치는 미군들이 손가락질하고 낄낄댔다. 그들 중 한 놈이 과자 부스러기 한줌을 뿌렸으나 간난이네는 머리 숙인 채 본 척도 않고 역을 향해 걸어갔다.

그날 오후 늦게 일행은 기차편으로 서울역에 도착했다. 서울역 안팎은 온통 사람들로 들끓고 있었다. 아무리 서울 구경은 사람 구경이 제일이라고는 하지만 그렇게 많은 사람은 처음 보았다. 간난이는 자신이 관청 마당에 갖다놓은 촌닭처럼 느껴졌다. 대합실은 물론 역전 광장까지 사람들이 그득먹했는데, 한쪽에서 시국연설회가 벌어져 이따금 박수 소리가 요란하게 터져나오곤 했다. 남편도 사뭇 들뜬 표정이었다. 사람들 틈을 비집고 들어가 연설에 귀를 기울이기도 하고 이 사람 저 사람 붙잡고 시국 형편을 알아보기도 했다.

여행에 지칠 대로 지친 간난이네는 근처의 조그만 여관방에 들어 하룻밤을 달게 잔 다음, 다시 기차를 타고 귀향길에 올랐다. 콩나물시루 속 같은 차 안에서도 여기저기서 승객들끼리 건국문제, 시국 형편을 놓고 열띤 토론이 벌어져 있었다. 남편이 토론에 한몫 끼어들고, 간난이도 삼팔선 넘어온 값을 하느라고 쫑긋 귀를 세워 이야기를 들었다. 사람들은 저마다 흥분해서 목청을 돋우었다. "왜놈들이 물러갔는데, 왜 미국놈 소련놈은 아직도 남아 있나" "정치하겠다는 놈들이 나라 세우는 일을 왜 제 나라 백성한테 물어보지 않고 미국놈 소련놈한테 물어보나" "미국놈 믿지 말고 소련놈에게 속지 마라, 일본놈 일어난다" 했다.

그렇게 하여 간난이네는 해방된 지 거진 한달 보름 만에야 갖은 고초 끝에 고향땅을 밟을 수 있었다. 살아생이별인 줄 알았던 고향 식구들을 재상봉하게 되었으니 그 기쁨이 오죽했으랴. 간난이는 그

새 부쩍 자란 아들아기를 품에 안고 기쁨에 겨워 엉엉 울었다. 시어머니는 세상에 이런 경사는 없다고 시루떡에 멍석 한자리 펴놓고 동네 사람들을 불러다 덩기덩기 춤을 추었다. 감옥에 있던 시숙부도 풀려나와 있었다. 과연 해방이 좋기는 좋았다. 공회당 마당에 잔뜩 쌓아놓고 실려가기를 기다리던 공출 보리가 해방과 함께 도로 마을 사람들한테 나누어졌으니, 집집마다 먹을 것이 풍족했다.

간난이네가 입도한 후에도 전쟁터, 공장, 탄광의 사지에서 놓여난 귀환 동포들의 행렬이 계속 이어지고 있었다. 생환자들과 함께, 죽어서 한줌의 유골로 돌아오는 이도 많았다. 시체도 유골도 없는 비참한 죽음도 허다했다. 8·15를 석달 앞두고 목포를 향하던 연락선이 미군기의 폭격을 맞아 침몰되면서 함께 수장된 삼백명 가까운 몰사죽음이 바로 그런 비참한 죽음이었다. 그래서 '해방자' 미국은 애초부터 섬사람들에게 그 떼죽음과 떼어놓고 생각할 수 없는 존재가 되어버렸다. 그것은 삼년 후 이 섬을 피로 물들인 수만 떼죽음의 전조였다.

해외에서 귀환하는 젊은이들의 입도는 그해가 저물도록 이어졌다. 온 섬이 부쩍 늘어난 인구로 흥청거리고 젊은이들은 건국의 꿈에 밤잠을 설쳤다. 우묵개 마을에도 청년들이 갑절로 불어나 새로 꾸린 청년회가 제법 활발하게 돌아갔다. 간난이 남편은 청년회의 간부였다.

그러나 시국은 시곗바늘을 거꾸로 돌려놓은 듯 야릇하게 돌아갔다. 삼팔선은 갈수록 굳어지고 해방이 되자 보복이 두려워 피신했던 친일파들이 미군정의 부름을 받아 착착 원대복귀하여 친미파로

변신하고 있었다. 왜순사 노릇 하던 자들이 왜순사복 차림 그대로 '미군정 경찰'이라는 완장만 두른 채 버젓이 사람들 앞에 나서고, 공출 많이 안 낸다고 매 때리고 벌주던 면서기들도 여전히 그 흉측한 국민복 차림에다 수건을 꽁무니에 차고 버젓이 행세하고 다녔다. 게다가 해방 바람에 아주 날아가버린 줄만 알았던 공출도 이듬해부터 되살아났다. 삼팔선이 막혀 비료도 안 들어오는 판에 무슨 농사가 되겠는가. 보리는 흉작인데 섬 인구는 엄청 불어나 모두들 먹자고 아우성인데 보리공출이라니, 해방된 나라에 공출이 웬말이냐고 사람마다 원성이 자자했다. "8·15는 진정한 해방이 아니다" "완전독립"이란 말이 유행처럼 번졌다.

마을마다 '보리공출 절대 반대'라고 쓰인 삐라가 사방에 나붙고, 공출 독촉하러 나온 면서기들이 얻어맞는 사태가 잇따라 발생했다. 우묵개에서도 면서기 구타사건이 발생하여 청년 두명이 경찰에 끌려가 모진 매를 맞고 구류를 살았다. 흉년에 역병이라더니, 그 무렵 호열자가 크게 창궐하여 삼백여명의 목숨을 앗아갔다. 사람들마다 세상을 저주하고 신경이 날카로울 대로 날카로워졌다.

민심이 극도로 흉흉한 가운데 이듬해 읍내에서 삼일운동 기념대회가 열려 태극기와 마을기를 앞세우고 모여든 이만 군중이 이런 세상 못살겠다고 "완전독립"을 외쳤다. 일제 대신 다른 외국 군대가 점령하고 있는 한 진정한 해방은 아니며 이제부터 진짜 해방을 준비해야 한다고, 사기그릇 깨지면 여러조각 나지만 삼팔선이 깨지면 한덩어리가 된다고 온 읍내가 떠나가라고 기염을 토했던 것이다. 그러나 거기에 대한 대답은 무자비한 총격이었다. 미군정 경찰의 총격으로 여섯명이 그 자리에서 즉사했다.

섬 백성의 분노는 극에 달하여 온 섬이 총파업에 돌입했다. 시장이 철시되고 학교, 회사는 물론 관공서마저 문을 닫았다.

육지부에서 응원경찰대, 서북청년단(서청)이 대거 미함정을 타고 들이닥쳤다. 마을별로 직장별로 검거선풍이 무섭게 몰아쳐 사람들이 잇따라 잡혀들어갔다. 일단 잡혀들면 불문곡직 등줄기에 누린내 나도록 몽둥이찜질을 당해야 했다. 특히 서청은 잔인한 고문으로 악명이 높았다. 그들 중에는 이북에서 왜놈의 밀정 노릇 하다가 쫓겨난 자들이 많이 끼여 있다고 했다. 검속을 피해 산으로 달아나는 사람들도 있었고 고깃배를 타고 아예 섬 밖으로 튀어버리는 사람들도 있었다. 연락선을 타면서 보름에 한번꼴로 들르던 친정동생도 이때부터 집에 오는 발걸음을 아예 끊어버렸다. 드디어 간난이네 집안에 불행이 닥쳤다. 시숙부가 잡혀들어가고 얼마 안되어 이웃집 귀머거리 할머니가 혼자 자는 방에 숨어 있던 남편도 결국 잡히고 말았다.

경찰서에 갇힌 남편이 걱정스러워 간난이는 매일같이 날만 밝으면 읍내로 종종걸음을 치곤 했다. 구속자 면회는 일절 금지였다. 유치장마다 이백명 넘는 구속자들로 넘쳐났다. 유치장이 가까운 경찰서 울타리 밖에는 언제나 구속자 가족들이 잔뜩 모여 서성거리고 있었다. 그들과 함께 거기에 서 있노라면 모진 고문에 못 이겨 내지르는 비명 소리가 처절하게 들려와 간난이는 그때마다 제 몸에 매가 닿는 듯 진저리 치며 발을 동동 구르곤 했다. 한번은 사람을 구워 먹는지 무서운 비명 소리와 함께 살 타는 냄새가 비릿하게 풍겨와 그만 까무러쳐버린 적도 있었다.

그 혹독한 신문은 결국 고문치사로 사람 셋을 잡아먹고 나서야 끝났다. 주동자급은 목포 감옥에 보내지고 나머지는 석방되었다. 징역형을 받은 이십여명 중에 시숙부도 끼여 있었다.

석달 만에 풀려나온 남편은 몸이 형편없이 망가져 있었다. 뼈마디가 어긋나게 당해 제대로 걷지도 못했다. 그길로 병석에 드러누워버린 남편은 얼마 후 콩콩 밭은기침을 자주 해대더니, 피 섞인 가래를 뱉어내기 시작했다. 폐병은 고문을 심하게 당한 사람에게 걸리기 쉬운 병이라고 했다. 폐병에 좋다는 닭엿, 마늘엿을 번갈아 고아 먹이면서 간난이는 정성껏 남편의 병시중을 들었다. 남편은 비록 결딴난 몸이지만 정신은 또렷했다. 원수를 갚기 위해서라도 반드시 병마를 이겨내고 말겠노라고 했다. 마을 청년들이 문병 와서, 슬프고 막막한 심정에서 꺼질 듯이 한숨을 내쉬면 엄하게 꾸짖기도 했다.

"왜 한숨 쉬나. 난 아직 죽은 송장이 아니여. 반드시 다시 일어날 거여. 자네들, 이 망가진 몸을 보면 솔직히 두려울 테지. 나도 잡혀서 저렇게 당하면 어떡허나 하고 용기가 쏙 들어가겠지. 그것이 바로 저놈들이 노리는 거여."

미군정 경찰과 섬 청년들 사이에 쫓고 쫓기는 숨바꼭질은 철이 바뀌어도 여전히 계속되고 있었다. 우묵개 마을에도 거의 매일같이 경찰이 왔다. 현지 입대하여 미군정 경찰복으로 갈아입은 서북 청년들이었다. 그들이 무서워, 우묵개 청년들은 동만 트면 도시락 싸들고 한라산 쪽으로 피해버리곤 했다. 산에서 칡넝쿨도 걷고 땔

나무도 하고 이미 입산해 있는 청년회 간부들을 만나 얘기를 듣기도 하면서 하루해를 보내다가 저녁에야 돌아오곤 했다. 그러나 그 동안에 마을에 남아서 서청한테 시달려야 하는 여자들의 고통은 말이 아니었다. 억센 이북 사투리를 쓰면서 총구를 들이대는 그들은 왜놈들보다 더 무서운 정복자였다. 아들을 내놔라, 남편을 내놔라, '후원회비'란 명목으로 돈을 내놔라, 술 내놔라, 쌀밥 해내라, 전복 반찬 내놔라, 닭 잡아내라. 아니, 닭은 저들이 사격술 연습한다고 직접 총을 쏘아 잡았다. 심지어 사람들한테도 함부로 총질하여 한번은 잠녀들이 물질을 끝내고 마을로 떼 지어 올라오는 것을 자기네를 공격해오는 줄 알고 얼결에 총을 쏘아 한 여자를 부상 입힌 적도 있었다. 간난이 남편은 갈수록 병이 깊어져 서청놈들도 눈돌릴 정도로 벌겋게 각혈하곤 했다.

이런 기막힌 사정은 다른 마을도 대개 마찬가지였다. 도대체 한두달도 아니고 언제까지 이 무서운 압박을 당해야 하나. 밭일도 고기잡이도 손놓아버리고 하고한 날 산으로 쫓기던 젊은이들은 산에서 그들끼리 모이면서 차츰 이대로 당할 수만은 없다는 생각을 하게 되었다. 입산자인 청년회 간부들이 나타나 그들을 지도했다. 침입자 서청을 몰아내고 마을을 지키자고, 더 나아가 점령군을 몰아내고 통일정부를 세우자고, 망국의 5·10선거가 바로 눈앞에 닥쳐왔다고, 남과 북이 각각 다른 정부를 세우려 한다고 그들은 말했다.

'앉아서 죽느니 서서 살자'라는 말이 온 섬에 유행하면서 마을 자위대가 잇따라 생겨났다. 대밭에서 죽창이 깎이고, 땅속에서 왜군들이 파묻고 간 녹슨 총들이 발견되었다. 더이상 나아갈 수 없는 막다른 궁지에서 드디어 항쟁의 불꽃이 솟았다. 막다른 궁지에 몰린 쥐가 고양이를 향해 덤벼든 것이었다. 그러나 그것은 한걸음 더 나아가 단독선거 반대투쟁이기도 했다.

온 섬이 열화 같은 함성으로 가득한 가운데 세 선거구 중 두군데가 선거 보이콧을 당했다.

드디어 군대가 출동하고 사태는 곧 파국을 향해 치달았다. 이제 섬 젊은이들은 진압이 아니라 토벌의 대상이 되어버렸다. 15세 이상 섬 젊은이라면 그물코나 꿰매고 밭고랑 수나 헤아릴 줄 아는 무식꾼일지라도 가차 없이 토벌해야 할 폭도였다.

중산간지대 이백여 마을이 불에 타면서 한라산은 살육의 피구름으로 덮였다. 수도 없이 많은 젊은이들이 죽어갔다. 남편 내놔라, 아들 내놔라 하더니 급기야는 입산한 남편 대신 아내가 죽어야 하고, 입산한 아들 대신 에미 애비가 죽어야 하는 잔혹한 대살(代殺) 행위가 자행되었다. 젊은이가 있는 집은 그가 붙잡혀 죽어야만 남은 식구들이 안전했다. 입산도 두렵고 마을에 있기도 두려워 어중간한 곳에 피신한 청년들도 입산자로 간주되었다. 물로 갇힌 섬이라 입산이 아니면 숨을 데가 없어, 어제 본 사람 오늘 없고, 아침에 본 사람 저녁에 없었다. 도처에 떼주검이 늘비하고 핏물이 고랑을 파고 흘렀다.

병석에 누운 간난이 남편의 몸에서도 피가 계속 빠져나가고 있었다. 각혈할 때마다 한움큼씩 피가 쏟아져나왔다. 밖에서 떼죽음의 소식이 들려올 때마다, 입산한 청년들이 마지막 한사람, 마지막 피 한방울까지 싸우고 있다는 말이 들려올 때마다 남편은, 싸우다 죽어야 할 몸이 방 안에 누워 헛된 피만 흘린다고 흑흑 흐느껴 울곤 했다. 몸속의 피가 얼마 남지 않은 어느날, 검은 제복의 두 사내가 들이닥쳤을 때 남편은 옷을 갈아입고 나갈 테니 잠깐 기다리라고 해놓고, 미리 준비해두었던 면도칼로 팔목의 동맥을 끊고 마지막 피를 흘려버렸다.

두 사내가 먹이를 놓친 짐승처럼 사납게 으르렁거리다가 물러난 뒤 간난이는 시어머니와 함께 남편의 시신을 수습했다. 너무 놀라고 무서워 울음도 나오지 않았다. 그녀는 삭정이같이 마른 시신을 자신의 흰 광목치마로 감싸고 가까운 밭으로 업고 가 가매장했다. 곡소리도 크게 못 내고 서러운 눈물을 자꾸만 안으로 삼켜야 했다.

그러나 저승차사들은 다시 찾아왔다. 싸락눈이 흩뿌리는 이른 아침, 난데없는 거친 군홧발 소리와 함께 방문이 벌컥 열어젖혀졌다. 찬 바람이 일시에 방 안으로 몰려들었다. 그들은 간난이를 지목하고 나오라고 했다. 간난이는 어린 아들을 부둥켜안은 채 부들부들 떨고, 그 앞을 시어머니가 막고 서서 미친 듯이 허우적거렸다.

"우리 며느리 아무 죄도 없수다. 천부당만부당한 일, 사람 잘못 찾아와수다. 죄라면 서방 잘못 만난 죄…… 아이고, 서방이 죽어버렸는데 또 무슨 죄가 남아수꽈? 기어이 데려갈 테면 날 데려갑서. 그런 자식을 낳은 이 에미 죄가 더 크우다. 아이고, 제발 날 데려갑서."

그러나 염라대왕의 명부에 이미 그녀의 이름이 올라가 있었다. 기상천외하게도 그것은 왜정 때 만들어진 경찰기록이었다. 칠팔년 전 왜놈 조합 서기들과 맞서 싸우다가 이십일 구류 산 것이 기록에 올라 남편과 한통속의 사상불온자로 점찍혀 있었던 것이다. 그것이 그녀의 죄였다. 일제에 의해 불온분자라고 낙인찍힌 자는 해방된 땅에서도 여전히 불온분자였다. 정말 귀신이 곡할 노릇이었다. 왜놈들한테 대항한 것이 칭찬받을 일이지 왜 죄가 되느냐고, 간난이는 가슴을 치며 통곡했다. 그러나 그들은 눈 하나 꿈쩍하지 않고 차디차게 비웃었다. 삼팔선이 그어진 때 우연히 이북에 놓여 스무날가량 머물렀던 것을 놓고, 나쁜 사상을 가지지 않았다면 왜 그렇게 오래 이북에 머물렀느냐는 것이었다. 삼팔선 넘을 때 조선인 통역이 하던 말이 생각났다. 간난이는 더이상 할 말이 없었다. 모든 것이 거꾸로 된 이런 세상에 구차하게 목숨 붙여 살아 무엇하랴. 간난이는 무서워 떨고 있는 어린 아들을 마지막으로 꼬옥 껴안아주었다. 이 세상에 남기고 가는 귀중한 일점혈육…… 그녀의 눈에서 뜨거운 눈물이 솟았다. 이 에미는 이 세상 살 수 없어 저세상 살러 간단다. 아가야, 부디 몸 성히 자라서 새 세상 보거라. 그러고는 아이를 시어머니에게 맡기고 태연히 자리에서 일어났다.

그날 저녁 무렵, 바닷가 눈 덮인 모래밭에서 간난이를 포함한 여덟명의 우묵개 사람들이 일제히 불 뿜는 총구 앞에서 쓰러졌다.

목마른
신들

나는 한달 전 회갑 잔칫상을 받아버린 늙은 심방이다. 그 잔치는 내 밑에서 수습한 젊은 심방들이 마련해준 것인데 뜻밖에도 두살 연하인 민속연구자 문 교수가 자기도 내 제자가 틀림없다고 한몫 끼어 좌중의 흥을 돋우어주었다. 내가 구송한 굿사설을 연구하여 몇편의 논문을 낸 바 있는 문 교수는, "저 양반 총기가 보통 아니야. 머리빡에 입력된 사설을 풀어내면 책 세권 분량은 족히 될걸" 하면서 나를 잔뜩 추어주었고, 나는 나대로 "저 사람 날 따라댕긴 지 삼년도 넘는데 아직 심방이 못된 걸 보면 머리가 되게 나쁜 모양이야" 하고 우스갯소리로 받아넘겨 한바탕 좌중을 웃겨주었다. 흐뭇한 하루였다.

　어쨌거나 이제 나는 한철 보내버린 환갑노인이 되어버렸다. 살아온 날은 아득하고 살아갈 날은 얼마 남지 않은 나이, 인생의 셈판에서 불과 몇알만 남겨놓고 주판알을 다 튕겨버린 것이다. 스무살 나이에 '쌍것' 소리를 들으며 무업(巫業)의 길에 들어선 지도 어언 사십년, 이제 피는 식어 붉던 뺨은 검누렇게 오갈 들고, 돝털같이 뻣세던 머리칼은 풍우에 삭은 지푸라기처럼 헤실헤실 바스러지고 있다. 연 사흘 밤낮으로 그 긴 사설, 가사를 막힘없이 구송할 수 있던 총기도 예전만 못하고 눈에 불똥 튀고 발이 땅에 닿지 않을 지경으로 몸을 허공중에 띄워 핑핑 돌아가던 춤사위도 이제는 더이상 출 수 없다. 젊었을 때 끌려가 모진 매 맞은 뒤탈이 나타나서, 앉았다 일어설 때면 허리가 자지러지게 아프다.

그러나 머릿속에 꼼꼼히 기록되어 있던 사흘거리 긴 사설 중 그 일부가 탈락되어버린 것이 꼭 나의 쇠퇴한 기억력 때문만은 아닐 것이다. 개명된 시대라고 이제는 그런 큰굿을 해달라고 청하는 이가 거의 없다시피 되어버린 것이다. 천한 심방질로 먹고사는 나 같은 사람이야 시속에 따라갈 수밖에 없지만, 하나 다른 굿은 차치하고라도 마을 축제인 당굿마저 없어지다니 정말 너무하다는 생각이 든다. 마을 공동체가 무너지고 있는 것이다. 섬 하늘엔 십분 간격으로 핵미사일같이 생긴 비행기들이 요란한 폭음을 터뜨리며 날아들고 섬땅엔 아스팔트길 위로 관광객을 실은 호사한 자동차 행렬이 종횡무진 꼬리 물고 내달리는 판국인데, 어디 한갓진 구석이 남아 있어 신이 깃들일 것인가. 토착의 뿌리는 무참히 뽑혀나가고 있다. 토착의 신들도, 토착의 인간들도…… 개 짖는 소리, 닭 울음소리도 부정하다고 민가에서 멀찍이 떨어진 그윽한 그늘 속에 좌정하던 그 맑디맑던 신들은 지금 어디에 떠돌고 있는가. 저 들판의 억새 무리와 닮은 토착의 인간들, 온 잎새가 칼날 되어 휘몰아쳐오는 하늬북풍을 갈가리 베어내던 그 검질긴 생명력은 관광개발 포클레인의 삽날에 찍혀 뿌리 뽑혀나가고 섬땅은 야금야금 먹성 좋은 육지 부자들의 입으로 들어간다. 흡사 도끼에 맞아 거꾸러진 황소가 네다리 열두 뼈 오려내어 갈기갈기 분육당하는 형국이다. 수만 4·3 원혼이 잠들지 못하고 엉겨 있는 이 섬땅이 다시 한번 학살당하고 있다. 내가 여기저기 굿하러 다녀봐서 알지만 마을 주민 절반이 떠나고 그 자리를 외지인들이 들어가 채운 곳이 어디 한둘이던가.

큰굿사설 중에 나오는 신들은 문 교수가 만든 민속자료집에나 남고 영영 우리 곁을 떠나버린 것 같다. 그래서 요사이 심방들은 귀양풀이, 푸다시, 넋들임 같은 작은 굿만 한다. 내가 벌인 굿판에 구경꾼으로 민속연구자도 오지만, 정신과 의사도 몇번 다녀간 적이 있다. 우리가 정신병 치료를 어떻게 하나 보러 오는 것이다. 약방 약도 소용없고 병원 의술도 허사되어, 목마른 놈 새암 파고 갑갑한 놈 송사 가듯이 최후로 찾는 것이 우리 심방들이다. 그중 우리가 많이 하는 굿은 4·3 원혼을 달래는 귀양풀이다. 내가 원혼굿을 잘한다고 여러 마을에 불려다녔는데, 아마 나 혼자서 오백집은 다녔을 것이다. 광주청문회 이후 그런 주문이 부쩍 늘어 요 몇년 동안은 내가 4·3 원혼굿으로 먹고살았다고 해도 과언이 아니다. 심방은 배우와 한가지인지라 잘 울리고 잘 웃겨야 잘하는 굿이다. 남을 울리려면 심방 자신이 울어야 하는데, 나는 원혼굿 할 때마다 쏟아지는 눈물을 억제할 수 없어 늘 눈물 수건이 흠뻑 젖곤 한다.

나 역시 4·3 피해자인 것이다.

이제 내가 4·3 원혼굿을 하게 된 내력담을 이야기해보겠다. 심방질하는 주제에 뭘 안다고 떠벌리느냐고 하겠지만 말 못하는 벙어리도 세월 가는 줄 알지 않는가. 나도 소싯적에 서당 공부 이년에 소학교 삼년 다녀 글자속도 알 만큼 알고 세상 돌아가는 눈치도 그리 무디지는 않다.

나는 어려서부터 모친이 심방이어서 '새끼 심방' '심방 자식' '쌍것'이라고 놀림을 받으며 자랐다. 그런 어머니가 어찌나 미웠던지 걸핏하면 대들어 어머니를 울려놓기 일쑤였다. 굿판에서 얻어온 떡, 과일은 일절 입에 대지 않았다. 나를 놀리는 아이들과 주먹다짐 싸움을 벌인 것도 한두번이 아니었다. 심지어 미신을 타파한다고 반 아이들이 나를 몰매 때린 일도 있었으니, 나의 어린 시절은 그야말로 우울한 잿빛 일색이었다.

소학교 3학년 때 해방을 맞았는데 그때 나이가 열네살, 해방의 감격과 함께 내 앞에도 양양한 미래가 펼쳐져 있는 듯이 보였다. 먼저 어머니의 무속세계로부터 나 자신을 해방시켜야 했다. 그래서 나는 어머니와 누이동생을 한라산 밑 중산간 부락인 향리에 남겨둔 채 단신으로 읍내로 들어가 차부 조수로 일했다. 당시에는 차량이라고 해야 왜놈들이 버리고 간 닛산 트럭 여남은대가 굴러다닐 정도라 운전사라면 제법 출세한 사람으로 여겨주었다. 운전사 시험 합격자 명단이 신문에 나던 시절이었다. 화물트럭을 타고 먼지구름을 일으키며 시골길을 달리면 조무래기들이 환호성을 지르며 내달아 차 꽁무니에 달라붙곤 했는데 배기통에서 시꺼먼 연기와 함께 뿜어나오는 맵싸한 휘발유 냄새 맡기를 그렇게 좋아했다. 그러나 조수 노릇은 여간 고달픈 게 아니었다. 월급이라고 몇푼 주는 돈은 장값은커녕 밥값에도 모자라 늘 배가 고팠고 잠자리도 마땅치 않아 운전석에서 새우잠 자는 날이 많았다. 일년 가까이 기름때 묻은 옷을 벗을 날 없이 차에 붙어살았으나 핸들 잡는 날은 아득하기만 했다.

그런데 시국이 변해 갑작스레 차량이 불어나 섬의 일주도로를 무섭게 질주하는 불안한 상황이 왔다. 내가 근무하던 제주차부는 관덕정 근처에 있었는데, 그 광장에 청년들과 중학생들이 떼몰려 와서 왓샤왓샤 소리치며 시위를 벌이곤 했다. 인민의 독약 양과자를 먹지 말자, 미군 철수, 신탁통치 반대의 외침이 줄기차게 이어지더니 드디어 삼일절 기념행사 날 관덕정 마당과 북교 운동장에 일만 군중이 운집한 가운데 대집회가 열렸다. 해방이 되었지만 해방이 거꾸로 되어 삼팔선이라는 방해선이 생겼다고, 해방은 되었지만 왜놈 머슴살이 대신에 미국놈 머슴살이하게 되었다고, 해방은 되었지만 진정한 해방이 아니라고 새로운 독립투쟁을 벌여야 한다고 연사들이 절규하고 군중의 함성은 온 읍내를 떠나보낼 듯이 우렁찼다. 그런데 아닌 백주에 느닷없이 총소리가 와다닥 터지고 여섯명이 쓰러지고 만 것이다. 그날 나도 집회군중 속에 끼여 있었지만 도대체 무슨 구실로 총을 쏘았던가. 다만 기마 경관이 탄 말들이 군중의 함성에 놀라 갈팡질팡했을 뿐 달리 이렇다 할 소동이 없었는데 느닷없이 마른하늘에 벼락치듯 와다닥 총성이 터진 것이다. 그날의 총성이 이듬해 무자년의 대참사를 알리는 신호탄인 줄을 그 누가 알았으랴. 이 사건으로 관공서를 비롯한 전도의 학교, 직장이, 심지어 일부 경찰까지 총파업에 들어갔다. 도지사도 사표를 내던지고 파업에 가담했다. 그러나 미군정의 응답은 발포 책임자의 처벌이 아니라, 오로지 철권으로 파업을 깨는 일뿐이었다. 육지부에서 응원경찰대, 서북청년단이 대거 입도하고 대대적인 검거선풍이 온 섬바닥을 휩쓸었다. 숱한 젊은이들이 잡혀들어가 모진 고문을 당했다. 일단 잡혔다 하면 도리깨로 겉보리 타작하듯 사정을 두지 않고 두들겼으니, 고문 끝에 죽은 자가 한둘이 아니었다. 처녀들이 능욕당하고, 도피한 아들 때문에 늙은 부모가 얻어맞았다. 내가 있는 제주차부도 파업에 가담했는데, 매 맞아 썩은 짚둥우리처럼 퉁퉁 부은 몸으로 풀려난 운전사들이 부기를 뺀다고 오줌을 마시는 것이었다.

온 섬이 공포로 오그라붙었다. 그때 나이가 어려서 시국이 어떻게 돌아가는지 잘 몰랐지만, 그러나 쥐도 궁지에 몰리면 고양이 코를 무는 법, 하물며 인류를 안다는 인간으로서 어찌 그냥 앉아서 당하기만 하겠는가. 이길 수 없는 싸움인 줄 알면서도 싸울 수밖에 없는 것이 인간이 아닌가 말이다. 아직 정부가 수립되기 전이니까 이왕 정부를 만들 바엔 단독정부가 아닌 통일정부를 만들자 하는 것은 국민 된 도리로서 능히 할 수 있는 주장이 아닌가. 매에 질리고 더이상 숨을 데도 없어진 섬 젊은이들은 이듬해 기어코 다시는 돌아올 수 없는 무력항쟁의 길로 들어서고 말았다. 듣건대 무기라고 해봐야 일본군이 땅에 파묻고 간 구닥다리 썩은 소총 수십자루에 불과했다고 한다. 그러니까 애당초 이기자고 한 싸움이 아닌 게 분명하다. 오죽 궁지에 몰렸으면 그렇게 절망적인 싸움을 벌였을까. 그 당시를 살아보지 않은 사람은 그 절박한 사정을 모른다.

그러나 한갓 절망적인 시위에 불과한 이 항쟁에 대한 권력의 대응은 냉혹무비했다. 단독정부를 반대한 섬 젊은이들은 정부수립과 동시에 역적의 무리로 낙인이 찍혀 가차 없는 토벌의 대상이 되었다. 서북청년들이 노상에서 태극기와 이승만의 사진을 비싼 값에 강매하면서 돈 없어 못 사는 사람을 '빨갱이'라고 매질하는 것을 보고 나는 세상이 바뀌었음을 실감했다. 하늘엔 미군 비행기가 날고 바다엔 미군함이 뜨고 미군 군장으로 무장한 토벌대가 한라산을 향해 토끼몰이식으로 포위망을 좁혀갔다. 어허, 수만이 죽어넘어진 그때의 참상을 어찌 말로 다 하랴! 썩은 소총 몇십자루에 대항하여 원자폭탄을 터뜨린 것이나 다름없으니, 세상에 그런 무도하고 졸렬한 전쟁이 또 어디에 있을까. 제주읍과 군용차량의 통행이 용이한 섬 일주도로변의 해변 마을들을 제외한 이른바 중산간 부락들은 폭도 마을로 간주되었고 젊은이들은 검거의 대상이 아니라 사살의 대상이 되어버렸다.

당시 나는 열일곱살로 위험한 나이에 이르렀으나 요행히 읍내에 머물러 있어서 별일은 없었다. 고향 마을 눈메드르에 두고 온 어머니와 누이동생이 걱정이었다. 계엄령으로 통행이 두절되어 있었던 것이다. 나는 여전히 기름밥 먹으면서 화물차 조수 노릇 하는 틈틈이 핸들을 잡아보곤 했는데, 그러다가 어느날 갑자기 토벌대에 운전사로 징발되었다. 그런데 그것이 하필이면 악명 높은 서북청년단이었다. 중산간의 작전지역까지 '빨갱이 사냥' 나가는 그들을 스리쿼터로 실어나르는 것이 내 임무였다. 날선 돌부리가 삐죽삐죽 솟고 웅덩이가 많이 파인 산길이라 타이어 바퀴가 한달도 못되어 너덜너덜 헐어빠질 지경이었다. 길이 그렇게 험하고 보니 차체가 기우뚱거릴 것은 정한 이치인데도 그들은 차를 똑바로 못 몬다고 내 머리를 쥐어박곤 했다.

중산간 마을 주민들은 차 소리만 났다 하면 놀란 노루떼마냥 앞다퉈 산 쪽으로 달아났는데 밭 갈다가도, 조타작 메밀타작 하다가도, 밥 먹다가도, 쟁기도 도리깨도 숟가락도 팽개치고 냅다 뛰어 달아나는 것을 그뒤를 향해 총을 난사했다. 소 먹이던 아이가 소와 함께 달아나다 죽고, 짐을 진 채 고꾸라져 죽은 아낙네도 있었다. 미처 도망 못 간 남정네를 '포로'라고 이삭 줍듯 차에 주워담아 돌아오곤 했는데, 지금의 동문로터리에 있는 서청 사무실에서는 날이면 날마다 그 '포로'들이 내지르는 '아이고' 비명 소리가 그치지 않았다. 때로는 불로 지져 살 타는 냄새가 밖으로 풍겨오기도 했다. 차 안에서 늘 대기상태에 있던 나는 그 비명 소리, 그 냄새에 진저리 치고 토악질하고 눈물을 흘렸으니, 그것 또한 견디기 힘든 고문이었다. 아무리 제주에 들어가서 섬 백성 절반쯤 죽이고 오라는 명령을 받았을지언정 사람이 어쩌면 그렇게 잔인할 수가 있을까. 무식해서 그런가? 그들 태반이 한자를 몰라 이(李)씨를 이(二)씨로 쓰고 피검자가 자술서를 한자 섞어 쓰면 그것도 글이냐고 오히려 매를 더 때리고, 전화통신문도 제대로 못 받아 나를 불러다 받아쓰게 할 지경이었다. 본래 성품이 순직한 사람은 좀처럼 제 고향을 떠나는 게 아니라고 한다. 내가 이년 후 육이오 전쟁터에 운전병으로 징집되어 이북땅으로 진격할 때 본 일이다. 우리 중대에 서청 출신이 많았는데, 미처 피난 못 가고 떼 지어 헤매는 이북 주민들만 보면 무조건 개머리판으로 찍어 조지길래 왜 그러냐고 물으니까 이북에 있을 때 자기네가 당한 분풀이를 한다고 했다. 물론 서청을 한데 싸잡아 매도할 생각은 없다. 그들 중에는 양심의 가책을 느껴, "불쌍하고 애매한 섬사람들을 처형하고 갑니다" 하고 울먹이며 옷 벗고 섬 밖을 나가버린 선량한 사람도 있었다.

그러던 어느날, 평소에 내가 걱정하던 일이 일어나고 말았다. 다른 일로 고향에 간다면 얼마나 좋겠는가. 어머니의 생사 여부도 모른 채 거진 반년이 지난 것이다. 그러나 다른 일도 아니고 내 고향으로 '빨갱이 사냥' 나가는데 차를 몰고 가야 하는 것이다. 냄새 맡아봐야 흙냄새밖에 안 나는 순박한 마을 사람들인데…… 그들이 나를 보면 어떻게 생각할 것인가. 동네 어른, 선배들의 얼굴이 자꾸만 눈앞에 어른거렸다. 핸들 잡은 손이 부들부들 떨려 차가 험한 돌짝길 위에서 마구 뒤뚱거렸다.

"이 간나새끼, 차를 똑바루 못 몰가서?"

옆자리의 소대장이 주먹으로 마구 내 머리통을 쥐어박고 나는 드디어 울음을 터뜨렸다.

"제발 사정 봐줍서. 눈메드르는 제 고향입니다. 제 마을 사람을 잡으러 가는데 제가 어떻게 차를 몰고 갑니까. 제발, 거기만은 사정 봐주십서."

"뭐이 어드레? 그러니까 너도 폭도들과 한통속이라 이거디? 좋아, 깜장콩알 맛 보여주디. 차 세워!"

소대장은 나를 차 밖으로 끌어내고 얼굴에다 바싹 권총을 들이 댔다. 눈앞의 똥그란 총구는 깜장콩알이 아니라 금방 독사 한마리 튀어나올 듯 끔찍스러웠다.

"아이고, 잘못해수다. 차를 잘 몰 테니 용서하십서."

소대장은 느물느물 웃으며 총을 거두고, 나는 다시 차를 몰기 시 작했다. 아, 이 노릇을 어찌하나. 눈에서 눈물이 걷잡을 수 없이 흘 러내렸다. 눈물과 함께 불현듯 죽고 싶은 충동이 뭉클 치밀어올랐 다. 죽으면 죽었지, 이놈들을 데리고 내 마을엔 못 가! 오냐, 나도 죽고 네놈들도 죽자! 이판사판이야. 나는 엉엉 소리내어 울면서 핸 들을 좌우로 마구 비틀어댔다. 차가 금방 뒤집힐 듯 천방지축 뜀질 하자 대원들이 모두 사색이 되어 비명을 질러댔다. 생사를 건 그 게임에서 결국 내가 이겼다. 즉결처분감이 분명했으나 용케 죽음 을 면했다. 구하기 어려운 운전사를 함부로 처치해버릴 수 없는 모 양이었다. 그 대신에 나는 쇠꼬리 말린 쇠좆매로 흠씬 얻어맞아 온 몸에 구렁이 수십마리가 휘감긴 듯 시퍼렇게 멍이 들어 있었다.

그러나 두달 후인 음력 10월 보름께 내 고향 눈메드르는 무서운 재앙불을 맞아 잿더미로 변해버리고 말았다. 그날, 어머니는 삼십 여명의 몰사죽음 속에 끼여 있었다. 어허, 중산간 지대의 수백 부락 에 초토화의 무서운 재앙불과 함께 집단학살의 무서운 총성이 벼 락 치던 그해 음력 10월과 동짓달을 뉘라서 잊을 것인가! 화광이 충천하여 밤하늘의 구름을 붉게 물들이던 그 무서운 광경, 멀리 읍 내에서도 보이던 그 때아닌 한밤중의 핏빛 노을을 뉘라서 잊을 것 인가! 불타는 마을에서 죽은 사람도 많았지만 해변으로 소개된 직후 또 얼마나 많은 양민들이 입산자 가족, 통비분자라는 이름 아래 죽어갔던가! 섬 도처에서 무고한 농투사니들이 보리밭 베어넘겨 지듯 밋밋하게 쓰러져갔던 것이다. 나는 서청의 저승차사들을 실은 스리쿼터를 몰고 다니면서 그 숱한 떼주검을 목격했다. 눈물샘이 말라버렸는지 눈물도 더는 나오지 않았다. 죽음은 사방에 널려 있어 죽고 사는 것이 전혀 우연의 소치였다. 나는 어머니의 죽음도 그 숱한 죽음들 중에 하나로 여겨 담담하게 받아들이기로 했다.

읍내 주정공장의 창고에 수용된 소개민들 가운데서 머리칼이 반쯤 불에 타버리고 정신도 반쯤 나가버린 누이동생을 만나볼 수 있었다. 어머니는 그때 불타는 집 안으로 뛰어들어 무구(巫具)인 신칼과 산판을 들고 나오다가 총을 맞고 절명했다는 것이었다. 이듬해 봄, 그 무서운 난리굿이 한풀 꺾여 통행허가가 나자, 나는 누이와 함께 매운재만 풀풀 날리는 눈메드르로 찾아갔다. 어머니의 시신은 누이가 덮어준 그대로 한쪽 귀퉁이가 불에 탄 이불을 덮어쓴 채 썩어 있었다. 타다 남은 문짝 하나 뜯어다 그 위에 시신을 모셔 수습했는데, 총탄이 뚫고 간 가슴팍에 흰 적삼이 검게 변색된 핏덩이로 절어붙어 낫으로 찢어내야 했다. 그러고는 텃밭에다 임시로 가매장했는데 신칼과 산판도 함께 묻었다. 누이는 서럽게 울었으나 내 눈에선 눈물이 나오지 않았다. 그러나 제 육친의 시신을 묻으면서 울지 않은 사람이 어디 나 혼자뿐이던가. 덜 서러워야 눈물 나고 덜 무서워야 울음이 나오는 법이다. 어허, 제 식구의 곡소리도 못 듣고 떠난 불쌍한 영혼 영신네여. 죽은 지 서너달이 넘도록 노천에 방치된 채 까마귀밥이 되거나, 한구덩이에 수십명씩 담겨 멸치젓 썩듯 푹 썩어 있던 시신들, 유족들은 이장해도 좋다고 허락해준 것만도 감지덕지해서 "아이고, 고맙수다. 고맙수다"라고 연발하면서 손을 싹싹 비벼댔으니, 그렇게 공포로 가슴이 얼어붙는데 도대체 무슨 울음이 나겠는가 말이다. 자칫 곡소리를 냈다가 놈들이 자기네를 원망한다고 생트집을 잡을지 모를 일이었다.

그 이듬해 육이오 전쟁터에 징집된 나는 차량사고로 몇번 죽을 고비를 넘기다가 이년 만에 제대했다. 그때 내 나이가 스무살이었다. 고향에서 나는 오랫동안 실의의 나날을 보냈다. 이제는 살았구나 하는 안도감 속에서 오히려 죽음을 생각했다. 수면제 스무알을 모아 먹어도 죽지 않았다. 손가락 하나 까딱할 수 없는 무력증에 사로잡혀 방구석에 누워 꼬치꼬치 말라갔다. 열일곱에서 스무살에 이르는 사년 세월, 싱싱한 생명력으로 충만해 있어야 할 나이에 나는 너무도 많은 죽음을 보아버렸나보다. 죽음은 늘 이웃에 있어 살아 있다는 게 별로 실감나지 않았고 내 육신은 그 수많은 시신들과 잘 구분되지 않았던 것이다. 이제 고향의 살아남은 자들 가운데로 돌아온 나는 차라리 허구의 세계에 몸담고 있는 듯한 느낌이었다. 살아 있는 자들보다 죽은 자들이 더 강한 호소력으로 나에게 밀착해왔다. 아무리 떼어내도 자꾸만 내 몸에 달라붙는 시신들, 나는 종내 그들을 뿌리칠 수 없었다. 거진 한달가량 방구들에 누워 골이 터져나갈 듯한 두통에 시달리며 지냈는데 꿈속에 신칼을 든 어머니가 자주 나타났다. 무병(巫病)을 앓고 있음이 분명했다. 결국 나는 앞으로도 죽은 자들과 더불어 살 수밖에 없는 팔자임을 깨닫고 그토록 싫어했던 심방의 길로 들어섰다.

나는 어머니의 무덤에서 신칼과 산판을 파내고 그 원혼을 달래는 귀양풀이 굿을 벌였다. 그것이 나의 입무(入巫)굿이자 내가 한 최초의 4·3 원혼굿이었다.

어~ 설우신 어머니 영혼 영신님, 무도한 총탄에 죽고 간 설우신 어머님아, 이 상 받고 신 내립서. 먹장 같은 가슴 피로 절어 피 묻은 입성 벗지 못하고 구름길 바람길 따라 흐르는 영혼 영신님, 어~ 이 상 받고 신 내립서……

말라붙었던 눈물샘에 그제야 눈물이 비 오듯 쏟아졌다. 구경하던 손님들이 울먹거리며, "그래그래, 울어라, 울어. 실컷 울어라. 울어야 속 풀어진다. 울어야 병 낫는다" 하고 나를 격려했다. 어린 시절 어머니의 품에 안겨 맡았던 그 구수한 땀 냄새가 생각났고 먹으라고 주신 굿떡을 침 뱉어 팽개쳐 어머니를 울렸던 일들이 생각났다. 그 썩은 시신에서 풍기던 구역질 나게 들큰한 냄새도 생각났다. 그러자 어머니가 총살당하던 날의 무서운 광경이 굿사설이 되어 내 입에서 줄줄이 흘러나왔다. 마을은 포위되고 불붙은 대빗자루를 든 군인들이 사방을 쑤시고 다니며 집집마다 지붕 네 귀에 불을 댕기자 때마침 불어오는 북풍에 마을은 삽시에 불바다로 변하고 밖으로 내몰린 사람들이 애걸과 저주의 울부짖음을 터뜨리면서 사나운 총구 앞에 픽픽 쓰러졌고 불타는 집에 남아 세간을 밖으로 내치던 사람들도 총 맞아 죽고 마루 밑 같은 데 숨어 있던 사람은 불에 타 죽었다. 나는 떼굴떼굴 구르면서 온몸으로 울었고 구경꾼들도 덩달아 울었다. 그렇게, 가슴 깊이 억하심정으로 갇혀 있던 해묵은 울음이 터져나와버리자, 내 육신은 깃털같이 가벼워져 반나절 내내 비비둥둥 허공을 차고 오르며 정신없이 춤을 추다가 쓰러져버렸다. 혼곤하게 잠이 들었다가 이튿날 아침에 눈을 떴는데 내가 굿하는 중에 무슨 말을 했는지 도무지 기억이 나지 않았다. 굿 구경 왔던 사람들이 모두 울어 온통 울음판이었다고 했다.

혹시나 걱정했는데 아닌 게 아니라 며칠 후 나는 서에 불리어갔다. 죄목인즉 토벌대를 나쁘게 말했고 멀쩡한 사람들 울려 선동했다는 것이었다. 왜 그들이 멀쩡한 사람들인가. 그들도 그 무서운 사태에 한맺혀 가슴이 썩을 대로 썩은 사람들이었다. 사태가 끝난 지 삼년이 흘렀건만 아직도 무서워서 한번도 마음 놓고 울어본 적이 없는 그들인지라 내 굿판을 빌려 울음을 터뜨린 것뿐이었다. 그들은 내 몸에 호되게 몽둥이찜질을 안겼는데, 매 때리고 나서 하는 말이, 그것은 심방 개업 기념 맛따니까 너무 섭섭하게 생각하지 말고 앞으로 잘 협력해달라고 하는 것이었다. 각서를 쓰고 그들의 요구대로 경신회(敬神會)에도 가입했다. 경신회는 수백명의 심방들을 강제로 끌어모아 만든 조직인데, 심방들이 이집 저집 굿하러 다니노라면 그 집 집안 내력을 소상히 알게 될 터인즉, 무슨 불온한 낌새가 보이면 보고하라는 것이었다. 혹시 일본에 도피한 자가 있는지, 혹은 시국을 불평하는 자가 있는지 알아내라고 했다. 심지어 굿할 때 오색 깃발을 달고 세우는 장대의 맨 꼭대기에 태극기를 게양하라는 지시까지 할 지경이었다. 굿판에 태극기를 달라니, 그야말로 제삿밥에 재 뿌리는 격으로 견디기 어려운 수모였다. 언제나 독재자의 사진과 나란히 걸리던 태극기, 그동안의 태극기는 백성의 깃발이라기보다는 백성이 그 앞에서 주눅 들어야 하는 위압적인 권력의 상징이 아니었던가. 태극기는 굿판의 애통한 곡소리를 능히 제압할 수 있었다. 토착신은 예전에도 관권 앞에 약했다. 이조시대 이형상 목사(牧使)가 수십군데의 당을 파괴할 때도 신통력이 센 당신 두엇만 살아남고 나머지는 '관령(官令)'이라고 써붙인 붉은 글자 앞에 맥을 못 추고 도끼질당하더라고 했다. 사정이 이러하니 원혼굿이 제대로 될 리 없었다. 굿판을 벌이면 반장이 알고 반장이 알면 동장이 알고 동장이 알면 지서가 알고 지서가 알면 경찰서가 알게 되니 심방은 혹 실수될까 말조심해야 하고 굿 주인도 억울한 집안 내력을 톡 까놓고 말하기를 꺼렸다. 억울한 죽음의 내력을 곧이곧대로 말 못하는 내 심사는 참으로 괴로운 것이었다. 그저 내가 할 수 있는 거라곤 슬프게 우는 것밖에 없었다. 그러나 그것도 소리 없는 눈물이어야지, '아이고' 소리는 금물이었다.

북촌이라면 중산간 부락이 아닌 해촌인데도 사태 때 육백명 가량이 한날한시에 떼죽음당한 곳이다. 들은 이야기인데 박정희 시절 그 마을에 '아이고 사건'이 있었다. 군대 갔던 한 청년이 비명에 죽어 환고향했는데 객지에서 죽은 외로운 넋이라고 마을 청년들이 꽃놀림을 해주었다. 꽃상여에 시신 대신 망자가 입던 옷가지만 넣고서, "네가 인생을 다 못 살고 갔으니 마지막으로 한번 놀다 가거라" 하고 마을 안팎 망자가 잘 놀던 곳을 한바퀴 돌아주고 마지막으로 학교 마당에 들렀다. 그 운동장은 학살 직전 마을 사람들이 끌려와 있던 곳이라 이왕이면 그때 돌아가신 조상님들께도 술잔을 올리자 해서 한잔 두잔 올리다보니 울음이 터져나와 잠깐 사이에 운동장 바닥이 온통 대성통곡 눈물바다가 되어버렸다. 이 사건으로 댓명이 잡혀들어가 고초를 당했는데 더 잡아가려고 해도 무남촌이라 남자가 없어 못 잡아갔다고 한다.

그러나 이제는 세월이 흐를 만큼 흘렀다. 아무리 모진 권력의 칼도 세월이 흐르면 칼자루가 썩는 법이다. 사십년 가까이 '아이고' 곡소리 못 내고 눈물을 자꾸만 안으로 삼켜야 했던 유족들은 광주청문회 이후 조심스럽게 멍든 가슴의 상처를 보이기 시작했다. 요 몇년 사이에 원혼굿 해달라는 부탁이 부쩍 늘었다. 또 어느 구름에서 날벼락 떨어질지 몰라 조심스럽긴 해도 그만하면 내 입도 많이 트였다.

개명된 시대라 모든 신, 모든 잡귀는 떠나도, 그러나 4·3 원혼들만은 앞으로도 오랫동안 우리 곁을 떠나지 않을 것이다. 억울한 죽음이기에 아직도 저승에 안착 못하고 허공중에 떠도는 영혼 영신님들…… 그들은 제 유족들한테만 혼을 의탁하고 있는 게 아니다. 애통함을 호소하기 위해, 원한을 설분하기 위해 우울한 낯빛으로 다른 사람들을 찾아가기도 한다. 죽은 어미 품을 더듬으며 악악 울어대던 젖먹이가, 마을이 불타던 날 멀구슬나무에 올라 홀로 살아남은 어린아이가 장성하여 메만 올려도 제상이 가득 차버리는 제사를 지내고, 제 식구는 물론 사촌까지 몰사하여 생일 케이크에 꽂힌 촛불들처럼 큰 양푼이밥에 숟가락들만 잔뜩 꽂아놓고 제사 지내는 사람도 있고, 딸자식만 살아남아 훗날 시집갈 때 친정귀신들까지 데려가 시댁 눈치 보며 제삿밥 먹이는 사람도 있고, 홀로 남은 아낙이 고아가 된 아이를 수양아들, 수양딸로 삼아 그 부모 제사까지 해주는 경우도 있지만, 그러나 오촌까지 몰사하여 씨멸족된 집안이 수다한데 그 주인 없는 귀신들은 누구에게 의탁하여 밥을 먹을 것인가.

굳은 장마에도 볕드는 곳이 있다고 사태 당시 제주 읍내는 큰 피해가 없었다. 그런데도 원혼굿 해달라는 부탁이 심심찮게 들어온다. 4·3 내력이 없는 멀쩡한 집안에 그 원귀에 쒼 경우가 가끔 있는 것이다.

작년 봄에 만난 환자는 고2짜리 남학생이었다. 굿을 청한 사람은 아이의 할머니였는데, 여러달 신경치료를 받았으나 아무 효험이 없다고 흐느껴 울었다. 환자는 써버린 성냥개비처럼 얼굴은 까맣게 타들고 몸이 수척한데 눈알만 야릇한 광채로 번뜩였다. 멀쩡한 손이 더럽다고 하루에도 수십번 손을 씻으면서 물에 불어터질 지경이더니 요즘에는 그 손에 피가 묻어 아무리 물에 씻어도 시멘트 바닥에 문질러도 지워지지 않는다고 손을 잘라버리고 싶다고 울부짖는가 하면 때로는 한밤중에 나갔다가 가시에 얼굴 긁히고 옷이 찢기고 안개에 후줄근히 젖은 모습으로 새벽에 돌아오기도 했는데, 자신도 도대체 어디를 헤매고 다녔는지 모른다는 것이었다. 말을 시켜보니 요즘 아이들이 잘 걸리는 입시병도 상사병도 아닌 것은 분명했다. 이렇다 할 심적 충격을 받은 일도 없다고 했다. 집안 내력에 혹시 뭐가 있나 하고 알아봤더니 비명에 죽은 사람은커녕 아직 늙어 죽은 사람도 없었다. 아이의 조부가 1·4후퇴 때 단신으로 월남한 피난민으로 입도 시조인 셈인데 칠십 노인이지만 아직도 정정하다는 것이었다. 동문시장에서 장사로 자수성가한 모양인데 자손도 번성하여 아들 삼형제를 밑으로 가지 친 손자들이 열댓 된다고 했다. 아이의 외가는 둘 다 이 고장 토박이였다. 나는 환자 몸에 오다가다 만난 허튼 객귀가 붙은 것으로 여기고 며칠 후 택일 받아 환자의 사십평 아파트에서 푸닥거리 굿판을 벌였다. 무속은 아녀자들의 신앙이라 남자는 믿을 게 못된다고 생각했는지 환자의 아비 되는 사람과 조부는 자리를 비우고 나타나지 않았다. 환자 아이도 비웃는 눈길로 굿하는 걸 흘끔흘끔 흘겨보는 것이었다. 그러나 무악기가 낭자하게 울려퍼지는 가운데 여러 신을 청하는 의식이 두시간 남짓 진행되어 한창 무르익을 쯤 되니 환자의 눈빛이 차츰 입김 쏘인 거울처럼 흐릿해져갔다. 나는 땡글땡글 요령을 흔들며 맑은 목소리로 무가를 부르기도 하고 북, 장구 소리에 맞춰 쾌자자락 날리며 비비둥둥 춤을 추기도 했다.

인간의 삼혼 중에 한 넋만 없어도 시든 꽃이 되는 법입네다. 성은 조씨, 나이는 열일곱, 어리고 미혹하여 홀연 넋이 나니 먹던 밥 멀리 두고 자던 잠 멀리 두어 이승 반 저승 반이 되었습네다. 넋신왕 넋 들여줍서. 혼신왕 혼 들여줍서. 어느 조상에 잘못이라도 있거들랑 풀려줍서. 어느 허튼 잡귀의 탓이라도 풀려줍서. 구름산 구름 자듯 얼음산 얼음 녹듯 저 바다에 물결 자듯 끓는 물에 냉수 치듯 저 몸에 신병 풀려줍서. 춘삼월 불탄 잔디 속잎 나듯 봄 고사리 새순 나듯 파릇파릇 살리옵서……

이렇게 여러 신을 청하여 소원을 올린 다음 곧장 잡귀풀이로 들어갔다. 심방이 잦은 북장단에 맞춰 날뛰며 환자의 온몸을 신칼로 찌르는 시늉을 하며 잡귀를 쫓는 의식이었다. 나는 온몸의 기력을 칼끝에 집중시키면서 환자 주위를 미친 듯이 휘돌았다.

　"잡귀야 잡신, 요건 보니 잡귀로다. 요건 보니 잡신이로다. 이것이 어떤 잡귀냐. 저승도 못 가고 이승도 못 오고 허공중에 바람길 구름길 따라 놀던 잡귀로다. 남자 잡귀던가 여자 잡귀던가. 늙은이 죽어간 노망귀던가 젊은이 죽어간 청춘귀던가."

　소무가 깨어져라 징을 난타하는 가운데 나는 눈을 부릅뜨고 무섭게 칼을 휘둘러댔다.

　"이 칼은 천하명장 쓰던 칼, 이 칼은 사람 잡는 칼이 아니라 귀신 잡는 칼이로다. 너른 마당 번개 치듯 좁은 마당 벼락 치듯, 쫓아들어 풀어내자. 쑤어나라 쑤어나라."

　홀린 듯 게게 풀려 있던 환자의 눈이 똥그랗게 커지더니, 칼끝이 닿을 때마다 흠칫흠칫 몸을 떨기 시작했다. 이때를 놓치지 않고 나는 혼신의 기력을 다하여 몰아붙였다.

　"얼우 죽고 굶어 죽은 잡귀냐. 잔솔밭 어귀마다 숨어 놀던 잡귀냐. 매를 맞아 죽은 군졸이냐. 익사한 군졸이냐. 불에 타 죽은 군졸이냐. 네놈이 뭣이냐. 옛날 옛적 김통정 시절에 이재수 난리 통에 죽어가던 군졸이냐. 대동아전쟁 시절에 죽어가던 군졸이냐. 무자 기축년 4·3사태에 죽어가던 군졸이냐. 이 칼은 천하명장이 쓰던 칼……."

　그때였다. 돌연 환자가 으악, 비명을 지르고 뒤로 넘어지더니 정말 칼에 찔린 사람처럼 처참하게 몸을 비틀어대는 것이었다.

"아이고, 날 살려줍서. 난 아무 죄도 없수다. 제발 살려줍서."

환자는 몹시 고통스러운 표정으로 금방 숨이 넘어갈 듯이 헐떡거렸다.

"어서 그 귀신 쫓읍서!"

뒤에서 아이의 할머니가 다급한 목소리로 부추겼다.

"말해! 네가 어떤 놈이냐? 무슨 귀신이냐고? 뭘 먹자고 이 아이한테 달라붙었어? 엉? 어서 말 못해?" 하면서 환자한테 바싹 대들어 무섭게 압박해 들어가던 나는 문득 야릇한 냄새에 멈칫했다. 환자의 몸에서 날피 냄새와 살코기 타는 냄새가 훅 끼쳐온 것이다. 방바닥에 쓰러져 버르적거리던 환자가 그때 오뚝 튕겨져 일어나 앉았는데 표정이 뒤바뀌어 얼굴이 노여움으로 일그러지고 눈에 분노의 빛이 숯불처럼 이글거렸다. 영판 낯선 사람의 얼굴이었다. 환자의 어머니와 할머니가 놀라 뒤로 물러나 앉고 나도 간담이 서늘했다. 환자의 얼굴에 나타난 분노는 함부로 범접 못할 위엄이 있었다.

나는 잡귀를 협박하던 말투를 바꿔 공손히 물었다.

"무슨 원통한 일이 있습니까?"

노여워 불이 철철 흐르는 아이의 눈에서 불똥 같은 굵은 눈물방울이 뚝뚝 떨어지더니, 야릇한 울림으로 느릿느릿 말이 흘러나왔다.

"난 무자년 10월 우리 마을 불탈 때 토벌대의 총에 맞아 죽은 불쌍한 영혼이우다. 열일곱 어린 나이 외아들로 죽어 홀로 남은 어머님한테 제삿밥 얻어먹은 불효잡니다. 이제 무정세월 흘러 어머님마저 세상을 하직하시니 불쌍한 우리 모자 어디 가서 제삿밥 얻어먹으리오?"

그러고는 환자는 더이상 할 말이 없다는 듯이 입을 다물고 멍하니 눈길을 허공에 주었다.

"어느 마을 어느 집 자손이 됩니까? 예? 어서 말합서."

내가 이렇게 다그쳤으나, 환자는 졸리다고 중얼거리면서 모로 쓰러지더니 곧장 잠 속으로 빠져들고 말았다.

그 이튿날 아침 늦게야 깊은 잠에서 깨어난 아이는 전에 없이 맑은 기운이 얼굴에 감돌았다. 뜬눈으로 밤을 새우며 걱정하던 식구들이 반색하며 아이 앞으로 모여 앉았다. 아이의 아버지도 자리를 같이하고 있었다. 아이는 굿판의 일은 전혀 기억이 안 난다고 했다. 정신이 좀 맑아졌으니, 혹시 요사이 일 중에 특별히 기억나는 거 없느냐고 내가 물었는데 뜻밖에도 새로운 사실이 아이의 입에서 나왔다. 지난 1월 중순께 겨울방학 보충수업을 마치고 동문시장 앞을 지나가는 길이었는데, 눈 녹아 질척거리는 길가에 앉아 마른 고사리를 한줌 놓고 팔고 있던 웬 늙디늙은 할머니가 느닷없이 자기의 바짓부리를 붙잡더라는 것이었다. 하도 애처로운 눈빛으로 쳐다보길래 뭘 구걸하는 줄 알았는데 그게 아니었다.

"하이고, 그 학상! 얼굴이 곱기도 하다. 우리 아들도 얼굴 고왔는디, 우리 아들도 학상이었는디⋯⋯"

이렇게 중얼거리다가 나이를 물어보고 열일곱살이라고 하니까 자기 아들도 그때 열일곱살이었다고 했다. 그런데 그 아들이 사십여년 전 사태 때 죽었다는 것이었다.

아이는 몽유병 환자처럼 밤중에 집을 나가 들판을 헤맨 일도 기억해냈다. 밤중에 어디선가 징소리가 들려오면 몸이 저절로 그 소리를 찾아나서게 된다고 했다. 어느날 밤새도록 깜깜한 들판을 헤매다가 새벽이 되었고, 안개 자욱한 들판 한곳에 바람 소용돌이가 일어 안개가 획획 걷히는데 풀밭의 초록색과 뒤엉켜 뭔가 선혈처럼 붉은 것들이 언뜻언뜻 비쳤다. 풀밭에 뿌려진 피! 끔찍한 생각에 일순 정신을 잃었는데, 눈을 떠보니 그것은 철쭉꽃 무리였다. 안개 걷힌 풀밭의 싱싱한 초록빛 위로 철쭉꽃이 선혈처럼 붉게 물들고 있었다. 뭔가 알 수 없는 슬픔이 복받쳐 눈물이 주르륵 흘러내렸다. 그때부터 밤중에 징소리가 들려와 온 들판을 헤매다가도 새벽녘이면 어김없이 그 풀밭에 당도하곤 했다. 기관총 탄피를 몇개 줍기도 했다. 근처에 마을이 있어 알아보니 봉산부락이었다.

그날로 나는 아이의 어머니와 할머니를 대동하고 봉산부락을 찾아가 수소문해보았는데, 과연 열일곱살로 농업학교 다니던 외아들을 4·3사태 때 잃고 일흔아홉살까지 한평생 설움에 갇혀 살다가 지난 1월달에 세상을 떠난 노파가 있었다는 것이었다.

10월 열여드레 마을이 불타던 날 주민 칠십여명이 학살되었다고 했다. 그 마을의 참화도 내 고향 눈메드르나 다른 중산간 마을들이 당한 것과 비슷했다. 해 뜨기 전인 어둑새벽 홀연히 나타난 9연대 군인들이 마을에 불 지르고 미처 숨지 못한 사람들을 한군데 몰아다놓고 기관총으로 드르륵 갈기고 떠나버린 것이다. 죽은 사람들은 대개 남정네였지만, 잡힌 남편, 아들을 살려달라고 울며불며 따라갔다가 무참히도 함께 죽임을 당한 여자들도 여럿이었다. 그런데 그 여인만은 빗발치듯 퍼붓는 총탄 속에서 손끝 하나 다치지 않고 시체더미를 헤치고 살아난 것이다. 살아생전에 그 여인은 그때 아들과 함께 죽지 못한 걸 늘 한탄했다고 한다. 집 밖에 외출할 때는 반드시 벽에 걸린 아들 사진을 보며, 영수야, 어디를 다녀올 테니 책 읽으면서 집이나 보고 있거라, 하고 인사를 하곤 했다는 것이다.

환자 아이가 발견한 그 풀밭이 바로 그 학살터였다. 이제 모든 게 명백해졌다. 이 기막힌 사실에 환자 아이의 어머니와 할머니는 크게 충격을 받은 모양이었다. 이마에 구름띠를 두르고 수심 가득히 서 있는 한라산을 뒤로하고 집으로 돌아온 두 여인은 우리가 무슨 죄를 졌길래 남의 귀신을 뒤집어쓰느냐고 꺼이꺼이 울었다. 나도 심란하기 짝이 없었다. 내가 가끔 남의 집 귀신에게 씐 환자를 위해 병굿을 해보지만, 그것이 원혼을 저승으로 인도하는 저승길 치는 굿 한번으로 끝나는 것이었지 매년 제삿밥 받아먹겠다는 귀신은 이번이 처음이었다.

아침나절에 잠시 반짝했던 아이는 다시 정신이 섞여 피 묻은 손을 씻는다고 세면대에 손을 담근 채 울고 있었다. 나는 더 머물러 있기가 괴로웠다. 집에 가 있으면 가부간에 결정하여 연락을 할 테지 하고 자리에서 일어나 나오는데 여태 모습을 보이지 않던 아이의 조부가 마침 그때 나타났다. 감색 신사복의 말쑥한 차림이었다. 의심을 잔뜩 품은 눈초리로 잠시 날 노려보았는데, 어딘가 낯익은 눈매였다. 저 날카로운 눈매, 누굴까? 아니 누구였을까? 목이 짧아 어깨 위에 덩그렇게 얹혀 있는 듯한 저 머리통. 음울한 기억 속에 한 사내의 얼굴이 떠올랐다. 바로 그자야! 사무실 안에서 매 맞는 비명 소리가 처절하게 들려오는 가운데 피검자 가족을 건물 뒤로 끌고 가 목숨값 흥정을 벌이곤 하던 사내! 그들은 돈깨나 있다 싶으면 우익단체 사람까지 잡아다 엉뚱한 혐의를 씌워 족치곤 했다. 그러니까 그는 1·4후퇴 때 월남한 선량한 피난민이 아니었다. 아이의 할머니는 제 남편이 서청 출신인 것이 부끄러워 그렇게 거짓말했을 것이다. 어떻게 해서 저자와 살게 되었을까? 강제 결혼당했을까? 그렇게 여자를 약탈해다가 억지 살림을 차린 경우가 한둘이 아니다. 그리고 집안 식구를 죽음으로부터 보호하기 위해서 자진해서 딸자식을 넘겨준 부모도 많았다. 흥! 동문시장에 큰 점포를 가졌다고? 그 시장에서 성공한 서청 출신이 몇 된다더니 그중에 한 놈이야. 여자도 빼앗은 놈들인데, 상권쯤이야 못 뺏을라구. 사람 목숨값도 흥정한 놈인데, 그까짓 물건값 흥정이야 누워 떡 먹기였을 테지. 나는 울고 있는 두 여자 앞에 화난 얼굴로 서 있는 그자를 다시 한번 훑어보고는 그 집을 나와버렸다.

그후 여러날 늙은 내외간에 옥신각신 말다툼이 벌어지는 모양이더니, 결국 원혼굿이 치러졌다. 빨갱이 귀신 섬길 수 없다고 막무가내로 버티던 그가 고집을 꺾은 것을 보면 역시 제 피붙이는 소중한 모양이었다. 그는 결국 제 손자의 몸에 의탁한 매서운 원혼에게 굴복하고 만 것이다.

그 원혼굿은 사흘거리 큰굿으로 벌어졌는데, 내가 여태 심방질을 해왔지만 그때처럼 신명나게 놀아보기는 처음이었다. 반성할 줄 모르는 무도한 가해자가 사십여년 만에 피해자 앞에 무릎을 꿇었는데 어찌 신명나지 않겠는가. 나는 아이의 몸에 범접한 서러운 영신의 입을 빌려 울고불고 억울함을 하소연하기도 하고 매섭게 가해자들을 꾸짖기도 했다. 맺힌 꽃봉오리 피어보지도 못한 채 무참히 무지러진 열일곱살, 일점혈육 세상에 떨어뜨리지 못한 그 원한…… 환자 아이도 열일곱살, 그 몸에 범접한 영신도 열일곱살이고, 나도 사태 당시 그 나이 무렵이었다. 묘한 우연이었다. 아마도 망인은 그 당시 많은 학생들이 그랬듯이 항쟁 쪽에 가담했을 것이고, 나는 저승차사들을 태운 서청 차를 몰아야 했고, 환자 아이 또한 제 조부의 업보를 통해 4·3을 앓고 있었던 것이다. 내가 팔자를 그르쳐 심방이 된 것도 열일곱살 때부터 보기 시작한 그 숱한 죽음들 때문이 아니었던가. 이 묘한 나이의 우연 때문에 그 굿이 마치나 자신의 한풀이처럼 여겨지기도 했는데 어찌나 열심히 했던지 셋째날 막판에는 완전히 탈진상태였다. 환자 아이가 굿을 해줘서 고맙다고 술 한잔 먹고 가겠다고 해서 술을 주고 쓰러져 잠드는 것을 본 다음 나도 쓰러져버렸다. 그러고서 환자는 이틀 밤낮을 내처 깊은 잠에 빠지더니, 그후 병이 크게 차도를 보였다.

다시 말하거니와 4·3 원혼은 남은 유족의 통한으로만 남아 있는 것이 아니다. 그들은 외톨이가 아니라 수만의 무리로서 존재한다. 수만의 군병들, 그들은 떼 지어 허공에 날아올라 구름길 따라 바람길 따라 흘러다니다가 이 섬고장의 모든 사람 모든 물건에 저 산야의 골프장에도 먼지처럼 낙진처럼 소리 없이 내려앉는다. 민가에도 아파트에도 관광업소 건물에도 여름철 관광객들이 벌거벗고 춤추는 함덕해수욕장에도 표선해수욕장에도. 그곳이 피로 물들었던 백사장이기에. 어허, 신혼부부들이 카메라 앞에서 포옹하는 정방 폭포에도 그들 보이지 않는 새떼는 소리 없이 내려앉는다. 물 마른 겨울철 그 절벽 끝에 굴비처럼 한두름에 엮인 채 사나운 총구 앞에 섰던 그 숱한 남정네들, 단 한방의 총알에 줄줄이 한꺼번에 아래로 추락하면서 말라붙어 끊긴 폭포수를 대신했고, 봄에 다시 물이 흘러 폭포수가 흰 비단폭처럼 아름답게 절벽 아래로 드리워졌으니 그것이 그 죽음들을 저승길로 인도하는 명정포였더란 말인가. 아니다, 그들은 저승에 가지 못했다. 폭포 밑이 바로 바다였으니, 그들은 바닷물에 실려 흘러가고 다시는 돌아오지 않았다. 무덤 없는 주검인데 어찌 안락하게 저승에 가 있겠는가. 잃어버린 시신들은 그밖에도 많았다. 시체를 못 찾으면 부득이 나 같은 심방을 빌려서 망자가 남긴 옷가지에 혼을 불러다 널빤지에 얹고 묻을 수밖에 없는데 그것이 헛묘다. 나는 그런 일에 많이 불려다녔다.

슬픔이란 대체로 눈물로 한숨으로 표현할 수도 있고 말과 글로도 표현할 수 있다. 그러나 4·3의 슬픔은 눈물로도 필설로도 다 할 수 없다. 그 사태를 겪은 사람들은 덜 서러워야 눈물이 나온다고 말한다. 아니, 하도 무서워서 울음 한번 시원스레 터뜨리지 못했다. 도대체 이런 죽음이 어디 있는가. 한평생 흙고물 묻은 몸으로 밭고랑을 타며 살다가 때가 되면 자연스럽게 푸른 떗장을 이불 삼고 흙 속에 누워버리는 것이 섬 백성이 알고 있는 죽음이었다. 죽음이란 그렇게 한 일생의 자연스러운 마감으로써 낯익은 모습으로 감미로운 슬픔으로 찾아와야 하지 않는가. 물론 병들어 죽은 것도 죽음이요, 전쟁판에서 싸우다가 죽은 것도 죽음이다. 그러나 맨손, 빈몸으로 무도한 총칼 앞에 쓰러져간 수만의 생령들, 그것은 죽음이 아니다. 그것은 인간의 죽음이 아니란 말이다. 차마 인간이 인간을, 동족이 동족을 그렇게 무질러버릴 수가 있는가. 아니, 나도 귀가 있어 듣거니와, 동족으로 하여금 동족을 해치도록 만든 것이 미국이었다고 하는데, 어허, 아무리 이민족이라고 그렇게 무참히 해치울 수 있는가 말이다.

그 사태에 살아남은 사람들은 이제 한 세월이 흘러버려 앞서거니 뒤서거니 세상을 하직하고 있다. 매 맞고 총개머리판에 찍힌 후유증으로 날씨만 궂으면 방에 드러누워버리는 늙은이들, 올림픽이다 뭐다 하면서 불꽃놀이 폭죽 터지는 소리를 와다닥 쏘아붙이던 그날의 총성으로 착각하여 깜짝깜짝 놀라던 그들, 그들이 다 세상을 뜨고, 그 사태를 겪지 못한 자손들만 남는다고 해서 하마 그때의 아픈 기억이 잊힐까. 천만에, 아니고말고. 4·3의 넋들은 억울한 죽음이기에 결코 우리 곁을 떠날 수 없다. 억울한 죽음이기에 결코 눈감을 수 없어 허공중에 살아 있는 것이다. 억울한 죽음만이 수호신이 될 자격이 있거니와 4·3의 우리 조상들은 가장 억울한 넋이기에, 수만의 세력으로 뭉쳐 있기에 가장 영험 있는 수호신이 된다. 섬기면 수호신이요, 푸대접하면 악귀가 되는 법이니, 자손 된 도리로서 어찌 명심하지 않을 수 있겠는가.

모슬포에 가면 백조일손지지(百祖一孫之地)라는 공동묘지가 있다. 왜놈들이 탄약고로 쓰던 콘크리트 땅굴 속에 백몇십구의 시신이 가득 담겨져 있었는데 칠년이 지난 후에야 겨우 이장 허가를 받은 가족들이 몰려들었을 때는 멸치젓처럼 푹 썩어 육탈된 뼈들이 네 거 내 거 구분할 수 없게 얼크러져 있었다. 네 뼈다 내 뼈다 부질

없이 다투던 유족들은 결국 저 조상들은 네 거 내 거 구별할 수 없으니 우리 모두 하나의 자손이 되어 섬기자고 의견의 일치를 본 다음 얼크러진 뼈들을 주워 맞춰 사람 형상을 만들고 일일이 봉분을 갖춰 매장했으니 그 공동묘지가 백조일손지지다. 백조일손, 그 얼마나 좋은 말인가. 아무렴, 4·3 조상은 그렇게 모셔야지. 내 조상 네 조상 구별 말고 섬 백성이 모두 한 자손이 되어 모셔야 옳았다. 4·3을 모르고 무슨 사업을 하고 무슨 학문을 하고 무슨 인생을 논하나. 그 모두 다 헛된 일이 되고 말 것이다. 나같이 천한 심방놈이 여기저기 불려다니면서 벌이는 원혼굿이 도대체 무슨 효험이 있겠는가. 한날한시에 죽은 원혼을 진혼하려면 온 마을 사람들이, 아니 온 섬 백성이 한 자손 되어 한날한시에 합동으로 공개적으로 큰굿을 벌여야 옳다. 바람길 따라 구름길 따라 무리 지어 흐르는 수만의 군병들, 전대미문의 가장 억울한 죽음이기에 가장 영험 있는 조상 신으로서 우리를 보우해줄 것이다. 어허, 백조일손, 얼마나 좋은 말인가. 덩지덩지 덩덩 덩더꿍.

야
만
의
시
간

낮 동안 불볕에 후끈 달궈진 콘크리트 건물 내부는 저물녘이 되어도 좀처럼 더위가 물러나지 않는다. 그 건물의 이층에 새로 이전해온 지구당 당사의 응접실, 지금 초선의원 김선희가 시내 이 구석 저 구석 연방 전화질로 쑤셔대고 있는 중이다. 상판 골격이 뻣세게 사각져 본인 말마따나 나라 국(國)자 형상인데, 이러한 제 용모를 놓고 그는 천생 국회의원 해먹을 관상이라고 자부심이 대단하다.

　"아암, 그전 당사보다야 훨씬 넓지, 하하하. 사무집기도 새걸로 싹 개비했어요. 바둑판도 다섯개나 마련했고, 하하하. 지구당 당사가 뭐 별거요? 그냥 여러분의 사랑방이지. 국회의원은 바둑판의 돌이구. 여러분이 바둑돌을 어떻게 놓느냐, 거기에 따라 선거 승패가 달려 있는 거 아니오? 모레 입주식을 시작으로 선거전에 돌입하는 거요. 자, 우리 심기일전해서 다시 한번 요이땅 해봅시다, 하하하.
그런데 말씀이야, 소파까장 다 들여왔는데, 박 사장 물건만 빼놓고
말씀이야. 에어컨 없으니까 완전 찜통이야, 찜통. 어떻게 내일 오전
중에 안되까? 아, 그렇게 해주겠수? 정말 고맙소, 하하하. 그럼, 그
럼, 하하하."

　김이 이렇게 잔뜩 호기 부려 너털웃음을 웃고는 전화를 끊는데,
별안간 희뜩하고 현기증이 일어난다. 땀에 젖은 손아귀에서 송수
화기가 뱀장어처럼 미끄덩 빠져나가 탁자 맨바닥에 떨어진다. 아,
내가 너무 과로했나?

　몸을 소파 깊숙이 가라앉혀 허리띠를 끄르고 몇번 심호흡을 해
본다. 서울에서 세시간 남짓 승용차로 달려온데다, 도착 즉시 지구
당의 돈줄인 사업체 사장 열한명을 일일이 만나 인사치레하느라고
반나절 보내고, 그러고 나서 당사에 돌아와 또 이렇게 사방에 전화
를 해대고 있으니 과로가 안될 리 없겠지. 모레가 토요일, 입주식이
있는 날이다. 단순한 입주식이 아니라 이 기회에 지구당 조직이 어
떻게 굴러가는지 짯짯이 살필 작정이다. 어디에 이탈자가 생겨 조
직선이 끊어졌는지 점검하여 조직개편을 서둘러야 한다. 물고기를
잡으러 나가기 전에 헌 그물을 기워놓아야 하는 것이다. 지구당 조
직원들이란 게 워낙 정치 철새들이 아닌가. 동물적 육감으로 판단
하여 세 불리하면 미련 없이 떠나버리는 그들인지라, 집권당의 위
세로 당근과 채찍을 잘 배합하여 길들여놓지 않으면 안된다. 특히
백여명에 달하는 후원회원들, 평소에 매달 이천만원 이상 소요되
는 지구당 운영비를 감당할 뿐만 아니라 선거가 닥치면 그때대로

목돈을 챙겨주는 후원회원들의 이탈은 예의 경계해야 한다. 이제 선거가 반년 남짓밖에 남지 않았다. 입주식에 적어도 천명가량의 방문객이 종일 줄을 이어야 체면유지가 된다. 그래서 사무국 요원들에게 씨피엑스를 걸어 다그쳤다. "저는 여러분의 절망, 여러분의 불안이 무엇인지 잘 압니다. 그렇습니다. 이제는 절망의 정치에서 폭력과 화염병이 없는 희망의 정치로 나가야 합니다" 운운하고 그럴듯한 문구를 곁들인 입주식 안내광고를 지방신문 1면에 게재하고 서신 수천통을 발송하고도 미덥지 않아, 각 마을 이책에 이르기까지 조직책 수백명에게 일일이 전화통화 하도록 해놓고 있는 것이다.

열린 도어를 통해서 사무장이 경리 담당 미스 장을 데리고 여기저기 부지런히 전화 거는 모습이 보인다. 흠, 저자도 선거가 끝나면 논공행상으로 도의원 한자리 하겠다고 조르겠지. 김은 사각형의 얼굴을 잔뜩 구기면서 턱 떨어지게 하품을 해제낀다. 하품에 밀려 두 눈에 눈물이 그렁그렁해진다. 그까짓 반나절 뛴 것 갖고 이렇게 피곤하다니. 한달 전만 해도 맹돌같이 단단하던 몸뚱이였는데, 중증의 당뇨병 환자라는 판정이 나버린 것이다. 일단 선거전에 불붙으면 물불 가리지 않고 냅뛰어야 하는데, 이런 몸 가지고 어떻게 당해낼지…… 입안에 쓴물이 돈다. 어느새 혀끝은 반토막으로 짜개진 어금니에 가 있다. 열흘 전 서초동 어느 레스또랑에서 고기를 씹는다는 게 그만 포크를 잘못 씹어 어금니가 타졌는데 그때부터 혀란 놈이 시키지도 않는데 걸핏하면 그 타진 부위를 핥아댄다. 특히 지금처럼 의기소침해 있을 때일수록 몸살 나게 핥아댄다. 마치 꼬랑지 끊어진 강아지가, 불알 깐 수퇘지가 거기를 필사적으로 핥아대듯이. 김 자신이 그렇게 거세된 느낌이어서 영 기분이 안 좋다. 손목시계를 보니 어느덧 일곱시가 거진 다 되었다. 벌써 두시간 가깝게 전화기에 매달린 것이다. 마지막으로 새마을금고 윤 이사장과 통화 한번 하고 끝내야지.

피로와 더위로 게게 풀린 그의 눈이 이때 문득 점등이 된 것처럼 반짝 빛난다. 우연히 사무실의 책상 밑으로 눈이 갔는데, 미스 장의 허벅지 안쪽 뽀얀 속살과 함께 흰 팬티를 보고 만 것이다. 그녀는 이내 다리를 오므려버려 일순 지나간 빛에 불과했지만, 그 속살과 팬티의 흰빛은 그의 폐부에 아프게 와 박힌다. 그는 수거미의 꽁무니에서 분비되는 거미줄같이 끈끈한 시선으로 미스 장의 풍만한 몸집을 더듬어본다. 깔고 앉은 의자에 눌려 더욱 팡팡해진 궁둥이와 허벅지, 당장 얇은 스커트를 찢어발기고 툭 터져나올 것만 같은 작렬감. 콧등에 땀이 맺히는지, 그녀는 집게손가락 끝으로 가볍게 문지른다. 얇은 블라우스로 한꺼풀 가려진 속살. 처녀의 기름진 살이다. 땀은 살갗을 적시지 않고 방울방울 구르면서 미끄러져내릴 테지. 구르는 땀방울은 두개의 젖무덤 사이로 파인 깊은 골로 모여들고, 척추를 따라 미끄러져 저 풍만한 엉덩이의 짜개진 골로 흘러들 테지. 아마 밑이 척척하게 젖어 있을걸.

김은 이렇게 애써 음탕한 생각을 해보지만 아랫도리에 영 기별이 안 온다. 그것은 도저히 감당할 수 없는 젊음, 거저 주어도 못 먹을 먹이다. 아이고, 저년이 날 기죽이네! 김은 미스 장이 발산하는 압도적인 암내에 그만 의기소침해져 한숨을 내쉰다. 가랑이 사이의 시계추가 정지해버린 지 벌써 한달이 넘는다. 당뇨가 그렇게 만든 것이다. 이제는 새참 먹기는커녕 마누라만 봐도 빚에 졸리는 채무자처럼 기죽어 지내는 형편이다. 잠자리가 매양 그 꼴로 가다간 이번 선거에 마누라를 꼬드겨 장인의 돈을 울궈내는 일도 쉽지 않을 것만 같다. 문득 몸 아래쪽을 내려다보니 허리띠가 풀린 채 지퍼가 반쯤 내려가 팬티가 드러나 있다. 허리띠 채우는 걸 잊어먹은 것이다. 내 참, 요새 정신머리가 왜 이 모양일까. 당뇨로 오줌이 잦아 화장실을 자주 드나드는 것도 지겨운데, 바지 지퍼를 올리지 않고 나왔다가 낭패당한 일이 한두번이 아니다. 포크를 잘못 썹어 이빨이 부러지질 않나, 정말 심신의 기계장치에 나사가 빠져 실조현상이 생긴 게 틀림없다. 선거라는 대사를 앞두고 내가 부슨 실수를 저지르려고 이 모양인가. 정신을 바짝 차려야지. 그까짓 당뇨, 관리만 잘하면 병도 아니라고 하지 않은가.

김은 못 먹는 감 찔러나 본다고 미스 장이 들으라고 옆방을 향해 호기 있게 소리친다.

"우와, 정말 우라지게 덥네. 어이, 사무국! 거 불알에 땀 식힐 여가 없이 바쁜 모양인데, 그러다가 거기에 땀띠가 나든지 습진 나든지 하면 낭패잖아, 핫핫핫. 어차피 야근할 텐데, 어디 가서 시원한 걸로 저녁 요기나 하고 오지들 그래."

이 말에 사무장이 전화 다이얼을 돌리다 말고 헤벌쭉 웃고 미스 장은 못 들은 척 새침 떼지만 뺨이 붉어졌다. 으흠, 그럼, 모름지기 정치가란 욕도 잘하고 육담도 잘해야지. 아무리 걸쭉한 음담을 해도, 아무리 심한 욕설일지라도 거기에 악의가 없다고 믿게끔 화술이 능해야 유능한 정치인이라고 할 수 있지.

기분이 한결 좋아진 김은 마지막 번으로 새마을금고 이사장과 통화하려고 다이얼을 돌린다. 신호가 가는 동안 탁자 위에 놓인 지구당 조직원 인명록을 펼친다. 그 인명록이야말로 그가 키우는 못자리다. 거기에서 그의 밥이 나오고 권세가 나온다. 추곡 전량 수매니 우루과이라운드니 그런 따위에 크게 골치 썩을 필요 없다. 지역구에 내려와서 민원 청취합네 시늉하고 각 동별, 각 마을별로 한바퀴 돌 때, 차 안에서 이 인명록을 펼쳐 면담자들의 이름을 미리 외워두는 것으로 족하다. 촌것들이라 지체 높은 국회의원과 악수하는 것만도 생광스러운 판에 아무개 통장님, 아무개 이장님, 아무개 선생님 하면서 성명 삼자 들먹여주면 그야말로 깜빡 죽게 마련이다. 거기에다 가족 이름 하나쯤 보태서 말해주면 효과가 더욱 좋다. 그래, 윤 이사장, 이 작자한테는 아들놈 이름을 아는 체해줘야지. 가족상황란을 들여다보니, 삼남 윤진수는 이 지방 전문대 관광과 2년생으로 되어 있다. 그래, 이놈으로 하자.

"아하, 나요, 나. 불초 김선희올시다. 바로 오늘 한시경에 내려왔지요. 그동안 고향 발걸음이 뜸했다고 너무 나무라질랑 마슈. 중앙당 일이 워낙 총망해놔서 말씀이야, 몸을 둘로 쪼개도 당해낼 재간이 없어요. 하하하. 말이 국회의원이지 순전히 천덕꾸러기라니깐. 이 일에 차이고 저 일에 차이고, 이건 뭐 순전 축구공이지. 이리 차이고 저리 차이고 당최 쉴 틈이 없어요."

이때 김은 문득 그럴듯한 착상이 떠오른 것 같아 말을 멈춘다. 그렇지, 축구공! 저는 여러분의 축구공입니다. 국회의원은 백성 위에 군림해서는 안됩니다. 만만한 축구공, 여러분이 누구나 즐겁게 차고 놀 수 있는 축구공이어야 합니다. 만장하신 유권자 여러분, 너도나도 누구나 할 것 없이 달려와서 저를 힘껏 차주십시오. 저를 힘껏 차서 국회로 꼴인시켜주십시오! 아함, 그럴듯해. 다음 유세에 써먹어야지.

"아하, 잠깐 실례했소. 재채기가 나올려구 해서 말씀이야. 그래, 집안엔 별고 없겠죠. 막내아이, 그 이름이…… 아, 옳지, 진수, 윤진수, 그 아이 학교 잘 다녀요? 어떻게 그애 이름을 기억하느냐고? 하하, 나도 아이큐 두 자리는 넘는 사람이오. 핫핫핫. 모레 입주식, 알고 계시죠? 그럼, 그럼, 하하하. 그럼 모레 봅시다."

김은 만족한 웃음을 머금고 전화를 끊고는 얼른 수첩을 꺼내 메모한다. 나는 여러분의 축구공입니다. 누구든지 와서 저를 힘껏 차주십시오. 힘껏 차서 국회에 꼴인시켜주십시오. 운운…… 이렇게 써내려가다가 김은 문득 언짢은 생각이 들어서 혀를 찬다. 저는 여러분의 축구공입니다. 힘껏 차주세요? 자칫 내 궁둥이를 힘껏 차달라는 소리로 들리면 어쩌나. 아, 내가 저런 촌무지렁이들한테 꼭 이런 식으로 아부를 해야 하나? 사람들이 나보고 거만하다, 고압적이다, 어떻다 하는데, 하기는 검사 시절 새파란 이십대부터 '영감님' 소리 들어 버릇해서 지역구 유권자들과 인사할 때 얼른 허리가 안 굽혀지는 게 사실이다. 그리고 이 지역 계장 이상의 공무원들은 지금도 나한테 "영감님, 영감님" 하면서 알랑방귀 뀐다. 그게 뭐 어떤가? 그들이 좋아서 그렇게 부르는 걸 왜 말리나. '영감님' 호칭은 그만큼 나에게 카리스마가 있다는 증거가 아닌가. 함부로 범접 못

할 카리스마로 민심을 사로잡아야지, 대민 저자세, 비굴한 광대짓으로 민심을 구걸해서야 되나? 인간 사회는 어디까지나 조직사회인즉, 지체의 높낮이가 있게 마련이다. 물론 '영감님'인 나도 기라성 같은 '대감님'들 앞에서는 연방 허리를 굽실거린다. 그렇게 위에다 아부하는 것만도 바빠 죽겠는데, 아랫것 무지렁이들한테 비위를 맞춰주어야 한다니! 세상 망조 들었는지, 유권자들이 요 몇년 사이에 몰라보게 타락해버렸다. 그 인물의 권위, 카리스마는 뒷전이고 국회의원을 무슨 탤런트쯤으로 여겨 성적 매력 운운하고 젊은 오빠 어쩌구 찾는 세상이다. 오죽하면 최고통치자마저 그런 식으로 이미지 메이킹 하겠는가. 그래서 요즘 중년부인들이 그 양반 예쁘다고 야단들이지. 그전 양반도 대머리에 가발 써 멋을 부렸더라면 그렇게 인기 없지는 않았을지 모른다. 하기는 지금의 양반을 비아냥해서 "노는 가발 쓴 전"이라고 떠들썩 선전해대는 나쁜 놈들도 있다. 5공이 6공이라고. 폭도놈들! 어쨌거나 이제는 나도 조금은 달라져야 한다. 나는 여러분의 축구공입니다. 누구든지 와서 나를 차주세요.

이때, 시외 농촌지역에 민정을 살피러 갔던 양 비서가 들어오는데, 무슨 언짢은 보고를 하려는지 안색이 어둡다.

"뭔데 그래?"

"영감님, 우리 무령군 일대에 문제가 생겼습니다. 서울에서 내려온 여대생 농활대 수백명이 무령군 일대에 쫙 깔렸어요. 오박육일 머물면서 활동한다고……"

"뭐라고? 그 빨갱이 새끼들이 처들어왔다구? 그게 사실이야? 군수, 서장, 면장놈들은 도대체 뭣하고 자빠진 거여, 엉? 그냥 쳐들어 오게 내뿌렸단 말이여?"

김이 눈을 부릅뜨고 당장 정강이를 걷어찰 듯이 노려보자 양 비서가 흠칫 목을 옴츠리며 두 손을 모은다.

"저어, 실은 주민들이 자발적으로…… 관에서 막아도 막무가내 랍니다. 저희들끼리 찬반투표해설랑 받아들이자고 결정한 모양입 니다만……"

"저것들이 실성했지 제정신인가. 미쳤구면, 미쳤어. 공짜라면 양잿물도 마실 놈들이야. 그 폭도년들이 얼마나 무서운지 모르 고…… 그래, 문제가 발생한 곳이 어디 어디야?"

"산북면, 산동면, 산서면, 이렇게 세 면인가 봅니다."

"뭐, 산북면도?"

산북면이라면 이 소도시의 경계선에 인접한 농촌지역으로 지난 번 초선 때 구할 가까이 몰표가 나온 그의 고향인 것이다.

"산북면 호정리도 가봤어?"

"예, 거기도 농활대가……"

"인마, 거긴 농사가 아니라 양돈, 양계, 젖소가 주업이잖아."

"저어, 그년들이 거기서 닭똥, 돼지똥도 치우고 배수로도 고치는 모양입니다만……"

김은 너무 어이없어 말문이 탁 막힌다. 호정리야말로 내가 태어 난 향리가 아닌가. 수년 전에 호정리 마을 근처의 국도변 임야 일 만평을 매입하여 묵혀두고 있는데, 그중 일부를 양계, 양돈, 젖소 먹이는 마을 사람들에게 임대해주었던 것이다. 배신자들! 나한테 반기를 들어? 헐값에 땅을 빌려줬으면 고마운 줄 알아야지, 도리어 배신해?

"배은망덕한 놈들! 믿는 도끼에 발등 찍힌다더니! 이건 숫제 내 안방에서 도적놈들을 키운 꼴이여!"

"영감님, 그만 고정하십시오. 건강에 해로우실 텐데……"

김은 그제야 너무 흥분해 있는 자신을 깨닫고 한숨을 내쉬면서 슬며시 몸을 소파에 파묻는다.

"영감님, 너무 어떡해랑 생각 마십시오. 그 사람들 비싼 인건비 때문에 일손 구하기 어려워서 할 수 없이 그렇게 된 것이지, 설마 그 귀때기 새파란 년들이 하는 소릴 귀담아듣겠어요?"

김은 또 한번 한숨을 길게 내쉬고는 맥 풀린 목소리로 말한다.

"이봐, 양 비서. 세상엔 공짜란 없는 거여. 예쁘고 똑똑하고 공주 같은 서울 처녀들이 드런 돼지똥, 달기똥, 쇠똥을 마다 않고 손으로 주무르면서 일하는 걸 보면 그 촌것들 감격 안하겠어? 하루이틀도 아니고 오박육일인데 의식화되고도 남지, 남아. 배신자들!"

김이 다시 골을 팩 내면서 상체를 일으킨다.

"그 배은망덕한 놈들, 당장 내 땅에서 축사를 철거시키라고 해야겠어. 내 땅을 짐승똥으로 더럽혀도 아무 소리 안하니까 숫제 날 숙맥으로 아는 거야!"

"영감님이 직접 나서면 아무래도 민심이 나빠질 텐데요. 그것보다는 관에 압력 넣어 축사의 폐수 방출을 문제 삼아 골탕 먹이는 게 어떨까요?"

"그래, 그게 좋다. 그리고 삼개 면 각 마을의 주동자들을 색출해설랑 영농자금을 끊어버리는 거여! 끄응, 나쁜 놈들!"

양 비서가 물러가자 김은 잠시 생각에 잠긴다. 아, 호정리, 그게 어떤 곳인데! 내 안방에 벌써 비가 새기 시작하는 걸까? 선거를 앞두고 아무래도 조짐이 불길하다. 조상 적부터 대물림으로 사람들이 흙벌레처럼 가난하게 살아온 호정리, 그리고 산북면. 거기에서 천둥벌거숭이로 자란 내가 그 지긋지긋한 가난을 뿌리치기 위해 얼마나 분투했던가. 쓰디쓴 고학생활의 연속과 네번의 고시 낙방에도 굴하지 않고 기어코 승리의 월계관을 쓰지 않았나. 이렇다 할 인물 한번 내본 적 없는 산북면 사람들에게 그것은 하나의 위대한 인간승리로 받아들여지지 않았나. 이십여년의 검사생활을 뒤로하고 저번 선거에 출마했을 때 산북면이 보여준 절대 지지가 그것을 입증한다. 그런데 바로 그 산북면에 집권당 반대운동을 맹렬히 벌이는 극렬분자 폭도들이 쳐들어온 것이다. 전문대 근처에 있던 지구당 당사를 경찰서가 가까운 이곳으로 이전해온 것도 저런 폭도들 때문이다. 읍에서 시로 승격된 지 얼마 안되는 이 소도시에 대학이라곤 전문대 하나인데 그 주제에 서울 것들을 흉내 낸다고 타도, 분쇄, 응징 어쩌구 소리치며 당사 유리창에 투석질하기 일쑤였던 것이다. 아, 저 폭도년들을 어쩌하나? 다른 데도 아닌 내 본바닥에 들어 분탕질 놓다니! 이년들아, 산북면은 내가 추수할 보리밭이여. 네년들이 뭔데 받아놓은 내 밥상 뺏어가냐, 엉?

김은 치밀어오르는 울화를 삭이려고 머리통을 소파 등받이에 누이고 다시 심호흡을 한다. 이때 바로 코앞에서 전화벨이 호들갑스럽게 울어댄다. 무심코 송수화기를 들었는데 느닷없이 웬 신경질적인 목소리가 튀어나온다.

"제미, 도대체 영업을 하는 거여 안하는 거여? 종일 통화 중이니! 여기 길 건너 길음전파산데 간짜장 세그릇하고 그리고……"

"아니……"

김은 아닌 밤중에 홍두깨 만난 격으로 어리벙벙하여 눈알만 뒤룩뒤룩 굴린다.

"그리고 고량주 하나에 안주로 면 빼고 짬뽕국물 하나 배달해주슈. 얼릉, 십분 내루다. 알았수?"

그제야 정신을 수습한 김이 버럭 소리친다.

"뭐여? 이 자식이 어따 신경질 부리는 거여, 엉?"

"어럽쇼, 뭐, 이 자식? 아니, 한참 전화 안돼서 손님이 좀 짜증을 냈기로서니, 이 자식이라니! 당신 주인 맞소? 짜장 팔기 싫으면 관둬. 짜장면집이 어디 거기뿐인가? 쳇, 별놈의 짱깨도 다 보겠네."

불같이 화난 김이 한바탕 악을 써댈 판인데 미처 입 떼기도 전에 전화가 뚝 끊겨버린다. 짜장면집 어쩌구 야료를 부리는 것으로 보아 이놈도 우리 당을 반대하는 폭도일시 분명하다! 홧김에 냅다 송수화기를 메다치는데 희한하게도 그것이 꽈당 요란한 소리를 내며 전화기 위에 정확히 얹힌다. 서슬이 퍼렇던 검사 시절에 익힌 솜씨다. 흘끔 옆방을 보니, 직원들이 놀라 눈이 휘둥그레졌다가 시선이 마주치자 황망히 고개를 돌려버린다. 검사 시절 전화로 상대방에게 한바탕 무섭게 호령질하고 나서 호기 있게 송수화기를 메다치면 영락없이 그것이 전화기에 날아가 꽂혔는데 그 꽈당 하는 소리에 부하 직원들이 화들짝 놀라 전전긍긍했지. 아직은 내 솜씨가 죽지 않았어.

부글부글 끓는 화증을 대강 삭이고서 김은 곧 당사를 떠날 채비를 한다. 7시 25분. 고교 동창들과의 약속시간이 훨씬 지났다. 후원회를 꾸려주고 있는 동창 예닐곱명과 회식이 있는 것이다. 거울 앞에 서서 머리를 매만지고 넥타이를 바로잡는데 또 전화벨이 울어댄다.

"여보세요. 거기 56국에 6623 아닙니까?"

긴가민가 자신없어하는 목소리다. 무슨 전화일까? 김이 전화기에 써붙인 숫자를 보면서 대답한다.

"맞긴 맞는데, 왜 그러슈?"

"그럼 짜장면집 맞죠?"

또 짜장면인가! 아까 그 목소리가 틀림없다. 요 폭도놈의 새끼! 또 전화질로 야료를 부리겠다? 적의가 날카롭게 서슬진다. 우선 상대가 어찌 나오나 보려고 점잖게 말대답해본다.

"전화번호는 맞는데, 여긴 그런 데가 아닌데요."

"거참, 이상타, 이 광고 스티커에 분명히 영빈각 전화번호가 56국에 6623이라고 써 있는데…… 정말 영빈각 아닙니까?"

"아닌데요."

"거참, 이상타. 이살 갔나……" 하고 말꼬리를 흐리더니 미안하다는 말도 없이 전화를 뚝 끊어버린다. 무슨 협박, 무슨 야유가 나오나 잔뜩 긴장했던 김은 그만 맥이 탁 풀리고 만다. 그럼 폭도가 아닌가? 단순히 잘못 걸린 전화인가? 전화번호는 맞는데…… 도대체 어떻게 된 셈판인가? 문득 짚이는 바 있어 김이 푸르르 성을 내며 옆방으로 뛰어든다.

"사무장! 저 전화가 왜 저 지랄이야? 당사가 짜장면집이라니, 엉? 그렇다면 짜장면이나 배달하지 뭣들 하고 있는 게야?"

그러자 사무장이 양손을 맞부비며 사뭇 이 앓는 시늉을 하더니 간신히 입을 뗀다.

"저어, 실은……"

"실은 뭐여?"

"실은 전화국놈들이…… 그놈들이 실수해설랑 그만 그렇게 됐구먼요. 정말 죄송합니다. 저희들도 오늘 점심때야 알았습죠. 점심때 그런 전화가 여러번 오기에 전화국에 항의했는데 알고 보니 그놈들이 실수로 폐업한 중국집 전화번호를 우리한테 준 겁니다. 내일 오전 중으로 새 전화번호로 바꾸도록 단단히 다짐을 받아냈습니다만…… 정말 죄송합니다."

약속 장소인 서포리 횟집으로 가는 차 안에서 내내 풀 죽어 있던 김은 시경계, 군경계를 차례로 넘어 이십분 만에 지역구를 완전히 벗어나자 자신의 우울한 생각도 함께 벗어서 시원한 해풍에 날려보내버린다. 자, 이번엔 저 동창 녀석들을 공략할 차례. 승용차와 함께 오 기사를 돌려보낸 다음, 김은 제2라운드에 뛰어드는 권투선수처럼 아랫배에 힘을 주고 눈을 부릅떠본다. 현관문을 밀치고 들어가자 강 마담이 호들갑 떨며 내닫는다. 김은 똥깃똥깃 교태 부리는 그녀의 엉덩이를 손바닥으로 철썩 때려주고는 방 안으로 썩 들어선다.

방 안엔 고교 동창 열명가량이 술 먹는 패와 고스톱하는 패로 나뉘어 한창 시끌벅적 놀고 있는 중이다. 거진 반년 만에 보는 얼굴들이다. 교감, 의사를 빼고는 대개 제 사업체를 가진 사장족들이다. 그만하면 지역사회에서 내로라 뻥깨나 뀌며 행세하는 위인들인데 모두가 김이 위원장으로 있는 지구당 간부들로서 유력한 돈줄이다.

김을 보자 친구들은 앞다퉈 우르르 일어나면서 악수 세례를 보낸다. 얼씨구 왔구나 왔어, 우리 김 선수 왔구나, 어쩌구 중구난방 떠드는데, 더러는 몸을 안아보기도 하고 얼굴을 만지고 어깨를 다독거려보기도 한다. 김 의원은 예의 너털웃음을 터뜨리며 좌중을 한바퀴 돌고 나서 상석에 떠억 자리 잡고 앉는다. 환호 속에 헹가래를 받은 챔피언마냥 기분이 흐뭇하다. 참, 순진한 놈들이야. 제 동창 중에 "어이, 김 의원" 하고 부를 수 있는 친구가 있다는 게 그렇게 마냥 좋은 모양이다. 빅게임을 앞두고 권투 유망주를 키우는 기분이겠지. 아무래도 이번 선거엔 저 녀석들로부터 일인당 천만원씩은 울궈내야겠다. 게임의 스릴을 만끽하려면 돈을 걸어야지. 고스톱도 돈을 많이 걸면 걸수록 스릴이 만점이잖은가. 싫다 소리 감히 못걸걸. 고스톱에 빠져도 그렇지만 일단 조직에 얽매이면 쉽사리 빠져나가지 못하는 법이다. 그렇잖아도 저 녀석들은 하나같이 고스톱에 이골난 패거리들이다. 열흘이 멀다고 서로 불러내 판을 벌이는데, 나도 지구당에 내려와 있을 때는 함께 어울려준다. 그러니까 고스톱이 이 조직을 묶어준다고 해도 과언이 아닌 셈이다. 그리고 고스톱판의 연장선상에 사년에 한번씩 선거판이 벌어지고 그 판에서 승리를 만끽하는 것이다. 약 육개월 후 선거전을 치르고 나면 바로 이 횟집에서 저번 선거 때와 마찬가지로 이렇게 승리의 선언을 하게 될 것이다.

"이번의 승리는 나 혼자만의 승리가 아닙니다. 이것은 개인 경기가 아니라 단체 경기이므로 오늘의 승리는 우리 모두의 것입니다. 만세에!"

김 자신도 검사 시절부터 익힌 솜씨라 화투에 능하다. 친구들과 놀 때는 다르지만 그는 섰다판에서 지는 일이 별로 없는 희한한 승부사다. 그때나 지금이나 비록 이팔망통을 쥐었을망정 "못 먹어도 간다!" 하고 소리치면 상대방이 슬그머니 죽어준다. 일부러 져주는 것이다. 바로 그것이 피의자나 업자들이 뇌물을 전달하는 방식인데 그렇게 해서 돈을 따면 자신이 범죄를 저질렀다는 느낌이 없어 좋다. 정치란 게 뭐 별건가? 남의 돈 긁어다 제 돈처럼 쓰는 것이 정치의 요체인 것이다. 한달 중 보름은 여기저기 쑤셔대 검은돈, 구린 돈을 긁어모으고 나머지 보름은 그 돈을 쓰러 다니는 것이 정치인 것이다.

이런 생각을 하면서 회심의 미소를 머금고 좌중의 면면을 천천히 훑어보던 김은 까만 낯색의 사뭇 이질적인 존재를 발견하고 눈이 똥그래진다. 또출이. 호적명은 송영출인데 친구들 사이에선 아명 그대로 또출이라고 통하는 녀석이다. 자식 많은 집안에서 또 나왔다고 또출이란다. 이년 전 낙농업 크게 하다 실패한 뒤로는 한번도 이 모임에 나타나지 않더니 그새 신수가 좀 폈나? 얼굴이 새까맣게 그을린 걸로 보아 그런 것 같지도 않은데······

김이 좌정한 뒤로 본격적으로 안주가 올라오기 시작하여 주안

상이 이내 그들먹해진다. 좌중의 화제는 자연히 정치판으로 옮아간다. 텔레비전 앞에 턱 놓고 앉아 들은 풍월밖에 아는 게 별로 없는 그들인지라 김의 존재가 마치 실물 정치 그 자체인 양 이야기가 아연 활기를 띤다. 지체가 높으면 말도 무겁고 지체가 낮으면 말도 가벼운 법, 별것 아닌 내용인데도 김의 말에는 듬직하게 무게가 실려 있는 듯 들린다. 한달 전 총리가 밀가루 달걀 반죽을 뒤집어쓴 사건을 놓고 김이 한창 정열적으로 침을 튀기고 친구들은 오랜만에 들어보는 그의 달변에 매료되어 연방 고개를 끄덕인다.

"일국의 총리를 오므라이스, 아니 탕수육으로 만들어? 나쁜 놈들! 우린 그놈들을 꼬챙이 꿰어 산적구이를 만들어버릴 거여! 저 폭도놈들을 부추기는 게 바로 야당이야. 그걸 알아야 해. 지금까장은 우리가 밀리는 척했지만 두고 봐. 사태가 역전될 테니. 와장창 깨부수는 거지, 뭐."

김이 이렇게 결론 내리자 기다렸다는 듯이 너도나도 맞장구친다.

"아무렴, 야당도 한통속이지."

"민주화다 뭐다 도대체 시끄러워서 살겠나. 그런 것들 싹쓸이해야 돼."

"흥, 추풍령도 못 넘는 호남당 주제에, 쯧쯧."

그런데 여기에 이질적인 음색이 끼어든다. 또출이가 이의를 제기하는 것이다.

"허나 학생들만 나쁘다고 나무랄 건 아니여. 그렇게 과격하게 된 원인도 생각해야지. 경찰이 휘두른 쇠파이프에 강경대 학생이 맞아 죽지 않았나?"

어쭈, 요것 봐라. 하룻강아지가 제법 짖네. 젓가락으로 생선회를 집다 말고 김은 너털웃음을 웃으며 받아넘긴다.

"하하, 또출이. 뭐, 그런 것 갖고 신경 쓰나? 집안에 대사를 치르다보면 그릇 한두개쯤은 실수로 깨어질 수도 있는 것 아닌가. 더구나 지금은 전시여, 전시. 범죄와의 전쟁을 벌이고 있는 중이여. 알겠나?"

"그렇지만……"

또출이 고집 꺾지 않고 또 입을 열려고 하자 김이 골을 팩 내며 말을 가로막는다. 사각진 얼굴이 험악하게 일그러졌다.

"그렇지만? 또출이, 너 이상해졌네. 도대체 빨갱이 새끼 하나 죽은 걸 갖고 왜 지랄들인가, 엉? 다른 사람들도 들어봐. 다시 말하지만 지금은 전시여, 전시. 우린 시방 좌익폭도들과 싸우고 있단 말이야. 박종철, 이한열도 마찬가지, 일하다보면 사람이 실수도 할 수 있는 거 아냐? 폭도들이 날뛰어 국가안전이 위태로운데 실수가 두렵다고 공안 업무를 소홀히 할 수 있나? 구더기 무서워 장 안 담는 사람 봤어, 엉? 인간은 기계가 아니니까 실수도 할 수 있는 거라구. 아니, 기계도 가끔 고장을 일으키지. 내가 공안검사로 있을 적에 걔네들을 지휘해봐서 알지만, 엄밀히 말해서 걔네들은 인간이라기보다 성능 좋은 기계에 가까워. 직분이 그렇다 이거지. 지시에 따라 척척 진압도 하고 고문도 하는 기계장치란 말이야. 공안 업무에 없어선 안될 도구여. 그러나 기계도 이따금 고장이 난다 이 말씀이야. 그렇다고 인간이 아닌 기계를 벌줄 수 있나? 고장났으면 고쳐 써야지. 안 그래? 그런데 고문 경찰, 살인 경찰 운운하면서 처벌하라고 지랄들 치니, 웃기는 소리 아냐?"

　김은 이렇게 말을 끝내고서 제 발언에 강한 여운을 남기기 위해 천천히 좌중을 둘러본다. 피의자를 바라보는 검사의 예리한 눈초리다. 또출이 기죽은 듯 시선을 내리깔고 다른 친구들도 백번 옳은 말이라고 연방 고개를 주억거리지만 섬뜩 놀란 기색이 역력하다. 김은 속으로 쾌재를 부른다. 흠, 나와 저 녀석들을 묶고 있는 것은 우정이 아니라 카리스마야. 강한 카리스마 없이 물렁한 우정만으로 어찌 이 조직을 꾸려가나? 우정과 카리스마의 절묘한 배합. 그래서 저 애들은 내 앞에서 감히 내 이름을 못 부르고 반드시 '김 의원'이라고 호칭한다. 검사 시절, 저 촌놈들을 불러올려 내 방을 구경시킨 것도 그 뜻이 딴 데 있지 않고 권력이 무엇인지 보여주고 나에 대한 외경감을 심어주려는 거였지. "……자신의 가난을 마치 사회의 책임인 양 오신, 망상하여……" 하고 공안사범에게 추상같은 논고를 내릴 때였지. 사나흘 잠재우지 않아 눈이 빨갛게 충혈된 피의자, 새파란 검사 앞에서 군대식 부동자세로 서서 "소직 아무개가 영감님께 용무 있어 왔습니다" 하고 외치는 늙은 서기, 그리고 불호령과 함께 내던진 송수화기가 정확히 전화기에 꽂히는 것들을 보면서, 저놈들은 자신이 마치 피의자가 된 듯한 착각에 몸을 움츠리고 불안스러워했지. 도대체 '공안'이란 두 글자 앞에서 불안하고 두렵지 않을 사람이 누가 있겠는가? 아무리 죄 없어도 두려운 것이 '공안'이다. 처녀 불알이나 못 만들까, 못 만드는 게 없는 무소불능의 권력, 무에서 유를 창조하고 무죄에서 유죄를 창조하는 것이 공안인데 어찌 두렵지 않겠는가.

이렇게 시험 삼아 한번 분위기를 잡아본 김이 이제 막 너털웃음과 함께 '열중쉬어' 시켜주려는데, 기죽어 쑥 들어갔다 싶었던 또출이가 또 조짝 불거져나온다.

"야야, 딱딱한 정치 얘기 그만하고 술이나 들자구!"

그러자 어렵쇼, 이번엔 토건업 하는 우찬이가 기다렸다는 듯이 반죽 친다.

"아먼, 술자리 얘기라면 와이담이 최고지. 커어, 아따, 술맛 좋다. 안주 좋으니깐 술이 입에 짝짝 달라붙네. 늙어가니까 술만 한 벗도 없어."

이렇게 둘이 번갈아 농탕쳐버리자 분위기는 금방 술먹자판으로 돌아가버린다. 김은 구정물을 뒤집어쓴 듯 모욕감에 속이 후들후들 떨린다. 저 두 새끼 오늘따라 왜 저러지? 전에는 정말 이런 적 없었는데…… 혹시 우찬이 저놈이 제 아내와의 관계를 눈치채고 찍자 붙자는 건 아닐까? 병신 같은 놈, 알라면 알라지, 뭐.

좌중은 술잔이 돌아가면서 다시 활기를 띤다. 김도 실점을 만회해보려고 적극적으로 대화에 끼어들어 연방 헛웃음 치며 이말 저말 거들어본다. 그러나 술 안 들어간 맨정신이어서 도무지 흥이 안 난다. 술판에서 술을 안 먹으니까 갑자기 수염도 거웃도 없어져 무모증 환자가 된 것처럼 맨숭맨숭하고 어색하기 짝이 없다. 친구들이 권해오는 술잔을 몇차례 거절하고 보니 더욱 마음이 심란해진다. 삼십년 먹은 술, 그렇게 오래 사귀어온 술을 이제 원수로 삼아야 하다니! 목구멍에선 옛 관성 그대로 자꾸 술 들여오라고 신호를 보낸다. 할 수 있나, 참아야지. 술이 당뇨에 해롭기도 하지만, 요 두달 사이에 주량이 팍 줄어 몇잔 술에 혀가 꼬부라지고 실수를 연발하게 되자 아예 금주하기로 작심한 것이다. 정치인에겐 날렵한 혀가 무엇보다 중요하다. 술을 이기지 못하면 끊어야지, 곤드레만드레 고질적인 모주꾼이 되어 도중하차한 정치판 선배들이 얼마나 많은가. 아, 그러나 마나 내 몸이 어쩌다 이 지경이 되었나. 김은 나직이 한숨을 토한다.

그가 중증의 당뇨환자로 판정난 것은 불과 한달 전 일이다. 술도 끊고 음식량도 줄여야 하는데, 먹성이 워낙 병적일 정도로 좋은 그인지라 그것은 고문행위나 다름없었다. 어릴 적에 배곯아 자란 탓인지, 부른 배가 조금만 꺼져도 속이 헛헛하고 안절부절못해서 먹었다 하면 배꼽이 탁 튀어나오게 먹어야 직성이 풀리는 그였다. 술도 마찬가지로 두주불사였다. 아무리 푸짐한 고기 안주에 술을 마셔도 집에 들어가면 반드시 그 그들먹한 배 속에 밥 한그릇을 더 때려넣지 않으면 잠이 안 왔다. 아, 이새 저새 해도 먹새가 제일인데 먹는 재미, 마시는 재미를 포기하라니! 게다가 쌀밥 대신 보리밥 먹고 그것도 하루 한끼는 고구마로 때우는 게 좋단다. 그야말로 배곯던 어린 시절로 돌아가라는 것 아닌가. 그 시절 그는 보리밥도 제대로 못 먹어 고구마로 끼니를 때우는 날이 많았다. 어찌나 고구마에 질렸던지 훗날 군고구마 장수만 봐도 헛구역질이 날 지경이었다. 그에게 고구마란 가난의 상징일 뿐 다른 뜻은 전혀 없었다. 그 지긋지긋한 가난으로부터 도망치려고 그동안 얼마나 애를 썼던가. 가난을 퇴치할 방법은 공부밖에 없었다. 그래서 불철주야 공부에 힘썼다. 꿈에라도 가난이 쫓아올까봐 그렇게 자꾸만 앞으로 달아났다. 고교 삼년 동안 그는 늘 선두에서 달렸는데 그것도 월등히 좋은 성적이었다. 그랬지. 저기 앉아 있는 의사 녀석, 저 녀석이 2등으로 뒤따라왔지만 운동장 한바퀴 더 돌아야 할 정도로 큰 격차였어. 그리고 고학으로 일관한 대학생활, 졸업 후 삼년 더 연장된 사전오기의 고시공부, 그렇게 그는 쉬지 않고 자신을 완강하게 밀고 나갔다. 검사가 된 후에도 그는 조그만 성취를 모르는 허기진 사내였다. 돈 잘 버는 기업체 사장의 딸과 결혼했고 뇌물도 주는 대로 넙죽넙죽 잘도 받아먹었다. 그렇게 양껏 먹고 굵은 똥 싸면서 왕성한 정력으로 밀고 나가 드디어 국회에까지 들어간 것이다. 그의 식탐은 색탐으로 연결되어 여자를 좋아했으나 결코 깊이 빠지는 법 없이 한잔 술 마시듯 여자를 마셨고 술 깬 이튿날은 부담 없이 잊어버렸다. 대개 술집 여자들이었다. 그러나 국회의원이 된 다음에는 여염집 여자들도 몇명 끼어들었다. 나라 국 자 모양의 얼굴에 나라 국 자 금배지를 달고 나타났는데, 왜 여자들이 깜빡 안 죽겠는가. 지역구의 관리를 위해서도 이따금의 오입은 불가피하다. 지금까지 여성 당원 세명과 차례차례 관계를 가져왔는데, 그들로 하여금 물불 가리지 않고 열성껏 뛰게 만들려면 늙어서 별맛은 없어도 두어번 같이 자주는 것보다 더 좋은 약이 없는 것이다. 그래, 그 중 한 여자가 저놈, 우찬이 여편네지. 아, 그토록 왕성했던 정력이 이제는 손아귀에 움켜쥔 모래알처럼 허망하게 샐샐 빠져나간다. 당뇨오줌으로 쫄쫄 새어나간다. 아, 내 욕심이 좀 과했나? 국회의원, 변호사 노릇에 사업에까지 대들었으니. 의사는 욕심이 병의 원인이라고, 적게 먹고 가는 똥 싸라는 식으로 충고한다. 아직 한창나이에 욕심을 줄이라니, 욕심 없이 무슨 정치를 하나? 욕심이야말로 자본주의의 원동력이 아닌가? 자본주의 진운을 가로막는 노조, 바로 그 노조의 계집년들이 나를 좌절시키고 나를 병들게 한 것이다. 그게 벌써 두달 전 일인데, 그 일을 생각하면 지금도 이가 갈리는 그다. 김이 장인의 도움을 받아 아내 명의로 옷공장을 인수한 것은 작년 봄이었다. 초선짜리가 정계에서 급성장하려면 뭐니 뭐니 해도 돈이 필요한 것이다. 국회의원, 변호사 일에 바빠 사장 업무를 전적으로 아내한테 맡기다시피 했지만 사업은 잘 굴러갔다. 검사 출신 국회의원이라 역시 콧김이 세긴 셌다. 거래처가 계속 늘어나고 미싱공들은 눈덩이처럼 불어나는 물량에 치여 비명을 지르기 시작했다. "흥, 남의 돈 먹기가 그리 쉬운 줄 아나? 놀면 뭣해, 야간 작업해서 한푼이나 더 벌어야지" 하면서 그는 아내와 공장장을 시켜서 불철주야 미싱이 달달 돌아가게 여공들을 들들 볶아댔다. 하, 들들달달, 그때가 좋았지. 사세가 급속히 신장되면서 바야흐로 승승장구의 탄탄대로가 눈앞에 펼쳐진 듯했다. 그런데 가속이 붙기 시작한 성장속도에 돌연 제동이 걸렸다. 노조와 당뇨병, 일년 사이에 급성장한 것은 공장만이 아니었다. 물정 모르던 시골뜨기 여공들도 그사이에 급성장하여 "공장을 이렇게 키운 것은 바로 우리 노동자들이다" 하면서 임금인상과 연장근무 반대를 들고 나왔던 것이다. "노사는 가족처럼"이라고 표어 써붙여놓고 왜 가족이 아니라 가축처럼 학대하느냐, 노동자도 사람이다, 우리는 인생이지 축생이 아니다라고 그들은 주장했다. 한바탕 파업의 소용돌이에 정신없이 휘말렸다가 결국 항복하고 나왔는데, 김은 그 무렵부터 야릇한 무력감과 함께 체중이 빠지기 시작하더니, 결국 당뇨병이란 진단을 받고 만 것이다. 아, 지칠 줄 모르던 강골의 몸집이 이렇게 허망하게 무너지다니, 모든 게 그 폭도년들 때문이야!

생각이 여기에 미치자 김은 가슴팍이 맷돌짝에 눌린 듯 답답해진다. 한숨을 나직이 토하고는, 여전히 찧고 까불어대느라고 여념 없는 동창들을 둘러본다. 그들은 김의 고민과 관계없이 즐거운 음담패설에 한껏 취해 있다. 저들끼리만 어울려 저만큼 달아나버린 느낌이다. 입안의 혀도 따로 놀고 있다. 혀끝이 어느새 깨진 어금니에 가서 안달나게 핥고 있는 것이다. 이놈은 왜 또 지랄이야! 김은 주인의 의사와 관계없이 제멋대로 노는 혓바닥을 저주하며 속을 부글부글 끓인다. 나에게 속해 있던 것들이 이제 나한테 반란을 일으키는 건가? 혀도 제멋대로 놀고, 저놈들도 따로 놀고, 여공들도 따로 놀고…… 허 참, 내가 술 안 먹으니까 별의별 생각을 다 하는구나. 어서 저놈들 틈에 끼어들어 대화를 장악해야 할 텐데……

그러나 생선회를 술 없이 먹어선지 자꾸만 속이 느글거린다. 정말 한잔 술이 절실하다. 목구멍이 갈증으로 간질거린다. 목구멍뿐만 아니라 온몸의 세포가 술 달라고 헐떡거리는 것 같다. 술잔을 들었다 놓았다 하면서 술잔 귀를 찔금찔금 핥아본다. 오늘만 예외로 할까? 이렇게 망설이는데 손이 어느새 앞으로 나가, 물 본 기러기의 날쌘 동작으로 술잔을 낚아채 입안에 털어넣는다. 술이 이빨에 닿지도 않고 곧장 목구멍으로 꼴깍 넘어간다. 내친김에 자작으로 한잔 더 따라 마신다. 그제야 깨진 어금니를 열심히 핥던 혀가 제자리로 돌아오고 몸에 뿌듯이 기운이 생긴다.

좌중은 서로 튕기고 받으며 음담패설이 한창이다. 김도 거기에 끼어들어 열을 올린다. 렌터카 사장놈이 감칠맛 나라고 입술을 얄기죽거리며 노골적인 음담을 늘어놓는데 모두들 연방 몸을 비틀며 웃음을 터뜨린다. 이번엔 목욕탕 주인놈이 오죽잖은 말주변에 그것도 음담이라고 한꼭지 했다가 당장 퇴박을 맞는다.

"야아, 느네 목욕탕 맹물 같은 소리 하지 말고 여탕 벽에다 구멍을 뚫고 우릴 초대할 궁리나 해."

이렇게 음담패설이 한창 무르익자 때맞춰 강 마담이 젊은 여자 셋을 방 안으로 몰아넣는다. 여자들은 몸에 착 달라붙는 얇은 원피스를 입고 있어서 발랄한 몸매가 그대로 드러난다. 생글생글 교태 부리며 중간중간에 끼어앉는데 온 방에 진동하는 짙은 암내에 사내들이 나 죽네 하고 기성을 질러댄다.

김 옆에도 여자애가 끼어든다.

"나 여기 앉아도 되죠?"

"앉고 싶으면 앉고 눕고 싶으면 눕고 네 맘대로 해라."

"어머, 벌써 누워요? 급하기도 하셔라, 호호호. 미스 홍이라고 해요."

여자가 키들거리며 무릎을 접고 앉는데 원피스 자락이 밀려올라가 살진 허벅지가 통째로 비어져나온다. 너무 흐벅지고 싱싱해서 기가 질린다. 허어, 이 빠진 호랑이 앞의 살진 암소로다. 할 수 있나, 못 먹으면 어르고 놀아야지. 김은 여자의 허벅지에 손바닥을 척 올려놓는다. 여자들이 들어오니까 음담패설은 더욱 농도가 짙어진다. 듣자하니, 하초가 부실한 것은 김만이 아닌 모양이다. 미스 홍

의 왼편에 앉은 중학교 교감이 엄살떨며 한마디 하는데, 마누라한
테 치여 죽을 지경이란다.

"어찌나 보채는지, 어쩌다 술 안 먹고 들어간 날은 영락없이 당
하는 거라. 성고문이 따로 없더군. 그래서 술자리 없는 날은 아예
집 근처 가게에서 캔맥주 두개 까 먹고 들어가설랑 취한 척 자버리
는 거여."

"인생 백리 길 아직도 오십리가 창창한데 벌써부터 그러면 문제
지. 그것도 근육 아닌가. 근육이란 건 자꾸 써야 힘이 생기지, 안 쓰
면 풀어져."

슈퍼마켓 사장이 한심스럽다는 듯이 혀를 차자 의사가 뒷말을
받는다.

"맞아. 그게 바로 용불용설이란 거여. 생물시간에 안 배웠냐? 라
마르크 말이여. 신체기관은 안 쓰면 퇴화한다, 이거여. 어이, 접장,
정 그렇다면 나처럼 보약 좀 먹어보지그래."

"마누라가 해줘서 보약도 먹어봤지."

"에이, 쪄엉신! 그렇게 말귀를 못 알아들어? 그런 보약 말고 영
계백숙. 더도 말고 봄, 가을, 일년에 두번 각각 보름씩만 복용해보
라구. 회춘에 그보다 윗길 가는 약 없느니라."

그 말에 우와, 영계! 하며 폭소가 터지고 양옆에서 동시에 기습
받는 아가씨들이 간지럽다고 비명 올리며 몸을 비틀어댄다. 김 옆
의 홍도 몸 반쪽은 어느새 교감한테 점령당해버렸다. 맞은편 토건
사장 우찬이도 옆 여자의 한쪽 젖퉁이를 점령하여 주물러 터뜨리
려고 정신이 없다. 저러니까 마누라가 바람나지. 과연 저 녀석이 내

가 제 마누라와 잔 것을 알고 있을까? 어디 한번 말을 걸어 반응을 타진해보자, 흠.

"어이, 우찬이. 너도 못지않게 밝히는 놈인데 어째 한마디도 없냐?"

곱지 않게 쏘아보는 눈초리와 함께 반응이 즉각 온다.

"쳇, 제가 더 밝히면서!"

흥, 눈치채긴 챈 모양이군. 병신, 그럼 어쩔 테야? 그러나 우찬이는 곧 시선이 풀어지면서 좌중을 돌아보며 헤벌쭉 웃는다.

"그럼, 내 이야기 들어보지. 거 우리 마누라 말이여, 늙으니까 꼭 뺑덕어멈 꼴이여. 보채기는 더럽게 보채는데, 올라타기만 하면 꼭 빽빽 하품을 안하나, 피익 방귀를 안 뀌나, 젖퉁이에 때가 밀리질 않나, 정말 김 피익 새지. 그러니 무슨 맛대가리로 한 우물 팔 거여?"

좌중에 왁자하니 웃음이 터지는데, 우찬이 또 한번 힐끗 이쪽을 쏘아본다. 병신, 네가 노려보면 어쩔 거여? 네가 싫어하는 개떡 누가 먹으면 어때? 김은 여유 있게 웃으면서 또 한번 튕겨준다.

"그래서 밤낚시질 댕기는구먼."

"물론. 왜 샘나냐? 차에 영계 하나 태우고 가서 붕어 입질이 뜸할 때 심심풀이 삼아 하는 게 그짓이여. 차 안에서 하는 맛도 좋지만, 논두렁에 엎어치고 하는 맛, 그것참 기똥차지. 풀모기가 어찌나 물던지 손바닥으로 알궁둥이를 연상 쳐대면서 말이여. 히히히."

모두들 자지러지게 웃음을 터뜨리며 마빡으로 식탁 모서리를 찧을 듯이 몸을 마구 흔들어댄다.

이때 마담이 급한 전화라고 핸드폰을 들고 들어온다. 모두들 웃음을 그치고 바라보는데, 핸드폰을 넘겨받은 의사놈이 다짜고짜 신경질 부리며 하는 말이 걸작이다.

"뭐여, 급한 환자라고? 위독해? 제미, 죽어도 좀 이따가 죽으라고 그래! 나도 먹던 술 마저 먹어야 할 거 아냐. 알았어, 알았다구. 에이, 씨발."

잠시 조용했던 좌중에 다시 웃음보가 터진다. 교통사고로 한사람이 다 죽게 되었다는 것인데, 그러나 그 위태로운 생명은 "죽어도 좀 이따가 죽으라고 그래"라는 말 때문에 즐거운 웃음의 대상이 될 뿐이다.

의사 친구가 자리를 뜬 다음에도 두엄처럼 걸쭉해진 입들은 계속 농탕치며 쉴 줄을 모른다. 일단 술에 발동 걸린 김은 브레이크 고장난 차처럼 점점 술 속으로 빠져들어간다. 취기는 빠르게 그의 몸을 둔중하게 마비시켜 혀가 꼬부라지기 시작한다. 미스 홍이 암컷 그 자체로 여전히 요염하게 앉아 있건만, 잠시 반짝했던 욕정은 이미 싸늘하게 식어버렸다.

"애, 딸순아, 술이나 따라라. 그런데 네 본명은 뭐지?"

"아이, 본명은 알아서 뭘한대요? 술 따르니까 그냥 딸순이죠, 뭐. 홍딸순, 호호호."

"에라이 순! 여기 들어오기 전 이름이 뭐냐니깐! 딸순이 전에 달순이었지, 그렇지?"

"어머, 왜 그렇게 무섭게 말해요? 전 달순이 아닌데요."

"아냐? 공장에서 미싱 달달 돌리는 달순이 말야, 아냐?"

"아, 공순이 말이죠? 전 공장에 댕겨본 적 없는데요."

김은 더이상 묻지 않고 금방 시무룩해져버린다. 한달 전의 파업 사건이 또 불쑥 떠올라 심기를 건드린 것이다. 나쁜 년들! 의류제조업은 작년까지만 해도 돈이 잘 벌리는 직종이 아니었던가. 아무리 들들 볶아대도 아무 탈 없이 미싱이 달달 잘 돌아갔지. 그렇게, 아무리 일이 고되고 돈이 적어도 묵묵히 참아내던 착한 달순이들이 어찌 그 모양으로 타락해버렸나. 실패 감던 순이가 그 역전 카바레의 에레나로 바뀌듯이, 전에는 미싱 돌리던 달순이가 타락하면 술 따르는 딸순이가 되었는데, 요즘은 노조의 무지막지한 폭도로 타락해버린단 말이야. 감히 내 돈을 갈취해가다니! 착취자는 내가 아니고 바로 네년들이야! 아, 내가 의류업계에 막차를 타고 말았구나!

이때 부르는 소리가 있어 김이 고개를 돌리니 토건사장 우찬이가 의미있게 느물느물 웃고 있다. 또 찍자 붙겠다는 수작이 분명하다.

"김 의원, 왜 울상이여? 무슨 고민 있나? 여자관계?"

"허어, 여자관계로 고민하는 사람도 있나. 오입은 하나의 경쾌한 스포츤데."

우찬이 뭐라고 씹어뱉을 듯이 양볼을 잔뜩 부풀리다 말자, 그 옆에 앉은 레스또랑 주인이 농담을 걸어온다.

"김 의원, 하나 묻겠는데, 그 너부데데한 상판때기 갖고 지난번 선거에 어떻게 여성표를 꼬셨지? 그게 영 이해 안 가는 대목이야."

"못났지만, 얼굴이 사각형이라 좌우대칭일 뿐 아니라 상하대칭도 되잖아, 하하하."

김이 가수 박남정의 흉내를 내어 손바닥으로 두부 썰듯 좌우상하로 움직이면서 능숙하게 말을 받아넘기자 좌중에 또 웃음이 일어난다. 김 의원은 역시 똑똑하단 말이야, 하고 모두 흡족한 표정인데, 또줄이와 우찬이만 서로 짠 듯이 시큰둥하게 앉아 있다.

이번에 버스 차주놈이 얼른 나서서 김을 추어준다.

"아먼, 김 의원은 여성 유권자에게 인기 있지. 김선희, 이름이 여자 이름 같아서 그런지도 몰라. 우리 마누라도 보통 좋아하는 게 아녀. 내가 외박할 때 말이지, 김 의원을 팔면 그냥 무사통과라. 선희랑 놀다 왔다고 했더니, 처음엔 선희가 어떤 년이냐고 팔짝 뛰더군, 하하하. 그래서 김선희, 김 의원 말이여 했더니, 우스워 죽겠다고 배꼽을 잡는 거라, 하하하."

재채기 연발하듯 또 폭소가 터진다. 김도 기분 좋게 껄껄대는데 문득 우찬이의 퉁명스러운 음성이 주위의 웃음소리에 묻어 들려온다.

"어이구, 저 차주놈, 껠껠 좋기두 하겠다. 너두 마누라 조심해야겠어."

김은 신경이 바짝 곤두선다. 저것이 취중에 무슨 말을 하려고 또 저 지랄인가? 아무래도 안되겠다. 즉시 김은 우찬이가 더이상 찍자 못 붙게 분위기를 노래판으로 돌려버린다.

미스 홍이 먼저 나무젓가락을 두들기며 한곡조 뽑는다. 운다고 옛사랑이 오리오마는…… 아싸, 아싸, 아싸라비아. 사람들이 곧 노래를 따라 부르면서 분위기가 흥청거리기 시작한다. 미스 홍이 한곡조 더 부르고 다른 여자에게 차례를 넘겨주자 이때를 기다렸다는 듯이 교감이 김 옆으로 비집고 든다.

"김 의원, 정말 오랜만이여. 이 횟집에서 만나 고스톱 친 게 지난 2월이었으니까 벌써 반년 넘었구면."

이 작자가 무슨 말을 하려는지 환히 꿰고 있는 김인지라 대답이 심드렁하다.

"벌써 그렇게 됐나?"

"그동안에도 여러번 내려왔다 간 모양인데 나한테 전화 한번 안 주니까 정말 야속한 생각이 들어."

"야, 인식이. 네가 이해 안하면 누가 이해해주냐? 정말 바빠 죽을 지경이여. 고뿔 앓을 새도 없다구. 중앙은 중앙대로 바쁘지, 지역구에 내려와도 무슨 기공식, 무슨 준공식이다, 이장단 총회다, 새마을금고 무슨 총회다 뭐다 해서 틈이 없는 거라."

"김 의원, 설마 날 과소평가하는 건 아니겠지? 저번 선거에 우리 양씨 문중표 팔십 프로는 자네한테 갔을걸. 산동면에 이십대 육백 년 뿌리박고 살아온 집안이라 똘똘 뭉치지. 그리고 선거에 임박해서 학부모들에게 민주를 가장한 폭력세력을 매도하는 통신문 천여 장 보낸 것도 상당히 효과가 있었을 거구."

이 녀석은 이빨이 옥니인데다가 말이 빨라서, 꼭 오물오물 클로버 씹는 토끼를 연상시켜 자꾸 웃음이 나오려고 한다. 이 친구의 민원인즉, 교장 승진에 대통령 표창이 꼭 필요하니 교육부에 청탁 넣어 구해달라는 것인데, 그게 어디 쉬운 일인가. 교육계의 관행 서열을 무시한 그러한 낙하산식 청탁은 국회의원마다 받고 있는 터다.

"선거 때 학교 통신문이야 으레 하는 것 아냐?"

"무슨 섭섭한 말을 그렇게 하나? 상부에서 하라니까 마지못해 시늉으로 하는 다른 학교를 우리와 비교하다니…… 그리고 이건 정말 중요한 충고데 말이야, 김 의원 본인은 잘 모를 테지만, 유권자들 여럿 모여 있는 데서 인사할 때 말이야, 한사람과 악수를 다 마무리하지 않은 채 샛눈으로 다음 사람은 누군가 하고 보는 습관, 그건 고쳐야 돼. 그런 사소한 것 갖고 건방지다 소리 들을 건 없잖아."

그것도 이미 들은 충고라 김은 그저 건성으로 응수한다.

"고치도록 해보지."

"그리고 이젠 선거도 가까워왔으니까 발로 뛰어야 해. 지역구 땅 여기저기 그저 무른 메주 밟듯 밟고 다니는 거여. 경조사에 화환만 보내고 김 의원 본인은 한번도 얼굴 안 비친다고 불만인가봐. 김 의원, 시골 인심도 이젠 예전 같지만은 않아. 큰 도시로 대학공부 하러 간 아들딸들이 이번 선거에 제 부모를 설득한다잖아."

"다 알구 있어. 농활대년들도 들어와 설치구. 그렇다고 개네들 말이 씨 먹히겠나. 우리 지역구 유권자의 팔할이 농업이구 또 그중 팔할이 오십대 이상인데, 그런 불순한 언사 따위를 귀담아듣겠냐? 어림도 없지. 농촌은 대대로 여당의 표밭이여. 대갈빡이 그렇게 완고하게 굳어버린 사람들이라니까. 물론 자식 말 듣고 마음 흔들리는 자도 더러 있을 수 있지. 그러나 막상 투표장에 들어서봐, 싹 달라지는 거라. 거기에 순사도 있지, 이장도 있지, 마을 유지도 있지, 다 알 만한 얼굴들이 엄숙하게 자리 지키고 있는데 제가 어쩔 거여? 엄숙한 분위기에 압도되어 간이 콩알만 해져버리는걸. 뉘 집에 밥 먹고 뉘 집에 죽 끓는지 뻔히 들여다뵈는 마을에서, 선거 끝나면 어느 집이 반대했느냐 곧 분류되어 엑스표 쳐질 텐데 왜 삐딱하게 나서설랑 그런 손해 볼 짓을 하겠나 이거여. 대학생들이 문제라면, 좋다 이거여. 우리도 이번 선거에 대학생을 대거 동원할 작정이여.”

“아암, 그렇게 맞불을 놔야지.”

“자네도 협력해줘야겠어. 대전이던가? 대학 댕기는 딸아이 있다고 했지? 이번 선거에 그애 좀 쓰자. 그애 친구들도 있을 거 아냐?”

이 말에 교감이 흠칫 놀라며 눈을 똥그랗게 뜬다. 입도 딱 벌어졌다. 이 병신이 왜 이래? 염통이 입 밖에 쏟아지려나? 놀란 토끼처럼 똥그래진 교감의 두 눈에 뜻밖에도 눈물이 슴뻑 고인다.

“김 의원, 왜 자네는 나한테 요구만 하는가. 내 민원은 해결해줄 생각도 않고……”

사뭇 울먹이는 목소리다.

“허, 임 교감. 기다린 김에 조금만 더 기다려봐. 돈 보따리가 얼마나 많이 나래비 선 줄 알어? 초선의원이란 게 큰 힘 못 쓴다는 건 너도 알잖아. 적어도 재선의원쯤은 돼야 말이 먹히지. 그러니까 이번 선거를 내 일이다 생각하고 힘껏 뛰어달라는 거 아냐. 그런데 딸아이 일손 좀 빌리겠다는데 왜 그래?”

“아아, 그 계집년, 말도 꺼내지 마! 그년뿐만 아녀. 자식들 모두 날 쪼다로 보는 거여. 왜 가만히 있질 못하고 쪼다같이 여당 앞잽이 노릇 하느냐고. 정말 창피해 죽겠다고 말이여. 자네가 이름 박아 돌린 커피잔 세트, 어떻게 된 줄 알아? 그 계집년이 그걸 그냥 내 보는 앞에서 와장창 깨버렸다 이거여. 내 딸아이가…… 아아, 교장도 못되고…… 아, 정말 미치겠어."

교감의 눈에서 눈물이 주르륵 흘러내린다. 이런 병신! 제 새끼 하나 단속 못하구선, 그러니까 쪼다지. 그러나 김도 그만 맥이 풀려 더이상 할 말을 잃어버린다. 아무래도 조짐이 불길하다. 입안의 혀는 또 어느새 깨진 어금니에 가서 몸살 나게 핥고 있다. 꼬리 잘린 개처럼. 이빨도 깨지고 내 성명 삼자가 박힌 커피잔 세트, 거울이 도처에서 깨지고 옷공장이 깨지고…… 며칠 전 기관에서 내가 지역구에서 인기를 잃고 있다는 정보를 보내왔다. 아, 드디어 내가 깨지는 건가?

얼마 후 김은 화장실에 다녀오려고 몸을 일으킨다. 과도한 취기로 다리가 헛논다. 몸은 물먹은 통나무처럼 둔중해졌다. 비틀거리며 화장실 문을 열고 들어가니, 마침 엉덩이를 까고 변기 위에 앉아 있던 강 마담이 소스라치게 놀란 시늉 하며 얼른 팬티를 끌어올리며 일어난다.

"옴마, 옴마, 영감님, 죄송해요. 문손잡이가 고장나서 못 잠갔어요."

"경치 좋던데, 뭐. 혹시 나 때문에 누던 오줌줄이 토막난 건 아녀?"

김은 혀 꼬부라진 음성으로 무감동하게 말한다.

"호호, 다 눴어요."

마담이 나가자 김은 그녀가 타고 앉았던 변기로 비틀비틀 걸어가 고르지 못한 오줌줄기를 주르륵 졸졸 깔긴다. 그 변기 운두에 눌려 더욱 팡파짐했던 강 마담의 엉덩이를 억지로 떠올려보지만 여전히 아무런 감흥이 없다. 아, 나도 늙었구나!

이때 뒤에서 문 여는 기척이 나더니, 우찬이가 잔뜩 우거지상을 하고 들어선다. 그는 오줌 누는 김 옆에 바싹 달라붙고는 다짜고짜 따지고 든다.

"선희, 정말 너 나한테 그럴 수 있어? 친구지간에 그럴 수 있느냐 구!"

이 녀석이 화장실까지 쫓아온 걸 보니 정면으로 대들 모양이다. 김은 발끈 힘을 주어 취기를 억누르고 상대방의 얼굴을 쏘아본다.

"얀마, 뭔데, 무슨 일인데 함부로 심통 부려?"

"시침 떼지 마! 친구지간에 정말 그럴 수 있냐구, 엉? 친구 마누라를 훔치다니!"

"아아니, 이게 미쳤나? 어따 씨비여, 씨비가, 니미씨비! 오해를 해도 유분수지, 네 아내가 영진아파트 조직책 아녀? 지구당 위원장이 조직책 만나 의논하는 것이 뭐가 잘못이여, 엉?"

"흥, 놀구 있네. 마누랄 후드려패서 자백을 받아났다구. 대질시 킬까?"

"히야, 이 새끼 봐, 생사람 잡네! 그래, 마누랄 고문해서 억지 자백 받았다? 너 도대체 누굴 말아먹으려구 이 지랄이야, 엉? 말해! 너를 이렇게 시킨 놈이 누구야? 말하라구! 사주한 놈이 누구야?"

그 순간 푸르르 화를 내며 김이 양손으로 우찬의 멱살을 덥석 움켜쥔다.

"이 새끼가 누구한테 공갈협박이여, 엉? 내가 그렇게 만만하게 보여? 날 똑똑히 봐! 내가 누구냐? 말해봐! 이 김선희가 누구여, 엉? 어디 가서 피똥 싸게 맞고 나올 테야, 정말?" 하면서 김은 상대방을 한바탕 이빨이 딱딱 맞부딪치게 흔들다가 놓아버린다. 멱살 풀린 우찬이 타일 바닥에 쪼그리고 앉아 캑캑 밭은기침을 연방 해대더니 *끄윽끄*윽 눈물을 짜기 시작한다.

"김 의원, 제발 오핼랑 말아줘. 친구지간에 내가 그 일 갖고 어쩌자는 건 아니여. 그년 늙어서 별맛도 없었을 거구…… 내 말은 다만 이 못난 친구 생각도 좀 해달라는 것뿐이여. 내가 불쌍도 하지 않어? 흑흑흑."

"무슨 말인지 알겠어. 그렇지만 도의원이라면 당을 대표하는 얼굴이고 이 김선희를 대리하는 얼굴이라구."

"물론, 공천 희망자들 중에 최종학력이 고졸인 사람은 나밖에 없는 줄 알아. 경력도 방범위원회 고문밖에 내세울 것도 없고…… 그렇지만 이억은 너무하잖아."

"공천이 곧 당선이고, 당선됐다 하면 네 사업에 보통 유리한 게 아닌데, 이억이 뭐 많다고 그래? 좋아, 특별히 널 생각해서 오천을 깎아주지, 됐어? 됐으면 냉큼 일어나. 다른 사람 보기 전에."

김이 손을 내밀자 우찬이 언제 그랬느냐는 듯이 헤벌쭉 웃으며 일어난다. 그리고 둘은 사이좋게 서로 허리를 껴안고 낄낄 웃으며 방 안으로 들어간다.

방 안은 담배연기가 자욱한 가운데 유행가 합창이 한창 무르익었다. 미스 홍의 허벅지에 엎드려 입맞추던 교감이 김이 들어서자 얼른 자세를 바로잡는다. 김은 자리에 앉자마자 목이 타는 갈증을 끄려고 술잔을 단숨에 비운다. 우찬이를 상대로 갑자기 너무 격렬하게 힘을 썼더니 속이 떨리고 입안에 쓴물이 도는 것이다. 긴장이 풀림과 동시에 취기가 다시 온몸에 자욱하게 피어오른다. 김은 노래인지 발악인지 고래고래 소리질러대는 동창들을 게슴츠레한 눈으로 바라본다. 먹기도 엄청 먹었구나. 식탁에 큰 쟁반 여섯개의 생선회가 거진 동이 나고 매운탕 먹고 뱉은 생선가시들이 담배꽁초와 함께 여기저기 수북이 쌓였다. 모두들 취기가 도도하여 낯짝이 당호박처럼 벌겋게 익고 마빡에 개기름이 번들거린다. 술판 끝나기 전에 저놈들한테 한마디 해야 텐데. 딱 일분 스피치로 멋들어지게. 이번에도 힘껏 도와달라고 말이야…… 이렇게 중얼거리면서 김은 점점 깊이 취기의 수렁 속에 빠져들어간다. 벌집처럼 윙윙 소음으로 가득 찬 두개골 속에서 간헐적으로 희뜩희뜩 현기증이 일어난다. 몸이 점점 까부라져 드디어 고개를 떨어뜨린다. 마비상태. 그렇게 턱을 가슴에 박고 까무러침인지 잠인지, 잠깐 의식을 잃었다가 김은 친구들의 부르는 소리에 간신히 눈을 뜬다.

"이번엔 김 의원 차례야. 한곡조 뽑으라구."

응, 내 차례가 왔군. 일분 스피치를 멋들어지게 해야지. 김은 가래떡같이 굳어진 혀를 입안에서 두어번 굴려 운동시켜보고는 엉거주춤 일어난다. 다리가 몹시 흔들거린다. 아무리 어깨를 추스르고 아랫배에 힘을 주어도 다리가 말을 듣지 않는다. 혀도 잔뜩 꼬부라졌다.

"그럼, 에에, 노래 한자리 부르겠습니다. 노래를 부르긴 하겠는데, 에에 뭣이냐, 멜로디는 빼고 가사만 하겠습니다. 그러니깐 뭣이냐 에 또……"

김이 말이 막히는지 입을 벌린 채 눈만 뒤룩뒤룩 굴린다.

그 꼴이 안쓰러워 렌터카가 손사래를 친다.

"김 의원, 너무 취해 말이 안되는가본데, 후원회 건 말이지? 자네가 말하지 않아도 다 알아. 그거 당최 염려를 마. 저번처럼 십시일반으로 돕는 거지, 뭐. 알았지? 취중에 힘들게 말할 거 없이 그냥 아무 노래나 부르게."

"아, 그럼 노래 한자리 부르겠습니다. 그러니깐 뭐이냐, 노래를 부르긴 하겠는데…… 에, 멜로디 빼고 가사만…… 그러니깐 마끼아벨리, 그 양반이 말했듯이, 에에, 어느 때 어느 곳을 막론하고 무장한 예언자는 승리했고 어어, 비무장의 예언자는 파멸했습니다. 그렇습니다. 바로 그겁니다. 그러니까 뭐이냐, 에에, 선거전은 문자 그대로 전쟁이다 이겁니다. 전쟁엔 실탄, 그럼, 실탄이 필요합니다. 실탄 없이 어떻게 아, 어떻게 싸웁니까. 예, 실탄, 나에게 실탄, 대량의 실탄이 필요합니다……"

말이 채 끝나기도 전에 여기에서 또출이가 노여운 표정으로 벌떡 일어난다.

"뭐야? 대량의 실탄? 대량의 실탄으로 우리 유권자를 대량학살하겠다구? 아이고, 무셔라! 난 그런 실탄 원조 못해!"

이 발언에 좌중이 일시에 물 끼얹은 듯 조용해진다. 김이 당황한 나머지 멍청한 소리를 한다.

"야, 넌 재숫대가리 없게시리 왜 또 불쑥 나오냐?"

"왜, 내 이름이 또출이니까 또 나오지. 넌 또출이도 아닌데 왜 이번 선거에 또 나오냐? 그 주제에 한번 해먹었으면 족하지, 왜 또 나와서 동창들 속 썩여?"

긴장했던 친구들이 그 말에 웃음을 터뜨리고 이어서 "또출이, 그만해둬, 앉으라구, 앉어" 하는 소리와 "그냥 내버려둬. 왜 앉으라고 그래" 하는 소리가 서로 엇갈려 튀어나온다. 또출이 지체 없이 다음 말을 이어가는데 어조가 사뭇 격렬하다.

"김 의원, 나도 저번 선거에 너를 힘껏 밀어준 놈이니까 분명히 이 자리에서 발언할 자격이 있다구. 그땐 네가 무소속이니까 밀어주었지. 그런데 네가 유세장에서 침 튀기며 여당을 까놓고 그 침이 마르기도 전에 여당으로 기어들어가? 네가 지난 사년 동안 도대체 한 일이 뭐여? 이권개입해서 돈이나 챙기구, 경조사에 화환 보내는 것 따위가 네가 하는 일 전부 아냐? 아니, 농축산물 수입개방 시킨 것도 너희들이지. 나도 그 때문에 젖소 백마리가 열마리로 팍 줄어 다 망한 놈이여. 시방 농촌은 점점 적막강산으로 변해가고 있어. 젊은것들은 다 나가 아기 울음 그친 지 오래여. 산 사람은 나가고 죽은 사람만 묻히러 들어오는 곳이 농촌이란 말이여. 도대체 밥그릇이나 뺏지 말아야지, 그래놓고 무슨 염치로 표를 달래나? 수입개방에 멍든 농민들, 밭에서 추수한 것 인건비도 못 건져 한숨인데, 니네들은 그 불쌍한 농민들을 자기네 표밭으로 꽉 묶어놓고 사년 마다 한번씩 차질 없이 풍년 추수를 하니 이 무슨 경우에 틀린 짓인가. 군대로 치면 농민은 상사 진급도 못하는 만년 쫄병인데, 정치 군인들은 척척 잘도 진급하여 장군 되고, 장군 되면 나라 권력까지 잡아 자네 같은 민간인들을 휘하에 거느리는 세상이야. 그러니 농민이 뭘로 보이겠어? 만년 쫄병이고 만년 표밭이지, 뭐. 그러나 이젠 농촌 민심도 많이 달라졌어. 만년 쫄병, 만년 표밭 못하겠다 이

거여! 작년만 해도 관의 눈초리가 무서워 대학생 농활대를 안 받던 농민들이 올해는 너도나도 받겠다고 손을 내밀고 있어. 그런데 너 네들은 도대체 무슨 자격으로 영농자금 끊겠다는 거여? 너네들이 도와주지 않으니까 대학생들이 돕자는 건데, 그건 또 왜 훼방이여, 훼방은. 도와주지 못할망정 쪽박은 깨지 말아야지, 안 그래? 김선 희 의원, 어디 한번 답변 들어봅시다.”

김은 치욕과 분노로 얼굴이 하얘져 더위 먹은 개처럼 헐떡거린다.

“아니, 저 자식이…… 법 무서운 줄 모르고 말을 함부로 해대네. 그래, 네놈도 농활대를 받아들였다 이거지?”

“아암, 물론이지. 우리 산동면에선 신청자가 너무 많아서 농민회 에 들겠다고 도장 찍은 사람들한테만 차례가 돌아갔다구.”

“농민회? 그 불온단체에 가입했다고, 네가?”

“불온단체라니, 말조심하라구! 이제 인간 송영출은 너하고는 완 전히 다른 종류의 인간이란 걸 알아둬. 내가 이 모임에 나타난 것 은 바로 이 말을 하기 위해서야. 알아들었냐?”

“배신자! 저 폭도새끼를 당장 내쫓아!”

김이 고함을 지르며 또출이를 향해 술병을 날린다. 그러나 술병 은 어림없이 빗나가 벽에 맞고 박살난다.

여자애들이 비명을 지르며 한곳으로 모인다.

“내가 왜 쫓겨나냐, 내 발로 걸어나가지. 국회의원? 흥, 네가 또 출이도 아닌데 왜 또 나오냐? 배 속에 똥밖에 든 게 없는 놈이 그 저 이름은 나고 싶어서, 쯧쯧. 못난 것, 평생 네 이름 종노릇이나 해 라.”

이렇게 신랄하게 비웃음치며 또출이가 퇴장해버리자, 김은 난장판이 되어버린 분위기를 수습하려고 취한 몸 비틀대며 이리저리 허둥댄다.

"저 자식은 배신자여, 배신자. 세상에서 제일 더러운 이름 배신자…… 배신자의 길, 그럼, 배신자의 말로는 비참한 거여. 두고 보라구. 자아, 새로 노래를 부르자구."

그러나 친구들은 심란스럽게 담배만 뻑뻑 빨 뿐 말이 없다.

"여기 있는 우리 여덟명은 그러니까, 으응, 피를 나눈 형제여. 아암, 물론이지. 그럼, 우리 똘똘 뭉치자구. 으응, 그러니까, 뭣이냐, 그래, 노랠 부르자구. 차암, 내 차례지? 노래 차례…… 아, 그렇지, 응원가 우리 학교 응원가를…… 응응, 첨 시작이…… 아이고, 잊어뿠네. 씩씩하게 싸우자, 숭고 건아들…… 아, 그건 맨 나중 거고, 첨 시작이……"

그러나 친구들은 여전히 침울하게 얼굴을 굳힌 채 반응이 없다. 김이 비틀거리는 몸을 벽에 기대고 양손을 허우적거린다.

"우린 이렇게 만나면 늘…… 그럼, 응원갈 불렀잖아. 너네들 왜 그러냐? 내가 밉니, 엉? 밉지? 씨이……"

드디어 김의 입에서 끄윽, 끄윽, 울음이 비어져나온다.

"씨이, 너네들도 날 버릴려구 그러냐? 윽, 윽, 그럼 왜 안 불러? 왜? 우리 숭고 건아들 싸우러 가얄 거 아냐, 엉? 왜 주장 말 안 들어. 윽, 윽……"

그제야 동창들은 마지못해 침울한 음성으로 응원가를 부르기 시작한다. 그들 중 몇사람이 노래를 부르면서 시계를 들여다본다. 밤

열시가 넘었다. 고스톱 한판 치려면 더 취하면 안되므로 이것으로 술판은 끝나게 되는 것이다. 꼭지가 돌게 취한 것은 술이 약해진 김 혼자뿐, 장송곡 부르는 듯 침울한 음성으로 응원가를 부르는 동창들을 부추겨 "더 높이고! 더 씩씩하게!" 하면서 혼자 목청껏 노래를 부르던 그는 노래가 끝나자마자 그대로 방바닥에 널브러지고 만다. 그러고는 식탁을 치우고 고스톱판을 벌일 준비를 하고 있는 동창들에게 "이번 선거엔 무조건 '못 먹어도 고'야. 알았지?" 하고 소리지른 다음, 까무러치듯 잠 속으로 떨어진다.

쇠
와
살

* 이 글에 나오는 일화들은 모두 사실에 근거한다.

불복산(不伏山)

조선팔도 유명 산악들 중에 오직 지리산만이 이성계의 등극을
반대하였다 해서 불복산이란 말이 생겼다. 국토의 허리가 동강 난
채 남북에 서로 적대적인 정권이 수립되던 1948년, 그때의 불복산
은 한라산이었다.

남쪽 정권은 권력구조에 철두철미 아메리카 영문법이 관철되어
영어에 능숙한 친미가 득세하자 친일 부역자들이 발빠르게 친미로
전향했다. 민족주의는 더이상 설 땅이 없었다. 친일경찰이 중용되
고 군부에서도 군사영어학교 출신들이 민족주의 세력을 몰아내고

있었다.

당시 미 대통령은 트루먼이었다. 신생 정권은 트루먼을 문자 그대로 '진인(眞人)'이라고 번역하여, 새 국가를 열어주는 진인의 현신인 것처럼 널리 선전했다. 진인이란 언젠가 때가 오면 도탄에 빠진 백성을 구하고 새 국가를 창업한다는 비기(秘記) 속의 인물이다. 그러나 비기 속의 진인은 해도(海島) 군사를 이끌고 북상하여 창업한다고 했다. 물론 그 섬 젊은이들은 비기를 믿어서 봉기한 것도 아니고 승리를 낙관해서 봉기한 것도 아니었다. 4·3 이전에 3·1이 있었다. 삼만 군중이 운집하여 외세 없는 진정한 독립을 고창한 3·1 대집회, 그 평화로운 시위현장에서 경찰의 무차별 발포로 여섯 명이 희생된 이후 거의 일년 동안 육지부에서 들어온 서북청년단과 경찰응원대의 야만적 공격에 속수무책으로 당해야만 했다. 도처에 살인, 고문, 약탈, 겁간이 횡행하여, 쫓기는 젊은이들이 더이상 숨을 데가 없는 절박한 상황에서 부득이하게 무장투쟁의 길로 들어선 것이었다.

그러나 이 절망적 저항의 몸짓에 대한 권력의 응징은 인간의 상상, 인간의 감각을 완전히 무시한 방식으로 나타났다. 초토작전에 반대한 연대장 김익렬을 해임하고 그 자리에 박진경을 앉혔다. 경찰 총수 조병옥, 9연대 연대장 박진경은 새 국가 건설을 위해서라면 삼십만 전 도민을 희생시켜도 무방하다고 천명하였다. 그것은 미국이 결재한 목소리였다. 미국이 그 섬을 '레드 아일랜드'(Red Island)라고 낙인찍자, 즉각 '붉은 섬'이라고 번역되었던 것이다. 붉은 섬. 군사작전지도에 해안선에서 오 킬로미터 이상 지역, 한라산과 그 밑 중산간지대는 온통 붉은색으로 칠해졌고, 붉은색은 곧 피와 불을 의미했다.

그리하여 저항의 근거지였던 중산간지대의 백삼십여개 부락이 붉은 화염 속에 회진되고 무수한 양민들의 선혈이 산야를 붉게 물들였다.

백살일비(百殺一匪)

게릴라는 이삼백명에 불과했다. 백살일비, 양민 백을 죽이면 그중에 게릴라 한명이 끼여 있을 것이고 양민 이삼만을 죽이면 이삼백의 게릴라는 완전히 소탕될 것이다. 그리하여 수만의 양민이 희생된 것이다.

송아지

병수는 그때 여덟살이었다. 무럭무럭 한창 자라기에 바쁜 나이인지라 죽음이 무엇인지 몰랐다. 할머니가 돌아가신 것은 초토의 그 무서운 재앙불이 마을에 덮치기 석달 전이었다.

일흔둘 나이였지만 늘 정정해 보이던 할머니가 어느날 갑자기 몸져눕고 말았다. 밥을 못 먹어 미음죽을 먹다가 나중에는 미음도 마다하고 숭늉만 찾았다. 미음을 한숟갈이라도 더 먹이려고 아버지와 어머니가 번갈아 자리를 지켰지만 할머니는 막무가내로 도리질이었다.

"성가시게 그럴 것 없다. 내 몸은 내가 잘 아느니라. 이젠 다 살았다. 밥 다 먹고 숭늉을 마실 차례인 거지. 배불러 숟갈을 놓았는데,

또 밥을 먹을 수는 없는 법이여."

그렇게 미음을 끊고 숭늉만 마신 지 닷새 만에 할머니는 입가에 잔잔한 미소를 띤 채 조용히 눈을 감았다.

그것이 병수가 최초로 만난 죽음의 모습이었다. 아버지 어머니는 서럽게 울었지만 병수는 조금도 슬프지 않았다. 슬프기는커녕 오히려 극중 인물이라도 된 듯이 신이 나서 어깨가 으쓱 올라갔다. 두건과 상복을 입은 모습을 동네 아이들이 얼마나 부러워했던가. 장례는 즐거운 잔치나 다름없었다. 사흘 밤낮으로 집 안팎이 사람들로 북적대고 병수도 덩달아 그 속에 빠져 정신이 없었다.

장례를 치른 이튿날, 잠 설쳐 멍해진 정신으로 학교에 다녀온 병수는 대문을 밀고 들어서면서 전에 하던 버릇대로 무심중에 할머니를 불렀다. "아이고, 내 새끼 왔구나. 어서 들거라. 오죽 배고프겠냐" 하면서 반색하고 내닫던 할머니. 그러나 집 안에는 아무 기척이 없었다. 정적. 마당 하나 가득 북적대던 문상객들이 떠오르는 순간 가슴이 뭉클했다. 할머니의 영원한 부재가 그제야 가슴 저리게 실감으로 와닿았다. 눈물이 주르륵 흘러내렸다.

"이젠 밥 다 먹고 숭늉을 마실 차례인 거지"라고 할머니는 말했다. 한 생애의 자연스러운 결말로서의 죽음. 아쉽고 슬프기는 하지만, 지는 해를 붙잡을 수 없는 노릇이었다.

그러나 석달 후 병수가 목격한 죽음은 그러한 죽음이 아니었다. 그것은 죽임에 의한 끔찍한 죽음이었다.

어둑새벽, 아직 새벽 단잠에 취한 마을을 포위한 토벌군은 마을 외곽부터 차례차례 줄불을 놓고 총을 난사하면서 주민들을 마을 한가운데 삼거리로 몰아붙였다. 아버지는 지붕 귀퉁이에 달라붙은 불을 잡으려고 허둥지둥 지붕으로 올라갔다가 그 즉시 총 맞아 굴러떨어지고, 어머니는 총개머리판에 등짝 찍혀 곤두박질치며 집 밖으로 끌려나갔다. 병수는 그 경황 중에도 불붙은 외양간에서 울부짖는 어미 소와 어린 송아지를 고삐 풀어 내보내주고 나서 급히 어머니를 뒤쫓아갔다. 마을은 불바다로 변하고 화광이 충천하여 하늘의 구름까지 핏빛으로 물들여놓고 있었다. 이 골목 저 골목 달아나던 사람들과 마소들이 총에 맞아 쓰러지고, 잠자다 미처 빠져나오지 못한 사람들, 가축들이 불에 타 죽는 비명 소리가 처절했다. 그 아수라의 불길 속에서 쇠바가지 모자에 흰 띠 두른 저승차사들이 미친 듯 길길이 날뛰고 있었다. 미처 피하지 못한 젊은이 스무명가량이 희생물로 점찍혔다. 여자도 예외가 아니어서 병수 어머니도 그중에 들어 있었다. 어머니는 스물여섯살이었다.

해가 떠오르자 그들은 마을 밖으로 끌려나갔다. 그뒤를 얼마쯤 사이 두고 병수가 주춤주춤 따라갔다. 어머니는 그 행렬의 맨 뒤에 있었다. 어머니가 어서 돌아가라고 손짓했다. 그래도 따라갔다. 이번엔 토벌군이 총대를 휘두르며 따라오지 말라고 위협했다. 두려움에 오금이 오그라붙는 듯했으나 걸음이 멈춰지지 않았다. 복받치는 울음을 참느라고 자꾸만 딸꾹질이 일어났다. 마침내 어머니가 울음을 터뜨렸고 더이상 따라오지 말라고 병수를 향해 마구 돌멩이를 집어던졌다. 병수는 우뚝 멈춰 섰다. 어머니가 던진 돌멩이 중 하나가 바로 앞에 떨어져 발밑으로 굴러왔다. 병수는 그 돌을 집어 손에 꼬옥 쥐었다.

어머니의 뒷모습이 점점 멀어져 다른 사람들과 분간 안되게 녹아들 즈음에, 행렬은 냇가 절벽 위에 닿았다. 그리고 잠시 후 일제 사격의 총성. 뜨거운 쇠붙이의 급류가 벌거숭이 생명, 인간의 멀쩡한 육체를 향해 일시에 밀려가 그들을 휩쓸고 절벽 밑으로 떨어뜨렸다.

설촌(設村) 육백년의 해묵은 마을이 그렇게 잠깐 사이에 파괴되어버렸다. 삼대 중 중간의 젊은 세대가 완전히 박멸되어 늙고 어린 자들만이 남았다. 병수도 졸지에 고아가 되어버렸다. 친척 노인들이 어머니의 시신을 옮겨와 아버지의 시신과 함께 불타버린 집터의 텃밭에 가매장해주었다. 이제 생존자들은 토벌군의 명령에 따라 해변 부락으로 소개해 내려가지 않으면 안되었다.

그런데 돌연 송아지가 나타났다. 불타는 외양간에서 풀어준 송아지. 어미 소는 어디에도 보이지 않았다. 송아지도 병수처럼 어머니를 잃어버린 것이다. 아마 총 맞아 죽었을 것이다. 병수는 반가워서 와락 송아지 머리를 감싸안고 볼을 비벼댔다. 눈물이 핑 돌았다. 피난길에 송아지를 함께 데려가고 싶었다.

그러나 당숙어른은, 해변엔 먹일 풀이 없어 데려가도 굶어 죽는다고 말렸다. 병수는 할 수 없이 송아지와 이별하고 당숙어른을 따라 피난길에 나섰다. 그런데 얼마쯤 가다가 문득 되돌아보니 송아지가 따라오고 있지 않은가! 아무리 후여후여, 쫓아도 자꾸만 따라왔다. 달려가서 머리를 콩콩 쥐어박아도 잠시 멈칫했다간 또 따라왔다. 할 수 없이 돌멩이를 집어 마구 던졌다.

"어서 돌아가, 어서! 해변엔 먹을 것 없어 굶어 죽는단 말야!"

돌멩이가 날아오자 송아지는 더이상 따라오지 않았다. 음매, 송아지의 처량한 울음소리. 병수는 복받치는 울음을 억누르고 주머니 속의 어머니가 던진 돌멩이를 꼬옥 쥐어보았다.

먼 데 불은 아름답다

고려 목종 때 그 섬에 마지막 화산 폭발이 있었다. 두 이레 열나흘 동안 하늘과 땅이 맞붙어 천동 치고 지동 치는 천지개벽의 그 무서운 재앙불 속에 섬사람들이 두려움에 납작 엎드려 벌벌 떨고 있을 때, 먼바다에서 본 그 섬은 보랏빛 상서로운 구름에 휩싸여 매우 아름답게 보이더라고, 어느 사서에 기록되어 있다.

1948년 11월 그 섬의 중산간지대 백삼십여개의 부락이 불탈 때, 천지간에 가득 찬 화염의 그 붉은빛은 또 얼마나 아름다웠을까? 해상 봉쇄 임무를 띠고 바다에 떠 있던 미 군함의 장교, 수병들은 그 아름다움에 대해서 증언해주기 바란다. 장엄하게 아름다웠는가? 불가사의하게 아름다웠는가? 웅혼하게 아름다웠는가? 처절하게 아름다웠는가?

재앙불

화산불에 죽은 자는 별반 없었으나 초토화의 불길에 죽은 자는 수만이었다. 하늘이 내린 불보다 인간이 저지른 불이 더 무서웠다.

아버지와 아들

원동마을의 주막거리에 마을 주민 남녀 육십여명이 전홧줄로 뒷짐 결박당한 채 무릎을 꿇고 있었다. 노인과 아이들만이 거기에서 제외되어 집 안에 머물러 있었다.

드디어 주막집 지붕 위로 기관총이 올라갔다. 기름 잘 먹인 기관총이 서릿발같이 눈부신 반사광을 뿜어대자 사람들의 얼굴이 일시에 하얗게 바랬다. 모두들 두려움에 목구멍이 꽉 막혀 비명 소리조차 나오지 않았다. 한 청년이 먼저 막힌 목구멍을 뚫고 혼신의 절규를 질렀다.

"아버니임! 아버니임!"

기관총을 건 주막집 바로 뒤 그의 집에는 병든 아버지가 누워 있었다.

"아버니임! 불효자 영식이가 먼저 갑니다. 대를 잇지 못하고 떠나는 것이 천추의 한입니다. 장가갈 날 받아놓고 잔칫날 쓰려고 산디쌀 열섬 추수한 것도 다 버리고 그냥 갑니다. 아버니임!"

그 피맺힌 절규에 촉발되어 주막거리는 일시에 저주와 원한의 울부짖음이 회오리바람처럼 격렬하게 솟구쳐올랐다. 다음 순간, 장교의 오른손이 냉혹한 기계동작으로 번쩍 올라가고, 그러자 지붕 위의 기계가 잔인한 희열에 들떠 바드드드 총알을 내뱉기 시작했다.

구조

이것은 누구의 범죄인가. 기관총인가, 기관총 사수인가, 사격명령을 내린 장교인가, 무선전화로 처단명령을 내린 대대장인가, 그위의 연대장인가, 그 옆의 그림자 같은 미 군사고문인가. 그 위 또 그 위, 마침내 삼각형의 꼭짓점은 누구인가? 트루먼은 진인이었나?

수뇌의 명령은 충층시하 수족에 이르기까지 기계적으로 관철되었다. 그들의 기계적 사고에는 인간이 부재하였고 소름끼치게 단순명료했다. 중산간지대가 게릴라의 인적 물적 토대가 되므로 물자뿐만 아니라 인명도 깡그리 파괴해야 한다, 그것이었다. 백살일비가 그것이었다.

쇠의 냉혹한 기계. 버튼만 누르면 저절로 움직이는 기계. 버튼을 누르는 자들은 제 손에 전혀 피가 묻지 않는다. 그들에게 수많은 죽음은 피비린내 안 나는 통계숫자일 뿐이었다.

젊음이 유죄

그들 앞에서 인간의 호소는 전혀 먹혀들지 않았다. 아무리 무죄 결백을 주장해도 막무가내였다. 다른 죄는 없고 오직 젊다는 것만이 죄였다. 17세 이상 40세 이하 젊은이로서 살아남는다는 것은 전적으로 우연에 속한 일이었다. 스무살짜리도 키 작은 핑계 대어 열여섯살이라고 줄여 말하고 처녀들은 아이 때 입던 검정 동강치마를 입고 허리 굽혀 다녔다.

참새는 어떻게 우는가

피의자　정말입니다. 나리님, 저는 남로당에도 민애청에도 가입한 적이 없습니다.

서청　그럼 네가 사상이 건전하다는 걸 무엇으로 증명할 테야? 반공멸비가 부를 줄 알아? "역적의 남로당을……" 하는 거

말이야.

피의자　예.

서청　그럼 불러봐.

피의자　(노래를 부르는데 음정이 엉망이다.)

　　　　역적의 남로당을 잡으러 가자

　　　　역적의 폭도를 잡으러 가자

　　　　역적의 민애청을 잡으러 가자

　　　　대한민국 만세를 부르며 가자

서청　(벌컥 화를 내며) 아, 이 간나이 새끼, 노래하는 것 좀 봐. 이
　　　게 신성한 반공멸비가를 짓뭉개 똥으로 만들고 있네!

피의자　아이고, 아닙니다. 전 음치입니다. 노래 못 부르는 음치
　　　입니다. 제발 용서해주십쇼.

서청　거짓말 마. 너는 고의적으로 신성한 반공멸비가를 똥으로
　　　만들고 비웃었어.

　　　가해자들에겐, 참새가 짹짹 운다고 해도 거짓말이고, 찍찍
　　운다고 해도 거짓말이고, 찍짹 운다고 해도 거짓말이었다.

매카시

　당시 미국 대통령은 트루먼이었고, 그 나라 국회의원 중에 훗날
용공조작의 대명사가 된 매카시가 있었다.

　하루는 토끼가 죽을 둥 살 둥 뛰어가다가 노루를 만났다. 노루가
물었다.

"너 어딜 그렇게 도망가니?"

"매카시가 쫓아온단 말이야. 매카시는 다람쥐를 쫓고 있거든."

"그런데 너는 다람쥐가 아니잖아. 몸집도 훨씬 크고."

"그건 그래. 난 토끼야. 그렇지만 내가 다람쥐가 아니라는 것을 도저히 입증해 보일 도리가 없어. 그래서 도망가는 거야."

"아이고, 그럼 나도 다람쥐로 보겠네. 큰일 났다."

그래서 노루도 토끼와 함께 도망치기 시작했다.

일주도로에서 가까운 도평리는 소개작전에서 제외되었다가 느닷없이 당한 곳이었다. 그 마을이 부서지던 날, 먼저 민간인 복장에 카빈총으로 무장한 일단의 젊은이들이 붉은기를 앞세우고 나타나 마을 청년들을 국민학교 교실로 몰아넣었다.

"우리는 산에서 내려온 인민해방군이다. 이 마을 청년들은 왜 입산하지 않는가? 우리는 당신들을 응징하러 내려왔다. 벌을 받을 텐가, 아니면 우리에게 협조할 텐가? 왜 대답이 없나? 그럼 좋다. 이제 곧 우리는 외도지서를 습격하러 간다. 협조할 사람은 따라오라. 조금도 위험한 일이 아니니 두려워할 건 없다. 우리가 외도지서를 습격하고 난 뒤 마을에서 거둔 식량을 산으로 운반해주기만 하면 된다."

교실 바닥에 꿇어앉은 청년들은 어찌할 바 몰라 고개만 더욱 숙일 뿐이었다. 그들이 쓰는 말씨가 아무래도 수상했다. 섬고장 사람들이 아닌 게 분명했다. 토벌군 중에 입산한 자들이 있다는 소문인데 혹시 그들인가? 아니면 산군으로 위장한 토벌대인가? 좌우 양단간에 어느 한쪽을 선택할 수밖에 없는 진퇴양난의 무서운 곤경이었다. 그때 별안간 한 청년이 벌떡 일어나더니 의자를 집어던지며 소리질렀다.

"우리는 대한민국이다!"

그러나 다음 순간 총성이 울리고 그 청년은 쓰러졌다.

그러면 그들은 산군이었나? "우리는 대한민국이다"라고 소리친 사람을 죽였으니. 아니, 그렇지 않았다. 그들은 외도지서를 습격하러 가는 산군이 아니라, 외도지서에서 올라온 경찰토벌대였다. 산군으로 가장하면 산에 협조하는 자들을 쉽게 찾아낼 수 있다고 생각하여 위장전술을 쓴 것인데, 그것이 그만 들통나고 만 것이다. 위장전술이 실패했건 않았건 간에 얼마 죽이라는 그날의 할당량이 있어서 무고한 청년 육십명이 희생당했다. 매카시 무리들 앞에서는 어떠한 사람도 자신의 결백을 입증해 보일 수 없었다.

＊백삼십여개의 중산간 부락이 초토화되자, 그 지역 양민들은 해변으로 소개된 사람들과 산으로 피한 사람들로 양분되었다. 이제 섬땅에는 해변과 산, 적대적인 두 세력만이 존재할 뿐 중간지대는 사라져버린 것이다. 해변 주민들과 소개민들은 민보단 조직 안에 묶였고, 일주도로변을 따라 산의 습격에 대비한 축성작업에 동원되었다.

자수하여 광명 찾자

이른바 자수운동이란 것이 축성작업 직후에 나왔다.

"비록 협박에 못 이겨 조이삭 하나, 간장 한종지, 짚신 한켤레, 돈 한푼일지라도 산에 바친 사람은 이 기회에 자수하라. 지서에 와서 다시는 안 그러겠습니다, 하고 말만 하면 모두 용서해줄 것이고 다음부터 절대 오라 가라, 말이 없을 것이다. 부디 이 기회를 놓쳐 나중에 후회하는 일이 없도록 하라."

순경들이 이 마을 저 마을 돌며 이렇게 선전했고 이장, 민보단 간부들도 나서서 아무 의심 말고 자수하라고 설득했다. 그것이 이른바 자수운동이었다. 조천면에서는 삼백명가량이 이에 응하여 임시 함덕국민학교에 수용되었다. 그 학교에는 군부대가 주둔하고 있었다. 그 군인들이 심문을 했는데, 분위기가 상당히 우호적이었다. 식사도 한끼니에 주먹밥 두덩이씩 나오고 심문할 때는 피우라고 담배를 주기도 했다.

그런데 삼일째 날이었다. 한 장교가 나타나서 여덟명의 청년을 호명해 앞으로 불러세우고는 모두 들으라고 일장 연설을 토했다.

"이제 여러분들은 모두 석방이다. 그런데 여기 앞에 서 있는 청년들은 어떻게 할 것인가. 이자들은 산에서 연락원 활동을 하는 등 중죄를 저질렀다. 그러나 우리는 약속대로 이 청년들도 용서해주기로 했다. (박수 소리) 그런데 한가지 여러분 모두에게 협조 구할 일이 있다. 석방에 앞서 죄를 뉘우치는 뜻에서 나라를 위해 한번 좋은 일을 해보지 않겠는가? 강요하지는 않는다. 우리 연대가 오늘 한라산에 토벌 나가는데, 여러분도 참가했으면 한다. 조금도 위험한 일이 아니니 두려워할 건 없다. 우리가 적의 아지트를 발견하면 그 식량을 해변으로 운반하기만 하면 된다. 이제 대한민국 백성으로 새롭게 태어났으니, 그 기념으로 한번 충성해 보이라."

아무 영문 모른 채 여러달 생명의 위협 속에 간신히 연명해온 그들인지라 장교의 연설은 꽤나 감동적이었다. 폭도 토벌에 참가하여 폭도 누명을 벗고 싶었다. 젊은이들이 와아, 함성을 지르며 앞다퉈 달려가 운동장에 대기하고 있는 트럭에 기어올랐다. 잠깐 사이에 트럭 다섯대가 꽉 차버렸다. 한대당 삼십명씩 모두 백오십명이었다. 청년 세명이 뒤늦게 달려갔다가 한 사병의 발길에 차여 차 밖으로 나가떨어졌다. 그 세 청년은 오히려 운이 좋은 사람이었다.

그렇게 그들은 자수운동에 속아 떠났고 다시는 돌아오지 않았다.

＊중산간에 비해 해변 부락들이 피해가 다소 덜한 편이긴 하지만, 그러나 조천면 일대의 해변 부락들의 희생은 실로 막심한 것이었다. 이름난 활동가들을 배출했다고 사정없이 까부수어버린 것인데 그중에 북촌리는 단 이틀 새에 양민 오백명 가까이 학살되어 인간생태계가 완전 뒤바뀐 무남촌이 되어버렸다.

아버지와 아들

한 청년이 눈을 부릅뜨고 죽은 아버지의 시체를 부둥켜안고 통곡했다.

"아버지, 제발 눈을 감으세요. 아버지 원수를 기어이 갚고 말 테니, 어서 눈을 감으세요."

＊양민학살에 분노한 산군들이 여기저기 토벌대 주둔지에 대해

잇따라 야간습격을 감행했는데 그러나 결과는 양민에 대한 무서운 보복으로 나타났다. 토벌대 전사자 한명에 양민 열명꼴로 처단했던 것이다. 양민들은 죽음의 인질로 그들의 수중에 잡혀 있었다.

1 대 11

어느 국민학교에 주둔한 토벌대가 한밤중 산군의 습격을 받고 교전했는데 쌍방간에 각각 한명씩의 인명피해가 났다. 날이 밝자 마을 사람들이 관객으로 강제동원된 가운데 열명의 양민이 처단되고 전사한 산군의 시체와 함께 한구덩이에 처넣어졌다.

그때 한 노인이 앞으로 나와서 장교에게 정중히 탄원했다. 방금 죽은 마을 사람들은 폭도가 아니므로 죽은 폭도와 따로 묻게 해주십사고. 그것은 이웃을 사랑하는 자의 애절한 호소였다. 폭도 누명 쓰고 죽으면 그 가족에 해가 끼칠까 걱정스러워 한 말이었다. 그러나 인간의 말은 야수의 자존심을 건드릴 뿐이었다.

"폭도가 아니라니? 그럼 우리가 죄 없는 사람을 죽였단 말이야? 폭도를 두둔하는 걸 보니, 이 영감태기도 한통속이야."

야수는 당장 그 선량한 노인을 덮쳐 잡아먹어버렸다. 그래서 그 마을에선 양민 희생자가 1 대 11로 한명 더 많았다.

한통속

함덕리는 군 주둔지였다. 마을 청년들에게 피바람이 한차례 거쳐간 후에도 주민들은 날마다 터지는 총소리에 진저리를 쳐야 했다. 타처에서 잡혀온 젊은이들이 마을 앞 바닷가 백사장에서 날마다 처형되고 있었다.

그런데 하루는 마을 아이 여섯명이 산에서 잡혀왔다. 열일고여덟살밖에 안되는 소년들이었다. 그들이 처형장인 백사장으로 끌려갈 때, 그 마을 유지인 수염 허연 두 노인이 앞으로 나아가 눈물로 애원했다.

"부디 이 아이들을 살려주십시오. 아무 분수 모르는 철부지 어린 것 아닙니까. 우리 마을에 벌써 청년 수가 절반으로 줄어들어 남자 씨가 귀하게 되었습니다. 제발 덕분 살려주십시오. 살려주시기만 하면 우리가 책임지고 착실한 대한민국 백성으로 만들겠습니다."

그러나 노인의 눈물은 그들의 양심을 건드린 게 아니라 자존심을 건드리고 말았다. 여섯 소년을 처형하고 돌아오던 살인자들은 길에서 울고 있는 두 노인을 다시 만나자 자존심이 팍 상했다.

"이 늙다리들이! 뭐, 빨갱이를 살려달라고? 네놈들도 한통속이야."

그들은 즉시 두 노인을 백사장으로 끌고 가 총살한 다음, 아직 더운 주검인 여섯 아이들과 함께 한구덩이, 한통속에 처넣었다. 총살당하기 직전 그중 한 노인이 탄식했다.

"인간 백정놈들! 백성을 다 죽여놓고 백성 없는 나라를 세우려는 거냐!"

지서에 붙잡혀갔다가 혐의가 없어 풀려나게 된 어느 마을 늙은 이장이 같이 잡혀간 마을 사람들이 못 나오는 것이 너무 안타까워 함께 내보내달라고 탄원했다가 역시 한통속이라고 죽임을 당하고 말았다.

　＊사실이 그러했다. 한마을의 모든 주민은 한통속이었고, 섬땅의 모든 마을 또한 한통속이었다. 그 땅은 각성바지 핏줄이 가로세로 촘촘히 그물처럼 얽힌 혈연공동체였다. 그런데 그 질긴 혈연의 그물을 섬 밖에서 들어온 침략자들이 갈가리 찢어놓았다. 그 무서운 학살극이 그렇게 만들었다. 상부상조로 똘똘 뭉쳐왔던 천년 공동체에 기상천외의 분열현상이 일어났으니, 살아남은 청년들은 죽창, 철창 부대가 되어 토벌대를 따라나서야 했고, 노인과 아녀자들은 산에 있는 아들, 남편, 조카, 시숙을 원수 삼아 죽창 들고 성을 지켜야 했고, 죽음의 위협에 시달려 친구가 친구를, 친척이 친척을, 후배가 선배를 고발하는 사태가 속출했다. 누군가 한사람을 고발하지 않고는 제 목숨을 부지할 수 없는 상황이었다.

합장묘

　중산간 부락들이 소각될 때 해변으로 소개 내리지 않고 달아난 사람이 많았는데, 그들은 한라산 깊숙이 들어가거나 아니면 마을 근처 야산 혹은 냇골창의 자연동굴에 숨어 있었다. 그 굴들은 대개 병목처럼 입구가 좁고 풀숲으로 가려져 있어서 그 마을 사람이 아니면 좀처럼 찾기 어려웠다. 그런데 토벌대의 길잡이가 되어 굴을 손가락질한 것이 바로 그 마을 출신이었다. 불탄 마을의 검은 재까지 하얀 눈으로 덮여버린 겨울의 산야, 그 지하 여기저기에 하루 한끼 좁쌀미음으로 허기를 달래며, 기운이 빠질세라 말도 않고 숨도 작게 쉬던 그 사람들. 동면하는 생물처럼 그저 잠자는 것이 먹는 것이던 그 사람들. 그들이 토벌대가 굴 입구에서 피워대는 유독한 약품 연기에 서로 얼크러져 질식사했을 때, 그 굴은 그대로 그들의 합장묘가 되었다.

이이제이

그것은 미국이 사용한 용병술이지만 영어가 아니다. EEJ가 아니라 이이제이(以夷制夷)이다. 오랑캐를 시켜서 오랑캐를 제압하라, 동족을 시켜서 동족을 제압하라, 육지 백성을 시켜 섬 백성을 제압하고 섬 백성을 시켜 섬 백성을 제압하라.

산군이 잡히면 그의 출신 마을 사람들을 관객으로 모아놓고 그 앞에서 처형했다. 차마 바라보기조차 두려워 고개 숙이는 그들에게, 너의 대장을 물어뜯어라, 죽을 때 박수 쳐라, 심지어 돌로 쳐 죽이라고 강요하기도 했다. 산군들은 총 대신 죽창, 철창으로 잔인하게 처형되는 수가 많았다. 총은 창을 든 민간인의 뒤통수에 겨눠져 있었다.

여성동맹에서 활동한 한 처녀가 살기 위해 전향했다. 그러나 전향은 말로만 되는 것이 아니라 실천으로 보여주어야 했다. 그녀 앞에 산에서 잡혀온 한 아주머니가 세워졌다. 그 아주머니는 바로 이웃집 여자로 평소에 제사 때마다 돌담 너머로 떡을 나눠 먹던 사이였다. 순경이 뒤에서 철창을 주면서 찌르라고 명령했다. 그러나 처녀는 창을 거부하고 결연히 죽음을 택했다.

유혈

피는 몸속에서 흘러야 한다. 눈에 보이지 않게 피부 밑에서 흘러야 한다. 피는 햇빛을 보아서는 안된다. 몸 밖에 나온 피만큼 부정한 것은 없다. 그래서 유혈은 금기요 죄악이다.

한 병사가 있었다. 그저 평범한 젊은이였다. 오직 상부의 명령에 따라 방아쇠를 당길 따름이었다.

어느날 그는 총살조에 끼여 피의자들을 처형장으로 몰고 갔다. 그런데 도중에 한 청년이 결박당한 채 걸어가다가 돌부리에 걸려 앞으로 고꾸라졌다. 코가 깨져 피가 낭자하게 흘렀다. 그 병사는 얼른 달려가 그 청년을 일으켜세우고 자기 손수건으로 코피를 닦아주고 콧구멍까지 막아주었다. 그러고는 잠시 후 그는 그 청년을 향해 방아쇠를 당겼다.

*사람이 사람을 먹는 그 냉혹한 가해구조 속에서 개인으로서는 털끝만 한 양심의 표현도 어려웠다. 그 구조의 말단에 있는 사람들 중에는 악질도 있었지만 그렇지 않은 사람도 많았다. 가해자로 내몰려 기계적으로 방아쇠를 당길 뿐이었다. 양심의 가책을 느끼긴 하지만, 도대체 개인으로서는 자의적인 사고와 행동의 여지가 없었다. 곧 죽게 될 사람의 코피나 닦아주는 게 고작이었다. 물론 상관의 눈치를 봐서 몰래 한명쯤 도망시키거나, 한명쯤 달아나

는 것을 모른 체 눈감아줄 수도 있었다. 그러나 건수에 따라 대략 얼마만큼의 인명을 사살하라는 할당량이 위에서 정해져 내려왔다. 자수운동에 속아 함덕국민학교에 수용되었던 삼백여명 중 그 절반 인 백오십명이 처형되었는데 그 숫자가 그날의 할당량이었다. 그 래서 트럭 다섯대에 정해진 할당량이 다 채워졌을 때, 그 병사는 뒤늦게 달려온 세명의 청년을 발로 걷어참으로써 그들의 생명을 구해줄 수 있었다. 그 정도가 말단이 보여줄 수 있는 최대의 자비 였다.

자비
총검, 철창, 죽창으로 찌르지 않고 총살시켜주는 것도 자비였다.

한 장교가 있었다. 그 역시 성격이 모난 데 없이 평범한 젊은이 였다. 오직 상부의 명령에 따라 총살을 집행할 따름이었다.

하루는 집단처형 직후, 차를 타고 돌아가려는데 부하가 달려와 아직도 죽지 않고 살아 있는 사람이 있다고 보고했다. 떼주검 속에 서 홀로 살아 있는 그 여인은 얼굴 반쪽이 없어진 것처럼 피투성이 였으나, 확인 결과 한쪽 귀만 찢겼을 뿐 전신이 멀쩡했다. 확인사살 까지 세발의 총알이 모두 그녀의 생명을 비켜간 것이었다. 그 장교 는 즉시 결정을 내렸다.

"이것은 기적이다. 한번 죽인 사람을 두번 죽일 수는 없다. 일사 부재리 원칙에 따라 이 여자를 살려줘라."

말살된 기적

가만히 시체더미 속에 엎드려 있었더라면 살았을 텐데, 그 여자는 제정신이 아니어서 일제사격 직후 벌떡 일어나 소리치고 말았다.

"아이고, 나 살아져수다!"

죽지 않고 살아났다고 자수한 것이다.

기적적인 생존까지 자수해야 하는 비참한 현실이었다. 그러나 그들은 기적을 용납하지 않고 또 한번 총을 쏘아 그 여자를 죽음으로 되돌려보냈다.

자비는 돈으로 살 수도 있었다

자수운동에 속아 죽은 떼주검 속에서도 살아남은 사람이 있었다. 학살자들이 물러간 다음 희생자 가족들이 시체 찾으러 몰려갔을 때, 그 사내는 팔과 다리에 총상을 입은 채 몸을 떼굴떼굴 굴려 길 가까운 데까지 나와 있었다. 목격자가 여럿이었으므로 자수시키지 않으면 안되었다. 그 부친은 사내를 아는 수의사한테 맡긴 즉시 돈을 싸들고 담당 장교를 찾아갔다. 장교는 돈을 받으면서 기분 좋게 한마디 했다.

"이것은 천운이오. 하늘이 살린 것을 어찌 또 죽일 수 있겠소."

농업학교 출신의 한 축산기사가 있었다. 집안은 제법 부유한 편이었다. 그가 처형당할 위기에 처하자 부친이 총살조의 선임하사를 만나 돈을 크게 썼다. 돈이 있으면 자식을 결코 길바닥에 눕히지 않는 법이었다.

처형장에서 열두명의 사내가 여섯명씩 이열횡대로 서로 어긋나게 늘어섰는데 그 사내의 위치는 앞줄 맨 오른쪽이었다. 선임하사가 그 사내를 맡아 헛방 쏘기로 되어 있었다.

일제사격의 총성이 울렸다. 과연 총알은 사내의 몸에 와 박히지 않았다. 사내는 약속한 대로 총 맞은 것처럼 비명을 지르며 쓰러졌다. 그런데 다음 순간 뒤에 있던 사람이 쓰러지면서 그의 얼굴 위를 덮쳤다. 얼굴이 가려졌으니 오히려 잘된 일이었다. 그는 시체 밑에 깔린 채 잔뜩 숨죽였다. 군홧발 소리들이 다가왔다. 죽은 사람의 더운 피가 계속 흘러내려 그의 얼굴을 적시고 있었다. 피는 주룩주룩 뺨을 타고 턱 밑으로 흐르면서 지렁이가 기어가는 듯 끔찍한 가려움증을 일으켰다. 가려움을 참으려고 어금니로 볼살을 피나게 깨물었다.

"다들 확인했나? 이상 없으면 돌아와!"

소대장의 목소리. 이어서 멀어지는 발소리. 그때 사내가 더이상 가려움을 못 참고 목을 움찔 움직였는데 그것이 우연히 뒤에 처졌던 한 병사의 눈에 띄고 말았다.

"저기 한 놈이 살아 있는 것 같은데요."

"어디?"

소대장에게 보고할까봐 두려운 선임하사는 얼른 되돌아가 그 사내의 등짝에다 총알 두방을 먹여버렸다.

시계와 도장

고 서기는 면에서 호적 담당이었다. 그날이 마침 딸아기의 돌이

어서 아침 밥상에 귀한 쌀밥이 올랐다. 세상에 태어난 지 얼마 안 되는 젖아기들은 경풍에도 시들고 고뿔에도 스러지기 쉬워 돌을 넘겨야 부모의 자식으로 여겨 호적에 올랐다. 고 서기는 딸아기의 돌을 축하하는 뜻에서 그날 당장 호적에 올려주기로 했다. 도장을 챙겨넣고 씽씽 신나게 자전거 페달을 밟아 면사무소로 출근했는데 뜻밖에도 거기에 저승차사가 기다리고 있었다.

처형되기 직전 손목을 전홧줄로 결박하던 순경이 고 서기의 손목시계를 탐냈다.

"곧 죽을 텐데 그 시계 나한테 넘기지그래" 하면서 순경이 시계를 풀어내리는 것을 고 서기가 완강히 버텼다.

"나는 줄 수 없다. 썩을 놈! 정 시계가 탐나면 날 죽여놓고 내 시체에서 빼앗아가라!"

처형된 이튿날, 아내는 그의 시체에서 아직도 죽지 않고 살아 있는 손목시계와 주머니 속에서 도장을 발견했다.

그리하여 시계는 일생 동안 그녀의 손목에서 살아 있었고, 딸아기를 호적에 올리려던 도장은 영영 무용지물이 되어버렸다. 왜냐하면 그 아기는 나중에 숙부 밑으로 호적에 올랐던 것이다. 그때 처형된 자는 무조건 '빨갱이'이므로.

고무신

한 농사꾼 청년이 있었다. 두 손 묶인 채 형장으로 끌려가면서도 그는 자신의 죽음이 도무지 믿기지 않았다. 왜 죽어야 하는지 이유를 알 수 없었으므로 죽음이 실감으로 와닿지 않았다. 모든 게 꿈속같이 비현실적으로 느껴졌다. 설마 죽기야 할라구. 가슴이 벌렁 벌렁 뛰고 정신이 혼미한 가운데 허청허청 걸어갔다. 밑창이 닳은 고무신이라 눈 위에 자꾸 미끄러져서, 나중에는 신발을 벗어 결박당한 두 손에 들었다. 그것을 보고 순경이 낄낄 비웃었다.

"곧 죽게 될 텐데, 왜 신발은 들고 가나?"

그 말이 청년의 몽롱한 정신을 번쩍 깨워주었다. 죽음이 와락 실감으로 다가왔다. 그러고는 태연히 가해자를 노려보면서 또렷한 음성으로 대꾸했다.

"저승 가서 신을려고 그런다, 왜."

*그렇게 단 석달 동안 집중적으로 수만의 무고한 목숨을 도륙낸 다음에야 피에 멀미를 느꼈던지 가해자들은 선심 쓰듯 선무, 귀순 공작이란 걸 내놓았다. 한라산에 귀순, 투항 권고의 삐라를 뿌리는 정찰기가 뜨고, 해변의 소개민들은 귀순공작에 동원되어 산으로 올려보내졌다.

한겨울의 눈 속에 숨어 있던 피난민들이 드디어 모습을 드러내 하산하기 시작했다. 석달 이상 굶주림에 시달린 그들은 피골상접의 반송장이나 다름없었다. 귀순공작이 속임수가 아닌가 의심되기는 했지만 그들은 더이상 버틸 기력이 없었다. 굶어 죽으나 총 맞아 죽으나 죽기는 매한가지, 한번 밝은 태양 아래 한길을 걸어보고 죽고 싶었다.

먼저 노인과 아녀자들이 내려갔고, 얼마 후 귀순공작이 속임수가 아님이 확인되자 청년들도 삼삼오오 떼 지어 하산하기 시작했다. 중요하게 활동한 사람이 아니면 징역은 갈지언정 죽이지는 않는다고 했다. 산군 지도부도 그들의 귀순을 적극 권했다. 섬땅이 완전히 박살난 상황에서 더이상의 항쟁은 무의미했다. 어느 면 책임자는 청년들을 내려보내면서 이렇게 말했다.

"올라 올라 더이상 오를 곳이 없으니, 이제는 내려갈 수밖에 없소. 조국에 애국한다는 것이 도리어 역적이 되고 말았으니, 징역 가더라도 부디 살아서 이 억울함을 후세에 전해주시오."

여러날에 걸쳐 투항의 백기를 든 하산민의 행렬이 차디찬 눈비를 맞으며 꼬리 물고 이어졌다. 머릿수건, 이불 호청을 찢어 만든 때 묻은 백기.

돌아오라 돌아오라 따뜻한 품에
휘날리는 태극기를 우러러보며
이 땅에 또다시 즐거움을 부르자

대한민국의 '따뜻한' 품 안으로 귀순하던 날, 눈비 맞아 시리고 굶주린 하산민들은 그 따뜻한 밀밥 한술에 맥을 못 추고 축 늘어져버렸다. 그것은 미국산 밀밥이었다. 한 노파는 산에서 얼어 죽은 손주를 생각하며 울먹거렸다.

"아이고, 그 아이가 죽어도 이 밥을 먹고 죽었으면 얼마나 좋을꼬."

그늘 속에 있던 미 군사고문단이 잉여농산물 밀밥과 함께 섬 백성 앞에 모습을 드러낸 것도 이때였다. 그들은 하산민 수용소에 나타나 상냥하게 웃으면서 레이션 박스를 던져주고는 마그네슘 불을 펑펑 터뜨리며 사진을 찍는 것이었다. 카메라를 본 적이 없는 사람들이라 총을 들이대는 줄 알고 기겁하게 놀라 비명을 지르는 촌극도 일어났다. "자, 사진 잘 나오게 웃어요, 웃어! 기쁜 표정을 지으라구!" 하고 통역관은 흰 이를 드러내며 웃음을 연습시켰다. 사실이 그러했다. 그 사태에 미국은 직접 총을 쏘지 않고 열심히 카메라만 돌렸던 것이다. 학살 기간 동안에 섬사람들은 그 어디에서도 미군을 보지 못했다. 그들은 몸이 얼어 벌벌 떠는 하산민들에게 한 모금씩 마셔 몸을 녹이라고 위스키도 주었는데, 그들이 사라진 즉시 감시 보초들이 위스키는 물론 레이션 박스까지 빼앗아갔다. 그러니 물정 모르는 섬사람들로서는 준 자는 선인이고 빼앗은 자는 악인일 수밖에 없었다. 밀밥, 레이션 박스, 위스키. 그것들을 원조물자라고 불렀다. 그러나 그것은 생사람 죽을병 주어놓고 생색내듯 약 주는 식의 원조가 아니었던가.

그들은 어디에 있었는가

보이지 않은 그들은 어디에 있었나?

미군복, 미군화에 미제 총을 멘 조선 토종은 있어도 그들은 보이지 않았다. 그들이 처한 곳은 음침한 그늘 속이었다. 섬을 해상봉쇄한 군함 속에, 병력 수송의 LST 속에, 한라산 상공을 나는 경비행기 속에, 그리고 제주읍의 CIC 사무실 속에 그들은 있었다.

＊가해구조의 말단에 처해 있던 사람들은 대개 명령에 의해 기

계적으로 총을 쏘았을 것이다. 개개인이 아닌 집단으로서 존재한 그들의 눈에는 학살 대상인 민간인들 역시 나름의 영육을 지닌 개개인으로 파악되지 않고 단지 운수 나쁜 우둔한 무리로 보였을 것이다. 그러나 그들도 양심의 가책을 느꼈다. 표정 없고 우둔하게만 보이는 그 무리 속에는 언제나 가해자의 무딘 양심을 일깨워주는 강렬한 개성들이 있었다. 그것이 노인의 죽음일 수도 있고 어린애의 죽음일 수도 있다. 무엇보다, 젊은 그들은 꽃다운 처녀들의 죽음에서 충격을 받았다. 어디 그뿐이겠는가.

잠들 수 없는 주검들

떼주검은 신원을 알 수 없게 휘발유 뿌려 태워지기도 했는데, 그때마다 무서운 광경이 벌어지곤 했다. 쓰러진 채 화염에 휩싸인 그 떼주검 중에서 돌연 몇구의 시체가 벌떡벌떡 일어나 앉는 것인데, 그렇게 꼿꼿이 앉은 채 불타는 모습은 소름 끼치게 무서웠다. 그것은 학살에 대한 강력한 항의, 이렇게 무참히 죽을 수는 없다고 절규하는 것 같았다. 질겁한 병사들이 그쪽을 향해 총을 마구 쏘아댔지만, 타는 물질은 오그라들게 마련이라고, 엎어진 시체는 그렇지 않은데, 드러누운 시체는 뱃살이 먼저 불에 타 오그라들면서 등뼈를 잡아당겨 그런 현상이 생긴다고, 나중에 군의관이 설명해주었지만, 그 충격은 좀처럼 가시지 않았다.

인간의 뱃살은 다른 부위보다 말랑말랑하여 총검의 좋은 표적이 되었다. 그런데 그 부드러운 살에 쇠붙이가 쑤시고 들면 그것을 덥석 무는 저항의 강한 힘이 느껴졌다. 그때 찌르고 빼는 일련의 동작을 순식간에 해치워야지, 자칫 서툴렀다간 박힌 총검이 꽉 물려 빠지지 않는 수가 있는데, 그때 병사는 귀신한테 발목 잡힌 듯한 두려움에 마구 허둥대곤 했다.

여러구의 시체가 한꺼번에 파묻힌 흙구덩이, 모래구덩이도 이따금 이상현상이 일어나, 그 무덤을 뚫고 시체가 밖으로 튕겨나오기도 했다. 몸 전체가 다 빠져나오지 못하고 한쪽 다리, 한쪽 팔만 한맺힌 절규처럼 불쑥 솟아날 때도 있었다. 밖으로 튕겨나온 시체들은 부패가 심하여 무섭게 부풀어올랐는데, 그런데 그 썩은 몸에서 가르릉가르릉 가래 끓는 숨소리 같은 것이 들려왔다. 병사들은 나중에 그것이 배 속에 가득한 가스 끓는 소리라는 것을 알았지만, 최초의 충격은 가시지 않았다. 튕겨나온 시체를 다시 묻고 그 위에 무거운 돌로 눌러놓지만, 과학은 그것이 부패한 시체들이 팽창하여 그런 현상이 생긴다고 설명해주지만, 충격은 쉽사리 가시지 않았다.

양심의 가책으로 시달리다가 산군에 가담해서 죽은 사람들도 있었고, 군복 벗고 섬을 떠나버린 사람들도 있었다. 사태가 끝나 부대가 육지부로 이동할 때 주민들에게 "죄 없는 백성 많이 죽이고 갑니다" 하고 울던 사람들도 있었다.

용기

군인은 타인의 생명을 빼앗음으로써 강해진다. 타인의 생명을 많이 빼앗으면 빼앗을수록 그만큼 그는 더 강해진다. 아마도 지휘관들은 전투경험 없는 그들에게 그렇게 가르쳤을 것이다.

그러나 그것은 전투가 아니었다. 자신의 목숨을 걸고 타인의 목숨을 빼앗은 것이 아니었다. 그들이 죽인 것은 맨몸, 빈손의 연약한 인간이었다. 사병들은 사태가 끝나 육지로 돌아갔을 때, 차마 자신의 무용담을 남한테 들려줄 수 없었다. 그것이 용기가 아니었으므로. 오직 장교들만이 그 숱한 시신 위에서 빠르게 진급했을 따름이다.

＊귀순하여 생업에 안돈해 있던 생존자들은 한국전쟁이 발발하자 또 한번의 수난을 당했다. 일제히 예비검속에 걸려 수용소에 갇히게 되었는데, 그중 수백명이 학살당하고 나머지는 입영하여 육지 전쟁터에서 또 한번 죽음과 맞부딪쳐야 했다.

예비검속에 죽은 사람들 중에는 땅에 묻히지 못하고 바다에 가라앉은 수중고혼들도 있었다. 가해자들은 쾌속정에 예닐곱명씩 여러번에 나눠 바다 한가운데로 실어날랐다. 굴비 엮듯 나란히 한두름으로 묶인 청년들을 한쪽 뱃전에 앉혀놓고, 쾌속으로 배를 몰다가 급커브를 틀어 물속에 빠뜨리는 방법을 썼는데, 실로 경쾌하기이를 데 없는 수상스포츠였다. 그러나 무거운 돌을 달아맸음에도 나중에 물 위로 떠오른 시체들이 있었다.

잠들 수 없는 주검들

전화줄로 연결된 채 조류에 따라 표류하던 여섯구의 시체가 우연히 지나가던 통통배에 발견되었다. 그 배에는 사공인 노인과 열댓살 난 그의 손녀가 타고 있었는데, 먼 섬에서 작업 중인 마을 잠녀들을 실어나르려고 가는 중이었다.

그 소녀가 마침 오줌이 마려워 배 뒤꽁무니의 터진 데로 가서 쪼그리고 앉았는데, 돌연 바로 눈앞에 여섯구의 시체가 열을 지어 물을 가르며 무섭게 배를 따라오는 것이 보였다. 소녀가 놀라 비명을 지르고 노인이 급히 달려왔다. 시체들을 연결한 전홧줄이 키에 걸려 있었다. 그러나 소녀의 눈에는 그 시체들이 제발 살려달라고, 물속은 추워 살 수 없으니 뭍으로 데려다달라고 애원하는 것 같았다. 그러나 매정하게도 노인은 삿대로 키에 걸린 시체들을 떼어내어 뒤로 밀어내버렸다.

그리고 한달쯤 지나 노인은 그 배를 타고 갈치 낚으러 나갔다가 갑자기 몸뚱이가 무섭게 부어올라 급사하고 말았다. 몸이 너무 퉁퉁 부어 선실 문에 걸려 빠져나오지 못한 것이다.

* 대참사에서 용케 살아남은 사람들 중에는 아직도 시체가 달라붙는 환상에 시달리는 이들이 적지 않다. 진혼되지 않은 죽음은 산 자에게 달라붙는다. 죽은 자의 넋을 위로하는 것은 산 자의 의무인데, 4·3의 원혼들은 아직도 진혼되지 않았다. 물론 가족들이 지내는 제사가 있기는 하다. 마을마다 한날한시에 죽은 영혼들이 많아, 그날이 오면 돼지가 여러마리 죽고 떡방앗간이 불타나고 초저녁부터 한밤중까지 친척집을 돌며 제사를 지낸다. 제사가 아니라 숫제 명절인 셈이다. 그러나 4·3 원혼은 그것으로 진혼되지 않는다. 오히려 그 원혼들은 생존자의 통한과 결부되어 하나의 힘으로서 존재한다. 사죄하라고, 진정한 의미의 진혼을 베풀라고 관권에게 요구한다.

떼주검이 널렸던 밭에서 평생 피 냄새를 맡으며 농사지은 그들, 날만 궂으면 얻어맞은 묵은 상처가 다시 도져 서럽게 술로 달래는 그들, 아직도 순경이 무서워 지서 앞을 피해가고 군복만 봐도 가슴이 철렁 내려앉는 그들, 투표장의 엄숙한 분위기가 두려워 진땀 흘리고, 카메라 앞에 서면 꼭 총살당하는 느낌이 들어 사진을 못 찍는 그들……

그러나 관권은 죽은 자의 원혼과 생존자의 통한을 달래주기는커녕 막무가내로 제압하려고만 든다. 시체가 튕겨나올까봐 떼주검의 무덤을 무거운 바위로 눌러 제압하고 있는 것이다. 원혼들은 비행장 활주로 밑, 관광도로의 아스팔트 밑에 깔려 있기도 하고, 학살터였던 아름다운 백사장과 폭포를 찾는 관광객들의 발에 짓밟히기도 한다.

그러나 4·3 원혼은 수만의 무리로서 존재하기 때문에 힘이 세다. 창창한 앞날과 모든 가능성을 일순에 박탈당한 요절의 원혼들이기에 힘이 세다. 원혼은 달래야지 제압해서는 안되는 것이다.

그때로부터 반세기 가까운 세월이 흐른 지금, 학살의 주범들은 병들어 죽거나 퇴역의 노인이 되어 있건만, 그들이 남긴 반인간 사상은 대물림되어 여전히 억압의 도구로써 휘둘리고 있다. 양민학살도 범죄지만 학살된 원혼을 억압하는 것도 죽은 시체에 칼질하는 격으로 두벌죽음시키는 범죄이다.

죽음은 일체의 모든 것을 포함하는 신성한 권능이다. 산 자가 어찌 죽은 자를 모독하고 억압할 수 있는가. 산 자는 끝내 죽은 자를 이기지 못한다. 산 자 역시 죽기 때문이다. 수많은 사람의 일생과 모든 가능성을 빼앗은 가해자들은 그 때문에 오히려 승승장구의 일생을 누렸다. 장군도 되고 서장도 되고 총리도 되고 국회의원도 되었다. 그래서 그들은 여한이 없는, 깃털같이 가벼운 죽음을 맞이하는가. 천만에, 아니다. 그들의 죽음에는 수만 죽음의 무게가 실려 있다. 그 짐을 지지 않고 어찌 저승에서 그 죽음의 임자들을 만날 것인가.

아, 너무도 불가사의하다. 믿을 수 없다. 이해할 수 없다. 전대미문이고 미증유의 대참사이다. 인간이 인간을, 동족이 동족을 그렇게 무참히 파괴할 수는 없다. 그것은 인간의 죽음이 아니다. 짐승도 그런 떼죽음은 없다. 가해자들은 '사냥'이라고 했다. 그것은 '빨갱이 사냥'이라고 했다. 빨갱이는 인간이 아니었다. "그때 죽은 자는 모두 빨갱이다. 빨갱이가 아니면 왜 죽었겠는가." 이해할 수 없다. 이해할 수 없다. 너무도 불가사의하다. 떼주검을 휘발유 뿌려 불태울 때 그 냄새가 돼지 타는 냄새와 흡사했다. 그래서 가해자들은 그 구수한 냄새를 맡고 자기가 죽인 것이 인간이 아니고 짐승이라고 새삼 확인했는가. 아니다, 아니다. 그들은 그 살 타는 냄새에 코를 싸쥐고 헛구역질하면서 황급히 현장을 떠났던 것이다.

썩은 개천물이 악취를 풍기며 흘러가는 가난한 둑방동네의 시장과 주택가 사이, 어두운 길모퉁이에 주황색 비닐천의 포장마차 하나가 있었다. 서부영화에 나오는 포장마차는 고달픈 오랜 여정 끝에 신개척지에 도착하지만 그 포장마차는 여러해 한곳에 머문 채 밤마다 반딧불 넣은 호박꽃처럼 노랗게 불을 밝히고 있었다. 주위의 불빛이 잦아들어야 오히려 어둠속에서 뚜렷이 부각되는 그 포장마차는, 돈도 가난하고 마음도 가난하여 밤늦어야 귀가하는 이들의 발길이 잠시 머물다 가는 곳이었다. 주인은 허우대 크고 담찬 여자인데, 무엇보다도 손이 커서 손님 앞에 내놓는 먹거리가 푸졌다. 세상의 김밥들은 야박하게도 점점 가늘어지고 있었지만 그녀의 김밥은 여전히 굵었고, 우거짓국에 말아 내놓는 국수타래도 남보다 양이 많았다. 단골들은 특히, 막걸리 한사발만 시켜도 으레 공짜로 나오는, 생선 대가리를 우려낸 국물의 걸쭉한 우거짓국을 좋아했다. 철저히 박리다매 위주여서 그런 장사를 하려면 힘도 좋고 유난히 부지런 떨지 않으면 안되는데, 그녀는 쉰일곱살 나이에도 넉넉히 그 일을 당해내고 있었다. 영업하는 밤시간보다 오히려 낮 동안이 더 바빴으니, 안줏감으로 내놓을 값싼 생선을 사고 버려지는 생선 대가리를 얻기 위해 새벽마다 수산시장에 다녀와야 하고, 국거리를 마련하기 위해 시장바닥에 버려지는 무청이나 배추 잎을 주워다 삶아 말리고, 또 시장 너머 버스정류장 근처의 호사스러운 복매운탕집에 가서 줄기만 사용하고 버려지는 콩나물 대가리를 얻어다가 밑반찬을 만드는 등, 하루 종일 쉴 참 없이 몸을 놀려야 했다.

단골들은 대개 둑방동네 사람들이었다. 그녀처럼 오랜 객지생활 끝에 무허가 건물일망정 간신히 거처를 마련해 뿌리내린 사람들도 있었지만, 그 연줄로 뒤늦게 시골에서 올라와 친지의 집에 잠시 신세를 지거나, 사글셋방에 임시로 몸 붙이고 있는 떠돌이가 대부분이었다. 그래서 둑방동네 주민들의 들고남은 빈번했고 그만큼 그녀의 단골들도 자주 얼굴이 바뀌었다. 얼굴은 바뀌어도 그들의 탄식, 한숨, 울분은 한결같았고, 그것은 또한 그녀가 살아온 고단한 삶의 내력과 조금도 다르지 않았다. 두칸짜리 무허가 건물을 제집이라고 마련하여 외아들과 함께 겨우 몸 붙여 살고 있기는 해도 여름철 장맛비에 개천물이 조금만 불어도 그대로 침수되어 뿌리가 들린 채 뜨고 마는 허술하기 짝이 없는 삶이었다. 게다가 불원간 재개발지로 책정되어 무허가 건물들이 철거되리라는 소문이 끊임

없이 나돌고 있었다.

아무려나 그녀는 자신의 모습과 닮은꼴인 그들 속에 있으면 늘 마음이 편했고, 단골들도 잔정이 많은 그녀의 잔조롬한 눈매에 어린 미소를 좋아했다. 단골 중에는 근처 실장갑공장에서 일하는 어린 노동자들이 있었는데, 고향의 어미 품을 떠난 지 얼마 안되어 외로움에 몸살 앓는 아이들인지라, 그녀가 각별히 마음을 써 거두어주었다. 머리칼에 희끗희끗 붙어 있는 실밥을 털어낼 생각도 않고 저희들끼리 목로에 붙어앉아 서로의 온기를 느끼려고 몸 부비는 모습이 늘 안쓰러웠다. 뜨거운 우거짓국에 특별히 국수를 넉넉히 말아주곤 했는데, 그 특대짜리 국수를 잊지 못하여 다른 공장에 옮겨가도 일부러 찾아와 먹기도 했다. 심지어 외상값 안 갚고 몰래 떠났다가도 나중에 제 발로 찾아와 죄송하다고 눈물을 떨어뜨리는 아이들도 있었다. 워낙 임금이 박한 공장이라 아이들은 대개 석달을 못 버티고 다른 곳으로 옮겨가곤 했다.

그런데 그렇게 한자리에 서서 가난한 떠돌이들을 맞고 떠나보내던 그녀, 이동하는 철새들이 잠시 쉬어가던 그 늙은 나무가 뿌리 뽑히는 날이 왔다.

그해 여름, 텔레비전에서 방영한 이산가족찾기운동이 세간에 큰 반향을 일으켜 시청자들을 연일 흥분의 도가니로 몰아넣고 있을 무렵이었다. '누가 이 사람을 모르시나요' 잊혔던 그 노래가 더할 수 없이 슬픈 곡조의 주제가로 되살아나고, 집집마다 텔레비전 앞에서 눈물바람이 일었다. TV 드라마치고 그렇게 슬픈 드라마는 없었다. 술꾼들도 일찌감치 귀가하여 눈물 흘릴 준비를 하고 텔레비전 앞에 다가앉고, 귀가시간이 늦은 사람도 아내한테 "어제 그 사리원 사람 어떻게 됐나. 가족 만났어?" 하며 그 흥미진진한 연속극의 진행을 놓치지 않으려고 했다.

그녀는 단지 술손님을 안 놓칠 요량으로 집의 텔레비전을 목로에 갖다놨던 것인데, 뜻밖에도 그녀 자신이 거기에 깊숙이 빠져들고 말았다. 그동안의 가파로웠던 생활을 말해주듯이 주름살 가득히 궁기든 얼굴들, 애원과 호소로 일그러진 그 모습들이 줄줄이 흘러가다가, 화면 양쪽에 두 얼굴이 나타나 한 세월 저쪽의 기억을 더듬으며 서로를 확인하는 순간 왈칵 터지는 그 울음소리, 그토록 오랜 세월 두절되었던 핏줄이 다시 이어져 따뜻한 강물로 흐르는 그 순간을 누군들 눈물 없이 볼 수 있을까. 그런데 그녀의 슬픔은 더 깊어서 거의 자제심을 잃을 정도였다. 객지생활에서 참으로 그렇게 울어보기는 처음이었다. 남편이 허망하게 세상을 떴을 때에도 그렇게 울지는 않았다. 모진 세월에 눈물이 다 말라버린 줄 알았는데 그것이 어디에 숨어 있다가 터져나오는 것일까? 어찌나 눈물이 나던지, 손님들 보기가 민망스러워 포장 뒤로 가서 한참 눈물을 짜내야 했다. 그녀의 눈물을 보고 목로의 단골들이, 아줌마도 실향민인가보다, 고향이 이북 어디냐고 물으면 어디 이북 사람만 실향민이고 이산가족인가, 그렇게 묻는 본인은 실향민이 아니고 뭔가, 고향 떠나 객지에 굴러다니면 다 실향민이 아니냐고 남의 말하듯 받아넘기긴 했지만, 정작 그녀의 슬픔은 더 깊은 곳에 있었다.

객지의 똥밭에 몸 굴리며 살아온 지 삼십년 세월, 남북이 가로막혀 못 가는 곳도 아닌데 그동안 단 한번도 찾아가본 적이 없는 고향이었다. 잊어버리자고 했고 또 잊고 살아온 고향이었다. 그런데 그 고향이 이제 불현듯 찾아와 가슴을 아프게 두드려대는 것이었다. 천리 밖 먼 남쪽 바다에 떠 있는 그 섬, 고향은 한 세월 저쪽의 살풍경한 모습 그대로 나타나 그녀를 괴롭혔다. 대학살의 총성과 초토의 불길에 휩싸여 일시에 몰락했던 그 많은 부락 중의 하나가 그녀의 향리였다. 집들을 불태운 검은 잿더미와 그 주변에 늘비하게 널려 있던 사람과 가축의 사체들…… 홀어머니와 하나밖에 없는 남동생이 그 떼주검 속에 있었다. 그녀는 텔레비전을 보면서 솟구치는 눈물을 가눌 수가 없었다. 이북 실향민의 설움은 저렇게 화면에 비춰 선전이라도 해주건만, 그 섬땅의 피맺힌 억하심정이 세상에 알려져 함께 울어줄 날은 어느 하세월이런가!

그녀의 단골 중에 금속세공으로 밥 벌어먹는 홍씨가 있었는데, 이북 실향민이었다. 퇴근길에 들러 막걸리 한두사발만 들고 얼른 자리를 뜨던 그가 그 무렵에는 아예 초저녁부터 목로의 텔레비전 앞에 죽치고 앉아 자정 넘어까지 곤죽이 되도록 술을 마셔대며 쿨쩍쿨쩍 울곤 했다. 자신이 우는 꼴을 마누라와 자식들에게 보이기 싫다고 매일 포장마차를 찾아와 우는 것이었다.

"마누라도 자식도 내 우는 속을 몰라요. 이산가족의 슬픔을 그것들이 알 턱이 있나요. 테레비를 보면서 내가 우니까 보기 민망했던지 모두 슬슬 자리를 피해버립디다. 집에서 나만 이상한 놈인 거지요."

1·4후퇴 때, 난세에 자식들이 한곳에 있다가 자칫 몰사당하면 씨

보존이 어려우니 평란이 될 때까지 잠시만 떨어져 있으라는 부친의 엄명에 따라 열네살 어린 나이로 사촌네 식구를 따라 월남한 것이 그만 이 세상, 이 세월이 되고 말았다고 했다. 홍씨는 술 취하면 자갈길에 마차 굴러가듯 월걱덜걱 투박한 이북 사투리로 한 말을 또 하고 또 하면서 넋두리를 풀곤 했다.

"연백평야, 거 아주머니는 모를 거외. 얼매나 넓은지, 차암 끝간 데 없이 넓었드랬시요. 사방 수십리가 논인데, 가을에 왼 평야가 누렇게 물들어서리 바람에 물결치면 그게 뭐겠시까? 거저 황해바다야요, 황해바다! 하아, 멀리서 논길 따라 걸어오시는 아바지의 모습이 눈에 선해요. 마실 갔던 우리 아바지 약주 잡숫고 돌아오시는데, 그 누런 황해바다를 천천히 헤엄치며 오시는 것 같았시요. 우리 아바진 참 약주를 좋아하셨지요. 나도 아바지를 닮아 술을 좋아해요. 술 먹는다고 마누라가 악쓰지만 아바지가 좋아하시던 건데 안 먹을 수 있시까. 아, 저것들 나가 술 먹고 우는 속을 몰라요, 몰라. 마누라도 자식도……"

홍씨의 넋두리를 들으며, 그녀는 존재조차 없는 자신의 고향을 생각해보았다. 사태 후에도 복구 안된 채 버려져 잡풀, 잡목만 무성한 폐허. 마을 설촌(設村) 이래 수백년 면면히 이어온 마을의 인맥은 끊어지고, 인간이 사라지자 이웃 마을로 통하던 길들, 인간과 가축이 수백년 밟고 다닌 그 길 또한 맥이 끊겨 풀숲에 사라지고, 수맥도 끊겨 수백년 인간과 가축이 먹어온 샘물통의 물줄기가 말라 붙어버린 것이었다. 폭도 마을이라고 낙인찍혀 지도상에서 영영 사라져버린 곳, 그곳이 그녀의 고향이었다. 폐촌되기 전의 고향집

을 떠올려보았으나, 그것 역시 고통일 뿐이었다. 콩타작하려고 찰
흙 뿌려 잘 다져놓은 판판한 마당 위에 짜랑짜랑 내리쬐는 가을 햇
볕이 생각났고, 대문 밖에 나란히 서 있는 두그루의 늙은 멀구슬나
무, 봄이면 연자색 꽃무더기가 구름처럼 덮이고 겨울이면 잎 털린
잔가지들이 촘촘히 그물치고, 거기에 별들처럼 무수히 다닥다닥
열린 노란 열매들도 생각났다. 그러나 다음 순간, 그 햇빛만 가득한
빈 마당이 콩다발을 가득 안은 어머니가 들어서는 장면으로 바뀌
고, 멀구슬나무의 빈 가지에 어린 동생의 가오리연이 걸리는 장면
으로 바뀌면 그녀는 단쇠로 가슴을 지지는 듯한 고통에 진저리 쳤
다. 무구한 어린 영혼이 투영되었던 사물과 사람들이 지상에서 지
워져버린 이상, 그녀의 유년, 소녀 시절 역시 존재하지 않은 것처럼
여겨졌다.

　이렇게 홍씨의 울음과 화면 속의 감격적인 해후를 바라보면서
막막한 슬픔에 잠겨 있던 그녀는 문득 어린 시절 벗 순임이가 생각
나서 행여나 하고 소식을 전해봤다. 사태 이전에 어느 해변 마을로
시집간 후 소식이 두절된 벗인데, 풍편에 글월 띄우는 막연한 심정
으로, 그 마을 동장 앞으로 벗을 찾아달라고 편지를 띄운 것이었
다. 그런데 뜻밖에도 순임이로부터 기별이 왔다. 그리운 기옥아, 벗
은 그렇게 애틋한 목소리로 부르고 있었다. 얼마나 오랜만에 들어
보는 자신의 이름인가! 자신의 이름도, 자신의 고향도 잊어버리고
살아온 세월이었다. 서른해 만에 들어보는 고향의 목소리 ── 봄철
안개 자욱한 목장에 올라가 어린 고사리를 꺾던 일, 가을 목장에서
어미 마소들이 젖물 흘려 생긴다는 말똥버섯 캐던 일, 그리고 마을

186

아래의 넓은 과수원이 온통 노란 귤로 뒤덮이는 늦가을이면 하루 날을 잡아 온 마을 처녀 총각들이 모여들어 품 팔며 놀던 일…… 처녀는 귤 따고 총각은 딴 귤을 운반했다. 귤도 따고 임도 보고, 남녀 간에 발랄하게 눈길이 오고 가고 웃음이 오고 갔다. 금방울처럼 작고 고운 금귤로 맘에 둔 총각을 맞히며 깔깔대던 처녀들, 과수원에 가득한 금빛 귤만큼이나 영롱하고 풍성하던 그 웃음소리들이 그 편지에 실려 있었다. 그런데 티 없이 맑은 그 웃음들이 돌연 단말마의 비명과 울음으로 변해버리지 않았던가! 그녀는 그 총각들 중에서 짝을 구했는데 시집간 지 석달 만에 신혼의 단꿈을 깨뜨리며 그 무서운 사태가 터지고 말았다. 나라가 미쳐, 실성한 암퇘지 제 새끼 잡아먹듯, 제 백성들을 잡아먹은 것이다. 시뻘건 불길과 사방에 지천으로 널린 주검들. 친정어머니와 남동생이 죽고 시집은 남편 외에 네 식구가 전멸이었다.

남편은 요행히 나중에 잡혀서 죽음을 면했는데, 약식재판에서 십이년 징역형을 받고 형무소에 들어갔다. 아이가 없었으므로 주위에서 개가하라고 권했지만 그녀는 듣지 않았다. 그 사태의 충격으로 그녀는 이미 깊은 우울증에 빠져 있었다. 정신이 오락가락하고 손에 맥이 풀려 농사일도 힘겨워 일년이면 서너달씩 절간에 들어가서 부엌살림을 도와주며 정신수양을 해야만 했다. 그렇게 시름없이 몇해를 보내다가 남편이 칠년으로 감형되어 나머지 형기가 삼년으로 줄어들었을 때, 그녀는 남편 옥바라지하기 위해 서울로 올라왔다. 그녀가 머문 곳은 북한산 기슭의 어느 절간이었고, 거기서 부엌데기 노릇 하면서 열흘에 한번꼴로 옥중의 남편을 만나러

가곤 했다.

 모진 게 목숨인지, 도무지 못살 것만 같던 칠년 세월은 어느덧 흘러 남편이 출소했다. 참으로 꿈만 같은 재결합이었다. 사람들 앞에서 늘 어깨를 죽이고 다니던 그녀는 그때부터 제 성미를 되찾아 다시 활달해졌다. 남편은 고향에 돌아가기 싫다고 했다. 그녀도 같은 생각이었다. 그 사태에 식구들을 잃은 그들에게 고향은 무서운 악몽의 현장일 뿐이었다. 악몽의 기억을 고스란히 간직하고 있는 곳인데, 괴로워서 어찌 거기에 몸담고 살겠는가. 더구나 남편은 사태 때의 충격과 오랜 수형생활에서 얻은 협심증이 있었다. 가진 것 없는 빈털터리 신세인데 빌어먹어도 대처가 낫지 않겠느냐, 서울의 시끄러운 소음에 묻혀 모든 것을 잊고 지내자고 했다.

 맨 처음 해본 일이 리어카를 사용한 과일노점이었다. 살아도 좀 악착같이 살아보자고 아예 아사리판 같은 서울역 광장으로 뛰어들었다. 목 좋은 곳을 차지하기 위해 밤에도 돌아가지 않고 둘이 리어카 속에서 자며 자리를 지킬 때가 많았다. 단칸 셋방이 있는 만리동 고개의 꼭대기로 날마다 리어카 끌고 기어오르는 것도 여간 힘든 노릇이 아니었으니까. 그런데 이 노숙생활은 경찰의 의심을 받아 불과 넉달 만에 장사가 거덜나고 말았다. 지난날의 폭도인 남편은 여전히 요시찰 대상이었다. 엿새 동안 얼마나 독하게 취조를 당했는지, 협심증이 도져 여러달 고생하지 않으면 안되었다.

 그후 남편은 형무소에서 배운 목공술로 집 짓는 현장에 따라다니고, 그녀는 절간에서 큰솥밥 짓던 솜씨를 팔아 음식점 식모로 나섰다. 낮의 일은 고되었으나 밤은 언제나 부드러웠다. 저녁에 집으로 돌아와 남편 곁에 누우면, 어깨 들썩이게 몰려나오는 피로의 숨결이 금방 누그러들곤 했다. 남편의 몸에선 언제나 향긋한 마른나무 냄새가 났다. 나무 가루는 작업복 바짓부리 접힌 데도 들어 있고 귓속에도 들어 있었다. 저녁마다 남편을 무릎에 누이고 귓속의 나무 가루를 파내주면서 도란도란 정담을 나누곤 했다.

이듬해에 아들이 태어났다. 둘은 기쁜 나머지 눈물을 펑펑 쏟았다. 그것은 죽음의 폐허에서 기적같이 솟아난 새 생명이 아니던가. 끊어진 인맥을 다시 이어갈 한점 혈육. 남편은 아기 젖 먹는 소리가 듣기 좋다고 옆에서 넋놓고 앉아 들여다보곤 했다. "히야, 세상에 제일로 듣기 좋은 소리가 마른논에 물꼬 터 돌돌 물 대는 소리와 아기 목구멍으로 꼴각꼴각 젖 넘어가는 소리라고 하더니, 정말 듣기 좋네!" 아기의 탄생과 더불어 남편의 벌이가 좋아지기 시작했다. 도시 변두리에 주택건설 붐이 일어났는데, 솜씨 좋은 목수인지라 공사판에 잘 팔려 일감이 떨어지지 않았다.

"이젠 됐어. 당신의 고생은 이제 끝난 거야. 이젠 아이 뒷바라지나 하면서 내가 벌어온 돈 쓸 궁리만 하면 돼."

남편은 소처럼 일밖에 몰랐다. 서울에 뿌리내리려면 제집이 있어야 한다고 결심이 여간 굳지 않았다. 모든 게 순조로웠다. 이젠 정말 사는가 싶게 생활이 조금씩 나아져갔다. 아이도 건강하게 잘 자라주었다.

그러나 그렇게 별 탈 없이 사년 세월이 흐르고 나서 돌연 불행이 닥쳤다. 협심증이란 것이 그렇게 무서운 병일 줄이야! 과로가 원인이었다. 협심증의 치명적인 첫 발작은 풍으로 나타났다. 풍에 얻어맞아 졸지에 반신불수가 된 남편은 더이상 목수일을 할 수 없었다. 그래서 궁여지책으로 잡은 것이, 버스정류장 앞의 책방 한 모서리를 빌려 버스표를 파는 일이었다. 반달 모양의 창구 뒤에 종일 앉은뱅이로 앉아 버스표를 팔면서 남편은 무슨 생각을 했을까? 그 작은 구멍이 혹시 간수의 눈길이 번득이던 감방의 감시구로 보이지는 않았을까? 그 감시구 앞에 앉은뱅이로 붙박여 칠년 세월을 보낸 끝에 세상으로 풀려나왔건만, 다시 그 반달 모양의 창구 뒤로 갇혀버린 사람, 그가 그 구멍을 통해서 보는 세상이란 쉴 새 없이 들락날락하는 얼굴 없는 손들뿐이었다. 남편은 그런 생각에 시달려 협심증이 더욱 악화되었던 것은 아닐까? 석달 후 병의 두번째 발작으로 남편은 목숨을 잃고 말았다. 아, 박복한 양반, 어찌 명이 그뿐이던가! 졸지에 남편을 잃은 그녀는 이제 믿을 데라곤 오직 외아들 하나뿐이었다. 북한산의 절간에서 고시공부 하는 학생들을 위해 밥해주던 일을 생각하며 아들만은 제대로 키울 결심을 했다. 아들을 위해서라면 정말 못할 일이 없었다.

처음 일년은 두루치기 허드레꾼으로 아무 일이나 닥치는 대로 해보다가, 결국 다시 리어카에 손을 대 생선좌판 장수로 나섰다. 그녀의 오랜 역정의 길에 분신처럼 리어카가 따라다니게 된 것은 이때부터였다. 워낙 활달한 그녀인지라 시끌벅적한 시장 풍속이 성미에 잘 맞았다. 시장 밖 도로변의 불법영업이어서 단속반에 걸려 리어카가 뒤집히고 생선들이 진흙탕에 처박히기 일쑤였지만 그녀는 꿋꿋하게 잘 버텨나갔다. 쟁기 끄는 소 몰듯이 능숙하게 리어카를 다루었고, 담차고 빠른 손놀림으로 생선 배 따고 토막 치는 일련의 동작을 눈 깜짝할 새에 해치움으로써 단골들의 입에서 감탄사가 절로 나오게 했다. 칼에 베어도 지느러미 가시에 찔려도 피 한방울 나오지 않게 손바닥에 두꺼운 굳은살이 붙고, 몸에선 비린내가 가실 날이 없었다.

그렇게 생선좌판으로 십수년 보내는 동안 아들은 탈 없이 잘 자랐다. 갓장수 헌 갓 쓴다는 격으로 생선장수의 밥반찬이란 게 손님들이 버리고 가는 생선 대가리나 내장이기 일쑤인데, 그 비린내 나는 것을 기특하게도 아들은 물리는 기색 없이 잘 먹어주었다. 그러다가 아이가 중3이었을 때 그만 탈이 나고 말았다. 내장찌개 먹고 식중독을 일으킨 것인데, 새벽녘에 위아래로 훑어 인사불성이 된 아이를 급히 병원으로 옮긴다고 그 비린내 물씬한 리어카에 실었으니 오죽이나 그 냄새에 넌덜머리 났을까. 그후로 아이는 내장반찬을 안 먹게 되었고 드러내놓고 내색은 안했지만 어미의 몸에 체취처럼 붙어 있는 비린내도 싫어하는 눈치였다.

그래서 할 수 없이 리어카를 개조하여 포장마차를 차렸다. 고등어 꽁치는 굽고, 병어 오징어는 회 쳐서 안줏감으로 내놨으니, 전보다 덜하긴 해도 그 역시 비린내 나는 생선장수이긴 마찬가지였다. 이번에는 구청 단속반이 나왔는데 여간 패악스럽지 않았다. 포장마차 지붕이 부서지고 안줏감이 길바닥에 팽개쳐지기를 그 몇번이나 당했던가. 한때는 근처에 포장마차가 하나 더 있었는데, 성미가 급했던 그 젊은이는 단속반의 등쌀에 못 견딘 나머지, 리어카를 팔아 그 돈으로 술 마시고 사고쳐서 감방에 들어갈 정도로 단속이 심했다. 언젠가 한번은 그녀가 어찌나 분통이 터지던지, 손도끼 들고 덤비는 단속반원을 가로막고, 내 것 내가 처리한다고, 큰 돌로 내리쳐 스스로 포장마차를 부순 일도 있었다.

그러한 고생 중에도 아들의 대학입학은 태산을 안은 듯한 기쁨이었다. 대학생 아들은 대견스럽게도 공부하는 틈틈이 가끔씩 시간을 내어 포장마차 일을 거들어주기도 했다. 아들은 제 어미뿐만 아니라 어미의 가난한 노동도, 어미의 가난한 단골들도 다 함께 사랑하는 것처럼 보였다. 아들은 장갑공장 아이들에게 '함께 사는 세상'을 말하면서 스스럼없이 어울리기도 했다. 처음 그녀는, 아들이 하는 말이 하도 조리정연해서 혹시 운동권에 들지 않았나 의심스러웠고 그게 불안했다. 그러나 아들이 갈 길은 달랐다. 아들은 어두운 과거를 지닌 아비와 아비의 고향을 본능적으로 두려워하고 있었다. 제 아비처럼 과도한 정열로 불행해져서는 안된다는 것이 아들의 믿음이었다. 그것이 바로 그녀가 바라는 바이고 그렇게 아들을 키워오긴 했지만 어쩐지 서운한 느낌이 들기도 했다.

책 읽는 아들을 태운 그녀의 리어카는 그렇게 우여곡절의 험로를 건너 마침내 작년 봄에 대학의 졸업문을 무사히 빠져나왔다. 아들은 졸업과 더불어 대기업의 사원으로 발탁되었고, 그다음은 당연한 순서인 양 대학 출신의 약혼녀가 생겼다. 그만하면 그녀가 보기에도 참한 색시였다. 이제 그녀가 바라던 필생의 소원이 성취된 셈이었다. "어머니의 고생은 이제 끝났어요. 이제부턴 집에서 쉬시면서 제 벌어오는 돈 쓸 궁리나 하세요." 아들은 득의만면한 웃음을 머금고 꼭 제 아비가 하던 말투로 말했다.

그러나 그녀는 기쁜 마음 한구석 휑하니 구멍 뚫린 듯한 허망감

을 어찌할 수 없었다. 집에서 쉰다는 게 과연 무엇일까? 평생 쉬어
본 적이 없는 그녀로서는 좀처럼 실감으로 와닿지 않았다. 대학 나
온 며느리란 또 무엇인지, 도무지 막연해서 불안하기만 했다. 애지
중지 키운 외아들을 다른 여자에게 빼앗기는구나, 하는 홀어미 특
유의 변덕스러운 질투심도 생겼다. 어쨌거나 아들을 변화시켰으
니, 이제는 그녀 자신이 변화해야 할 차례였다. 그러나 자신의 분
신처럼 늘 함께 지낸 리어카와 헤어지기는 쉬운 일이 아니었다. 그
동안 정붙여 지내던 둑방동네의 가난한 단골들과도 이별해야 하는
것이다. 얼굴에 덕지덕지 낀 궁기를 단 몇잔 술에 깨끗이 씻어버리
고 흥겨워하던 그들 속에서 그녀는 늘 마음이 편하지 않았던가. 그
녀는 그들과 조금도 다르지 않은 동류의 인간이었다.

　이렇게 좀처럼 포장마차를 버리지 못해서 망설이고 있는 그녀
에게, 결혼을 두달 앞둔 아들이 하루는 노골적으로 화를 내며 대들
었다.

　"정 그러시면 내 손으로 저놈의 리어카를 때려부술 거예요. 아
니, 그 생선 비린내가 지긋지긋하지도 않으세요?"

　그 모진 말에 그녀는 정말 낙심천만이었다. 아들의 입에서 그런
모진 말이 나올 줄이야! 너무 어처구니없어 말이 나오지 않았다.
네놈을 이렇게 키운 것이 바로 이 리어카인데 부숴버리겠다고? 생
선 비린내가 지긋지긋하지 않으냐고? 그래, 네 에미는 연탄내를 하
도 맡아서 그 냄새도 못 맡는다! 눈물이 하염없이 흘러내렸다. 그
오랜 인고의 세월, 생선 비린내, 설거지물 냄새는 이미 피부 속속들
이 스며들어 그 무엇으로도 지울 수 없는 그녀의 체취가 되어 있었

다. 아, 성공이 무엇인지, 자식이 무엇인지, 시에미가 된다는 건 무엇인지…… 그녀는 아들의 모진 말에 구정물을 뒤집어쓴 듯 모욕감에 섧게 울었다.

날이면 날마다 연탄재를 뒤집어써서 부엌강아지 꼴로 살아가는 청소부 박씨, 그는 술이 아니고는 목구멍에까지 긴 먼지때를 벗겨낼 수 없고 먼지와 함께 뒤집어쓴 모멸감을 씻어낼 수 없어, 거의 날마다 이홉들이 소주 반병을 비우곤 했다. 비닐포장을 들치고 들어설 때는 풀 죽고 추레한 모습이다가도, 뜨거운 우거짓국에 소주 반병을 잠깐 사이에 비우면서 재채기, 콧물을 먼지와 함께 한바탕 쏟고 나면 정말 살맛나게 얼굴에 화색이 도는 것이었다. 연방 너털웃음을 터뜨리며, 공부 잘한다는 고2짜리 아들 자랑을 하기도 했다. 박씨도 자식을 위해서라면 못 할 일이 없다고 했다. 자식이란 과연 무엇일까.

목욕탕 때밀이 권씨 청년도 자식을 위해서라면 못 할 일이 없노라고 했다. 그 청년 역시 이틀이 멀다고 찾아오는 그녀의 단골이었다. 때밀이란 간식을 먹지 않고는 도저히 배겨내기 힘든 고된 일인 모양이었다. 아들보다 두살 아래였지만 일찍 결혼해서 네살, 다섯살 연년생인 자식 둘을 두었는데, 자식들의 장래를 위해 자신을 철저히 희생시킬 각오라고 했다. 두어해 트럭을 몰며 밭떼기 채소장사를 하다가 망하여 목욕탕 때밀이로 전락한 그 청년은 남의 때만 밀어주는 게 아니라, 어린 두 자식의 때도 밀어주었다. 목욕시키고 나면 달덩이같이 얼굴이 뽀얗게 고와진 두 아들을 양 옆구리에 끼고 와서 국수를 사주곤 했다. 그렇게 믿음이 철석같던 그가 한번은 소주 두병을 혼자 다 마시고 그만 혜식은 눈물을 흘리고 말았다. "아줌니, 부자간에 정말 이럴 수 있는 기요? 나 오늘 자식놈한테 한방 맞는기라요. 챙피하다꼬, 이제부터는 죽어도 애비가 때 미는 목욕탕엔 안 간다고 안합니꺼. 고놈이, 아직 머리꼭지도 여물지 않은 것이 때밀이라꼬 애비를 깔보고……" 아, 자식이란 과연 무엇인지.

이렇게 울적한 심사에 젖어 있던 그녀를 돌연 격정의 소용돌이에 휘말리게 한 것이 이산가족찾기 방송이었고, 그 방송이, 홍씨의 경우처럼 자식이 이해할 수도 없고 이해하려고도 하지 않는 자신의 잃어버린 고향을 일깨워주었던 것이다. 순임의 편지를 받고 얼마나 울었는지 답장 편지는 눈물로 얼룩져 있었다.

이산가족찾기 방송은 결국 대부분의 실향민에게 극심한 좌절감만 안겨준 채 남한만의 반쪽 행사로 끝나고 말았다. 십만 가까운 실향민이 눈물을 도로 삼키며 주저앉아야 했고, 일반 시청자들은 참 그럴듯한 TV 연속극 한편 봤다는 가벼운 기분으로 그 행사를 금방 잊어버렸다.

그러나 홍씨의 음주와 울음은 그후에도 끝날 줄 몰랐다. 여러날 계속해서 장취한 관계로 방송이 끝나던 날 몸져눕더니 사흘이 멀다고 다시 찾아오기 시작했다. 이제는 아예 직장도 나가지 않고 대낮부터 술을 마셨다. 그래서 날마다 시장통 근처에는 숨어서 술 먹는 홍씨와 그를 찾아 자전거를 타고 돌아다니는 아들 사이에 기묘한 숨바꼭질이 벌어지곤 했다. 홍씨는 아들을 피해 장소를 옮겨다니며 술 마시다가 자정이 넘으면 꼭 그녀의 포장마차를 찾아와 한바탕 울음을 터뜨려놓고 가곤 했다.

"나가 왜 이렇게 술을 먹는고 하니, 우리 아바지가 술을 좋아하셨뚜겡이. 아주마넌 당최 모룹네다. 연백평야, 출렁출렁 거저 황해바다야요. 아, 황해바다! 마실 가셨던 우리 아바지 약주 잡숫고 돌아오시는데, 황해바다를 헤엄처서 오시지 않았뚜겡이. 나가 왜 술 먹는지, 그 속을 마누라도 자식도 몰라요. 아뭇 생각 말고 거저 돈만 벌어오라는 거야요. 아이고, 아바지, 오마니! 불초자식 이역땅에서 술 취해 웁네다. 흑흑흑! 아아, 세상에 나쁜 놈들, 왜 통일을 안하네? 남북이 좀 왔다리 갔다리 하면 뭬가 잘못되네? 순 나쁜 놈들!"

그 무렵 순임으로부터 다시 한번 답신이 왔는데, 그 편지도 역시 눈물자국이 있었다. 이렇게 편지만 주고받을 게 아니라 어서 빨리 만나자고 했다. 만나서, 텔레비전에 나오는 이산가족처럼 얼싸안고 실컷 울어보자고, 아들 결혼식 끝나거든 즉시 내려오라고 했다. 자기 아들네 식구들은 그곳 도시로 옮겨간 지 오래여서 혼자 시골집 지키고 있으니, 한달도 좋고 일년도 좋으니 함께 지내면서, 슬프고 고생스럽던 일들 웃으며 얘기도 해보고, 처녀 때처럼 목장에 올라 고사리도 꺾어보고 말똥버섯도 캐보자고 했다. 흐르는 눈물을 손등으로 닦으며 그 편지를 여러번 되풀이해 읽는 동안 그녀는 애틋하게 부르는 친구의 음성 속에서 뭔가 새로운 뜻이 전해옴을 느꼈다. 눈물어린 눈에 비친 글자들이 마치 고향의 봄안개 속에 꼬물꼬물 솟아난 어린 고사리떼처럼 보였고, 그리고 그것들이 돌아오라, 어서 돌아오라고 손짓하는 것 같았다. 이제 네 할 일은 끝났으니 그만 돌아오라고, 아들이 결혼하거든 거기에 붙어살 생각 말고 돌아오라고. 그랬다, 그녀의 가슴속엔 그 무엇으로도 아물릴 수 없는 요지부동의 완강한 상처가 있었다. 아들이 이해 못하고 이해하려고도 하지 않는 상처, 초토의 불길에 타버린 검은 폐허가 있었으므로 그녀는 아들과 분명히 다른 종류의 인간이었다.

결정의 시간은 의외로 빨리 왔다. 순임의 편지를 받은 바로 이틀 후, 밤 열한시경이었다. 설설 끓는 국솥의 수증기를 눈물 그득한 눈으로 망연히 바라보고 있던 그녀는 공장 아이들이 들어오는 기척에 얼른 손등으로 눈물을 아물렸다.

"아줌마, 또 울었나봐."

"아니다. 연탄내 때문에…… 연탄내가 어찌 독한지 눈물이 다 나오네. 어서들 앉거라. 오늘도 잔업에 걸렸구면그래" 하면서 그 두 아이에게 우거짓국에 국수를 말아 내놓는데 별안간 바로 옆에 차가 급정거하는 브레이크의 마찰음이 날카롭게 귀청을 때렸다. 그녀가 화들짝 놀라 국자를 떨어뜨리고, 다음 순간 점퍼 차림에 완장 두른 사내 세명이 포장 안으로 바윗덩이 굴러들듯 왈칵 몰려들었다. 단속반이었다.

"모두 밖으로 나갓!"

그녀가 아이들과 함께 우악스레 떠밀려 밖으로 튕겨나오자, 지체 없이 포장마차를 향해 손도끼와 쇠파이프가 날아갔다. 순식간에 지붕이 박살나 날아가고 목로가 쪼개져 안줏감이 길바닥에 쏟아졌다. 비닐포장도 면도칼에 갈기갈기 찢겨나갔다. 냉혹무비한 도살이었다. 그녀는 아득한 현기증에 무릎이 꺾이며 앞으로 쓰러졌다. 도끼 맞은 암소마냥 그녀는 어두운 아스팔트에 엎드린 채 괴롭게 신음을 토했다. 아들을 태우고 이십여년 동안 끌어온 리어카, 그 늙은 리어카가 마침내 종착지에 다다랐음을 그녀는 실감했다. 단속반 중에 아들이 끼여 있는 듯한 착각이 생기고, 돌아오라고 간절히 부르는 순임의 목소리도 들렸다. 어디서 나타났는지 술 취한 홍씨가 단속반에게 대들고 있었다.

"이 나쁜 놈들, 이렇게 부수는 게 너희들 법이네?"

"모르면 배워. 배워서 남 주나?"

"뭣이, 배워? 나쁜 놈들, 남북통일은 안하구서리 불쌍한 백성 짓밟는 게 너희들 법이네? 엉?"

"아니, 이 늙은것이 똥구멍으로 술 먹었나 어디서 씩둑깍둑 시비야!"

위기의 사내

1

　시곗바늘이 오후 다섯시 정각을 넘기자 기웅은 바싹 조바심이 일어난다. 다섯시가 퇴근시간인데 내가 왜 이리 맥없이 앉아 있나? 빌어먹을, 자, 어서 손 털고 일어나야지 이게 뭐야. 그러나 마음만 급할 뿐 좀처럼 자리에서 궁둥이가 떼어지지 않는다. 불안하게 눈썹을 파르르 떨면서 교감 눈치를 본다. 교감은 여전히 의자를 옆으로 돌려놓고 창밖에 시선을 주고 있다. 누가 몰래 교문을 빠져나가지 않나 하고 감시하는 거동이 분명하다.
　"사정이 사정인 만큼 오늘만은 공무원 퇴근시간인 여섯시에 맞춰 퇴근해주십시오."

아침조회 때 교장이 한 말이다. 교장이 그 말 해놓고 스스로도 쑥스러웠던지 더이상 사족을 달지 않았지만, 어떤 사정 때문에 오늘만큼은 여섯시 퇴근인지 모르는 교사는 없다. 매일 오후 여섯시 정각, 확성기에서 애국가가 울려퍼질 때마다 자동인형처럼 흠칫 동작이 얼어붙고 입도 얼어붙곤 하던 시민들이 오늘만은 그 확성기 음악에 맞춰 한번 얼어붙은 입을 한껏 열고 열광적으로 애국가를 합창해보자고 약속한 것이다. 관제 애국이 아닌 참된 애국. 이에 맞서 당국은 또 오늘만은 예외적으로 애국가를 확성기로 내보내지 않을 예정이라고 한다. 저번 종철의 사십구재 때 추모 시민들의 손에 들린 태극기를 빼앗더니, 이번엔 여섯시의 애국가를 빼앗을 모양이다. 그렇다고 애국가가 빼앗기나. 오후 여섯시 정각, 교회 종소리가 일제히 울려퍼지면 도심지에서 애국가의 대합창이 벌어질 것이란다. 대학마다 학생들이 출정식을 치른 즉시 도심으로 진입한단다. 시민들은? 다른 직장에서도 이 학교처럼 퇴근시간을 늦춰 붙잡아두고 있나, 아니면 두어시간 앞당겨 미리 퇴근시켜버렸나? 그렇다고 시민들이 안 모일까? 생각이 여기에 미치자 기웅은 의자 안에 갇혀 여태 꾸물거리는 자신의 꼬락서니에 울화가 치민다. 빌어먹을 좀씨 같으니, 그깟 배짱도 없나!

그는 벌떡 자리에서 일어난다.

"난 누가 뭐래도 교육공무원 퇴근시간 다섯시를 지켜야겠어. 나 먼저 가네."

기웅은 옆에 앉은 젊은 국어선생의 어깨를 툭 치고는 획 날파람을 일으키며 자리를 떠 밖으로 나와버린다. 서울 변두리 T고교 영어교사 한기웅이가 마침내 단독 출정을 결행한 것이다. 교무실을 나와 복도를 통과하고 교문을 향해 성큼성큼 화난 듯이 걸어간다. 교감의 시선이 뒤통수에 따갑게 느껴져 더욱 목에 힘을 준다. 제기랄, 그렇게 꼬나볼 것 없다구, 다른 교사들까지 끌고 가지 않는 것만도 다행인 줄 알라구.

정문은 철벽인 양 완강하게 닫혀 있다. 그 옆의 쪽문도 빗장이 걸려 있다. 그는 필요 이상의 거친 동작으로 쇠빗장을 홱 잡아빼고 쪽문을 밀어젖힌다. 끼익, 덜컹. 바로 옆 수위실의 열린 창 너머로 안경잡이 강 수위와 눈이 마주친다. 기웅은 콧잔등을 잔뜩 우그려 주름을 만들어 씽긋 웃어 보인다. 그게 인사다. 강 수위도 고개를 까닥해 보인다. 그러나 그는 교장이 시킨 대로 기웅의 무단 퇴근을 학교 출입인 명부에 기록해놓을 것이다. 기웅이 밖으로 나오기가 무섭게 뒤에서 쪽문이 콰당 하고 거칠게 닫힌다. 저 친구가 화났나? 강씨가 투덜대는 소리가 바로 귓전에 들리는 듯하다. 에이구, 저 양반, 못 말려. 정문이 잠겨 있으면 아예 타고 넘는 사람이여. 원, 숙직인지 술직인지, 숙직날에 밖에서 자정 넘게 술타령 벌이다가 와설랑 잠겨 있는 정문을 밤도둑처럼 타고 넘은 적이 어디 한두 번이랑가. 한번은 웬 놈이 지금 막 월장해서 학교에 들어갔으니 살펴보라고, 전화로 주민신고까지 들어온 적도 있었지. 참말로 동네 창피한 노릇이여, 쯧쯧.

그러거나 말거나 기웅은 나 보란 듯이 네 활개를 한껏 흔들며 내리막길을 성큼성큼 내려간다. 그런데 그는 아직껏 숙직 태만 때문에 교장한테 야단맞은 적은 없다. 교사들의 동정을 살피는 것도 수

위들의 은밀한 임무 중의 하나인지라 보고가 안 들어갈 리 없는데도 교장이 모른 체하고 있는 것이 분명하다. 풀숲에 숨어 있는 뱀은 아예 건드리지 않는 게 상책이라고 여기는 모양이다. 그는 숙직 건 외에는 별로 탈 잡힐 일을 저지른 바가 없다. 경기도 접경 변두리 신설학교로 전근해와 일년 반 동안 결근 한번, 결강 한시간 낸 일이 없다. 오죽하면 아이들이, "선생님은 왜 그 흔한 몸살감기 한번 안 걸리세요? 아유, 지겨워" 하고 깔깔댔을까. 그러나 나라고 몸살감기 한번 안 걸리는 통뼈는 아니지. 그는 걸어가면서 손끝으로 슬쩍 아랫입술을 더듬어본다. 입꼬리 근처에 콩알만 한 부스럼 딱지가 앉아 있다. 부스럼 딱지 주위에는 상처를 건드릴까 겁내 면도를 못 대고 손톱깎이로 다듬다 만 수염털이 흉하게 쑹쑹 솟아 있다. 열흘 전 난생처음으로 몸살감기를 호되게 앓아 그 신열로 입술이 흉측하게 부르터올랐었는데 아직도 딱지가 덜 떨어진 것이다. 결근하기에 모처럼 좋은 기회였는데, 하필이면 그 병이 토요일 오후에 발생했다가 하루 만에 입술만 터뜨리고 감쪽같이 사라졌던 것이다. 재수없는 놈은 곰을 사냥해도 웅담이 없다는 격이랄까. 결국 벌에 쏘인 듯 퉁퉁 부어올라 물러터진 주둥이를 달고 출근할 수밖에 없었는데, 그 꼴이 아이들이나 동료 교사들에게 여간 우습지 않았던 모양이다. 키스하다 물린 게 아니냐, 혹시 에이즈가 아니냐는 둥, 참 인사받기 바빴지.

아무튼 기웅은 동료들과의 관계도 무던하여 별 탈 없이 학교생활을 꾸려가는 편이다. 그에게 특징이라면 말수가 적고 행동이 굼뜬 것인데, 대체로 그의 분위기에는 만성적 피로의 체취가 풍겨나온다. 그러나 이러한 프로필은 어디까지나 낮 동안에 나타나는 외양일 뿐 그의 본색은 아니다. 그에게 낮은 밤을 위해 존재하는 것으로 퇴근 후 소줏집 불빛 속에 앉으면 사람이 영판 달라진다. 그야말로 물 본 기러기랄까. 술 몇잔에 죽었던 표정이 활짝 피어나고 다변스러워지고, 허튼 웃음이 말방귀처럼 연방 줄줄이 터져나오는 것이다. 그는 대개 십년 아래쪽의 젊은 교사들과 잘 어울린다. 일단 술을 입에 대면 자정이 넘도록 폭음하는데 그의 고질적인 음주벽이 가끔 말썽을 일으킨다. 취기가 도도해질수록 공격적이 되어 시국문제나 학교 비리를 말밥에 올려 짓씹어대고 심지어 술자리에 같이 어울린 동료라 할지라도 그가 순응주의자라면 주저 없이 오금 박는 소리를 하여 상대방에게 불쾌감을 심어주기 일쑤다. 개중에는 석사논문으로 '유신론'을 썼노라고 자랑삼아 말한 자도 있었고, '민족적 주체의식'을 말하니까 '주체의식'을 '주체사상'인 줄 알고 깜짝 놀라며 경계색을 보인 자도 있었다.

그러나 그것이 아무리 절실하고 신랄한 언사라 할지라도, 술김에 한 말에 불과할진대 이불 속 활갯짓이나 뭐가 다르며, 공연히 상대방의 감정만 상하게 할 뿐이 아닌가. 사실 그는 이 학교로 온 이후로 일년 반 동안 척박한 교육현장의 교사로서도, 책 세권 쓴 바 있는 글쟁이로서도 거의 직무유기 상태나 다름없이 지내왔다. 글쓰기는 개점휴업이요, 취중 말은 '민주화' 운운 들먹이며 제법 그럴듯하게 나불대지만 맨정신으로는 하다못해 교장한테도 대들지 못한다. 교장이 지탄의 대상이 될 수 있는 것은 그가 이 체제가 부리는 하위 보스의 전형일 뿐 아니라 좀스럽게 푼돈깨나 챙기려고 이것저것 자질구레한 학교 관계 이권에 개입하기 때문이다. 그런 교장이 한둘이 아니고 일반적인 현상이라고 해서 용인될 일이 아님은 물론이다.

그러다가 기웅은 한번 동료 교사한테 호되게 봉변을 당한 적이 있었다. 된통 얻어맞아 입술이 풍선껌처럼 부풀어올랐는데, 이번 몸살로 터진 상처보다 더 볼만했다. 기웅은 제 구두코를 내려다보며 생각에 잠긴 채 계속 걸어간다. 헐렁한 바짓가랑이는 밤새 고스톱 치다 나온 것처럼 무르팍이 튀어나와 있다.

그날은 방과 후에 교사들이 부서별로 편짜서 배구와 족구 시합을 벌였는데 날이 어두워 공이 안 보일 때까지 열전을 벌인 터라 뒤풀이 술판은 각별히 흥겨웠다. 소주잔이 여러순배를 돌고 노래도 불렀다. 그 술판이 끝나자, 이미 만취상태인데도 기웅은 술꾼 댓명을 부추겨 생맥줏집에 들렀다. 술을 일단 입에 대면 몸이 녹초가 되도록 퍼마셔야 직성이 풀리는 그였다. 그런데 거기서 그만 사달이 일어나고야 말았다. 마침 그날은 민방위날이었는데 그날따라 무슨 변덕인지, 난데없이 자정 이후 통금이 실시된다고 해서 술벗들이 열한시 반 전후해서 하나둘 빠져나가 나중에는 지리 담당 박정근만 남았다. 박은 기웅보다 댓살쯤 연하로서 술자리를 같이하기는 그것이 처음이었다. 박은 교직에 들어오기 전, 한때 고향 출신인 모 야당 거물 국회의원의 비서로 있은 적이 있노라고 했다. 그걸 자랑삼아 말하는 투도 비위에 틀렸지만 정가 물정에 통달한 척 누구와 누구는 고교 동창에 육사 동기고, 여당의 아무개 의원은 숨은 실력자로 야당 의원도 그 앞에서는 꼬리를 내린다는 둥 마치 무협소설에 미친 독자처럼 파행적 정치상황을 단순히 흥밋거리로만 여기는 그의 호사가 취미가 영 못마땅했다. 도대체 그의 말에는 옳고 그름의 가치판단이 없었다. 술기가 모발 끝까지 뻗쳐오른 기웅은 거칠게 상대방의 말을 낚아챘다. 그의 고질적인 공격성이 발동한 것이다. 표정이 완강하게 굳어지고 입은 똥고집의 독선으로 모질게 일그러졌다.

"그래, 맞아. 여야 관계는 갈등 대립 관계라기보다는 유착 관계야. 하는 꼬라지가 늘 매부 좋고 누이 좋기 식이지. 자네가 한때 모셨다는 그 거물 국회의원의 행적이야말로 바로 그런 거라구. 청탁 건에서 소소한 여당 의원이 엄두도 못 내는 일을 어째서 그 양반은 그렇게 손쉽게 척척 처리해내느냐 말이야. 알아볼 알조 아냐? 그 작자의 입김으로 자네 고향 Y시에서 서울로 영전한 교사가 수백명 된다면서? 그게 어디 야당인가, 여당이지? 그 양반은 다음 총선에서 Y시가 반드시 해결하지 않으면 안될 숙제야."

이렇게 방자한 독설로 이 시대의 가장 예민한 부분인 지역감정을 건드리고 말았으니 무사할 리가 있나. 박이 눈을 흡뜨고 벌떡 자리 차고 일어났다. 낯색이 하얘지고 삿대질하는 손끝이 부들부들 떨렸다.

"야, 새꺄. 그럼 나도 그 사람 빽으로 서울 근무하는 줄 알아? 난 순위고사에 합격한 사람이야. 왜 이래? 사람이 왜 그렇게 뻔뎅이같이 비비 꼬였어, 엉? 사람을 코앞에 앉혀놓고 병신 만들어도 되는 거야? 당신 술깨나 먹고 욕질 잘한다는 소문인데, 야, 웃기지 마. 술집 골방에 숨어 욕질하기야 누군 못하나. 땅 짚고 헤엄치기지. 하다

못해 너구리 교장한테라도 면전에서 대들어봤어? 치사하게 뒷전에서 불평만 하는 주제에, 나 같은 놈은 만만하다고 면전에서 깔아뭉개고 말이야. 도대체 넌 뭐하는 새끼야? 난 당신이 교장 차 타고 같이 퇴근하는 걸 두번이나 목격한 사람이라구. 너야말로 교장과 똥창 맞대고 유착되어 있는 놈이야. 그게 바로 어용이고 사꾸라가 아니고 뭐야, 엉? 너 같은 놈은 맞아야 돼. 이리 나와! 나오라구!"

밖으로 나오자마자 박은 지체 없이 주먹을 휘둘렀다. 주먹은 정통으로 왼쪽 뺨에 날아와 꽂혔다. 타격은 강했으나 술기로 충만한 두개골에 일순 둔탁한 울림만 일으켰을 뿐 아무런 고통도 아무런 감흥도 주지 않았다. 이어서 두번째 주먹이 입 언저리에서 터졌다. 역시 술기운만 완강할 뿐 고통은 느껴지지 않았다. 그때 맥줏집 아줌마가 뛰어나와 박을 뜯어말렸다.

"늙은 주제에 좆도 싸울 실력도 없으면서."

이렇게 씨근대며 박은 못 이기는 척 아줌마가 등 떼미는 대로 골목 밖으로 나갔다. 기웅은 얻어맞은 입술 부위를 혀로 핥았다. 혀끝에 닿은 입술은 어느새 퉁퉁 부어올라 있었고 핏물이 비릿하게 느껴졌다. 둔중한 무감각의 취중상태인데도 끈끈하고, 비리고, 짭짤한 피의 맛은 날카롭게 혀를 자극했다. 비로소 얻어맞았다는 것이 실감되었다. 이왕 일 벌였으면 서로 주고받아야지, 나만 맞을 수는 없잖아. 기웅은 취기로 맥풀린 다리를 비틀거리며 박의 뒤를 따라갔다.

민방위 통금을 알리는 싸이렌이 울고, 이내 거리의 불빛이 사라졌다. 차량 왕래도 끊겼다. 두 사내는 텅 빈 아스팔트 위를 뒹굴며

엎치락뒤치락 싸움을 벌였다. 목을 조르고 팔을 꺾고 다리를 휘감고 주먹을 내둘렀다. 그러나 둘 다 술에 곤죽이 된 상태라 싸움은 진창에 빠진 것처럼, 슬로우비디오의 화면처럼 힘들고 느린 동작이었다.

두 사내는 삼십분 후 완전히 탈진상태가 되어서야 서로 헤어졌다. 기웅은 어둡고 텅 빈 버스길을 따라 흔들흔들 작정 없이 걸어갔다. 그래, 박정근, 네 말이 맞아. 내가 교장 차를 타고 나가 같이 술 마신 건 사실이야. 그것도 두번이 아니라 세번이지. 요사이 고교 교장한테 배당되는 문제교사 지도비라는 것 있잖아? 그 돈으로 나에게 밥 사고 술 샀던 거야. 그러나 그런 사정을 너한테 말할 순 없지. 치사한 술 얻어먹고 뼈가 아주 노골노골해져버렸군, 할 테니까. 아니, 이 학교에 전근 오기 전부터 내 이마빼기에 관인으로 찍어놓은 '불온'의 낙인을 너라고 못 보았을 리 없지. 그러나 난 술만 먹는 게 아니라 할 말은 했다구. 전달사항이 별무한데도 날이면 날마다 열리는 직원조회, 그때마다 어김없이 되풀이되는 국민의례, 그 얼마나 지겨운 노릇이었나. 좋은 음식도 매일 먹으면 식상하듯이 국민이 그런 식으로 국기에 식상해진다면 그야말로 큰일 아닌가. 교장과의 술자리에서 그걸 고치자고 내가 고집스럽게 밀고 나간 거야. 결국 직원조회를 격일제로, 국민의례도 월요일에만 실시하게 되었지만, 그게 무슨 자랑거리라고 내가 입 밖에 내겠나. 오히려 창피한 노릇이지. 행정관료나 다름없이 권위주의적인 교장이 이렇게 파격적인 양보를 한 데는 말은 안했지만, 그건 들어줄 테니 다른 일엔 제발 얌전히 있어달라는 부탁이 내포되어 있었던 거지. 말하자면 흥정인 거야. 그러니 창피할 수밖에. 솔직히 말하지. 난 교장이 술까지 사면서 흥정 걸어올 필요도 가치도 없는 사람이야. 난 저번 학교를 떠나오면서 다시는 총대 메는 내무실 선임하사 노릇을 안할 작정이었어. 내가 늙어서 그런가. 내 글도 싸움꾼의 투지만만한 글이어야 하는데, 웬일인지 이제는 싸움이 싫어졌어. 싸우긴 해야 되겠는데, 완전히 전의상실이야. 싸움을 못하는 늙은 싸움꾼. 기껏 골방에서 술 취해 악악댈 뿐이지. 내 마빡에 찍힌 낙인은 이제는 나의 허상일 뿐이야.

기웅은 이렇게 툴툴 혼자 씨부리며 고개를 넘고 휘청휘청 비탈길을 내려갔다. 하늘의 찬란한 별빛 때문에 지상의 어둠은 더욱 뚜렷하게 강조되었다. 질펀하게 도시를 덮는 어둠. 도심의 남산 타워 꼭대기를 불시에 시찰한 그이, 대단히 만족스러운 표정으로 암흑의 도시를 내려다보며

"도시는 지금 완전히 소등했는가, 움직이는 것은 없는가."

그러나 기웅은 꾸물꾸물 계속 움직였다. 그의 집은 버스를 세번 갈아타고 한시간 넘게 걸리는 먼 곳에 있었다. 에헤야 가다 못 가면 에헤야 쉬어나 가세. 제기랄, 산다는 게 뭐, 별거냐? 밤하늘의 별빛은 무조건 아름다웠다. 소리 없는 대합창으로 수없이 명멸하는 별무리들. 어허, 별빛은 영원하고 내 갈 길은 짧구나. 초로에 접어든 사십대 후반의 사내. 그는 통통 부은 입술을 달싹거리며 노래를 흥얼거렸다.

나 태어나 이 강산에 선생이 되어

분필 가루 마신 지 어언 이십년
무엇을 하였느냐 무엇을 하려느냐
나 죽어 이 땅 위에 묻히면 그만이지
아아 다시 못 올 꽃다운 이내 청춘
분필 가루에 흘러간 꽃다운 이내 청춘

이따금 어둠을 헤집고 호루라기 소리가 들려왔다. 그는 결국 가다 못 가고 길가 벤치에 드러누워 잠이 들었다. 네시간쯤 곯아떨어졌다가 새벽 찬 기운에 잠이 깬 그가 화들짝 놀라며 맨 먼저 더듬어본 것은 손목시계도 호주머니 돈도 아닌 앞니였다. 앞니 네개가 나란히 의치였는데 다행히 그 싸움질에도 부서지지 않고 온전히 자리 잡고 있었다.

단 하루의 결근도 못하는 충실한 접장인 그는 그날도 어김없이 제시간에 출근했다. 알코올로 방만하게 부풀었던 배포는 생쥐만큼 볼품없이 오므라들고 대신 입술만 오리주둥이처럼 통통 부어오른 상태로 말이다. 박도 한쪽 볼때기가 부어 있었는데, 그런 반대급부라도 없었더라면 기웅은 더욱 비참한 기분이었으리라. 둘은 그날 서로 악수를 교환하기는 했으나 서먹서먹한 분위기는 여러달 계속되었다. 그러다가 수학여행 간 2학년 학생들 일부가 술 마셨다고 해서 교장이 네개 반 담임을 일시에 교체하는 독단을 저질렀을 때, 그들 둘은 쫓겨난 담임들을 적극 지원하여 결국 교장을 굴복시키고 결정을 번복하도록 만드는 데 한몫을 했는데 둘 사이의 진정한 화해는 바로 그때 이루어진 것이다. 그러나 그것으로 그뿐, 그는 다시 무사안일의 늪에 빠져들었다.

기웅은 아직도 학교 진입로를 채 벗어나지 못하고 있다. 버스 노선이 생기지 않아 십오분간 걸어다녀야 되는 길이다. 트럭 한대가 지나가면 꽉 차버릴 지경으로 좁은 길에는 동네 조무래기 아이들이 나와 이리저리 뛰놀고 있다. 기웅은 바로 앞을 가로질러 내달리는 아이들을 요리조리 피하며 계속 걸어간다. 벽에 금이 가고 누런색 페인트가 비듬처럼 벗겨져내리는 허름한 연립주택, 먼지때가 잔뜩 오른 조막만 한 블록집들을 지나고 채소밭, 넝마 야적장을 지나 마침내 한길로 나온다. 버스를 기다리며 길 건너편에 펼쳐진 아파트단지를 멍하니 바라본다. 작년 초만 해도 그곳은 황량한 벌판이었다. 작년 2월 말 전보발령 받고 이 벽지 낯선 곳으로 멀찍이 내팽개쳐졌을 때 벌판에서 먼지를 일으키며 휘몰아치는 꽃샘바람은 여간 을씨년스러운 게 아니었다. 그런대로 지내다보니 학교에 정이 붙었다. 대학 출신 부모가 거의 없다시피 한 가난한 집 아이들이라 그 순박한 표정이 맘에 들었다. 학교 뒷산 떡갈나무숲엔 꾀꼬리도 울고, 여름엔 소낙비에 패어 빨갛게 드러난 생흙도 아름다웠다.

십분 가까이 기다려서야 모퉁이를 돌아 버스가 나타났다. 변두리 버스란 배차시간이 들쭉날쭉 변덕이 심하게 마련이라 대충 거기에 길들어 있는 기웅이지만, 오늘은 모처럼 시간 맞춰 시내 진출을 시도하는 날이라 사뭇 짜증이 난다. 벌써 5시 30분, 학교 근처에서 삼십분이나 허비해버렸으니 이러다간 대행진이 초장에 완전히 진압되어 상황이 끝난 다음에 도착하는 건 아닐까? 버스는 후텁지근한 공기층을 앞으로 밀어내며 육중하게 달려와 멈춘다. 얼른 차에 오른다. 차가 급히 출발하고 그 바람에 기웅은 그 반동에 밀려 비틀거리다가 간신히 빈 좌석에 쿵 하고 틀어박힌다. 짜식, 무슨 운전을 이따위로 해! 그는 속으로 투덜거리며 운전사의 얼굴이 비친 룸미러를 흘겨본다. 운전사는 그러거나 말거나 아랑곳 않고 더 호기 있게 액셀러레이터를 밟는다. 차가 힘을 내며 고개를 오른다.

달리는 차의 속력과 진동은 이내 기웅을 단순한 표정의 규격화된 승객들 중의 하나로 만들어버린다. 그는 삼십분 후 격전장에 투입될 출정 장정답지 않게 표정이 멍청하다. 차창 너머로 시선을 보낸다. 그의 눈에 잡히는 것은 주로 젊은 여자다. 젊은 여자라면 사팔눈이라도 아름답다. 때는 바야흐로 가로수도 신록을 벗어나 난숙한 진초록의 체취를 풍기는 여름철, 팔다리를 한껏 벗고, 몸에 착붙게 얇은 홑옷을 입은 젊은 여자들이 발랄한 동작으로 인도를 걸어간다. 그의 시선은 주로 여자의 둔부께에 가 머문다. 걸어가는 젊은 여자들의 궁둥잇짓이 발산하는 힘은 가히 압도적이다. 바가지 둘 엎어놓은 것같이 아담한 방뎅이, 쌍무덤 나란히 솟은 듯이 우람한 궁뎅이, 움직이는 모양새를 볼작시면 호물짝호물짝, 얄기죽얄기죽, 궁싯궁싯, 뒤뚱뒤뚱, 팬티 금 쌍곡선이 번갈아 춤을 춘다. 얼씨구 좋구나 막을 방(防)자 방뎅이는 처녀 궁뎅이, 응할 응(應)자 응뎅이는 마누라 궁뎅이, 궁할 궁(窮)자 궁뎅이는 과부 궁뎅이. 어허, 아니지. 요새는 밑을 막기보다 헤프게 내놓는 처녀들이 많다는데, 그럼 놓을 방(放)자 방뎅이구나.

전에는 별반 관심없던 음담패설이 요즘은 왜 그리도 귀에 솔깃솔깃 잘도 들어오는지. 젊은 여자라면 왜 그리 모두가 예뻐 보이는

지. 그건 말할 것도 없이 그가 늙었다는 증거다. 기웅은 부지중에 한숨을 토한다. 눈을 지그시 감고, 어느 모로 보나 갱년기 징후가 뚜렷한 제 모습을 떠올려본다. 머리칼은 새똥을 갈긴 듯 반백인데, 시거든 떫지나 말 일이지, 이마 양쪽에서 정수리를 향해 쐐기 두개가 박혀들어가듯이 머리칼이 빠지고 있는 중이다. 왼쪽 쐐기가 조금만 더 진입해 들어가면 무섭게 팬 말굽쇠 크기의 끔찍한 흉터가 그대로 드러날 판이다. 여섯살 때 높은 나무에 올라 매미를 잡다가 거꾸로 떨어져 바위에 찍힌 상처다. 마침 이웃 밭에 김매던 동네 아주머니가 비명 소리를 듣고 달려왔으니 망정이지 하마터면 큰일 날 뻔했다. 두개골이 깨져 구멍날 지경으로 중상이었다. 하필 그 무렵에 호열자가 창궐하여 읍내 길이 차단되는 바람에 병원 한번 못 가보고 간신히 구한 소독약으로 상처를 씻어낼 뿐 다른 수를 쓸 수 없었는데도 다행히 상처는 덧나지 않고 그대로 아물었다. 너덜거리는 머리털 거죽을 들추고 소독약으로 상처를 씻다보니 속에서 푸른 달개비 잎새가 나오고 그걸 조심스레 떼어내니 그 밑에 허연 골이 다 보이더라고 했다.

그런데 이 위험천만의 사고는, 철부지 어린 나이에 겪은 것이라 그런지 의식에 아무런 흔적도 남기지 않았다. 분명히 여러날 상처의 고통이 극심했을 텐데도 도무지 기억이 없고, 고소공포증이 다소 생길 법도 한데 여전히 높은 데를 잘 기어올라 다녔다.

이 사고 외에도 그는 어미 몸 밖으로 태어나자마자 숨이 탁 막혀 사지를 비틀며 저렇게 죽어가다 한참 만에야 숨이 돌아왔던 것인데 그 이후 열살이 넘도록 갖은 병치레를 다 한 병꾸러기로 부모

속을 여간 썩인 게 아니었다. 그의 몸에는 어린 시절 병마가 할퀴고 간 상흔이 아주 뚜렷하게 남아 있다. 겉으로 멀쩡해 보이는 두 귀 중에 한쪽 귀는 열병으로 청신경이 타버려 전혀 듣지 못하고, 또 오른쪽 목에는 남방셔츠 칼라로 살짝 가려 있긴 하지만 연주창을 수술한 흉터가 밤톨만 하다. 목에는 연주창, 등에는 등창, 배에는 배창, 그야말로 만신창이였는데, 몸 구석 여기저기 칼맞을 본 수술 그루가 널려 있다.

그러나 이렇게 기구한 병력도 그의 의식에는 별다른 영향을 끼치지 않은 것 같다. 오히려 몸의 흉터는, 싸움이 잦던 고교 시절에 유효적절한 방어무기가 되기도 했다. 빡빡 깎은 민대가리에 삽날에 찍힌 듯 벌겋게 드러난 흉측한 상처, 웃통을 벗어부치면 배와 등 여기저기에 꽃피어 있는 수술 칼자국들, 제법 위협적이라 할 만했다.

이렇게 어린 시절의 상처는 그의 의식에 내면화되지 않았지만, 청년 시절에 얻은 상처는 그의 의식이나 행동에 심각한 영향을 주었다. 그의 오른 눈썹을 살펴보면 양미간 쪽 눈썹뼈가 함몰되어 있는데 거기에서 기이한 흰 눈썹 두가닥이 뻗어나오고, 이마 주름살이 그쪽으로 휘어져 모여들고 있다. 구두 뒤축에 찍힌 자국이다. 그 구두 뒤축은 코밑 인중도 힘껏 내리찍어 앞니 네개를 몽창 허물어뜨렸던 것이다. 취중 싸움이 결국 그 지경에 이르고 만 것이다.

그는 취중에 걸핏하면 몸싸움 벌이는 고약한 술버릇에 오랫동안 빠져 있었다. 홧김에 술 배운 사람은 나중 술버릇이 고약하다는데 기웅이가 바로 그짝이었다. 대학 1학년 때 한창 열애 중이던 소녀가 결핵으로 세상을 떠나자 슬픔을 가누지 못해 시작한 술이었다. 거의 반년 동안 학교도 휴학하고 자포자기의 난폭한 음주행각을 벌였는데, 공술이라면 산 너머라도 가고, 생판 모르는 남의 잔칫집, 초상집도 마다하지 않았다. 한번은 어느 초상집에서 공술 먹고 비틀거리며 나오다가 넘어져 장독을 깬 적도 있었다. 술에 취하면 아무라도 붙잡고 시비 걸기 일쑤여서 달리는 자전거도 가로막아 쓰러뜨리고, 심지어 군 스리쿼터한테까지 대들었다가 주둥이가 묵사발이 되게 터지기도 했다.

사나운 개 주둥이 성할 날 없다는 격으로 그의 입술이 수난당하기 시작한 것은 이때부터였다. 그러다보니 애인 잃은 슬픔은 어느새 온데간데없이 사라지고 남은 것은 무의미한 폭음과 싸움질뿐이었다. 안되겠다 싶어 군대에 자원입대했다. 한쪽 귀가 절벽이라 군대 갈 자격도 없는 주제에 그것도 기합 세기로 유명한 해병대에 들어간 것이다. 제식훈련에서 '좌향앞으로가'를 '우향앞으로가'로 잘못 들어 대열 밖으로 혼자 튀어나오기도 하고 최전방 야간초소 근무할 때 부스럭거리는 소리가 도대체 어느 방향에서 들려오는지 몰라 사방을 두리번거리며 쩔쩔매기도 했다. 그러나 이가 없으면 잇몸으로 씹듯이, 그때그때 대강 눈치로 때우면서 별 탈 없이 지냈다.

떵깡 센 게 해병대 기질이라 그의 고약한 술버릇은 더 조장되면 되었지 조금도 누그러들지 않았다. 휴가, 외박 때 술집 술을 공으로 먹고 그 값으로 한바탕 주정 부리고 나오질 않나, 길거리에 허리를 바짝 껴안고 데이트를 하는 남녀를 보면 죽은 애인 생각에 눈이 뒤집혀 두 머리를 맞부딪쳐 박치기를 시키질 않나, 심지어 영내에서는 4.2인치 소대의 근무 중인 동초를 아무 이유 없이 술김에 때렸다가 흠씬 몰매를 맞기도 했다.

애인의 죽음으로 발단된 그의 격정기는 제대, 복학과 더불어 대충 마무리되긴 했지만 이 시기에 형성된 음주벽은 그후에도 좀처럼 사라지지 않아 문득문득 생각난 듯이 폭력의 충동에 사로잡히곤 했다.

그러다가 진짜 임자를 만나 무참히 깨지고 말았는데 그후로는 취중 싸움질 버릇이 뚝 떨어졌다. 접장질도 그만하면 이력이 붙어 점잖아질 때인 서른살 나이에 아무것도 아닌 걸 놓고 죽기 아니면 살기로 살벌한 싸움을 벌였던 것이다.

싸움의 발단인즉 통금 가까운 시간에 간신히 빈 택시를 발견하고 세웠는데 웬 우락부락하게 생긴 놈이 달려와 가로채려고 하여 시비가 붙은 것이다. 언제나 그렇듯이 먼저 주먹을 휘두른 쪽은 기웅이었다. 졸지에 급습당한 상대방은 두어발짝 뒤로 비틀거리다가 가로수에 등을 기댔다. 반지도 끼지 않은 맨주먹 타격이었는데도, 왼쪽 뺨 광대뼈에 살갗이 크게 찢어져 피가 솟고 있었다. 상대방은 손으로 상처를 확인하고 이쪽이 흉기를 들지 않나 빠른 눈길로 살피더니, 안면 근육을 무섭게 우그러뜨리며 가로수 밑을 나왔다. 상대방은 우락부락하게 생긴 모양대로 진짜 싸움꾼이었다. 기웅은 좌우로 몸을 날리며 번개같이 꽂아대는 발길질을 피하며 악착같이 상대방의 가슴께로 파고들어 주먹을 날렸다. 그러나 싸움은 그리 오래가지 않았다. 팔목이 잡혔다고 느낀 순간, 그의 몸은 허공에 붕 떴다가 시멘트 보도에 패대기쳐지고 뒤미처 날카롭게 각을 세운 구둣발이 날아와 사정없이 안면을 짓이겼던 것이다. 깜빡 까무러쳤다가 깨어난 기웅은 입안에 가득한 피거품과 함께 부러진 생니 네개를 뱉어냈다. 구둣발에 찍혀 주저앉은 눈썹뼈에서 흘러내린 피는 얼굴 반쪽을 벌겋게 물들였다.

이때 마침 순찰조가 들이닥쳐 더이상의 피해는 없었다. 피해는 기웅 쪽이 더 컸지만 먼저 도발한 책임을 모면할 수는 없었다. 그 사고로 기웅은 근무하는 학교 근처의 파출소에 비치된 '폭력 우범자' 카드에 올랐다. 순경은 카드의 공란에 우범자의 용모파기, 교우관계, 활동 지역, 최근 동향 등을 기록해넣으며 "허어, 앞날이 창창한 젊은 선생이 폭력 교사라, 보리술이나 한잔 사시지"라고 했으나 기웅은 그냥 빙긋이 웃기만 했다.

돌담 무너진 듯 뭉텅 터져나간 치열에 의치를 해넣어 땜질하긴 했지만 생니가 허물어지는 꿈이 자주 나타났다. 꿈속에서 이빨은 구둣발에 맞아 허물어지기도 하고 혜실혜실 삭아서 바스라지기도 했다. 이때부터 싸움질 버릇은 슬그머니 사라지고 말았다. 한방 맞으면 뭉텅 나갈 의치를 달고 무슨 싸움을 하랴. 그렇잖아도 그동안 의치를 두번 갈았는데, 밥 먹다가 돌을 씹어 의치가 두어군데 타졌다.

기웅은 의치 다친 데를 혀끝으로 더듬어본다. 이 의치를 앞으로 얼마나 오래 쓸 수 있을까? 앞으로 두세번 의치를 갈면 인생도 마감이라고 생각하니 기웅은 초로에 접어든 자신이 적이 서글퍼진다. 이제는 그의 몸 여기저기에 갱년기 징후가 뚜렷하다. 눈이 쉬 피로해지는 것은 곧 노안이 올 징조이고, 귀에는 금속성 이명이 울고, 늦게 취하고 빨리 깨던 술이 이제는 빨리 취하고 늦게 깬다. 젊은 술벗들이 2차 3차 끝까지 술자리를 지키는 기웅을 보고 "늙은 말이 콩 더 먹는다" "포항제철이다" 하고 추어주지만, 술을 양껏 마신 이튿날 주독으로 인한 고통은 견디기 어렵다. 이번에 지독히 앓은 몸살도 몸에 저항력이 감퇴되었다는 증거일 것이다. 그래도 이번 몸살 덕분에 확인된 것은 늘 배 속이 더부룩, 소화가 안되어 걱정스럽던 위장병이 실은 암도 궤양도 아닌 신경성이라는 것이다. 평소에 공깃밥도 제대로 소화 못 시켜 쩔쩔매던 그 우둔한 위장이 몸살로 엄청난 열량이 소모되자 뜻밖에도 돌맹이라도 녹여낼 듯 왕성한 소화력을 보였던 것이다.

기웅의 몸엔 눈에 띄지 않지만 매우 큰 상처가 있다. 그것은 양 팔 죽지와 양 허벅지의 피하조직에 광범하게 퍼져 있는 응혈이다. 몽둥이찜질에 실핏줄이 터져 고여 있는 피, 속으로 멍든 상처다. 겨울이 오면 예외 없이 시리고 가렵고 욱신거리는 이 응혈의 상처는 피돌기가 느려지는 노년이 오면 아마 그 고통이 더 심해질지 모른다.

구둣발에 이빨이 나간 사고 이후로 먼저 싸움을 도발하는 음주벽은 사라졌으나 대신 그의 공격성은 그가 쓰는 글에 나타나기 시작했다. 술주정으로 싸움질했던 것에 비하면 제법 의미있는 싸움으로 발전했다고나 할까. 아무튼 도발적인 글을 썼으니 반응이 없을 리 있겠는가. 그가 태어난 고향에는 관에 의해 계속 금기사항으로 묶여온 한맺힌 사건이 있는데 해방 직후 군경토벌대에 의한 수만 양민의 떼죽음이 바로 그것으로, 이 참사를 소재로 하여 그가 쓴 일련의 작품은 자연히 격정적인 톤을 띨 수밖에 없었다. 먼저 독자로부터 반응이 와, 고향 출신 젊은이들이 모여들어 격려해주었고 그다음은 당연한 절차인 양 당국이 몽둥이찜질로써 응답해왔다. 몇몇 잡지에 흩어져 있던 작품들을 한데 모아 단행본으로 묶어 내자마자 즉각 반응이 온 것이었다.

10·26 직후 권력의 핵이 졸지에 사멸함으로써 생긴 공백이 그대로 태풍의 눈이 되어 정국을 소용돌이에 휘말리게 하고 있을 때였다. 민주화 요구 세력은 결혼 예식장으로 종종 사용되는 명동의 어느 강당에서 결혼식으로 위장하고 전격적인 정치집회를 벌였는데, 기웅도 그날 집회 군중 속에 끼여 있었다. 어느 조직의 일원으로 참석한 것도 아니었다. 그 집회에 참석한 여러 재야 운동단체 중에 문인단체도 있었지만, 기웅은 아직 거기에 속해 있지도 않았다. 그날이 마침 한달에 한번꼴로 만나는 고향 후배들과 친목모임이 있는 날이라, 그들의 제의로 거기에 구경 갔을 뿐이었다.

그 후배들은 대개 학생운동 출신 빵재비거나 그런 성향의 대학생이긴 했지만, 그 모임이 당국이 의심한 것처럼 무슨 목적의식이 뚜렷한 조직이 아니었다. 그냥 소주 마시고 고향 사투리로 시끌벅적하게 떠들어대는 재미에 모여 불평불만깨나 토로하는 게 고작이었다. 꼬투리 잡힐 만한 행동이 있었다면 삼십년이 지나도 저승에 안착 못하고 고향 산천의 음습한 그늘에 떠도는 떼주검의 원혼을 위령한다고 제상을 한번 마련한 일뿐이었다. 그러나 골방에 열명도 못되는 조객이 모여 떨리는 낮은 음성으로 몰래 치른 것을 과연 위령제라고 말할 수 있을까. 위령제란 반드시 억울한 주검들을 위한 신원운동이어야 할진대, 그것은 여남은명의 자기만족을 위한 소꿉장난일 뿐이었다. 그러나 조사하는 입장에서는 그 모임을 신원

운동을 음모하는 불온집단으로 일단 의심해볼 수 있었을 것이다.

위장 결혼식의 신랑은 카네이션 꽃에 흰 장갑 끼고 서서 해사한 미소로 손님들을 맞이하고, 손님들은 "신랑 그만하면 잘생겼는걸" "혹시 신혼여행은 빵깐으로 가는 거 아냐" 하고 농담을 걸며 입장하고, 예정시간보다 훨씬 늦어져 강당이 사람들로 빼곡 들어차자 돌연 단상에 현수막이 내걸리고 잇따라 강당 곳곳에서 삐라가 분수처럼 솟아올라 사람들 머리 위로 떨어지고, 마이크에서 격정적인 목소리가 폭포수처럼 터져나오고, 사복들이 급히 강당을 빠져나가고, 반시간도 못되어 경찰진압대가 들이닥치고, 대회장은 연행조의 난입으로 금방 수라장으로 변하고, 뒤이어 벌어진 대회장 밖 명동길 시위도 얼마 후 진압되었다. 상황은 끝나고 호송차량 두 대가 연행자로 만원이었다. 기웅은 일행 중 한명이 그 와중에 붙잡힌 듯해서 확인해보고 싶었다. 마침 바바리코트를 입고 있어서 단추를 풀고 깃을 올려 그럴듯하게 보호색을 만들고 냉큼 호송차량에 올라탔다. 그 후배는 차 앞쪽에 앉아 있어서 금방 눈에 띄었다. 눈길이 마주치자 기웅은 고개를 끄덕여 보였다. 감시 순경이 의심쩍은 눈초리로 "당신 뭐요?" 했고 기웅은 "아, 알았소" 하고 일부러 퉁명스레 내뱉고는 즉시 차에서 내렸다. 만약 감시 순경이 그를 붙잡고 "당신 뭐요?" 하고 끝까지 추궁했더라면 기관은 기관인데 교육기관에 있다고 고백할 수밖에 없었을 것이다. 기웅은 붙잡힌 후배가 기껏해야 며칠 구류감밖에 더 되겠느냐는 생각에 이렇게 마음이 한가했던 것인데 정작 불똥은 그 자신에게 떨어지고 말았다. 그 후배의 입을 통해 그의 이름이 나왔던 것이다.

이틀 후 그는 학교 수업 중에 연행되었다. 명동 관할인 그 경찰서의 이층 방은 이틀 전의 집회사건 조사에 수사요원 전원이 매달려 있는 듯 매우 부산스럽게 돌아갔다. 기웅은 신병인도 절차를 밟고 있는 동안, 실내 방송으로 흘러나오는 수배자 명단에 그의 후배 네명이 끼여 있는 걸 듣고 완전히 풀이 죽어버렸다. 삼십년 전 고향의 비극은 아직도 끝나지 않았던 것이다. 그것은 때때로 망령처럼 무고한 사람들을 덮쳐 부당한 혐의로 심신을 피폐시키는 현재적 사건이었다.

지하층의 보호실에서 대기 중이던 기웅은 밤이 되자 다른 곳으로 이송되었다. 검은 양복에 합수사 요원 마크를 단 중년 사내가 기웅을 검은 승용차에 태웠다. 차가 어둠속을 달리는 동안 사내는 밖을 내다보지 못하게 기웅의 시선을 자기 쪽으로 모으게 하려고 끊임없이 말을 시켰다. 사내의 말씨는 평범한 일상대화를 나누듯이 의외로 부드러웠다. 그는 기웅의 고향에 대해서 이것저것 물어보고, 대답에 대해 고개를 끄덕이고 심지어 방긋이 미소짓기도 했다. 사내는 한때 기웅의 고향에 근무한 적이 있는 모양으로 그곳 유지들 이름도 꽤 알고 있었는데, 나중에는 고교 시절 탁구선수로 이름났던 그의 친구 이름까지 나왔다. 사내의 입에서 친구 이름이 나오는 순간 기웅은 한가닥 희망의 실마리를 잡은 것처럼 그에게 동동 매달리고 싶은 심정이었다. 그러나 그 사내가 기웅의 고향 사정에 밝다는 것은 그만큼 수사관으로서 고향의 그 사건을 잘 알고 또 그 사건에 무서운 편견을 지니고 있다는 것 외엔 다른 뜻이 없었다.

그로부터 이박 삼일 동안 기웅은 나이 젊은 말단 담당에게 인계되어 혹독한 지옥훈련이 가해졌다. 그 담당은 사고 없는 기계처럼 냉혹하고 정확했다. 그는 육체의 고통을 더도 덜도 아닌 어느 한계까지 몰고 가면 정신이 굴복할 것인가를 잘 알고 있는 기술자였다.

　담당은 기웅을 인계받자마자 곧바로 복도로 끌어내 꿇어앉히더니 느닷없이 머리칼을 움켜쥐고 앞으로 힘껏 잡아챘다. 기웅의 몸이 앞으로 쓰러졌다.

　"이 새꺄, 기어! 개같이 기란 말이야."

　기웅은 담당이 머리채를 사납게 잡아끄는 대로 무릎걸음치며 필사적으로 뿔뿔뿔 기어갔다. 조수가 뒤에서 돼지 몰듯 엉덩이를 발길로 찼다. 그렇게 해서 복도 끝 지하실로 끌려간 기웅은 숨 돌릴 여유도 없이 곧장 범아가리 안으로 삼켜졌다. 누가 흘린 피였을까? 0.5초 내로 갈아입으라고 윽박지르며 던져준 군복바지 엉덩짝엔 생피가 낭자했다. 기웅이 바짓가랑이에 한쪽 다리를 꿰다 말고 멈칫하자, 담당이 조수에게 버럭 화를 냈다. "아니, 저걸 여태 안 치웠어? 딴 옷 줘!" 그리고는 곧장 매타작이 시작되었다. 해병대에서 오 파운드 곡괭이 자루를 대여섯대까지는 신음 소리 내지 않고 맞아본 그였지만, 당장 첫 매에 입에서 비명이 터져나왔다. 매가 몸에 터질 때마다 강한 충격이 살 속을 파고들어 뼈를 울리고 골수를 후볐다. 조수는 매가 터질 때마다 비틀거리며 쓰러지려는 기웅을 바로세우고, 미친 듯이 허우적거리는 양손을 매에 다치지 않게 꽉 붙잡았다. 엉덩이를 헌 짚신 바닥처럼 작신 조져댄 몽둥이는 허벅지로 내려갔다. 매는 한쪽 허벅지 주위를 나선형으로 돌며 빈틈없이 골고루 타격한 뒤, 다른 쪽 허벅지로 옮아가고, 이어서 정강이 뒤쪽, 팔뚝, 어깻죽지…… 매는 뼈를 피해 살집만 골라 정확히 타격했다. 그의 육체는 활활 타는 불길 속에 내던져져 있는 듯한 느낌이었다. 아, 이 고통스러운 육체를 벗어버릴 수만 있다면! 정신을 배반하는 육체, 제 몸이 이렇게 저주스러울 줄이야. 영혼과 육체가 분리되어 차라리 죽을 수만 있다면! 까무러치기라도 했으면……

생각이 여기에 미치자 기웅은 가슴이 오그라붙는 듯 답답해서 크게 숨을 몰아쉰다. 사실 그는 매 맞을 때의 정황을 제대로 기억하지 못한다. 그 매질이 얼마나 오래 계속되었는지도 모른다. 단 오분간이었을지도 모른다. 그러나 정신이 금방 파열될 것 같은 고통의 그 극한 상황은 그에게 무한히 길게 느껴졌다. 입 밖으로 처절한 비명이 터져나왔지만 그 자신은 전혀 기억에 없다. 경황없이 얻어맞는데 제 비명이 귀에 들려올 리 있겠는가. 나중에 유치장에 처넣어진 다음에야 거기에 있는 대학생들로부터 그 비명이 얼마나 처절했는지 들어서 알았다. 고문자들은 비명 소리가 유치장 안에 들리도록 대학생들이 지레 겁먹게 취조실 문을 열어놓고 매질했던 모양이다. 그것은 매를 주지 않고 매를 연상시켜 겁먹이는 또다른 고문수법이었다. 이튿날 그의 성대는 비명지른 것 때문에 완전히 쉬어 있었다.

매질이 끝났을 때 그는 교사도 작가도 아닌, 세 아이의 아버지도 한 여자의 남편도 아닌, 그 무엇도 아닌, 팬티에 겁똥을 깔긴 한마리의 사냥감 짐승이었다. 팬티에 건지 없는 물똥을 가래침 뱉은 것만큼 조금 흘린 것이긴 하지만, 그것도 겁똥임에는 틀림없을 것이다. 그렇게 연속적으로 난장을 맞았는데도 뼈 하나 다치지 않은 것은 정말 신기한 일이었다. 그만큼 담당은 능란한 기술자였다.

모진 매를 견뎌낸 뒤라 갈증이 타는 듯 심했으나 어찌나 겁을 집어먹었던지 감히 물 달라는 말도 못하고 쩔쩔매다가 겨우 입 떼어 화장실 보내달라고 애원했다. 화장실은 문밖 앞 댓발짝 떨어진 곳에 있었지만 총 멘 간수가 따라붙었다. 세면대의 수도를 보자 그는 미친 듯 달려들어 머리를 틀어박고 한참이나 물을 쿨럭쿨럭 마셔댔다. 그 꼴이 아마도 간수의 눈에는 마른땅에 올라 팔짝팔짝 뛰던 붕어새끼 물 만난 격으로 보였을 것이다.

이렇게 우선 불문곡직하고 흠씬 매를 쳐 녹신녹신 다듬어놓은 다음에 심문을 시작했으니, 기웅은 혹 숨기고 있는 게 있다면 뭐든지 실토할 판이었다. 그러나 실토할 게 없었다. 그것은 여전히 친목 모임일 뿐이었다. 돌처럼 무표정하게 굳어 있는 담당의 얼굴에 회심의 미소가 떠오를 만한 정보가 기웅에게는 없었다.

밤이 늦어 기웅은 조사실 곁의 유치장에 집어넣어졌다. 전신에 뒤덮인 불타는 듯 뜨거운 상처로 기웅은 앉기도 고통스러웠다.

거기에도 그가 통과해야 할 장애물이 있었다. 그는 다른 수감자들과 함께 오랫동안 강도 높은 '예비 사격훈련'을 받았다. 수감자들은 눈을 감고 뒤편을 향해 이열횡대로 늘어선 채 뒤통수에 떨어지는 구령에 따라 신속하게 움직였다. 구령자는 성대 울림이 좋은 음성으로 쉴 새 없이 구령을 먹였다.

"앉아쏴, 쪼그려쏴, 동작이 그것뿐이 안되나? 엎드려쏴, 서서쏴, 좌로 굴러, 우로 굴러, 동작이 완만하다. 무릎쏴. 여기는 홍콩, 다음은 싱가폴 간다."

때로는 게으르게, 때로는 노래하듯 청산유수처럼 낭랑하게 흘러 나오는 구령 소리에 맞춰 수감자들은 소경 병신춤 추듯이 눈 감은 채 엎드려졌다 일어나고 앉았다, 엎드러지고 뒹굴고 앉았다 일어 나는 동작을 끝없이 되풀이하는 것이었다.

훈련은 한시간 동안 휴식 없이 계속되었다. 유치장 안은 헉헉 가 쁜 숨소리가 점점 높아져 터질 듯 팽배한데, 구령 소리는 잔인하게 도 아무 굴곡 없이 낭랑하기만 했다. 모진 매에 이미 탈진상태에 빠진 기웅은 제일 먼저 비틀거렸고 번번이 '엎드려좌' 자세에서 일 어나지 못하고 마룻바닥에 뺨을 댄 채 더위 먹은 개처럼 무섭게 헐 떡거리곤 했다. 벌칙이 가해져 철창가로 불려가 조인트 까이고, 철 창에 두 손 두 발을 걸고 궁둥이를 내려뜨린 채 박쥐처럼 매달리기 도 했다.

"너 해병대에 있을 때 타군 많이 때렸지?"

"그런 일 없습니다."

죽을 둥 살 둥 허우적거리며 간신히 '예비 사격훈련'을 통과한 기웅은 다음 단계로 들어가 면벽하고 앉은 채 잠의 유혹을 견뎌내 야 했다. 무섭게 쏟아지는 졸음과의 싸움에 온 신경을 곤두세우느 라고 일체의 사고기능은 마비상태에 빠졌다. 아내도 자식들도 머 리에 떠오르지 않았다. 어느 한순간 전후 맥락 없이 생후 일개월짜 리 아기의 밝은 얼굴이 깜빡 떠올랐다가 사라졌을 뿐이다. 흐릿한 불빛 뿌리는 천장의 알전구도 철망 안에 갇혀 있었다. 암울한 정적 속에 오직 들리는 건 지겹게 돌아가는 환풍기 소리와 철창 밖 복도를 울리는 간수의 군홧발 소리뿐, 그 소리도 시간이 흘러갈수록 엄습하는 졸음기에 점점 무디게 들렸다. 기웅은 깜빡 졸았다간 바늘에 찔린 듯 소스라쳐 깨고 다시 깜빡 졸고, 그렇게 괴로운 자맥질을 하면서 잠의 늪을 통과했다.

그것으로 친목회 건은 끝나고, 이튿날은 그의 작품에 대한 닦달이 있었다. 저번처럼 우선 한바탕 매질을 소나기처럼 퍼부은 다음에 심문을 시작했다. 겉옷 벗고 내의 바람에 싸릿대 회초리로 전신을 난타당했는데, 까진 이마 또 까지고, 상처에 생소금 뿌리기라고 할까, 간밤에 맞은 매로 부어 있는 살이라 회초리가 부딪칠 때마다 불에 단 화젓가락이 닿은 듯 고통스러웠다. 머리도 맞고 목줄기도 맞고…… 무엇보다 고통스러운 것은 싸릿대로 손등을 맞을 때였다. 손을 내밀라고 해서 손바닥을 위로 펴 내밀었는데, 담당은 "인마, 그건 네가 학생들 때릴 때 하는 식이야"라고 했다. 손바닥을 엎자 획획 바람을 가르며 떨어지는 싸릿대 회초리는 칼로 무채 썰듯 끝에서 자근자근 손등을 쳐올라갔다. 중지 손톱 주위에 끈끈한 피가 솟아올랐다. 그래도 이번 매는 간밤보다 고통이 덜한 편이었다.

담당은 간밤에도 그랬듯이 매질만이 임무라는 듯 심문에는 별로 신경을 쓰지 않는 것 같았다. 그는 매질 이후에는 차라리 허탈하고 게으른 표정이었다. 왜 그런 작품을 썼느냐는 질문에 "그걸 역사의 금기로 묶어두면 둘수록 역사는 다시 그 전철을 되풀이할 뿐 한치도 발전하지 못한다는 생각에서……" 운운했을 때도 담당은 언성을 높이기는커녕 그런 것엔 흥미가 없다는 듯이 *끄덕끄덕* 조는 시늉마저 했다.

다시 유치장에 집어넣어진 기웅은 말썽 된 그 작품들의 내용 해설을 서면으로 써내라는 지시에 바닥에 웅크리고 볼펜을 들었는데 펜대를 받친 중지 손톱 위에 끈끈하게 엉긴 피를 보자 야릇하게도 피폐한 정신의 한복판에서 재 속의 숯불처럼 생명의 불꽃이 다시 살아남을 느꼈다. 좋다! 갈 데까지 가보자. 너덜너덜 헐어빠진 육신을 끌고 갈 데까지 가보는 거야. 기소되어도 할 수 없지. 재판 거쳐 징역까지 가보는 거야. 기웅은 입술을 깨물고 볼펜에 힘을 주었다. 그날 저녁엔 식욕도 왕성하게 되살아나 밥 한그릇 다 비웠다. 먹어야 버티지, 먹어야 해. 그날밤의 '예비 사격훈련'에도 기웅은 벌칙에 걸려 철창 앞으로 불려갔는데, 박쥐놀음 대신 시키는 대로 요즘 수업 중에 가르치고 있는 고2 영어 교과서의 제8과를 대충 외워 보였다.

그러나 그자들은 기웅에게 징역을 연상시켜주었을 뿐 징역을 주지는 않았다. 셋째날, 다시 취조실에 불려간 그는 늘 굳어 있던 담당의 표정이 다소 풀려 있는 걸 보고 일이 대충 끝났음을 직감했다. 그제야 담당의 얼굴을 바로 볼 수 있었는데 서너살 연하의 평범한 용모였다. 그는 기웅의 창작집을 수필집이라고 했다.

"그 수필집 말이야, 난 안 읽어봤지만 어제 네 설명만 들어도 맞을 짓을 했더먼. 애들한테 영어나 가르칠 일이지 왜 매를 사서 맞나? 어제 너 영어 외는 걸 보니, 역시 영어 꼰대라 쌀라쌀라 잘하더먼. 중학교 댕길 때 난 말이야, 영어가 죽기보다 싫었다구. 영어 꼰대가 어찌나 무섭던지. 영어문장 외우기 숙제를 내는데, 못 외우면 회초리로 손바닥을 맞는 거라. 니미, 에이, 비, 씨, 디, 꼬부랑말 암만 봐도 모르겠는걸, 그저 시간마다 매 맞는 게 일이었다니깐. 나중엔 꼰대도 때리기 지겨웠는지 요 문장 하나만 외우라더면" 하면서 담당이 뭐라고 씨부렸는데, 도무지 무슨 말인지 알 수 없었다. 자음이 모음 속에 뭉개져 흐리멍덩한 발음이었다. 세번이나 반복해주어서야 알아들은 그것은 "You should repeat this sentence over and again."(이 문장을 계속 반복하라)이었다. 영어시간마다 이 문장을 반복해야 했으니 그가 느낀 모욕감이 어떠했을까.

담당의 얼굴에는 어색한 미소가 잠깐 떠올랐다가 사라졌다. 기웅은 가슴이 뭉클해졌다. 이제는 더이상 매를 안 맞아도 된다는 안도감에 마음이 픽 감상적이 되는 것이었다. 그 역시 중학교에 있을 때 영어문장을 못 외면 손바닥을 회초리로 때린 적이 있었다. 공연히 매만 맞고 결국 따라오지 못하고 만 아이들이 얼마나 많았던가. 그애들이 맞는 매를 보고 두려워서 다른 애들이 더욱 공부를 잘한 것이라면, 그들은 결국 자신을 위해 맞은 게 아니라 남을 위해 맞은 셈이었다. 그 부당한 매가 심어준 좌절감과 분노. 그래서 담당은 영어교사인 기웅을 그렇게 혹독하게 다루었던가? 그래서 손바닥을 위로 펴 내밀었을 때 "그건 네가 학생들 때릴 때 하는 식이야"라고 말했던가? 아니, 그렇지 않다. 그의 매는 독했지만, 그의 얼굴에 단 한번도 증오의 표정이 떠오른 적은 없다. 그도 더도 덜도 아닌, 주문한 만큼 타격하는 손대중이 빠른 기술자일 뿐이었다.

그날 오후, 기웅은 다른 방에 불려가 낯선 고문자 댓명으로부터 구둣발 모둠매를 맞았다. 군대를 모독한 빨갱이라고 했다. 그것으로서 기웅은 2박 3일의 지긋지긋한 지옥체험을 끝냈는데, 그제야 뒤에서 고문을 조종했던 검은 양복의 수사관이 모습을 드러내 기웅에게 악수를 청하는 것이었다.

"힘들었지? 힘들었을 거야. 그런 글 써놓고 무사하기를 바랬나? 우리 입장도 이해해야지. 몰랐다면 몰라도, 알고 그냥 넘어갈 수는 없는 것 아냐? 그건 직무유기지. 이젠 다 잊어버리라구."

그러고서 기웅은 다른 수감자들과 함께 호송차량에 실려 재판소에 들렀는데, 그에게 떨어진 형량이 포고령 위반 이십일 구류였다.

이십일이란 전신을 뒤덮은 멍든 상처의 잉크빛, 보랏빛이 없어지기에 충분한 기간이었다. 기웅은 매일 취침 전에 삼십분 동안 멍든 상처에 안티푸라민을 발랐다. 그것은 같은 방의 모든 잡범 재소자들까지 참여하는 일종의 엄숙한 의식이라 할 만했다. 그가 팬티 바람으로 벌거벗은 채 전신에 약을 바르기 시작하면 재소자들은 모두들 숨을 죽이고 잉크빛, 보랏빛으로 물든 그의 몸뚱이에 시선을 모으는 것이었다. 손이 닿지 않는 몸 뒷부분은 다른 재소자가 발라주었다. 똥물이 얼룩진 팬티를 내려 엉덩이에도 정성껏 발라주었다. 안티푸라민 냄새가 온 방을 진동해도 불평하는 사람은 없었다. 간수도 가끔 철창 밖에서 구경했는데, 한번은 이런 말을 하는 것이었다.

"나가면 조리를 잘해야 할 거요. 어릴 때 동네 한분이 똑 저렇게 맞은 적이 있었지. 그 매 맞은 장독이 폐로 번져 결국은 폐결핵으로 죽더군."

면회 온 아내는 왠지 얼굴이 열에 뜬 듯이 다소 멍한 표정이었다. 어디 안 좋으냐고 물으니까 별로 아픈 데는 없는데 갓난아기가 낮밤을 가리지 않아 잠 부족으로 그런 것 같다는 것이었다. 아내는 산후에 아기에게 칼슘을 많이 빼앗겨 산후 우울증에 걸려 있는데다 기웅의 사건까지 겹쳐 병이 악화된 상태였는데, 그걸 본인 자신이 모르고 있었던 것이다.

한번은 글벗들이 면회 와 사식과 함께 책 한권을 넣어주었는데 하필이면 말썽난 그의 작품집이었다. 그 책은 막내아기의 출생과 더불어 같은 달에 출간된 또 하나 그의 분신이었다. 벗들은 이제 고통은 끝났으니 안심하고 제 새끼를 안아보라고 그 책을 넣어준 것이었지만, 여태 겁에 질려 있는 기웅에게는 그 호의가 악취미로밖에 여겨지지 않았다. 그는 그 분신이 꼴도 보기 싫었다. 내가 저런 자식을 낳았다니…… 기웅은 그 분신을 낳자마자 지독한 산후 고통을 겪은 것이었다. 아내가 아기를 낳고 병에 걸렸듯이 그 역시 작품을 낳고 병을 얻은 것이었다. 기웅의 눈에 면회 온 아내가 열에 뜬 듯 멍해 보였듯이, 나중에 들은 말이지만, 면회 온 글벗들의 눈에 기웅은 겁먹어 눈빛이 흐리멍덩해 있더라는 것이었다.

기웅은 지금도 매 때린 담당에게 별다른 유감이 없다. 이것은 가해자와 피해자 사이에 있을 수 있는 싸디스틱한 화간의 감정인가. 아니, 그렇지 않다. 담당은 단지 능률 좋은 도구의 역할만을 해냈을 뿐이다. 감정이 없는 도구를 어떻게 미워할 수 있을까? 어떤 의미에서 기웅은 상대를 잘 만난 셈이었다. 담당은 정확하게 살집만 골라 쳐 후유증을 최소화시켰을 뿐만 아니라 '예비 사격훈련'을 통해 병 주고 약 주는 식의 이중효과를 얻어내기도 했다. 단지 고문의 한 방법으로만 여겨졌던 그 고된 '예비 사격훈련'이 실은 매 맞은 장독을 푸는 데 효과가 있음을 나중에야 알았던 것이다. 장독은 매맞은 즉시 격심한 운동으로 풀어야만 피가 제대로 돌아 그 후유증이 덜하다는 것이다.

유치장에서 나온 뒤 며칠 지나서 담당으로부터 전화가 걸려왔다. 담당의 음성을 듣는 순간 반사적으로 가슴이 철렁 내려앉았다. 저승사자의 목소리. 그런데 뜻밖에도 술 한잔 살 테니 만나자는 것이 아닌가. 아마 그는 진심으로 술을 사고 싶었는지 모른다. 도구가 아닌 인간으로서 말이다. 그러나 기웅은 여전히 그가 두려웠고 그런 심적 상태에서 그를 만난다는 것은 굴욕이었다. 과연 그가 도구가 아닌 인간으로서 만나기를 원하고 있는지 확인하고 싶었다. 기웅은 떨리는 음성으로 간신히 입을 열었다.

"당신 해도 너무했어."

예상한 대로 담당은 음성이 무섭게 굳어졌다.

"아니, 뭐야? 이 새끼!"

기웅은 다시 가슴이 오그라붙었다.

"그건 그렇고, 그 수필집 요새 잘 팔리나?"

"그 수필집 재판 들어갔소."

"재판? 그거 안됐는데…… 그만큼 닦달했으면 됐지, 재판에 걸 것까진 없는데……"

"아니, 그게 아니고, 초판이 다 팔려 재판을 찍어낸다는 거죠."

"……"

재판을 찍어 유통 중이던 그의 책은 결국 반년 후에 판매금지되고 말았다.

그는 합동수사본부의 지하실에서 그 책을 쓰게 된 동기로서 "금기를 덮어두면 덮어둘수록 역사는 전철을 되풀이할 뿐 한치도 발전 못한다"라고 진술한 바 있었지만 그 역사의 전철이 바로 그해 5월 광주에서 되풀이되고 말았던 것이다.

그의 책이 다시 문제 되고 그의 사상이 의심되었다. 처음에는 학교 수업시간에 경솔하게 씨부린 말이 문제 된 줄로 알았다. 광주사태가 벌어지고 있던 어느날, 작취미성인 상태로 1교시 수업에 들어갔다가 그의 입에서 느닷없이 금기의 말이 튀어나왔던 것이다. "광주사태를 아는가?" 보도 금지되어 있는 터라 아이들이 모르고 있거나 알아도 모른 체할 게 뻔했다. 그러나 한 아이가, "일제 때의 광주학생사건 말입니까?" 하고 어이없는 반문을 해오자 불끈 화가 치밀었다. "누구 아는 사람 없어? 그 옆사람, 몰라? 그 앞새끼, 몰라? 그 옆새끼, 그 뒷새끼, 그 옆새끼, 그 앞새끼, 몰라? 그래, 빌어먹을, 나도 모른다!"

기웅은 대공과로 연행되기 이십일 전에 자신이 뒷조사당하고 있음을 알았다. 지금 생각하면, 그런 정보가 기웅의 귀에 들어가도록 저쪽에서 일부러 계략을 쓴 게 아닌가 하고 부쩍 의심이 간다. 그것도 어쩌다 요행히 귀에 들려온 정보가 아니라, 출판사에서도 고향에서도 알려올 정도로 반공개적이었다. 심지어 직접 집으로 찾아와 "새로 동서기로 부임해 인사차 왔노라"라고 엉뚱한 소리를 하고 가기도 했다. 스무날 가까이 도마에 오른 고기가 되어 칼맛을 볼 날이 이젠가저젠가 마음을 졸이다보니 체중이 급격히 떨어져 몸이 휘청거릴 정도로 야위어버렸다. 그 이십일 동안에 얼마나 정신적으로 시달렸던지 막상 그들이 들이닥쳤을 때는 오히려 마음이 홀가분했다. 자포자기가 되어 될 대로 되라는 심정이었는데 뜻밖에도 매질 한번 당하지 않고 4박 5일 만에 놓여날 수 있었다. 이 '사상 검진'에서 그의 신체가 묶이는 대신 그의 사상이 묶여 책이 판금되었다.

이리하여 기웅은 또 한번 관에 비치한 '우범자 카드'에 올라갔다. 그러나 그가 과연 다시 일 저지를 만한 '우범자'였을까? 그는 피하조직에 영원히 치유되지 않는 응혈 상처를 가진 불구자였다. 그가 맞은 매의 효과는 정확했다. 글쟁이로서 그는 예각이 멍들어버린 두루뭉수리가 되어버렸다. 아무리 눈을 홉뜨고 펜대에 힘을 줘보지만 멍든 감수성으로는 힘찬 글을 써낼 수 없는 노릇이었다. 그러나 그의 몸 피하조직의 치유되지 않은 응혈은 또한 도저히 삭일 수 없는 울분의 응어리를 뜻하기도 했다. 분노는 분노끼리 어울려 조직화되어야 세력이 된다고 그는 믿었고, 그래서 자연히 그런 사람들과 유유상종하게 되었다. 그러나 그는 한번도 일꾼으로 나서본 적이 없이 항상 사정권 밖에서 이 모임 저 모임에 얼쩡거리는 총회꾼일 뿐이었다. 만약 그에게 일꾼이 돼보라고 했다면, 아마도 매 맞은 똥개처럼 대번에 꼬리를 사리고 눈이 흐리멍덩해졌을 것이다. 글에도 조직에도 나타나지 않은 그의 분노는 술 먹어 취담 중에나 불쑥불쑥 나올 뿐이었다. 주로 이 모임 저 모임의 일꾼들과 어울려 술을 마시곤 했는데, 술 마셔야만 내면화된 겁이 사라져 비분강개조로 제법 몇마디 거들 수 있었다.

그는 어딜 가나 말석이었다. 왼 귀가 절벽이라 왼쪽 끝 말석에 앉아야만 좌중의 얘기를 대충 감잡아 들을 수 있었으니, 그는 워낙 체질적으로도 말석인 셈이었다. 운동 혹은 문학의 선도성, 유격성, 전위성, 전향성을 고창하는 젊은 일꾼들에게 그는 나름의 '말석론' 으로 곧잘 응대하곤 했다. 후위 없는 전위가 과연 존재할 수 있으며, 창대 없는 창끝이 무슨 소용이 있겠느냐는 것이었다.

이렇게 말인즉 그럴듯했으나, 그것은 세월이 흐름에 따라 점점 도피주의자의 입에 발린 변명으로 타락해갔다. 그의 글이나 행동이 겁이 많아 전위의 '창끝'은 못될 지경이라면 후위의 튼튼한 '창대'라도 되어야 옳은데, 그는 별 생산성 없이 허구한 날 술 마시는 것만이 능사였다. 취중일망정 절실하게 떠오르던 분노의 표정도 한해 두해 지나감에 따라 시들어갔다. 후배와 제자들이 그를 한 세월 보내버린, 빼도 박도 못할 퇴물로 보기 시작했다. '술주정뱅이' 라고 비웃는 소리가 그의 귀에까지 들려왔다.

그는 결국 만사가 귀찮은 극심한 허탈감에 빠져들었다. 사람멀미에 몹시 시달려 총회꾼 노릇도 그만 넌더리가 났다. 당분간일망정 그동안 얽혀지내온 벗들로부터 멀찍이 떠나 있고 싶었고, 홀로 있는 단조로운 생활이 창작행위에도 도움이 될 것 같았다. 그래서 직장을 옮겨 자신을 도시의 외곽으로 유배시킨 것인데, 지난 일년 동안 변두리 길로 집과 직장 사이를 오락가락했을 뿐 좀처럼 시내로 들어서는 일이 없었다. 그런데도 '우범자'의 꼬리는 여전히 붙어다녔고 옴이 잔뜩 오른 놈이 순결한 교사, 학생들 사이에 서 있는 것처럼 사뭇 못미더워했다. 그러나 술 먹는 일 외에 한 일이 없다. 술 취해 노트 한권 분량의 창작 메모를 잃고 나서부터는 글 쓰는 일도 심드렁해져버렸다. 위기가 닥쳐온 것이 분명하다. 나도 이젠 늙었구나. 늙어도 물심양면으로 팍 늙어버렸어. 벌써 갱년기라니. 기웅은 길게 한숨을 토한다.

피하조직의 응혈 상처는 나이를 먹을수록 피돌기가 느려져 그 후유증이 점점 심해질지 모른다. 치유되지 않은 그 응혈은 결코 삭여서는 안될 울분의 굳은 응어리로 남아 있어야 하는데, 어째서 나이 들수록 이렇게 울분은 맥없이 사그라들기만 하는가. 그건 안될 말이다. 어찌 그 혹독한 매질을 잊을 수 있단 말인가. 기웅은 입술을 모질게 깨문 채 주먹을 부르르 떤다. 역시 그래. 나처럼 분노가 고립분산적이면 아무 힘도 못 쓰고 타락해버리는 거야. 분노는 분노끼리 어울려 유유상종해야만 비로소 파괴력을 갖는 법이다. 수많은 고문 피해자들이 죽은 원혼으로 혹은 다친 육신으로 허위허위 떼를 지어 밤행진을 하고 있는 이 야만의 세월, 이제 그 철벽 어둠에 한줄기 생생한 균열이 생겼다. 봄의 선구자 종달새처럼 시대의 어둠을 뚫고 세차게 솟아오른 종철의 푸른 넋, 그의 사십구재에 벌어진 대행진 이후 석달 사이에 산발적으로 부딪치던 항쟁의 무리는 눈덩이 붇듯 불어나 거대한 에너지로 성장했다. 오늘의 대행진은 깨느냐 깨지느냐, 한판 승부의 대회전이 될 것이란다. 말과 글, 이론과 상상으로만 존재하던 역사의 전환기가 시방 구체적인 모습으로 저 거리에 나타나 있다. 역사가 만들어지는 거리, 도시는 지금 저렇게 뜨거운 열정으로 자기를 쇄신하여 새로 젊어지고 있는데, 내가 갱년기의 무기력에 사로잡혀 속절없이 늙어만 갈 수는 없는 노릇이다.

무사안일의 늪에 빠진 위기의 사내 한기웅은 실로 오랜만에 눈빛이 예민해진다. 어서 도심의 격전장으로 달려가고 싶다. 벗들은 벌써 거세게 물결치는 대행진의 인파 속에 가 있을 것이다. 그들을 안 만난 지도 한참 오래지. 어서 가자. 얼씨구, 변두리 접장놈 하나 여러 달포 만에 시내 나들이 한번 하는구나. 얼씨구씨구 들어간다.

버스는 이제 경쾌한 속도로 한강을 건너고 있는 중이고 차창으로 몰려들어오는 바람 속에 매캐한 최루탄 가스 냄새가 묻어나기 시작한다. 강을 통과하면 곧 격전장이다.

2

5시 30분, 버스는 삼각지 로터리 못 미친 곳에서 그만 교통체증에 걸려들고 말았다. 서울역 쪽에서 어렴풋이 최루탄 폭발음이 들려온다. 예정시간인 여섯시를 기다릴 것 없이 이미 상황은 벌어진 모양이다. 이러다가 자칫 상황이 다 끝난 다음에 도착하면 어떡하나, 버스가 꿀에 빠진 파리처럼 꼼짝달싹 못하자 기웅은 지하철로 도심지에 진입할 요량으로 버스에서 내린다. 전철역은 가까운 곳에 있었다. 대합실은 사람들로 잔뜩 붐비고 있는데 그 한복판에 웬 중년 사내가 두 팔을 번쩍 들고 뭐라고 고래고래 외치고 있다. 오늘의 시민대회 구호인 "호헌철폐 독재타도"인가? 옳지, 대중선동이구나, 반색하며 얼른 다가가보니, 이게 웬 개밥에 도토리냐. 얼빠진 예수쟁이 하나가 "메밀묵이나 찹쌀떡 사려어!" 하는 행상꾼 곡조로 "예수 믿어 영생, 예수 곧 온다아"를 반복적으로 외치는 중이다.

실망해서 돌아선 기웅은 오줌보가 탱탱 부푼 것을 느끼고 우선 변소부터 들른다. 두 손가락 사이에 잡힌 돌기물은 심지가 빠져버린 듯 멀렁멀렁 매가리가 없고 오줌발 세기도 영 시원찮다. 하복부에 잔뜩 힘을 넣어 쏘아보지만 소변기 속의 둥근 탈취제 덩어리를 튀게 만들기엔 아무래도 역부족이다. 제기랄, 한창때엔 저 흰 공이 큐대같이 꽂히는 오줌줄기를 맞고 따따딱 스리쿠션 치며 돌았는데…… 쪼르륵, 찔끔, 주름진 번데기가 바지 속으로 도로 들어가는데, 아뿔싸, 오줌이 다시 찔끔하면서 바지 앞섶을 적셔놓는다. 허어, 별꼴이야. 이런 궁상이 있나.

변소에서 나온 기웅은 근처의 가판대에서 신문을 사서 오줌 묻은 바지 앞섶을 가리고 플랫폼으로 내려간다. 더운 날씨 탓에 오줌 얼룩은 금방 없어져버렸다. 기웅은 차를 기다리면서 신문을 펼쳐든다. 어디 보자. 요놈의 신문, 뭐 번쩍 눈에 띄는 기사 없나, 뭐 뾰족한 거 없나.

번쩍, 뾰족, 허어, 번쩍했다 하면 대머리요, 뾰족했다 하면 주걱턱인 세상인데, 행여 그런 기사가 있을라구. 요사이 신문이 좀 나아졌다지만 맹탕 싱겁기는 마찬가지야. 이런 생각 하며 신문에 눈을 주는데 별안간 타이틀 하나가 번쩍 튀어나온다. 시위 부상 연대생 중태. 연대생 이한열 군이 머리에 최루탄 맞고 사경을 헤맨다는 것이다. 아니, 이럴 수가!

짙은 눈썹, 내쏘는 눈의 광채. 사진 속의 젊은이는 자신의 친구에게 닥친 죽음이 도무지 믿을 수 없다는 듯이 싱싱한 생명력을 발산하고 있다. 신문을 쥔 손이 부들부들 떨리면서 부지중에 욕이 입밖에 튀어나온다.

"개새끼들, 최루탄이 드디어 사람까지 잡아먹는구먼, 개새끼들!"

이때 돌연 웬 사내 두명이 거의 동시에 좌우 양쪽에서 다가와 바싹 옆에 달라붙는다. 그 순간 머릿속에 휭 찬바람이 일면서 오싹 소름이 끼친다. 양쪽에서 덥석 팔짱을 낄 것만 같다. 그렇게 낯선 두 사내 사이에 끼여 한번은 계엄사, 또 한번은 경찰서 대공과로 갔던 두려운 기억이 생생하게 되살아난다. 그러나 두 사내는 똑같이 갸우뚱 고개를 모로 꼬고 그가 들고 있는 신문지에 시선을 박고 있을 뿐 다른 기색은 없다. 기웅이 혼잣소리로 내뱉은 욕을 듣고 무슨 기사일까 호기심에 남의 신문을 기웃거리는 평범한 시민에 불과한 것이다. 그런데 이 중년의 사내들은 한 대학생에게 닥친 죽음을 보고도 쓰다 궂다 없이 그저 무덤덤한 표정이다. 무슨 일에나 반쯤밖에 관심 없는 도시인 특유의 애매한, 그 구역질 나는 표정. 기웅은 신경질적으로 신문지를 탁 접어버린다.

곧 전동차가 도착하여 승객들을 꾸역꾸역 토해냈다. 삽시에 플랫폼은 들고 나는 사람들로 가득 차 버글거린다. 기웅은 우악스레 떼몰려드는 사람들 틈에 끼여 주춤주춤 차 안으로 밀려들어갔다. 바로 옆에서 갓 여고를 나왔음직한 펑크머리 두 처녀가 앞뒤로 남자들 틈에 꽉 끼였는데, 부끄러워하는 기색은커녕 오히려 재미있다는 듯이 낄낄거린다.

"아휴, 숨 막혀. 내 김밥 터지겠네."

"아이고, 내 순대꾸러미도 터져, 낄낄."

허어, 거참, 맹랑한 계집애들이네. 오늘 무슨 일이 벌어지는지도 모르고 배 속에 똥만 가득 든 것들이야. 등 떠밀려 어렵사리 차내로 들어간 기웅이 손잡이를 붙잡고 휘청거리는 몸을 가누는데 별안간 다급한 음성의 안내방송이 나오면서 승객들이 놀란 듯 웅성거리고, 출입문은 도로 하차하려는 사람들로 다시 혼잡을 이룬다. 무슨 일일까? 한쪽 귀가 절벽이어서, 특히 공명이 심한 확성기 소리에 감이 어두운 그는 서너차례 반복된 방송을 끝까지 듣고 나서야 겨우 무슨 말인지 알아듣는다. '외부 사정' 때문에 종로 5가까지 정차하지 않고 그대로 통과한다는 것이다. 이크, 잘못 탔구나. 동료 문인들의 집결 장소가 서울역 근처인데, 이럴 바엔 차라리 걸어가는 게 낫지. 다급해진 기웅은 뿔난 소처럼 우악스레 사람들을 밀치며 출입구로 돌진했는데 그러나 한발짝 늦었다. 바로 코앞에서 문이 닫히면서 그만 덜컥 문틈에 발목이 잡히고 만다. 그는 덫에 치인 꿩마냥 네 활개를 치면서 꼴사납게 푸드덕거리다가 간신히 발을 뺀다. 발이 단쇠에 덴 듯 화끈거린다.

곧 차가 움직이기 시작한다. 문틈에 끼여 푸드덕거리는 꼴이 여간 가관이 아니었는지, 사람들이 진땀이 솟고 붉어진 그의 얼굴을 바라보며 연방 재미있다고 싱글싱글 웃는다. 그중에 물방울무늬의 블라우스를 입은 여자가 손으로 입을 가리고 쿡쿡 웃다가 그와 시선이 마주치자 미안한 생각이 들었는지 제법 걱정하는 투로 묻는다.

"다치진 않았어요?"

기웅은 대답 대신 멋쩍게 픽 웃어 보이고는 주위 사람들의 짓궂은 시선을 피하려고 얼른 신문을 꺼내든다. 그러나 서로 가슴이 맞닿을 지경으로 사람들이 빼곡 들어찬 공간이라 신문 읽기가 영 마땅찮다.

신문을 코앞에 대고 사팔눈을 만들어 옹색하게 사설란의 활자를 들여다보는데 독한 잉크 냄새만 골치를 때릴 뿐 도무지 활자가 읽히지 않는다. 에이, 읽어봤자 그 소리, 양비론이겠지. 그를 보고 키들거리던 사람들은 어느새 승객 특유의 무표정한 얼굴로 돌아가 있다. 지금 도심에서 무슨 일이 벌어졌는지 내 알 바 아니라는 그 표정이 꼭 요사이 신문 논조를 닮았다. 으이그, 병신들! 화가 치민 기웅이 신문을 꾸겨서 뒷주머니에 찔러넣어버린다. 병신도 가지가지야, 온병신에서 반병신까지 갑을병정 등급이 있듯이 언론들도 저마다 잘난 척 떠들어봐야 도토리 키재기일 뿐이지. 그래도 그중 낫다는 것이 이 신문. 요사이 저항세력의 목청이 높아지니까 슬슬 눈치 보면서 조심스럽게 비판조의 가락을 시험해보는 모양인데, 이는 필경 미국통인 이 신문이 그쪽으로부터 그래도 괜찮다는 귀띔을 받은 게 아닐까? 요전에 실린 만화는 요새 세상에 제법 드물게 보는 걸작이었지.

국회의원　물고문과 소 수입의 진상을 밝혀라.

당국자　두 질문을 합해서 답변하겠다. 우리는 결코 물 먹인 소를 수입한 적이 없다.

그러나 신문의 대체 논조는 기껏해야 여야 둘 다 옳고 둘 다 그르다는 식의 맹랑한 양시론, 양비론이다. 도대체 그걸 정론이라고 할 수 있나, 개떡도 떡이라고 할 수 있나. 과연 독재권력과 억압받는 민중 사이에 중간입장이란 것이 존재할 수 있는가 말이다. 백주에 흉악무도한 날강도가 들어 주인식구를 행랑채로 내쫓고 안방을 차지하고 앉은 판에 둘 다 옳고 둘 다 그르다니!

콩나물시루 속처럼 서로 어깨를 비비며 서 있는 승객들은 방송소리에 반짝 살아났던 생기는 어느새 간데없고 멀지 않은 곳에 벌어지고 있는 오늘의 시위에 대해서 더이상 알 바 아니라는 듯 한결같이 일상의 껍질을 뒤집어쓴 무표정한 얼굴이다. 지금 이 시간에 일상을 깨뜨릴 만한 어떤 일도 일어나지 않았다는 듯이. 이들은 지배권력이 유포한 허위의식에 호도되어 아주 눈이 멀어버린 사람들인가? 전두환이 설파했듯이 어떤 대형 비리사건이 터져도 삼개월이면 까맣게 잊어버리는 집단건망증에 걸리고, 공안사건 뻥 터뜨리면 공포는 빠르게 전염되어 집단염려증에 걸리고, 올림픽 축포를 뻥뻥 터뜨리면 얼씨구나 좋네 집단환각증에 빠져버리는 사람들. 아니면 기껏해야 이 뒷주머니에 들어 있는 신문의 양비론 논조에 길들어 시위도 싫고 최루탄도 싫어하는 정치적 허무주의자들. 이 사람들의 가슴은 이제 더이상 불씨를 일으킬 수 없게 차디찬 재가 되어버렸나? 어이구, 저 백치 같은 얼굴들이라니! 정말 정신 번쩍 나게 귀뺨 한대 갈겨주고 싶다. 저리 어리석으니까 총잡이들이 마냥 대통령 해먹지. 옛날에는 "장래 커서 뭐 될래?" 하고 물으면 "난 대통령 될 거야" 하고 재롱부리는 아기들도 있었는데, 이젠 그런 재롱도 불온스럽게 느껴졌는지 사라져버린 지 오래다.

　허풍쟁이 두 바보가 만나 서로 자기가 높다고 뽐냈는데, 한 바보가 "난 대통령이야" 하니까 다른 바보가 귀뺨을 때리며 "얀마, 내가 언제 너를 임명했어?" 했다는 아이들의 농담도 이젠 불온한 것이 되어버렸다. 어리석은 백성들, 엉뚱한 총잡이 한 놈 또 나타나 "난 대통령이야!" 하고 호령하는데도, "얀마, 우리가 언제 너를 임명했어?" 하지 못하고 그저 유구무언일 뿐이다. 저 사람들 중에는 아무 실속 없이 '나도 중산층'이라고 자처하는 사람이 많을 것이다. 그건 정부와 언론이 입 모아 이 사람들한테 '너도 중산층'이라고 주입한 결과다. 쳇, 나도 만담 하나 만들어볼까. 정부 관리가 달동네의 셋방 한칸에서 다섯 식구를 거느리고 사는 가난한 가장을 만났다.

　　관리　아무래도 전보다 요즘 살기가 나아졌죠?
　　빈민　아무렴요.
　　관리　텔레비전도 냉장고도 있죠?
　　빈민　예, 텔레비전에서 말하는 걸 듣고 나도 중산층이란 걸 알
　　　　　았죠.

　너도밤나무, 나도밤나무가 진짜 밤나무일 수 없듯이, '너도 중산층' '나도 중산층'은 중산층이 아니다. 정치권력의 사술과 자기기만에 이중으로 왜곡된 어리석은 시민들…… 저 완강한 껍질의 무관심, 저 사람들의 참여 없이 과연 싸울 수 있을까? 이번 싸움도 칠

년 전의 '서울의 봄'처럼 무참히 깨어져버리는 건 아닌지.

그런데 뜻밖에도 하행 전철이 휭 바람처럼 지나치더니 그뒤를 따라 돌연 큰 함성이 파도처럼 밀려왔다. 멍청해 있던 승객들이 흠칫 놀라며 눈알을 굴린다. 도심이 아직 멀었는데 웬 함성일까. 함성은 차가 달려갈수록 와락와락 커지더니, 남영역에 들어서자 그 절정에 달했다. 호헌철폐, 독재타도, 반대편 플랫폼에 이제 막 전동차에서 내린 듯한 오백명가량의 남녀 대학생들이 계단 쪽으로 이동하면서 우렁차게 구호를 외치고 있는 것이다. 지하철을 이용한 것으로 보아 동대문 밖에서 출정하는 대학생들임에 분명하다. "군사독재 타도하여 민주헌법 쟁취하자." 기웅은 저도 모르게 불끈 주먹을 쥔다.

차는 예고대로 남영역을 그대로 통과하여 최루탄 가스가 번져 있는 서울역에서 지하로 기어들어갔다.

종로 5가에서 하차한 기웅은 다시 서울역 쪽으로 가는 버스에 몸을 실었는데 한 정거장도 못 가서 매캐한 최루가스 냄새가 날카롭게 콧속을 후벼파기 시작했다. 승객들이 재채기를 참느라고 안색이 금세 핼쑥해진다. 아암, 참으셔야지. 요 매운맛이 바로 우리가 앓고 있는 시대고가 아닙니까? 이렇게 속으로 중얼거리다가 기웅은 내친김에 옆 손님들을 둘러보며 불쑥 한마디 터뜨려본다.

"하아, 거, 얼큰하다. 최루탄 냄새도 오랜만에 맡아보니 반갑네요."

역시 당장 상황은 그들에게도 엄중한가보다. 무슨 해괴한 소리냐고 핀잔먹을까 했는데 도리어 공감의 표시로 빙그레 미소를 보내준다. 그러나 갈수록 최루가스 냄새가 심해져 급기야 버스 안은 온통 눈물 콧물 바람에 재채기 소동이 벌어진다. 제법 호기 부렸던 기웅도 사레들린 사람처럼 연달아 재채기를 터뜨린다.

드디어 격전지에 다다랐다. 연도의 상가는 모두 철시하여 셔터문이 굳게 닫혔는데, 셔터문마다 개헌 요구를 외치는 스티커가 붙어 있다. 버스가 파고다공원 앞을 막 지나쳤는데 좌우 연도에서 돌연 와아 함성을 지르며 시위 학생들이 차도로 쏟아져나왔다. 차량 운행이 일시에 중단된다. 삽시에 차도를 가득 메운 수천의 시위대, 수많은 주먹이 일제히 허공에 불끈불끈 솟고 이구동성 한데 뭉친 우렁찬 목소리, 독재타도, 호헌철폐, 그 장엄한 광경에 몸이 후끈 단 기웅은 발작적으로 자리에서 튕겨 일어나며 명령하듯 소리쳤다.

"애서 내려야겠소, 문 열어주시오."

기사는 차도 한복판인데도 두말없이 문을 열어줬다. 기웅의 뒤로 대학생인 듯한 청년 댓명이 우르르 따라 내렸다. 청년들은 시위대에 끼려고 곧장 앞으로 달려가고, 기웅이 홀로 길 복판에 엉거주춤 서서 어떻게 할까 망설이는데 그때 갑자기 YMCA 쪽에서 따다다 다발탄이 콩 볶듯 잇달아 터졌다. 사방에 물컥물컥 피어난 흰 가스 안개가 삽시에 밑으로 퍼지면서 시위대를 엄습한다. 최루탄에 쫓긴 시위학생들이 썰물 빠지듯 일제히 차도를 비운다. 다소곳이 멈춰 있던 버스들이 다시 엔진 폭음을 일으키며 질주하기 시작하자, 기웅도 쫓기는 학생들 틈에 끼여 인도로 뛰어들었다. 매운 가스를 잔뜩 먹어서 금방 속이 뒤집힐 듯 구역질이 올라오고 눈물이 연방 흘러내린다. 길바닥 아무 데나 쪼그리고 앉아 정신없이 눈물 콧물을 쏟는데 누군가 어깨를 툭 친다. 전경인가? 흠칫 놀라 고개를 드니, 웬걸 거기에 낯익은 얼굴 하나가 나타나서 빙그레 웃고 있지 않은가!

"하하, 한 형, 이거 무슨 꼴이람! 애처럼 길바닥에 앉아 울다니, 하하."

그렇게 말하는 사람 역시 최루가스에 쏘여 얼굴에 눈물이 질펀하다. 기웅이 반색하며 일어나 덥석 그의 손을 잡는다.

"아이쿠, 이게 누구야! 절도사 준상이 형!"

여러 해포 만에 만난 두 사내는 마주 잡은 손을 좀처럼 놓지 못한다. 옛 전우를 만난 듯이 반가워 새롭게 눈물이 팽그르르 감돈다. 서로 안부를 물으면서 그새 얼마나 변했나 눈으로 서로의 얼굴을 더듬는다. 이준상 목사. 그때는 전도사였지. 유신 말년에 우연히 만나 한 일년 너나들이로 어울려 폭음하면서 고문과 옥고에 멍든 서로의 상처를 어루만져주곤 했다. 도시산업선교회 시절의 완강한 투사, 목사가 되면 세속화될까 두렵다고 서른댓살이 넘도록 전도사로 남기를 고집하다가 결국 긴급조치 위반으로 징역 삼년을 살고, 항소이유서에 '긴급조치법'을 점 하나 빼고 계속 '긴급조지법'이라고 써서 항변했고 늦게 얻은 아들에게 '새벽을 선포한다'는 뜻의 '선효'라고 작명해주었단다. 뚝심 좋고 익살맞고, 정말 말리지 못할 무데뽀, 그래서 '전도사' 대신 '절도사'라는 애칭으로 불렸다. 이제 기웅은 거울 보듯이 이 목사에게서 자신의 모습을 본다. 살집 좋던 몸이 많이 축나 홀쭉 야위어 보이고 얼굴 피부가 탄력 잃어 눈 밑에 골이 팼다. 불거진 광대뼈에 숱이 적은 반백머리…… 어느 모로 보나 더운 피 식어가는 갱년기 특징이 뚜렷하다.

그렇게 잠깐 수인사 몇마디 주고받는데, 다시 가까이에서 최루탄이 연달아 터졌다. 연도에 모여 있는 사람들마저 밀어내려는가 보다. 죽음의 재처럼 허옇게 내리덮는 최루가스를 피해 사람들이 허겁지겁 달아난다. 쫓기던 두 사내는 공원 정문 앞에서 잠시 숨을 돌린다. 공원 정문은 굳게 닫혔는데 거기에 '방제 중'이라고 쓰인 종이때기가 붙어 있다. 그걸 보고 이 목사가 코웃음친다.

"흥, 방제 중이라고? 공원 안 식물에 살충제를 뿌리는 중이라 손님을 못 받겠다 이건데, 그럴듯한 거짓말이야. 시위대 집결 장소로 이용될까봐 문 닫아놓구선."

"저번 박종철 군 2·7추모제 때 이 공원에 왔었수?" 하고 기웅이 묻는다.

"좀 늦어서 왔더니만 이내 상황은 끝나버렸더군."

"그때 공원이 원천봉쇄되어 여기 밖에서 산발적으로 시위를 벌였는데 말이유, 이 공원에 단골로 나오는 할아버지들 있잖아, 그분들이 우리 편 들어 지지 박수를 보내니까 아, 글쎄, 전경들이 공원 안에다 최루탄을 마구 까넣더라고. 벌레에게 살충제를 뿌리듯이 말이야."

"순 나쁜 놈들! 노약자들한테 그럴 수 있어?"

기웅은 무심히 담배를 피워물다가 담배연기가 아니라 불길을 삼킨 듯 목구멍이 화끈해서 연달아 기침을 쏟는다.

"가스에 목구멍이 충혈돼서 그럴 거야. 옛날 최루탄이 아냐, 독성이 지독해졌어. 저 최루탄을 필리핀에 수출했다가 너무 독하다고 빠꾸당했다잖아. 얼마 전 아카시아꽃 한창일 때 신촌 근처 야산의 양봉들이 최루탄 가스에 완전히 몰사당했다는구면."

기웅이 피우던 담배를 팽개치고 자못 심각하게 눈살을 찌푸린다.

"살충제의 독성이 강해질수록 그것을 견디는 곤충의 내성도 강해지죠."

"그럼! 진짜 내성이 강한 곤충은 바퀴야. 최루탄이 벌떼, 개미떼는 간단히 죽여도 바퀴떼는 못 죽여. 우린 바퀴떼야. 저놈들도 우릴 바퀴라고 부른대잖아."

"저놈들이 오늘 도시의 바퀴떼를 죄다 밖으로 유인해놓고 와장창 박살하려는 건 아닐까? 칠년 전 '서울의 봄' 때처럼 말이유."

"자넨 피해의식이 여전하군그래. 잊었나, 바퀴가 뭔가, 라꾸까라차지!"

"아, 라꾸까라차! 멕시코 혁명 당시 민병대의 별명이 바퀴, 라꾸까라차였지. 준상이 형, 우리 이렇게 뒷전에서 얼쩡거릴 게 아니라 저 바퀴떼 속으로 끼어들자구!"

"좋지!"

기웅은 이 목사와 함께 다시 버스를 탄다. 의외로 차량 소통이 원활하다. 교통순경이 네거리 복판에 나타나 신호등을 무시하고 손짓으로 교통정리하는데, 보아하니 차량 행렬로 시위대의 도로 점거를 막아볼 심산이 분명하다. 한떼의 전경들이 진 치고 있는 종각 모퉁이를 돌아 순조롭게 달리던 버스는 을지로 입구에 이르자 엉금엉금 기어가기 시작한다. 네거리 연도마다 사람들이 구름처럼 모여 있는데 몇차례 접전이 지나간 듯, 차도에 돌멩이들이 낭자하고 밀가루를 뿌린 듯이 허연 최루탄 분말이 여기저기 흩어져 있다. 연탄 화덕에 머리를 틀어박은 듯 아스팔트 열기와 뒤섞인 최루가스가 눈구멍, 콧구멍을 사납게 공격한다. 버스들이 지뢰밭을 만난 듯이 사뭇 기죽어 조심조심 기어가는데, 저 앞쪽에서 머리띠 두른 수십명의 학생들이 차도로 뛰어들며 격렬한 몸짓으로 구호를 외친다. 그러자 그것을 신호로 와아! 하는 함성과 함께 봇물 터지듯 인도와 골목, 사방에서 학생들이 차도로 쏟아져나왔다. 멈춰 선 버스들에서도 문이 발칵발칵 열리면서 젊은이들이 튀어나온다. 기웅네도 하차해서 인도로 올라선다.

을지로 입구의 네거리 일대를 가득 메운 수천 인파. 오, 드디어 시민들도 가세했구나! 냉담하게 외면하지 않을까 우려했던 '너도 중산층' '나도 중산층' 사람들, 어중이떠중이들, 포악한 장군들 밑에서 만년 졸병처럼 설설 기던 그들이 바로 저기에 나타났다. 무대의 엑스트라가 아니라 주인공으로서 무대의 정면에 나타났다. 그렇다. 학생, 노동자들만 싸운 게 아니다. 두려워 설설 기면서도 저 사람들 역시 나름의 방식으로 상황에 대처해온 것이 아닌가. 적나라한 분노 대신에 수군거리는 냉소 조롱의 언어로써. 냉소와 조롱이 바로 그들이 발견한 무기가 아닌가. 그들은 대학가에서 제작된 유언비어 패러디들을 쉬쉬하며 낄낄거리며 향유하고 전파하면서 충실히 반파시즘의 여론을 조성해온 것이다. 흥, 호헌 좋아하네. 체육관에서 대통령 뽑는 유신헌법도 헌법인가. 발음을 똑바로 해야지. 그건 '헌뺍'이 아니라 '헌법'이라구. 아암, '헌 법'은 '새 법'으로 고쳐야지. 호헌철폐!

장충체육관 출신 주제에 법통을 인정받으려고 미국의 큰형님을 방문한 전씨 부부가 거기에 간 김에 최신 발명품 기계로 지능 테스트를 받아보았다. 먼저 전씨가 기계 아가리에 머리통을 집어넣었는데, 기계가 작동불능의 빨간불이 켜지면서 이렇게 말했다.

"이물질을 넣으면 안됩니다. 머릿속의 돌을 빼내세요."

다음은 이씨가 머리통을 집어넣었는데 역시 작동불능의 빨간불이 켜졌다.

"이물질을 넣으면 안됩니다. 주걱을 빼내세요."

오죽 잘났으면, 전임자들이 감히 못 내던 일본 방문까지 단행했을까. 미국의 큰형님에 이어 일본의 작은형님을 알현하려고 가던 날, 건국 이래 처음으로 서울거리에 일장기가 방만하게 물결치고, 방문일자의 택일도 하필이면 관동대지진의 와중에서 조선인 대량학살이 진행되던 그 역사적 시기에 맞춰 있었으니 과연 그가 머리가 나쁜 것인가, 머리가 너무 좋은 것인가.

레이건, 나까소네, 그리고 전씨. 운명공동체인 이 세사람이 함께 비행기를 탔는데 그 비행기가 엔진 고장으로 추락하게 되었다. 맨 먼저 레이건이 낙하산 배낭을 메고 뛰어내리면서 외쳤다. "세계 평화를 위하여!" 다음은 나까소네가 낙하산 배낭을 메고 뛰어내리면서 외쳤다. "대동아공영권을 위하여!" 마지막으로 전씨가 뛰어내렸는데, 얼결에 등에 멘 것이 낙하산 배낭이 아니라 그냥 군용 배낭이었다. "88올림픽을 위하여!"

이러한 패러디들은 비상한 번식력으로 자꾸 새끼치면서 입에서 입으로 빠르게 전달된다. 두려움 속의 짜릿한 쾌감으로 연방 입

방아를 찧어댄다. 고스톱의 '싹쓸이'가 '전쓸이'가 되고, 밤 9시 뉴스 시간은 시보가 땡 하고 울림과 동시에 번쩍 전씨 얼굴이 나타난다 해서 '땡·전 시간'이 되고 초등학교 아이들마저 어른 흉내 내어 그 얼굴만 나오면 "에이, 재수없어!" 한다. 친구 아들놈은 교실에서 무심중에 "에이, 재수없어!" 했다가 어느 짓궂은 애한테 걸려들어 "너 담임한테 이를 거야" 하고 겁주는 통에 아이스크림을 사주고 달랬는데, 그후에도 걸핏하면 "너 담임한테 이를 거야"를 들먹거리면서 아이스크림을 뺏어먹더란다. 비겁하고 어리석게만 보였던 저 시민들, 결국 그 어리석음은 가장된 어리석음이었다. 그 가장된 어리석음이 지금 저 포악한 자를 어리석은 어릿광대로 만들어버리고 있는 것이다.

때는 위기임에 분명하다. 독재자는 용하다는 점쟁이 말을 듣고 조폐공사에 명령하여 십원짜리 동전 뒷면의 다보탑 안에다 전에 없던 불상을 집어넣고 제발 덕분 살려달라고 축원을 올린다. 과연 부처님이 그 작자의 더러운 욕망을 충족시켜줄까?

인도마다 가득 넘쳐나는 시민들, 이제 그들은 차도를 점거해 시위를 벌이는 학생들을 향해 잘한다고, 멋지다고 응원의 박수를 열심히 보내는 중이다. 시위대의 함성이 길 양 연도의 고층빌딩 벽에 반향하여 엄청난 부피로 부풀어오르자 그는 내장을 훑는 듯한 뜨거운 감동에 몸을 부르르 떤다. 학생들이 연도의 시민들에게 함께 구호를 외치자고 유도한다. 아무렴, 우린 게임 구경하며 박수나 치는 관객이 아니지! 저 거대한 집단의 아우성에 내 목소리도 한몫 끼워넣어야지. 그런데 어쩐지 어색해서 입이 얼른 떼어지지 않는다. 옆에서 이 목사가 먼저 구호를 외치는 걸 듣고서야 비로소 목구멍이 트인다.

서먹서먹해서 입 열기를 주저하던 연도의 시민들은 학생들의 격려를 받으며 음치 첫 노래 배우듯 떠듬떠듬 구호를 따라 하더니 곧 당당하게 요구의 제 목소리를 내기 시작한다. 직선개헌 독재타도. 그런 중에도 유별난 사람이 꼭 있게 마련인가보다. 바로 앞에서 장사치인 듯한 한 중년 사내가 고집스레 독자적 구호를 외치는데 "직선제건 곡선제건, 내가 낸 세금이나 돌려달라"이다. 아암, 그것도 좋지. 멈춰 선 버스들도 옆구리에 구호 스티커를 붙이고 요란하게 경음기를 울리며 시위에 가담한다. 용광로 쇳물처럼 펄펄 끓어넘치는 수천 인파, 허공에 힘차게 내뻗는 수천의 굵은 팔뚝들, 수천의 목소리가 버스 경적 소리와 함께 고층빌딩 벽을 강타하고 그 높이보다 더 높이 치솟아올라 푸른 하늘을 찌른다. 너무도 꿈같은 상황이라 어쩐지 불안스럽다. 혹시 이게 함정이 아닐까? 도시의 구석구석 숨어 있는 바퀴떼를 이렇게 도심 한가운데 유인해놓고 와장창 작살내려는 건 아닐까?

아닌 게 아니라, 흉측하게 생긴 시커먼 가스차를 앞세우고 엄청 많은 수의 전경대가 차도를 가득 메우고 몰려온다. 투구와 방패의 무리들, 과연 로마군단처럼 무시무시한 형용 그대로다. 로마가 지배하는 세상이다. 로마가 지배하는 곳에는 민중이 발붙일 땅이 남아 있지 않다고 하지 않았는가. 몇몇 젊은이들이 추기경을 찾아갔단다. "추기경님, 로마에 들어가주세요." "바티칸이 무슨 힘이 있겠나." "그게 아니고요……" 추기경은 금방 그 말의 뜻을 눈치챘다.

로마에 들어가 예수처럼 로마군사에게 잡혀달라는 뜻이었다. 추기경은 한숨을 토하면서 또 담배를 피워물었다. 요즈음 그는 담배 피우는 횟수가 부쩍 늘었다.

가스차가 기괴한 울음소리와 함께 페퍼포그를 토하고 대밭에 불붙은 듯 타닥타닥 최루탄이 연달아 작렬한다. 안개처럼 허옇게 밀려오는 독가스 연막. 시위 군중은 삽시에 살충제 세례를 받은 바퀴떼처럼 이 골목 저 골목 떼몰리며 뿔뿔뿔 숨기에 바쁘다. 그러나 학생들은 다르다. 워낙 가스에 내성을 키워온 투지만만한 그들인지라 좀처럼 물러설 줄 모른다. 독재에 대한 불굴의 항체로서 존재해온 그들은 평소 단련된 전투실력을 오늘 이 도시 한복판에서 유감없이 발휘해보고 싶어한다. 쌍방간에 치열한 접전이 벌어져 전위에 나선 학생들이 격렬한 동작으로 돌팔매를 날리기 시작하자 흩어졌던 군중이 다시 바퀴떼처럼 바글바글 모여들고 주춤했던 구호 외침이 다시 두 발 차고 우렁차게 일어난다. "라꾸까라차!" 무심코 기웅의 입에서 외마디 탄성이 튀어나온다. 아무렴, 그 무엇으로도 이 바퀴떼를 박멸하지 못한다. 숨었다가 나타나 치고 빠지는 유격전의 명수, 바퀴! 번식력은 또 얼마나 좋은가! 살충제 따위가 뭐람, 방사능에 피폭되어도 살아남는 게 바퀴야. 그 집요한 생명력으로 부패한 독재와 싸웠던 멕시코 농민군의 별명이 그래서 바퀴였다. 라꾸까라차! 라꾸까라차! 전사들이 전진한다. 이 마을 저 마을 지나…… 연도의 시민들이 연방 보도블록을 깨뜨려 학생들에게 던지라고 건네준다. 이 목사도 어느새 그들 중에 끼여 있다. 자욱한 가스 연막 속에 돌팔매가 빗발치듯 날아간다. 사람들은 토끼처럼 눈이 빨개져 연방 눈물을 철철 흘리면서도 매운 가스를 악착같이 견뎌낸다.

연도의 고층빌딩들 유리창에도 성원 보내는 얼굴들이 풍년 감 열리듯 주렁주렁 숱하게 열렸다. 절대 이석하지 말라는 상부의 엄명을 받고 억울하게 건물 안에 갇혀 있는 화이트칼라들이다. 어떤 사무실에선 오발탄이 유리창을 뚫고 들어가 터지는 바람에 핑계에 잘됐다고 밖으로 쏟아져나와 시위대에 합류해버린 화이트칼라들도 있다. 그런데 저게 뭘까? 바로 옆 빌딩의 높다란 고층에서 난데없이 긴 꼬리를 단 흰 물체들이 잇달아 지상으로 떨어진다. 축제의 테이프처럼 화려한 궤적을 그리면서. 보아하니 화장지뭉치다. 높은 허공에서 두루마리가 풀리면서 낙하하는 화장지들은 긴 꼬리를 끄는 살별떼처럼 와르르 쏟아진다. 빵들도 쏟아진다. 정말 아름답네, 아름다워! 길 위의 사람들이 빌딩을 올려다보며 박수갈채를 보낸다. 사랑해요, 사랑해요. 기웅도 그 화장지로 매운 코도 풀어보고 빵 조각도 씹어본다. 벅찬 감동에 목이 멘다. 정말 이렇게 맵고 독하고 눈물나고 가슴 뻐개지는 감동의 축제가 또 있을까. 아까 그 사내는 다른 사람들보다 더 흥분하여 덩실덩실 춤추듯 사람들 사이를 누비는데 여전히 독자적인 구호를 고집하며 "내가 낸 세금 돌려달라"라고 노래한다. 아암, 그것도 좋지, 좋고말고…… 내가 가르치는 녀석들도 방위성금 내라니까 "방위성금으로 또 최루탄 살 텐데요!"라고 볼멘소리로 불평했지. 고것들, 아주 제법이야!

이때 맞은편 인도에 있던 한 청년이 돌연 시위대와 전경대 사이, 비어 있는 중립의 공간에 뛰어들었다. 아니, 위험한데 어쩌자고 저

럴까? 그 청년이 아스팔트에 무릎을 꿇고 두 손을 모아 기도하는 자세를 취하자 돌팔매 날리던 학생들이 잠시 주춤한다. 무엇을 기도하는가? 무탄무석을 주장하는 어정쩡한 중립의 평화주의자인가? 둘 다 나쁘다고 주장하는 맹랑한 양비론자인가? 천만에, 이것은 결코 양보할 수 없는 싸움, 먹느냐 먹히느냐의 중대한 싸움이야. 최루탄에 굴복하여 간단히 진압되어버릴 시위라면 애당초 벌이질 말아야지. 돌팔매질로라도 최루탄을 제압해야 한다. 전경대의 방벽을 무너뜨리지 않고 어떻게 적 진영의 핵심에 도달할 수 있는가. 곧 한 학생이 얼른 뛰어가 무릎 꿇고 있는 그 청년을 일으켜세워 인도 쪽으로 내몰아버린다.

다시 치열한 공방이 벌어져 허연 독가스 연막을 뚫고 새까맣게 돌들이 날아간다. 돌세례에 견디다 못한 전경대가 마침내 옆길로 후퇴한다. 통쾌한 함성과 박수 소리가 터져나오는데 배후에서 다른 전경대가 또 나타났다. 전경대의 대오가 아스팔트 위에 위협적인 발굽 소리를 내며 구보로 달려오더니, 기웅이 서 있는 바로 앞에서 우뚝우뚝 멈춰 선다. 얼른 봐선 시위 학생들과 다름없이 어리고 예쁜 모습이다. 그러나 다음 순간, 지휘관의 명령에 따라 빠른 동작으로 방석모를 벗고 방독면을 쓰자, 그 예쁜 모습들이 그만 흉측한 괴물로 변해버린다. 연도의 시민들이 최루탄을 쏘지 말라고 목청껏 연호한다.

"쏘지 말라! 쏘지 말라!"

"너희들은 대한민국 백성 아니냐? 동참해라, 동참해라."

그러나 최루탄은 어김없이 터진다. 벼락 치듯 잇달아 터지는 폭발음. 아까 후퇴했던 전경대도 정면에 다시 나타나 맹공을 퍼붓는다. 양쪽에서 협공당한 시위대는 독가스에 더이상 버티지 못하고 우르르 무너져버린다. 사방으로 골목 찾아 달아나는 학생들을 향해 최루탄을 던지며 백골헬멧의 체포조가 무섭게 쫓아간다. 독가스 연막 속에 사로잡힌 기웅은 숨이 꽉 막혀 물에 빠진 심 봉사처럼 눈도 못 뜨고 허우적거리다가 아무 데나 구석진 데 머리를 처박고 연방 밭은기침을 토해낸다. 간에 천불이 난 듯 괴롭다. 얼마 동안 눈물 콧물을 정신없이 쏟고 나서야 간신히 눈이 뜨인다. 보아하니 그게 무슨 의지가 된다고 가판대 앞에 기웅 자신을 포함해서 대여섯명이 서로 엉겨붙어 캑캑거리는데 매에 쫓긴 꿩새끼들마냥 머리를 틀어박고 꽁무니를 쑥 뺀 꼴이 참 가관이다. 그런데 이런, 내 머리가 어디에 들어가 있나. 말타기놀이할 때처럼 머리가 앞사람의 궁뎅이 밑에 틀어박혔는데 하필이면 그게 청바지 입은 젊은 여자다. 이런 낭패가 있나. 이 목사는 어디로 휩쓸려가버렸는지 보이지 않는다.

시위대가 물러난 차도는 어느새 오고 가는 차들로 가득 차버렸다. 인도 여기저기에 한데 엉겨붙어 캑캑거리며 죽을상을 하고 있던 시민들이 간신히 숨을 돌려 목을 뽑는데 다시 최루탄이 머리 위에서 터진다. 기웅은 달아나는 사람들 틈에 끼여 필사적으로 허둥대다가 그만 독가스에 못 이겨 길바닥에 털썩 주저앉았다. 백골단의 악다구니가 무섭게 귀청을 때린다. 저놈들한테 잡히면 어떡하나! 다시 몸을 일으켰으나 눈물이 마구 쏟아져 앞이 안 보인다. 눈 감은 채 한 손으로 건물 벽을 더듬으며 소경 그믐밤 가듯이 비척비

척 걸어간다. 그러다가 무슨 철판 같은 것에 머리를 꽝 부딪쳤는데, 깜짝 놀라 눈을 문지르고 보니, 바로 코앞에 전경의 방패가 떡 가로막고 있지 않은가! 이크, 목이 저절로 자라목처럼 쑥 들어간다. 롯데호텔 쪽으로 못 가게 일단의 전경들이 길목을 막고 있는 것이다. 얼굴에 뒤집어쓴 방독면이 흉측맞고 우악스럽다. 그러나 그들은 완강한 벽처럼 요지부동으로 서 있을 뿐, 반백머리의 중년 사내인 그를 어찌하지는 않는다. 얼른 몸을 돌려 바로 옆에 입 벌리고 있는 지하도로 내려갔다.

반대편 지하도 입구로 나온 기웅은 다시 서울역 쪽으로 가는 버스를 탔는데, 거기에서 요행히 해직기자 친구를 만난다. 일년 전만해도 술자리에 자주 어울리던 친구다. 녀석은 여러해 찬밥 먹어 궁기 든 얼굴인데 도무지 상황에 어울리지 않게 한 손에 부채까지 들려 있어 꼭 시골 농부 행색이다. 그가 반갑다고 한다는 소리가 사뭇 핀잔조다.

"야, 그동안 왜 코빼기도 안 보였어? 난 네가 아주 이민 가버렸나 했지, 쯧쯧."

기웅도 질세라 웃음엣소리로 한마디 튕겨본다.

"허허, 짜식, 그건 웬 부채여, 뚱딴지같이. 그걸 부치면 최루탄 가스가 날아가나? 같잖게 부채나 들고선, 꼭 소풍 나온 시골 영감 꼴이야, 낄낄낄."

"시골 영감, 바로 그거야. 아까 백골단한테 잡혔는데, 데모하는 아들놈 찾으러 댕긴다니까 두말없이 놓아주데. 하하하."

"하하하, 너 혼자 나왔냐?"

"여럿이 같이 있었는데 아까 그 북새통에 그만 나 혼자 낙오된 거야."

이 친구 역시 80년 5월 직후 언론사에 불어닥친 대량 해직 선풍의 희생자이다. 해직되기 얼마 전 5·17 있고 며칠 후의 일인데 내가 늦게까지 폭음하다가 그만 통금시간에 쫓겨 근처에 있는 이 친구의 신문사에서 하룻밤 신세를 진 적이 있었다. 그날이 마침 친구의 야간 당직이어서 그렇게 되어버린 것이다. 그냥 곱게 쓰러져 잔 게 아니라, 숙박값을 하느라고 한바탕 고래고래 노래 부르면서 주정을 부렸다. 물론 친구가 주정의 대상은 아니었다. 그때는 이미 이 친구가 신문 제작 거부의 집단행동에 뛰어들 결심을 굳히고 있었으니까. 하여간에 아무 일도 일어나지 않았다는 듯이 광주학살에 대해 한마디도 하지 않는 신문, 그 침묵은 분명 범죄였다. 인사불성되게 취한 나는 텅 빈 편집국이 온통 떠나가라고 혼자 악을 쓰고, 친구는 텔렉스에서 찍혀나오는 외신을 받으며 말릴 생각도 않고 빙글빙글 웃기만 했지. 어둡고 괴로워라 밤이 길더니…… 그 노래만 죽어라고 반복해서 부른 것인데, 제풀에 지쳐 나가떨어질 때까지 거의 반시간 동안이나 악을 썼던 모양이다. 이튿날 새벽, 술 덜 깬 얼떨떨한 상태로 혼자 신문사를 빠져나오다가, 밤사이에 투입된 무장계엄군 두명이 일층 현관문 좌우에 버티고 있는 것을 발견했지. 혹시 나를 덜컥 붙잡지 않나? 태연한 척했지만, 그 서슬 퍼런 총검 사이를 통과하자니 정말 가슴이 오그라붙는 듯했어. 아, 절대 암흑, 검은 공포의 계절, 우리들의 분노는 형편없이 위축되어 있었어. 취중에 제 입에서 무슨 말이 튀어나올까 두려워 술을 삼가고 일찍일찍 집에 들어가버리는 축들도 있었지. 그후 얼마 안되어 이 친구는 해직과 함께 일년 징역을 살기 위해 떠나고, 나 역시 그 못난 소설책 때문에 까인 이마 또 까이는 격으로 또 한차례 끌려가 곤욕을 치르지 않으면 안되었지. 그들이 때린 매의 효과는 매우 정확했어. 칠년 세월 흐른 지금, 세상은 그 공포를 이겨내려고 저렇게 헌걸차게 일어나고 있는데 나는 아직도 공포의 기억에 사로잡혀 소심하게 머뭇거리고 있지 않은가.

그때 버스가 급정거하면서 바로 눈앞에 명동 입구를 통해 홍수 터지듯이 수백명의 학생들이 한덩어리가 되어 왈칵 쏟아져나와 세찬 급류같이 차도를 가로질러 달린다. 학생들이 차도를 건너 미도파 옆길로 뛰어드는데 그뒤를 바싹 백골단이 쫓아간다. 이리떼에 쫓긴 얼룩말떼의 질주처럼 혼신을 다한 줄달음질이다. 너무 아슬아슬하여 기웅은 숨이 턱 막힌다. 백골단이 던진 사과탄이 바로 머리 위에서 마구 터지고, 달리다 넘어지는 학생들, 뜀질이 느려 뒤처진 여학생들, 그 낙오자들을 향해 백골단이 무섭게 덮친다. 저런! 저놈이 처녀 머리끄덩이를 잡고 휘두르네!

버스는 한 정거장도 채 못 가서 다시 시위현장에 걸려든다. 신세계백화점 앞이다. 앞 버스들이 회차하는 걸 보고 기웅은 친구와 함께 차에서 내려버린다. 타닥타닥, 다발탄 터지는 소리. 최루탄이 유리창을 뚫고 쳐들어갔는지, 버스 한대가 차창으로 모락모락 가스 연기를 뿜어내고, 승객들이 허겁지겁 양쪽 출구로 쏟아져나온다. 기웅은 거기서 우연히 젊은 시인 세명을 만났지만 독가스에 눈물겨워 서로 인사 수작이 변변치 못하다. 그중에 재질이 돋보이기는 역시 김의경, 요새 읽은 그의 시 중에는, 부잣집 아이가 이천원을 훔쳤을 때는 그것은 범죄가 아니라 장난거리로 취급되고 이틀 굶은 가난한 아이가 그것을 훔쳤을 땐 도둑이 되어 형무소에 간다, 하는 내용이 들어 있었다. 유전무죄, 무전유죄. 기웅은 한때 대학 선배랍시고 그 앞에서 이것저것 아는 체 목에 힘주곤 했었다. 그러나 요 이년 사이에 후배는 필화를 입어 학교에서 해직당하고 옥고까지 치른 빈틈없는 투사가 되었고 선배는 전보다 더 쪼그라들었다. 회식자리에서 같은 곡이라도 '늙은 투사의 노래'와 '늙은 선생의 노래', 후배와 선배가 선택하는 가사가 다르다.

쌍방간에 팽팽한 힘의 균형을 이룬 가운데 싸움이 진행되는 듯 하더니, 얼마 후 다른 전경대가 뒤에서 나타나 시위대의 후미를 덥석 물어버린다. 시위 군중이 일시에 무너지면서 산지사방으로 튀어 달아나고 그 와중에 기웅은 기자도 시인도 잃은 채 학생시위대 속에 휩쓸려 남대문시장 안으로 피신한다. 시장 안에서 이 골목 저 골목에 학생들이 잔뜩 몰려서 눈물을 쏟으며 잠시 숨을 돌린다. 시장은 철시되어 가게마다 셔터를 내리고 노점 가판대들도 비닐천을 덮고 고무줄로 얼기설기 묶어놓고 있지만 여기저기에 학생들을 위해 떠놓은 양동이물이 있어 이곳 상인들의 시국관을 짐작할 만하다. 그런대로 몇군데 좌판이 벌어져 아낙네들이 눈물 콧물을 연방 훔치며 허기진 학생들에게 떡, 김밥, 과일 따위를 팔고 있다. 하기는 병정들 주둔한 곳에 주보아줌마가 없을 수 없지.

그러나 전경대는 악착같이도 시장 안까지 쫓아들어왔다. 골목 입구에 각목을 들고 서 있던 돌파조 학생들이 후퇴하라고 소리치고,

뒤미처 시장 안으로 최루탄이 무섭게 터진다. 학생들은 서두르지 않고 "질서, 질서" 연호하면서 거기에 발맞춰 침착하게 후퇴한다.

학생들 속에 끼여 덩달아 뛰어가던 기웅은 더이상 따라갈 기력을 잃고 샛길로 빠져버린다. 얼마나 독가스를 들이마셨는지 목구멍도 가슴속도 화상 입은 듯 화끈거린다. 혹시 기관지나 폐에 이상이 생기지 않았을까? 이젠 더이상 최루가스 마시기가 두렵다. 느닷없이 술 생각이 난다. 아무래도 맥주 두어병 듬뿍 들어가야 몸에 전 최루가스를 씻어낼 수 있을 것 같다.

회현동 큰길로 나오니, 거기도 이제 막 큰 싸움이 거쳐갔는지 시위대는 보이지 않고 전경 1개 중대가 돌멩이와 최루탄 분말이 어지럽게 널린 아스팔트 위에 퍼질러앉아 잠시 휴식을 취하고 있다. 멈춰 섰던 버스들도 이때다 싶어 재빨리 달아난다. 기웅은 골목 어귀에 마침 문 열고 있는 간이식당을 발견하고 안으로 들어간다. 맥주를 두병 시켜놓고 우선 한병을 허발들린 사람처럼 단숨에 들이켜는데, 웬 백바가지 헬멧 쓴 자가 불쑥 안으로 들어선다. 손에 방독면까지 들고 있어서 백골단인가 섬뜩했는데 완장 두른 사진기자다. 오종종한 쥐상의 주인사내가 마침 입이 궁금하던 차에 잘됐다는 듯이 한바탕 떠들어댄다.

"원, 세상에. 이런 난장판이 또 있수? 도대체 장사를 해먹을 수 있어야지. 그래도 그렇지 않을 줄 알았는데 말입니다, 그래도 밥에 뉘보다 쌀이 더 많은 줄 알았는데, 아 오늘 보니까 쌀보다 뉘가 더 많더라 이겁니다. 순 폭도놈들."

기웅이 듣다못해 발끈 성을 내고 만다.

"폭도라니, 어느 쪽이요? 최루탄 쏘는 쪽이요, 데모하는 쪽이요?"

느닷없이 오금 박힌 주인이 얼른 그 말뜻을 몰라 어릿두릿 눈알을 굴리는데, 호랑이도 제 말 하면 온다고 바로 그때 돌연 세명의 '폭도'가 술청 안으로 난입해 들어왔다. 머리띠 동이고 손아귀에 돌멩이를 움켜쥔 그들의 사나운 기세에 기웅도 가슴이 섬뜩해진다. 그중 한 대학생이 헬멧 쓴 기자를 백골단으로 오인하고 순간적으로 돌멩이를 쳐들었다가 멋쩍게 씨익 웃으며 팔을 내린다.

"아저씨, 우린 급합니다. 빈 소주병 있는 대로 다 내주세요. 어서요!"

겁먹어 눈이 회동그래져 있던 주인이 얼른 부엌 안으로 기어들어가서 빈 소주병 두상자를 겹쳐서 들고 나온다. 빈 병들을 비닐봉지 세개에 옮겨담고서 학생들은 서둘러 문밖을 나선다.

"병값 얼마죠, 아저씨?"

"뭐, 그까짓 거, 그냥 가져가슈, 허허. 아니참, 고생들 하는데, 소주 몇병하고 안주 좀 싸줄 테니……"

그 말이 끝나기도 전에 학생들은 "고맙습니다"라는 말을 뒤에 남겨놓고 횡하니 밖으로 달아나버린다. 주인은 졸지에 봉변당한 사람처럼 얼빠진 표정이다. 그런데 그 얼빠진 얼굴이 야릇하게 뒤틀리면서 느닷없이 울음이 터져나오는 게 아닌가.

"아이고, 내가 당했네. 저놈의 폭도놈들!"

맥주 두병으로 독가스에 전 목구멍을 대충 가셔낸 기웅은 새로운 입맛으로 다시 시위현장을 찾아나선다. 이번엔 신세계백화점 근처에 상황이 벌어졌다. 회현동 고가도로 근처에서 시위를 벌이던 학생들까지 합류하여 시위대는 아까보다 갑절로 불어났고 분수대 저쪽에 진을 친 전경대도 2개 중대로 증강되었다. 기웅은 다른 사람들 틈에 끼여 상황의 전모를 한눈에 바라볼 수 있게 백화점 앞 화단대에 자리 잡았다. 시위대는 먼저 순서로, 전경의 사정권 밖에서 구호 연호와 노래 합창으로 대오에 질서와 투혼을 불어넣기 시작한다. 먼저 애국가를 엄숙하게 부른 다음, 우리의 소원은 통일, 우리의 소원은 민주, 우리의 소원은 자주를 합창한다. 기웅도 목청 돋우어 따라 부르는데, 뜻밖에 제자놈 하나 나타나 꾸벅 인사한다. 대학 간 뒤에도 가끔 술벗으로 만나는 사이인지라, 이름보다 먼저 별명이 튀어나온다.

"야, 안경테! 이런 데서 만나니까 별루 반갑네, 하하."

녀석의 이름이 양경태인데, 늘 굵은 테 안경을 쓰고 다녀서 기웅이 그렇게 별명을 붙여버렸다. 대학 3년생, 아들뻘 나이지만, 어쩌다 정이 들어 요즘도 종종 만나는 내 소설의 독자이자 신랄한 비판자요, 술벗이기도 하지. 술집도 아니고 약속한 것도 아닌 이런 유별난 장소에서 독가스에 충혈된 눈을 마주 뜨고 얼굴을 대하니 미상불 야릇한 감회가 솟구친다. 그래서 스승과 제자는 싱글벙글 웃으며 서로의 얼굴을 더듬는다.

"선생님 여기 나오실 줄 알았어요. 아까부터 혹시나 하고 두리번거렸는걸요."

"그래? 이따 상황이 끝나면 한잔하지. 우리 둘이 만나면 술밖에 더 있냐."

만나면 늘 하던 짓이 술 먹는 거니까 쾌히 응할 줄 알았는데 녀석은 뜻밖에도 난색을 표한다.

"선생님, 오늘은 아무래도 안되겠는데요. 우린 이 상황을 자정까지 끌고 가기로 했거든요."

"아, 그래? 아암, 싸울 바에야 그렇게 대차게 싸워야겠지."

말은 그렇게 했지만, 기웅의 속마음은 어지간히 불편한 게 아니다. 이 막중한 일에서 아무 역할 없이 제외되어 있다는 소외감.

"선생님, 가봐야겠어요. 나중에 연락드릴게요."

어깨를 긴장시키고 시위 학생들 가운데로 사라지는 제자놈을 바라보며 기웅은 생각한다. 아직은 나도 저 녀석한테 주량이 떨어지지 않아. 그래서 취중에 벌이는 갑론을박도 아직은 백중지세. 녀석은 싸움에 날카로운 예봉으로 나서야 한다고 주장하지만, 나는 튼튼한 후위가 없이 어찌 날카로운 전위가 있을 수 있느냐고 예의 '후위론'을 들먹인다. 녀석은 내가 이론서를 안 읽는다고, 소설에 과학적 인식이 결여되어 있다고 비판하고, 나는 나대로 문학은 과학이 아니다, 이론서를 안 읽는 것은 피아니스트가 손이 굳을까봐 테니스를 안 치는 것과 같다고 둘러댄다. 녀석은 군독, 직개, 정투, 경투 같은 약어가 툭툭 튀는 빠른 말씨를 구사하고 그 말의 속도처럼 비약적인 사회변화를 믿지만, 나는 이렇게 충고한다. 대중이 알아들을 수 있게 아니, 송아지도 망아지도 알아들을 수 있게 군사독재, 직선제 개헌, 정치투쟁, 경제투쟁 그렇게 풀어서 천천히 말해 버릇해라, 구조적 변화는 그렇게 빨리 오는 것이 아니다, 라고. 그러나 보라! 저 청년들의 빛나는 예봉 없이 어떻게 지금 이 광장에 이런 극적 상황이 연출될 수 있는가!

시위 군중은 "우리의 소원은 통일이요, 민주요, 자주"라고 민족의 비원을 노래한 다음, 이제 "어둡고 괴로워라 밤이 길더니 삼천리 이 강산에 먼동이 튼다"라고 민족해방을 고창하기 시작한다. 정말 노래는 어린 송아지라도 부를 수 있게 쉬운 것으로 고른 모양이다. 송아지, 그런데 아주 흉악한 송아지가 있었지. 기웅은 노래를 부르다가 혼자 픽 실소를 터뜨린다. 유신 때, 헌법 제1조가 '대한민국은 민주공화국이다'가 아니라 '대한민국은 민주공화당국이다'로 타락했던 시절, 민주공화당의 마스코트가 바로 송아지였지. 그들의 깃발에도 송아지가 그려져 있었지. 그 얼마나 미운 송아지였던가. 그래서 술자리에서 내 노래 차례가 오면 먼저 그 노래부터 부르곤 했지. 말을 바꾼 동요. 송아지가 바람에 펄럭입니다, 송아지는 우리나라 깃발입니다. 이십년 싸움에 우리는 어느덧 늙어버리고 그때 그 어둠속에 태어난 아기들이 저렇게 훌륭한 청년들로 자라 이 광장의 주인이 되었구나!

드디어 전투경찰이 먼저 공격을 개시했다. 탕탕탕탕 다발탄, 직격탄이 벼락같이 터진다. 파편들이 까맣게 튀고 허연 연기 덩어리가 사방에 물컥물컥 퍼진다. 거리는 금세 최루가스가 안개처럼 자욱하게 덮여 석양빛을 더욱 흐리게 한다. 시위대가 가스에 쫓겨 회현동 쪽으로 후퇴하는데 가판대 뒤에 몰래 숨어 있던 백골단 댓명이 튀어나와 연막에 휩싸인 시위대의 후미를 기습한다. 미리 점찍어놓았는지 한 학생만 악착같이 쫓아가 다리를 걸어 쓰러뜨렸는데, 그러자 달아나던 학생들이 아우성치며 달려들어 동료를 탈환

해버린다. 와, 잘 싸운다! 연도의 시민들이 잘한다고 박수갈채를 보내고, 이에 화가 난 전경들이 시민들을 향해 마구 최루탄을 쏘아 댄다. 다른 사람들과 함께 다시 시장 안으로 쫓겨들어간 기웅은 독가스에 눈멀어 허우적거리다가 그만 노점의 과일 좌판을 엎고 만다. "아이고, 내 수박!" 하고 아줌마가 실색해서 소리친다. 큼직한 수박 한통이 떨어져 깨지고 말았다. 기웅은 깨진 수박값을 물려고 돈을 꺼내다가 내친김에 한덩어리 더 샀다. 학생 몇명을 모아놓고 그 즉석에서 시시덕거리며 수박 회식을 벌인다. 벌겋게 잘 익은 수박의 단물이 목구멍을 태우는 독가스를 시원하게 헹구어준다. 두어쪽씩 먹고 나서 학생들이 하는 대로 흉내 내어 수박 껍질 안쪽으로 화상 입은 듯 화끈거리는 얼굴을 문질러 마사지도 해본다.

싸움은 곧 본격적인 국면으로 치달아 최루탄과 투석의 치열한 공방이 벌어진다. 드디어 화염병이 화려하게 등장한다. 일몰이 가까운 시간, 석양이 비껴 비치는 허공에 잇달아 날아가는 주황색 불꼬리들, 전경들의 발밑에 확확 번지는 불길. 전경들이 당황하여 대오를 흩어뜨리자, 터진 진공에 공기가 빨려들어가듯 때를 놓치지 않고 학생들이 와아, 함성을 지르며 물밀듯이 앞으로 내달았다. 히야! 저놈들 비겁하게 등 돌리고 달아나는 꼴 봐라! 꽁지 빠져라고 달아나네! 기웅의 눈에선 가스 눈물인지 희열의 눈물인지 주체 못하게 철철 넘쳐흐른다.

잠깐 사이에 전투경찰을 시경 쪽으로 쫓아내고 분수대 주위를 점거한 학생들은 아스팔트에 무수히 뒹구는 돌멩이를 줍고 혹은 분수대의 물에 얼굴을 씻으면서 다음 전투에 대비한다. 로터리의 넓은 공간은 잠깐 사이에 시위 군중으로 가득 차 머리들이 빈틈없이 물결친다. 즉석 집회가 열렸다. 군사독재 타도하여 민주헌법 쟁취하자! 내정간섭, 군사독재 지원하는 미국놈 몰아내자! 그렇게 구호를 몇번 고창하더니, 분수대 위에 큰 태극기를 펼쳐놓고 그것을 배경으로 성조기 화형식이 벌어진다. 우렁찬 함성 속에 불에 탄 종이 성조기는 까만 재티가 되어 황혼의 허공 속으로 날아올랐다.

그 장면을 보고 기웅은 본능이 시키는 것처럼 절로 가슴이 섬뜩해진다. 저것이 바로 몇달 전 신문기사에 난 문제의 성조기 화형식이구나! 공개적인 반미는 용공이요, 용공은 곧 패가망신을 뜻하는 것으로 고정관념화되어 있는 그로서는 적이 놀라운 장면이 아닐 수 없다. 한번은 직장 동료와 회식하는 자리에서 물색없이 "미제를 배격한다"라고 취중객담했다가 지레 겁먹어 미제(美帝)를 미제(美製)로 수정하지 않았던가.

얼마 후 전투경찰은 배로 증강된 병력으로 남대문시장과 미도파, 양쪽 방향에서 동시에 밀어닥쳤다. 도저히 감당할 수 없는 무지막지한 화력이다. 아낌없이 분풀이하겠다는 듯이 아무 데나 무차별로 쏘아댄다. 기웅이 급히 몸을 움츠리고 백화점 모퉁이를 돌아 회현동 쪽으로 가는 샛길로 피하는데, 최루탄 한발이 바로 머리 위에서 쾅 터진다. 허연 보자기같이 가스 연막이 머리 위로 확 내리덮자, 그는 숨이 꽉 막히고 당장 가슴이 터져나갈 것만 같은 고통에 휘둘린다. 머리통이 활활 타고 눈알이 뽑히고 내장이 탁 뒤집힐 듯한 무서운 고통. 앞으로 고꾸라질 듯 허우적거리며 달리다가 더이상 못 견뎌 전봇대를 끌어안고 주저앉아버린다. 눈을 감은 채 더위 먹은 개처럼 침을 질질 흘리며 연방 괴로운 신음을 토해낸다. 바로 옆에서 급히 쫓겨가는 발소리들이 어지럽게 들려온다. 발작에 걸린 것처럼 격심한 헛구역질이 일어난다. 백골단이 바로 옆을 지나쳐 달리면서 그중 한놈이 표독스럽게 내쏜다.

"늙은것이 뭣하러 이런 데 얼쩡거려! 집에서 애나 보지."

괴로운 헛구역질 끝에, 마침내 속엣것이 울컥 목구멍을 넘어온다. 토하고 나니 꺼진 전등에 불이 들어오듯 반짝 정신이 난다. 그런데 이게 뭔가? 흠칫 놀라 주먹으로 눈물을 훔치고 다시 보니, 뻘건 핏덩이가 토해져 있지 않은가! 저렇게 많이! 허파가 아주 터져버렸나? 큰일 났구나 하는 생각에 온몸의 기운이 쪽 빠지는데, 문득 생각나는 게 있어 다시 토사물을 들여다본다. 그러면 그렇지. 안도의 한숨이 절로 나온다. 피가 아니라 아까 먹은 수박이야!

기웅은 손수건으로 얼굴을 닦으면서 자리에서 일어난다. 주위는 어두워지는데 회현동 사거리 쪽에서 다시 함성이 일어나고 콩 볶듯 최루탄이 터지는 소리가 들려온다. 뗏말에서 홀로 떨어진 망아지처럼 그의 발걸음이 자연히 그쪽으로 옮겨진다. 흥, 나쁜 놈들! 뭐, 늙은것이 어디서 얼쩡거리고 다니느냐고? 집에서 애나 보라구? 우리 애들이 바로 이 거리에 있어! 오늘도 내일도 모레도 얼쩡거리고 다닐 테다, 왜! 이 거리에 싸움이 끝날 때까지, 느네들이 두 손 들 때까지, 언제까지라도 얼쩡거릴 것이다.

변방에 우짖는 새

[희곡]

때 서기 1898∼1901년

장소 제주도 제주읍과 대정읍

등장인물 오 좌수, 강우백, 이재수, 만성춘, 상절, 채 군수, 최형순, 라꾸우스 신부,

　　　　뮈쎄 신부, 양베드로, 촌민들, 교인들(등장인물은 일인이역 이상으로 해도 무방함)

　이 희곡은 졸작 장편소설 『변방에 우짖는 새』를 각색한 것이다. 원작소설이 사건 중심으로 서술되었다면(원작의 주인공은 인물이라기보다는 사건 그 자체였다), 이 대본에서는 사건들을 극도로 단순화하여 등장인물 속에 육화되도록 배려해보았다. 그런 만큼 나는 이 희곡이 원작과는 다른 별개의 효과를 보여주지 않을까 하는 생각을 품어보기도 한다.

　무대장치에 대한 설명은 소극장 공연의 경우를 생각하여 생략하였다. (이 희곡은 극단 연우무대에 의해 다시 각색되었고 1987년 5월 김석만 연출로 문예회관 소극장에서 상연되었다.)

제1장

(무대 밖에서 함성, 북소리, 징소리 낭자히 터진다.)

소리 1   이방 문주호가 몰매 맞아 죽었다.

소리 2   그 녀석, 목사또와 똥창 맞대고 백성의 재물을 늑탈하더니 어라, 통쾌하다.

소리 3   이번엔 목사또 이병휘를 욕보이라!

소리 4   백성을 속여 백성의 재물을 늑탈한 자가 어찌 관장이라 할 수 있느냐.

소리 5   그놈을 짚둥우리 태워 성 밖으로 내치라!

소리 6   제주 목사 이병휘를 성 밖으로 축출하라!

(함성과 북소리, 징소리와 함께 촌민들이 목사를 짚둥우리에 태우고 등장. 목사는 사모가 우그렁바가지가 되고 관복은 옷고름이 뜯겨 마구 헝클어진데다 매우 겁먹은 얼굴이다. 촌민들은 일부러 비틀거리며 짚둥우리 탄 목사의 혼쭐을 빼놓는다.)

촌민 1   예라꼐라, 길 비켜라! 제주 목사또 행차시다. 예라끼놈, 길 비켜라!

촌민 2   아이고, 무거워 죽겠네. 우리 사또 식성 좋아 왼 제주섬 재물을 넙죽넙죽 잘도 잡숩더니, 그래서 이리 똥창이 무거운가. 아이고, 어깻죽지야, 아이고, 팔이야. 하하하.

촌민 3   쌍통을 보아하니, 주름살 하나 없이 빤빤헌 것이 십년 두 들겨먹은 목탁 같구나.

촌민 4   목사또 냥반, 호사시럽게 가마만 타고 댕기다가 짚둥우리 타니까 기분이 어떻소?

소리 1 쪼그려앉은 꼬라지가 꼭 곯은 달걀 품은 씨암탉일세.

소리 2 탐관을 성 밖으로 내치라, 물 밖으로 내치라!

소리 3 이 화적놈아, 가더라도 먹은 것 게워놓고 가라.

촌민 1 예라쪄라, 길 비켜라, 제주 목사 행차시다. 예라끼놈, 길 비켜라!

   (짚둥우리가 퇴장하자 벽력같은 징소리 터지며 무대는 일시에 어두워지고 촌민들이 강우백, 이재수와 함께 등장하여 갈팡질팡하다가 쓰러진다. 무대가 차츰 밝아오면서 엎드려 있던 촌민들 고개를 쳐든다. 무대 스크린에 세개의 효수된 머리가 조사된다.)

강우백 (비틀거리며 일어나며) 때는 무술년, 제주 삼읍, 즉 제주고을, 대정고을, 정의고을, 온 섬 백성이 들고일어났던 민란은 마침내 끝나고, 민란의 장두들은 저렇게 작두칼에 목 버혀 성문에 걸리고 말았도다. 방성칠, 강벽곡, 정산마……

이재수 아이고, 오싹, 내 목까지 써늘하네. 참으로 처참해서 못 볼로고. 잘린 목 그루터기에다 재를 잔뜩 뿌렸군. 목 자른 다음 독한 재를 멕여사 머리가 도로 몸뚱아리에 붙질 않는다고? 원시상에, 저 노인하르방들이 무슨 도술을 부린다고 죽은 몸이 다시 살아날까. 처참하구나, 처참해!

   (오대현 등장)

오대현 허, 듣던 바대로 모두 환갑을 넹긴 노인들일세. 나도 저 노인들과 비슷한 연배이주만, 저 늙은 육신 어디에서 그런 담대한 용기가 나왔을까? (사이, 관객을 향해) 그러나 우리는 글 읽는 유생 신분으로 민란이라면 극력 반대요. 국가가 혜택을 주어 키우는 것이 글 읽는 선비인데 난리 진압에 못 나설망정 난리에 가담함은 두말할 것 없이 나라님을 거역함이라. 물론 제주 삼읍 온 섬 백성이 들고일어났는디 내가 유생 신분입네 하고 모른 체했다간 냉중에 보복당할 것은 뻔한 노릇, 하는 수 없이 집의 하인 하나를 내보내 참가시키긴 해수다. 허나, 백성들이 참으루 원통한 일이 있어 모였으면 성 밖에 머물러 거듭거듭 눈물로써 하소연해사 옳지, 기어이 성을 범하고 인명을 사상하고 관장을 욕보여 성 밖에 축출했으니 그런 부도한 처사가 어디 있는고? 예로부터 관장은 백성의 부모라고 하는디…… 그렇다고 백성을 침학하여 나라님을 욕되게 한 저 탐욕스러운 목사 이병휘를 두둔해서 하는 소리는 물론 아니오. 난을 일으킨 저 노인하르방들보다 난이 일어나게끔 까탈을 만든 이병휘가 더 큰 죄인인 줄 낸들 왜 모르겠소. 그러나 그것은 어디까지나 국법으로 다스려야지…… 에이, 빌어먹을, 제주 삼읍 중에 하필 우리 대정고을에서 민란이 시작될 게 뭐람, 정말 고을 좌수 노릇 해먹기 힘드네.

이재수 (관객을 향해) 쇤네가 양반집, 그것도 고을 좌수댁 하인으로서 주인 식구를 대신해서 이번 난리에 참례하긴 해수다. 그러니까 한몫의 당당한 장정으로 참례한 것이 못되고 그냥 주인 심부름이나 한 셈입주. 종놈이 어디 사람 축에나 듭네까? (자탄조로) 허어, 내가 남에게 매인 종놈으로서 내 하는 일, 내가 하는 말, 매사가 주인 심부름에 불과하니 제기랄, 어느 제랑 나도 내 말 내가 하고 내 일 내가 하며 살아갈꼬. 그래도 아무리 주인 심부름이주만, 여러날 이리저리 뛰어댕기멍 목청껏 소리소리 질렀더니만 십년 묵은 체증이 탁 뚫리는 것 같습데다. 우리 섬 백성들은 나졸놈 벙거지 끝만 봐도 가슴이 철렁! 쥐덫 내려앉는 듯이 놀라기 일쑤인데 허어, 이번 참에 벙거지 쓴 작은 도적은 물론 목사또라는 사모 쓴 큰 도적까지 백성들 손에 몰매 맞는 꼴을 보니 원 통쾌하기 이를 데 없습데다. 좌수 어른은 죄인은 국법으로 다스려야 한다, 관장은 백성의 부모가 아니냐 하고 씨부리지만 나라에서 탐관오리를 법으로 다스리지 않으니까 백성이 직접 다스리는 것 아니우꽈? 백성의 호구지책을 빼앗아놓고 인륜을 지키라니, 대관절 말이 되는 소리우꽈? 굶주린 호랑이가 원님 알아볼 텍이 없는 거우다.

강우백 (관객을 향해) 아, 우리 젊은 나이가 부끄럽구나! 우리가 저리 연로한 분들께 장두를 맡겨 목숨을 잃게 하고 말았으니. 우리가 젊은 유생으로서 과연 글 읽는 뜻이 무엇인가. 우리 중에는 저 장두어른들이 한라산 화전밭이나 일구어 먹고 정감록 사상이나 믿는 무식한 늙은이라고 흉본 사람도 적지 않았단 말이여. 글 읽는 유생이란 도대체 뭣하는 종내기들이여? 글을 읽어 벼슬하면 이병휘 놈처럼 으레껏 백성의 재물을 늑탈하여 민란의 원인이 되는 것이 유생의 무리가 아닌가. 우리같이 초야에 묻힌 선비라고 떳떳하달 수는 없어. 독서해서 배운 지식을 허구한 날 공리공담에나 허비하고, 관폐를 호소하는 억울한 백성들을 위해 소장 하나 변변히 써보았는가. 입은 까져서

대의명분 운운 좋아하지만 막상 불의 앞에서 모른 체 눈 돌리는 것이 우리 유생 무리여. 비록 만권의 책을 읽었다 한들 실천함이 없으면 허무한 일이여. 제기럴, 내가 이번 거사에 집사로 활동했다고 큰소리치는 것 아니여. 나 말고도 젊은 선비 댓명이 이번 일에 적극 참여했주만, 나부텀도 그렇지 집사일이 뭐 대단한 거여? 통문이나 써주고 장정 모으는 일을 거들어준 것밖에 한 일이 뭐 있어. 내 말은 우리 젊은 유생 중에서 장두가 나와야 옳았단 말이라. 근수깨나 나가는 불알 차고설랑 젊은 것들이 기껏 한다는 것이 저 늙은 장두들을 총알받이로 앞세우고 우르르 몰려댕기면서 소리나 빼락빼락 지르는 것밖에 더 있어? 순전히 남의 굿 보고 떡이나 먹자는 격이주. (사이) 저분들의 죽음은 바로 성인의 죽음이여. 죽음으로써 죽음을 이긴 성인들이여. 저 장두하르방들이 몸 바쳐 나오지 않았던들 우리가 무슨 수로 골수에 맺힌 원한을 풀 것인가. 우리 탐라섬이 수륙 천리 떨어진 변방이라 하여 조정에선 전혀 안중에 두지 않고 버리기를 똥 버리듯 해오지 않았는가. 민란을 일으켜 만백성이 한입 되어 큰 소리로 외치지 않으면 백성의 눈에 고름이 넘쳐도 모른 체, 원성이 하늘에 가닿아도 못 들은 체, 우리 백성들이 바늘같이 여윈 몸에 태산 같은 짐을 지고 날이면 날마다 나라 원망으로 지새우는데 우리가 과연 젊은 유생으로서 독서하는 뜻이 무엇인가.

　(강우백, 이재수, 촌민들, 효수된 머리를 향해 읍한다. 오대현은 외면하고)

만성춘 (노래하며) 살아 살아 살아옵서. 우리 장두님 살아옵서. 죽은 넋 살아옵서. 흰나비로 환생합서, 청나비로 환생합서.

(촌민들과 이재수, 강우백이 "살아 살아 살아옵서"를 후렴한다.)

제2장

강우백 난리 중에 정이월 다 보내고 나니 곳곳에 복사꽃은 만발하여 구름 같고 산빛도 물빛도 고와지는 3월이 돌아왔구나. 무섭게 들끓던 겨울 바다도 이제는 다소곳이 가라앉아, 물오리처럼 떼 지어 물질하는 해녀들의 휘파람 소리 또한 호이호이 한가롭다. 이때 짚둥우리 탔던 이병휘가 파직되고 신임 목사 박용원이 들어왔는데, 무릇 난리 끝에 도임하는 관장이란 대개 어질고 청렴하다는 소리를 듣게 마련이지만, 박용원도 섬 백성의 울울한 심사를 제법 다독거릴 줄 알았것다. 민원에 따라 가혹한 세금의 폐단, 즉 세폐는 크게 시정되었으니, 이 모든 것이 장두들의 거룩한 희생의 댓가가 아니고 무엇이랴. 내가 이번 민란에 집사일을 맡았던 몸이라 잡혀가지 않을까 걱정했더니, 목사또는 더이상 민란의 죄를 묻지 않아 여간 다행이 아니여. (사이) 그런데 난리 후에 우리 젊은 유생들 중에 배를 타고 육지 나들이하는 자가 부쩍 늘어났구나. 그도 그럴 것이 몇해 전에 있은 갑오경장 이후부터는 과거시험이 사실상 유명무실해졌을뿐더러 국가의 법제도를 서양식인지 일본식인지 졸지에 바꿔놓고 국내인은 실무를 볼 줄 모른다 하여 외국인 고문관들을 데려다가 나라 정치를 통째로 맡기고 있는 형편에 주자학을 읽어 무슨 소용이 있겠는가. 관직에 오르기를 바라는 자는 시속을 따라 서울의 개화꾼 신사들과 어울려 외국어를 배우고 실무를 익힘이 급선무일 것이고, 그것도 아니면 아예 육지 장사로 나서서 돈 버는 것만 같지 못하다는 것이 요즘 젊은 선비들의 풍속이것다. 국토는 중병에 걸려 아예 드러누워 있는데 일본, 노서아, 미국, 불란서 등 오랑캐들이 고문관이니 선교사니 하는 것들을 앞세워 갖은 이권을 차지하려고 혈안이더라. 저것 보시오! 도수장에서 소 잡는 광경이오.

　(일본, 러시아, 미국, 프랑스를 상징하는 가면 쓴 인물들이 소처럼 엎드려 기는 촌민을 끌고 나와 도살칼로 각 뜨는 시늉을 한다. 서로 더 많이 차지하려고 다투기도 한다. 이 극중극이 진행되는 동안 강우백의 해설이 계속된다.)

강우백　나라 꼴이 바로 이 지경이우다. 국토의 지혈을 뚫어 금은붙이를 마구 캐가고 울창한 숲을 뭉떵뭉떵 베어내고 있으니 이는 사람으로 치면 혈맥이 끊기고 터럭이 깎임과 한가지인 것이오. 어디 그뿐인가. 조정의 잡류들은 저 오랑캐들의 거간꾼이 되어 갖은 이권을 넘겨주니, 금은보화도 캐가라, 바다의 물고기도 잡아가라, 울창한 숲도 베어가라, 전차 철도 놓고 조선 백성의 쌈짓돈도 긁어가라, 쌀 콩도 가져가라, 게다가 나라 땅 저당잡히고 차관까지 들여오니, 이것이 곧 국가 재정권의 박탈이오. 국가 재정을 줄이라는 말을 달게 들어 수만의 조선 군사를 단 몇백명으로 줄여놓은 반면, 오랑캐 군사들에게 왕

궁 경비를 맡기고 동학의병을 치게 했으니 이것이 곧 군사권의 박탈이 아닙니까. 이러고도 자주요 독립이우꽈? 듣건대 장차 조선에서 일본이 우세해지리라는 소문입니다. 시방 이 제주섬에는 을미사변, 즉 일본의 음모 아래 자행된 민비시해사건에 연루되어 귀양 온 정객이 여럿 있는데, 이 친일파들에게 이 소식처럼 듣기에 상쾌한 것은 없을 것이우다. 일본이 우세해지면 곧 귀양이 풀려 복권이 될 테니까. 이에 부쩍 사기가 오른 귀양객들은 벌써 자유의 몸이라도 된 듯이 제주성 안팎을 맘대로 휘젓고 댕기면서 관광과 술타령을 일과로 삼더니 급기야는 기생첩을 하나씩 꿰차고 신방을 차리기 시작해수다. 목사 또는 이쪽저쪽 눈치 보느라고 모르는 체 방임하고……

만성춘 그러나저러나 시국이 아무럴값에 이 몸이 살아갈 궁리가 막연쿠나. 나 같은 기생퇴물이 살아갈 방도라곤 남의 첩살이를 하거나 웃음 파는 술장시밖에 없으니. 그걸 뭐라고 하더라? 옳지, 갑오갱장! 그놈의 법에 따라 관가 비용을 줄인다고요 몇년 사이에 관가의 하인들을 무데기로 내보냈는디, 그때 나온 관기들이 수십명, 더러 늙은 양반놈 첩으로, 더러는 귀양 온 놈 첩으로 들어가고 술장시, 먹장시로 나가 웃음 파는 년들도 적잖구나. 관기를 면했으면 농사지을 땅뙈기라도 있나, 해변 여자들처럼 물에 들어 잠수질을 할 줄 아나, 배운 짓거리라곤 노랫가락 장단에 뚱깃뚱깃 궁둥잇짓이나 해대고 '아이, 간지럽사와요' 하고 교태 부리는 것밖에 더 있나. 관기 신분은 벗었으나 종년의 신세는 마찬가지, 오히려 퇴기라 하여 더 천덕꾸러기로 취급당하니, 아이고 서럽구나, 종의 몸에 난 일이 서러워라. 삼승할망도 눈멀었지. 그 하고많은 양반년 밑구멍 놔두고 하필 종년의 몸에서 나를 내었던가. 이 몸이 지금은 삯바느질로 근근이 연명하고 있다만 이렇게 배고픈 생활을 언제까지 해야 하나. 배고픈 설움도 설움이지만 이 청춘 나이에 팔자에 없는 생과부 노릇은 더욱 못할 일이여. 밥 배도 고프지만 밤 배도 고프구나.

　　배고픔도 하도나 서러워
　　갓 스물에 여든 난 임 얻으니
　　두 벌 세 벌 물들인 밥을
　　씹어달라고 앙탈이더라

　아이고 나는 싫네, 늙은 양반 첩살이 내사 싫어. 늙은 서방 해서 송장 치우기밖에 더 하나. 그런디 시상 맹랑한 것이 바로 귀양 온 양반놈들이여. 그동안 중죄인답게 얌전히들 지내더니, 올해 들어 급자기 무슨 바람이 불었나, 너도나도 앞다퉈 기생첩을 하나씩 물어들여 신방을 꾸미니 정말 해괴한 일이구나. 목사또 영감은 그런 놈들은 다스리지 못하고 뭣하는 거여. 그중에 제일로 한심한 놈은 내 동무 군자홍이를 첩으로 데려간 최형순이라는 작자라. 머리 뒤꼭지에 피도 덜 마른 서른 살 나이에 돈도 베랑 없는 것이 기생첩을 마련해놓고는 돈 벌어야겠다고 왜놈 장사치 거간꾼으로 나섰는데, 그놈 협잡질에 어리숙한 촌사람 여럿이 놀아나는구나.

오대현   (흥분한 어조로) 어허, 이씨조선 오백년도 이제는 파장이로고. 나라가 키워온 유생들이 이리도 허무하게 몰락하는가. 오백년 동안 나라의 기틀을 삼아온 주자학을 강독하던 유생들의 글방이 어찌하여 이 지경이 되어버렸는가. 재작년만 해도 글 읽는 소리 낭랑하게 들리던 곳이었는데 젊은것들은 새로운 시속을 좇는다고 죄 빠져나가 나 같은 늙은이들만 남더니, 급기야는 더러운 욕까지 당하고 말았구나. 사연인즉슨 비어 있는 글방 중에 하나를 이세직이라는 귀양 온 놈에게 살림집으로 빌려줬던 모양인데, 아 글쎄, 그놈이 거기에다 소년 십여명에 최형순 같은 젊은 귀양객 몇놈을 모아놓고설랑 왜말을 가르치는 강습소를 차리더란 말이여. 왜말을 배우는 목적은 두말할 것 없이 왜놈의 앞잡이, 거간꾼이 되어 이득을 취하자는 것 아니여. 그래 노기충천한 이규항 훈장이 벼락같이 달려가서 호령하기를, 여기가 어딘데 감히 왜말을 가르치느냐, 여기는 오백년 나라의 기틀로 삼아온 주자학을 강독해온 성스러운 전당이여, 어린것들을 데려다가 왜놈 몽구리로 만들려고 하느냐, 왜말을 가르치라고 집을 빌려준 바 없으니 당장 나가라 했더니, 아, 적반하장도 유분수지, 그 친일도배들이 당장 벌떼같이 달려들어 이 훈장에게 몰매를 때리더란 말이여. 나중에 우리 유생들이 몰려가 놈들을 글방에서 내쫓고, 목사또 동헌에서 한바탕 떠들썩하게 송사를 벌이긴 했으나, 허어, 도무지 분이 풀리지 않는구나. 호강에 겨워 똥을 싼다더니 나라에 죄지어 귀양 온 놈들이 호강하며 거들먹거리는 꼴이라니 참말로 눈꼴시어 못 볼 노릇이여! 귀양 온 놈들이 기생첩을 꿰차고 살림을 차리지 않나, 왜놈 장사치들과 왜말을 지껄이며 거간꾼 노릇을 하지 않나, 그중에 최형순이란 자가 소문난 협잡꾼이렷다!

이재수 (급히 뛰어들며) 저기 봅서. 왜놈들이 성안에 들어와수다.

강우백 아니, 저것들이? 무슨 일이 일어났나. 이십여명이 모두 칼을 차고 들어오네!

이재수 시방 포구에 머구리배 열두척이 들었는디, 바로 그놈들입주. 관광구경 나왔다구 마씸.

오대현 뭐, 관광? 더러운 왜몽구리놈들 같으니! 여기가 어딘데 감히 칼을 차고 이 엄중한 성안엘 들어와?

만성춘 저녀러 웬수놈들 때문에 해변 백성들 다 굶어 죽게 생겨수다. 저놈들이 잠수기를 갖춘 저 머구리배로 해변을 쓸어 미역 전복 소라를 흥청망청 잡아가버리니, 물안경 하나밖에 없는 제주 해녀들이 어찌 살 수 있었습니까.

이재수 저놈들이 우리 미역밭, 전복밭을 빼앗더니 이제 우리 안방 꺼정 더러운 발로 들어와?

　　(촌민들 꽹과리 치며 등장)

촌민 1 왜놈들이 성안에 침범했다. 모두들 나오시오. 모두들 나오라. 저 왜놈들을 내쫓아라.

　　(촌민들과 함께 강우백, 이재수, 만성춘, 돌팔매질하면서 퇴장, 함성 소리)

오대현 허허, 거참, 죽자사자 도망치는 꼴 보기 조오타. 돌에 대구
빡 터져 벌겋게 피투성이여. 허, 그것참, 통쾌하다! 참말로 여
러 해포 만에 가슴이 탁 트이는구나. (퇴장)

제3장

뮈뗄 주교 이제 천주교 박해의 시대는 막을 내렸습니다. 지하에 숨
어 조선 교회를 창설한 지 어언 백여년, 그동안 네번의 큰 박해
를 받아 우리 불란서 신부 네명을 포함하여 수많은 순교자의
피가 이 땅을 적셨습니다. 이 명동 대성당은 지난 5월달에 순
교자의 거룩한 피 위에 세워진 것입니다. 하늘을 찌를 듯이 우
뚝 솟은 종탑과 웅대한 성전, 낭랑한 종소리가 복음을 싣고 온
장안에 울려퍼지기 시작했으니, 오오, 천주교의 영광된 승리
임이여! 재작년에 마지막 박해자인 대원군의 부인이자 국왕의
모친인 민 부대부인을 마침내 이 손으로 영세시켰으니 이것
도 우리의 승리요, 작년 국왕이 국호를 대한제국으로 바꾸고
스스로 황제라 칭할 때 뿔랑시 공사와 내가 우리 법국 나라서
나뽈레옹 황제의 대관식 절차를 가르쳐주어 그대로 거행하도
록 했으니 이것도 역시 우리의 승리입니다. 그러나 그보다 더
큰 승리의 전리품은 바로 이것입니다. 이것은 조선 국왕이 우
리 천주교 신부들에게 발급한 패스포트로서, 천주교 신부들을
'여아대'하라는 왕의 칙령이 적혀 있습니다. '여아대'란 '국왕
인 나와 같이 신부를 대우하라'는 뜻입니다. 그러니 이 패스포

트는 우리에게 치외법권을 보장해주고 있는 것입니다. 전국의
사제들, 법국 신부 사십명과 조선 신부 열명은 모름지기 이 패
스포트를 최대한으로 이용하여 우리 천주교의 교세 확장에 심
혈을 기울여야 할 것입니다. 지금까지의 우리의 승리는 시작
에 불과합니다. 앞으로 이 조선국 방방곡곡이 천주님이 다스
리는 나라가 될 때까지 천주님의 용맹한 십자군으로서 우리는
이 성스러운 싸움을 멈추지 말아야 할 것입니다. 끝으로 멀리
절해고도인 제주도로 건너가 복음의 씨앗을 뿌릴 라꾸우스 신
부와 뮈쎄 신부에게 주 예수의 강복이 있기를! 아베마리아.

제4장

라꾸우스   최형순 씨, 이번 우리 두 신부가 거처할 집을 매입하는
　　데 수고가 참 많았어요.

최형순   천만의 말씀 다 하십니다. 워낙 이 제주섬 인심이 야박해
　　놔서 가는 곳마다 서양사람에게는 집을 팔 수가 없다고 거절
　　하니 어쩔할 도리가 있어야지요. 두 신부님 말씀대로 제 명의
　　로 계약을 해놓았습니다만.

뮈쎄   이곳 주민들이 그렇게 완고하고 배타심이 센 줄은 미처 몰랐
　　어요.

최형순   전교하시는 데 상당히 애를 먹을 것 같습니다. 더욱이 지
　　난해 난리를 치른 뒤라 아직도 민심이 뒤숭숭합니다.

라꾸우스   뒤숭숭한 민심이 오히려 전교하는 데는 좋지요. 탐관오

리의 등쌀에 시달리는 백성들이야말로 바로 우리가 품 안에 거둬들여야 할 어린양들이지요. 일단 우리 품 안에 들어온 백성은 관에서 함부로 다루지 못해요. 최형순 씨! 이것이 뭣인지 아시오?

뮈쎄   (득의만면한 표정으로 여권을 꺼내며) 나도 갖고 있소. 이것 보시오. 이것은 '천주교 신부를 여아대하라'는 국왕의 칙령이 명기된 패스포트요.

라꾸우스   암행어사 마패보다 더 권력이 센 것이오.

최형순   (놀라서 혼잣소리로) 어이구, 저것이 바로 소문난 여아대 마패로구나!

라꾸우스   비록 죄인일지라도 교당에 일단 들어오면 관에서 못 잡아가요.

뮈쎄   천주교 신부는 치외법권을 가지므로 교당 또한 치외법권 지역이 되는 것이오.

최형순   (여전히 놀란 표정으로) 아, 아, 그런 식으로 전교하면 교인 수가 삽시에 눈덩이 불어나듯 하겠습니다.

라꾸우스   (엄숙하게) 요사이 이 고장 사또들과 그 밑에 아전들의 행패는 어느 정도인가요?

최형순   글쎕니다. 난리를 치른 뒤라 모두들 백성들 눈치 보느라고 아직은 이렇다 할 폐단은 없는 듯합니다만.

뮈쎄   그러면 안되는데…… 탐관오리의 폐단이 좀 있어야 전교하기가 좋은데…… 그래도 찾아보면 억울한 사람이 더러 있을 거요.

최형순 (비위 맞추며) 아, 물론 있을 겁니다. 제가 찾아보지요.

라꾸우스 그리고 최형순 씨, 이 섬에 귀양 온 양반이 모두 몇이나 됩니까?

최형순 저까지 해서 모두 열한명입니다.

라꾸우스 그럼 최형순 씨는 먼저 그들에게 전교하시오. 불우한 처지에 있는 양반들이라 분명히 우리 천주교의 권세에 의지하려고 할 겁니다. 말 잘하고 유식한 양반들이 들어와야 전교에 도움이 되니까.

최형순 여부 있겠습니까. 억울하게 이 물 막힌 섬에 들어와서 장차 죽어 나갈지 살아 나갈지 모르는 우리 귀양객들이야 지푸라기라도 붙잡고 싶은 심정이지요.

뮈쎄 지푸라기라니! 우리 법국을 그렇게 과소평가하시오?

최형순 아, 제 말은 그런 뜻이 아니고……

뮈쎄 듣건대 유배 온 양반들이 장차 일본이 득세할 것이라는 낭설을 믿고 거기에 기대어볼 궁리를 하는 모양인데, 그건 매우 잘못된 생각이오. 지금 조선땅에 들어와 있는 사대 강국 중에서 오히려 유리한 것은 우리 불란서 쪽이오. 국왕은 특히 우리 불란서를 좋아해서 정부 요직에 우리 나라 출신 고문관을 많이 채용하고 경의선 철도 부설권도 허락해주었을 뿐만 아니라, 최근에는 우리 불란서에 차관까지 요청하고 있지 않소.

라꾸우스 그건 뮈쎄 신부님의 말이 옳아요. 우리 불란서 동양함대는 중국 상해 근처에 머물고 있는데 만약 조선에 분쟁이 발생할 때는 단 하루 만에 제물포항에 출동할 수 있게 되어 있소.

최형순 (머리를 조아리며) 예예, 여부 있겠습니까.

라꾸우스 그리고 최형순 씨는 내 밑에서 복사로 일할 사람이니 빨리 영세를 받아야 해요.

최형순 예, 신부님. 교리문답편을 외우고 있는 중인데 거진 끝나갑니다.

라꾸우스 그럼 모레가 주일이니까 그때 꼭 영세를 받도록 하시오.

최형순 명심하겠습니다, 신부님.

제5장

촌민 1 어허, 변괴로다, 변괴여. 이 무슨 불길한 징조런가. 금년 들어 2월달부터 겨울바람이 음침하게 불어제끼더니만 멀쩡한 개들이 하나둘 병들어 미치기 시작했구나.

만성춘 한달 새 온 제주성 내의 개들이 다 발광하고 말았는디, 미친개에 물린 자가 수십명, 거진 한달 동안 제주성 내는 왼통 미친개 세상이었구나. 사람들은 무서워 바깥출입을 못하고, 밤이면 개들이 떼 지어 다니며 울부짖는 소리에 잠을 설치기 일쑤이고 개들이 인적 끊긴 텅 빈 대로 한길을 맘대로 싸댕기면서 사람 그림자만 보아도 무섭게 달려들고 저들끼리 물어뜯어 죽이기도 하니, 어허, 개들이 인간을 상대로 반란을 일으켰는가.

촌민 2 이것은 다름 아닌 바로 요사이 이 섬에 들어온 눈 푸르고 머리 붉은 서양놈들 때문이여. 천주교인가 뭔가 하는 서양귀신이 들어와서 섬땅을 동티 낸 탓이여. 온 섬 껄렁패들이 교당

에 몰려드는구나. (징을 치면서) 어허, 잡귀야 잡신, 서양귀신
물러가라, 쑤어나라, 쑤어나라. 요놈의 잡귀야 잡신, 물 넘어가
라, 산 넘어가라. 네 고향 찾아가라, 쑤어나라, 쑤어나라.

만성춘 미친개에 물린 사람들은 당장 즉사하기도 하고 나중에 병
독이 나타나 개 짖는 소리로 컹컹 울부짖으며 죽어가니, 광견
병으로 미쳐 죽은 자가 스무명이 넘는구나. 백마리 넘는 미친
개들이 총 맞아 죽고 저절로 죽어 그 시체가 거리에 즐비한데
아, 이번엔 그 미친개의 광증이 다른 가축에 옮아붙었구나. 미
친말이 사람을 물어 해치고, 고양이가 제 꼬리와 발을 뜯어 먹
고 죽고, 미친소가 천방지축 내달려 벼랑 아래 떨어져 죽고, 머
리 꼭대기에 꼬리 달리고 코끝에 눈 달린 돼지새끼가 시장에
나오니, 참으로 야릇하고 해괴한 일이구나.

촌민 3 어허, 온 섬에 광기가 가득 찼네. 개가 미치고, 미친개에 물
려 사람이 미치고, 가축이 미쳤으니, 장차 산천초목도 미쳐 벌
겋게 흉년 들고 말 거여. 질병이 크게 번지고, 제주 삼읍에 다
시 난리가 터질 거여.

촌민 2 (징 치며) 어느 놈, 어느 잡귀가 이 섬땅을 동티 내었느냐.
눈 푸르고 머리 붉은 예수라는 서양잡귀가 이 섬땅을 동티 내
었구나. 헛쉬, 쑤어나라! 헛쉬, 쑤어나라. 잡귀야 잡신, 서양귀
신아, 어서 썩 물러가라. 좋은 말 할 때 썩 물러가라. 안 물러가
면 네놈을 꽁꽁 묶어 무쇠상자 속에 집어넣어 제주 바다 깊은
물에 던져버릴 테다. 헛쉬, 쑤어나라. 물러가라, 잡귀야 잡신.
물 건너 고향 찾아가라. 헛쉬, 쑤어나라.

제6장

강우백 (쫓기면서 등장) 휴우, 저 교인놈들, 간신히 따돌렸네. (사이) 그러나저러나 맨날 이 모냥으로 쫓겨 도망만 댕길 수도 없는 일이고, 어떡하나. 한해가 바뀌어 제주 목사가 갈리니, 멀쩡하던 이 몸이 졸지에 죄인 신세 되었구나. 신임 목사 이상규란 놈이 뜬금없이 재작년 민란 때 일을 들춰내서 나처럼 집사로 일했던 사람들을 잡아들이라고 포박령을 내렸단 말이여. 그래할 수 없이 법국 신부의 도움을 받아보려고 교당에 잠시 몸을 의탁했더니, 아, 이건 보니까 성당이 아니라 불량배 소굴이 아닌가. 그런 교를 어찌 믿나. 그래 교당을 뛰쳐나왔더니, 아 글쎄, 이번엔 저것들이 나를 배교자라고 낙인찍고 잡아다 때릴 궁리를 하지 않나. 포졸에게 쫓기고 교인에게 쫓기고, 허어, 내가 영판 안팎곱사등이 신세가 되어버렸네.

　　(양베드로 등장)

양베드로 어이, 강우백이, 강 처사!

강우백 (흠칫 놀라 돌아보며) 웬일인가. 자네도 날 잡으러 왔는가?

양베드로 강 처사! 무슨 말을 그리 섭섭하게 하나? 아, 교당 일이 왜 이 지경이 되어버렸는지…… 강 처사, 제발 부탁일세. 마음을 돌리게. 제발……

강우백 하여간 내 결심은 요지부동이니 그런 줄 알게. 내가 관에 쫓기는 몸으로 자네 말 듣고 잠시 교당에 의탁했지만, 그런 미신에 한눈판 일 생각하면 몸서리나느니!

양베드로 미신이라고?

강우백 교리책에 쓰인 말과 실지가 영 딴판이더란 말이라. 교인이
란 것이 천주십계를 열심히 지킬 생각은커녕 도리어 욕되게
허니, 그런 개망나니들이 천당 가는 교라면 난 죽어서 지옥불
에 떨어질지언정 그런 교는 못 믿어. 어장이 안되려면 해파리
만 끓는다더니, 시방 교당이 그 꼴 아닌가. 왼 섬 심술패기, 몽
니꾼들이 신부의 권세에 의지해보려고 다 모여들었으니, 시방
교당이 불량배 양성하는 소굴이지 어디 예배 보는 성당인가.
신부란 자들은 그저 무슨 수를 쓰든지 간에 교세를 늘릴 생각
뿐, 불량교인을 교화하기는커녕 도리어 행패를 조장하고 있지
않은가.

양베드로 (머리를 두 손으로 싼 채 괴로워하다가 힘없는 목소리로) 우
백이, 난들 왜 이런저런 사정을 모르겠나. 그러니까 이렇게 애
원하는 게 아닌가. 이런 때일수록 자네 같은 명망 있는 선비가
남아서 도와주어야 옳지 않은가.

강우백 이미 때는 늦었네. 신부들이 어디 우리 말을 반푼어치라도
들어주던가. 최형순 따위 귀양 온 협잡꾼들 말만 듣지. 특히 자
네는 여러번 신부들과 다툰 줄 아는데, 아무 소용 없지 않던가.
자, 나는 이제 내 갈 길을 가네. (퇴장)

양베드로 (절망적으로) 아, 우리 교당이 왜 이 지경이 되어버렸는
가. 이것도 하느님의 뜻인가.

　　(비틀거리며 퇴장)

제7장

(촌민들 단조로 노래 부르며 등장)

촌민들 물로야 뱅뱅 돌아진 섬에

      삼시 굶어 일을 하여

      한푼 두푼 모았더니

      세금값으로도 부족하며

      이어싸나 이어싸나

(교인들이 반대편에서 등장하여 난폭한 춤을 추며 촌민들을 압도한다.)

교인들 천주를 믿으라. 만물을 창조한 주인이시며 오직 하나이신 천주를 믿으라. 안 믿으면 지옥에 떨어져! 이 책 속에 진리가 있어. 책값은 좁쌀 두되, 좁쌀 두되!

(교인들 책 한권씩 억지로 맡기고 춤추며 퇴장)

촌민 1 아이고 원, 시상에. 찢어진 창구멍이나 바름직한 종이때기 몇장 묶어놓은 걸 억지로 맡기고 좁쌀 두되를 내라니, 천벌 받을 놈들.

촌민 2 이 흉년에 양식 떨어져 산나물로 연명하는디 좁쌀 두되라니!

촌민 3 저놈들 앞에선 사또도 전당 잡힌 촛대모냥 까딱 못하고,

촌민 4 포졸이 잡으러 오면 교당으로 뛰어들어가 신부의 보호를 받으면 그만, 밖에서 붙잡히더라도 다른 교인들이 신부를 앞세우고 뒤쫓아와 뺏어가면 그만,

촌민 1 교당에다 형틀, 채찍, 곤장은 물론 구류간까지 설치해설랑 수틀리면 마을 백성 끌어다 매질하고 구류 살리고,

촌민 2 남의 집 처녀, 아낙네를 푸대쌈해가질 않나,

촌민 3 강제로 남의 빚 받아주고 사례금 챙기질 않나, 밤중에 작당해서 남의 소를 끌어다 잡아먹질 않나,

촌민 4 술을 공짜로 얻어먹고 그 갚음으로 한바탕 주정을 부리지 않나,

촌민 1 제집 조상제사를 폐지하여, 하늘같이 모시는 부모 위패를 땅속에 묻어불고, 그 대신 코 크고 머리 붉은 양놈을 신부니 뭐니 해서 제 애비로 삼아 모시니,

촌민 2 어, 그뿐이여? 제집 제사 없앤 것은 물론이고 친척집 제삿날 찾아가 제상을 엎어버리는 개아들놈이 어디 한둘인가.

촌민 3 낫살깨나 먹은 축들은 그래도 얌전한 편인디, 젊은것들이 저렇게 물불 안 가리고 날치니, 원!

촌민 4 왼 섬 부랑자들이 다 모여들었으니 오죽해여.

  (이재수 등장)

이재수 아니, 그 손에 든 것들 뭐우꽈? 에이구, 또 그놈의 교리책이로구나.

촌민 1 (통곡) 아이고, 재수야. 정말 애통터져 못살로구나. 어쩌다 우리가 저놈들한테 문서 없는 종노릇하게 되었는가.

촌민 2 저것들이 작년만 해도 동네 어른 말이라면 듣는 시늉이라도 했는디……

이재수 저것들이 작년 그 미친갯병에 걸려 실성한 게 틀림없수다.

촌민 3 느 말이 맞다. 정신이 온전하고서야 저런 짓을 할 리가 없주. 서양귀신에 걸려들어 미친 거여.

이재수 미친개는 몽둥이로 때려잡아사 합네다. 에이, 성질나서 못 배기겠네. 난리는 이럴 때 안 나고 어느 때 나는 거여? 난리 한번 되게 터져 저놈들을 그냥 제주 바다에 쓸어넣어버렸으면 씨원하겠는디, 에이 답답이야.

촌민 1 말만 하면 뭣해, 입만 아프주. 그런디 강 처사가 교당에서 나왔다는 소문이 있는데 그게 사실이여?

이재수 나오긴 나왔는디 교인놈들이 그이를 배교자라고 보복하려드는 바람에 숨어댕기는 모양입니다.

촌민 3 허어, 그 똑똑한 젊은이 병신 다 되네. 자, 날도 어두워가는디, 들어들 가지.

이재수 아니, 잠깐만 계십서. 실은 오 좌수 어른이 심부름 보내서 이렇게 찾아와수다. 좌수어른께서 보리밭 김매는 일 도와달라고 마씸. 삯꾼 한 열다섯 사서 초닷새, 초엿새 양일간에 몰아서 밭일을 해치울 모양이우다.

촌민 2 그 어른 일이사 얼마든지 도와드리고말고.

　　　(촌민들 모두 고개를 끄덕이며 승낙한다.)

촌민 3 오 좌수가 우리 대정고을 좌상어른으로 제법 고을 백성을 생각할 줄 아는 분이여. 이번 흉년에도 좁쌀 스무섬 내어 빈민 수십명을 먹이지 않았나.

촌민 2 그런디 재수야, 넌 장개 안 갈 생각이냐? 좌수어른이 고을 백성을 생각할 줄은 알아도 자기 집 하인 장개보낼 생각은 못하는 모양이로군.

이재수   장개가라고는 하시는디…… 제 생각에 아직 때가 이른 것 같아 마씸.

촌민 1   느 올해 몇살고?

이재수   스물 마씸.

촌민 1   스물이면 적은 나이냐, 아직 때가 이르다니?

이재수   나같이 남의 집 종살이 신분에 얼굴도 이렇게 박박 얽은 곰보인디, 시집올 비바리가 어디 있으까 마씸?

촌민 3   아따, 벨소릴 다 하네. 얽긴 얽어도 그만하면 느 얼굴 밉상은 아니여. 그리고 느가 종놈, 종놈, 하는디 종이라고 씨가 따로 있는 것 아니여. 잘되고 안되고는 다 자기 할 탓에 달린 거주. 더욱이 너는 대대로 문서에 박혀 있는 종도 아니고, 병든 홀어미를 뫼시고 먹을 것 없어 남의집살이하는 것 아닌가?

이재수   그 말씀 정말 고맙수다. 실은 제 생각도 바로 그것입주. 주인이 보내주는 종놈의 장개는 절대로 안 갈 작정이우다. 지금 이 모냥으로 대책 없이 장개를 갔다간 멀쩡한 처자식꺼정 종노릇시킬 게 뻔한 일 아니우꽈. 나는 나대로 내 힘으로 장개갈 작정이우다. 독립해얍주.

촌민 1   허, 거참, 기특한 생각이여.

촌민 3   너같이 총맹하고 부지런한 아이야 어디 가 무얼 한들 못해 낼 것 있겠느냐.

이재수   고맙수다. 저어, 이거 잘된 일인지 안된 일인지는 모르쿠다만 실은 제가 이번에 좌수어른 댁을 나와서 관청 심부름 하게 돼수다.

촌민 4 관청 심부름?

이재수 좌수어른께서 이왕 하인으로서 심부름할 바에야 큰물에
서 놀라고 저를 우리 대정고을 관노로 올려줘서 마씸. 글을 조
금 읽을 줄 안다고 사또영감님 밑에서 심부름하게 되었습주.

촌민 3 아이구, 우리 재수 잘되었제. 느가 벌써 똑똑한 값 하는구나.

촌민 1 재수야, 부디 명심하라이. 사또를 모신다고 맘보가 교만해
지면 안된다. 느가 할 일이 사또 심부름이주만, 달리 생각하면
그것이 고을 백성의 심부름이기도 하니, 관청에 송사 간 억울
한 백성 괄시 말고 잘 접대해사 헌다.

이재수 예, 꼭 명심하쿠다. 이거, 내 말만 하느라고 너무 지체되어
수다. 조심해서 가십서.

촌민들 잘 가게. (퇴장)

제8장

(촌민들 망태 메고 민요를 부르며 등장)

촌민들 동지섣달 긴긴밤에
임 없인 살아져도
삼사월 긴긴해에
점심 없인 못 살레라

촌민 1 자, 어서 가보세. 한라산 도토리나무숲까지 반나절 길이여.
굶고는 못 살아, 도토리라도 따다 먹어야지.

촌민 2 보리 익을 철은 멀고 양식은 떨어져, 허어, 어쩌다 우리가 도토리 먹는 다람쥐 신세가 되었나.

촌민 3 저기 오는 거 재수 아니라? 관청 문서 전달차 제주성에 댕겨오는 모냥이여. 무슨 소식 있나 들어보주.

촌민 2 하따, 그 아이 걸음도 빠르다. 제주성까지 팔십리, 우리 걸은 사람 종일 걸릴 길을 반나절에 댕긴다 해여.

　　(이재수, 관노 복장에 행낭 메고 급히 등장)

이재수 (급한 어조로) 서울서 봉세관이 내려와수다, 봉세관이.

촌민 1 봉세관?

이재수 사또께 가서 빨리 아뢰야 하니 여러 말 할 시간이 없수다. 봉세관이라고, 임금님이 보내신 마패 찬 어사또인데, 지금까지 없던 세금 새로 맹글어 박박 긁어간댄 햄수다.

촌민 2 아니, 거 무슨 소리라? 세금을 새로 맹글어 걷는다니!

촌민 3 지금 내는 세금도 무거워 죽을 지경인디, 이 숭년에 새로 세금을 맹글어 거둔다고?

　　(촌민들, 걸음을 재촉하는 이재수 뒤를 쫓아가며 연신 질문하면서 퇴장)

제9장

　　(강봉헌, 무대 뒤 상단에 위치하여 관객을 향해 준엄하게 말한다.)

강봉헌 나는 왕명을 받들고 온 봉세관 강봉헌이오. 오랜 흉년과 난리로 왕실의 재정이 피폐하여 나라의 기틀이 누란지경에 처해 있소. 그리하여 이번에 신설되는 세는 피폐한 왕실 재정을 충당하여 왕실의 존엄을 높이고 국가를 탄탄한 반석 위에 올려놓기 위한 것인즉, 사람마다 기꺼운 마음으로 일호도 누락됨이 없이 기한 내에 납부해주길 바라겠소. (마패를 보이며) 이것은 국왕께서 내리신 마패요. 봉세관을 거역함은 곧 국왕을 거역함임을 명심하시오.

(강봉헌이 단에서 내려오면, 신부들과 교인들이 등장하여 맞이한다.)

강봉헌 일전에 약속한 대로 세금을 매기고 걷는 일, 두가지 다 교인들에게 맡기도록 하겠습니다. 이 일을 맡는 교인들은 특별히 세를 면제해드리겠습니다.

라꾸우스 정말 고맙습니다. 우리 교인들이 이 소식을 들으면 매우 좋아할 것입니다.

강봉헌 제주 삼읍 통틀어 마을 수가 대략 이백여개가 되는 모양인데, 집세일 볼 사람도 그 숫자는 되어야 하겠는데요.

최형순 그 점 염려 마십시오. 지금 우리 교인 수가 영세자 이백삼십명에다 예비자 칠백명 모두 합쳐서 천명가량 됩니다. 으흠, 워낙 우리 단체가 세녀서 어떤 놈도 감히 대들지 못하지요.

강봉헌 그것참, 포교 일년 만에 교인 천명이라니 대단한 성과입니다그려. 그렇잖아도 이 섬에서 세금 때문에 난리난 것이 바로 재작년 일이라 큰 걱정이더니 참 잘되었습니다.

최형순 이번 사업은 아무 지장 없이 착착 잘 진행될 겁니다. 우리 편에 임금께서 내려주신 마패가 둘씩이나 되지 않습니까. 우리 신부님들이 갖고 계신 여아대 마패와 봉세관님의 마패, 이렇게 마패가 둘이니 못할 일이 없습죠. 처녀 불알이나 못 만들까……

뮈쎄 하하. 참 좋은 사업이에요. 봉세관님도 좋고 우리 교당도 좋고, 그것을 조선 속담으로 무엇이라고 했지요? 오오, 누이 좋고 매부 좋고!

    (모두들 손뼉 치며 웃음을 터뜨린다.)

강봉헌 두분 신부님, 주교 각하와 뻴랑시 공사 각하께 편지 쓰실 때는 제 얘기도 몇자 적어주세요.

라꾸우스 예, 그거야 어렵잖습니다. 잊지 않겠습니다.

    (모두들 떠들고 웃으며 퇴장)

제10장

오대현 허어, 동서고금 천지에 이리 혹독한 세금벼락이 또 있나. 게다가 교인패놈들이 봉세관을 등에 업었으니, 설상가상에 엎친 데 덮쳤구나. 그 하나는 교당의 폐요, 그 둘은 세금의 폐해라. 교폐와 세폐에 시달리는 불쌍한 흉년 백성 참으로 안팎 곱사등이 신세로다. 어찌하면 좋을꼬. 내가 고을 백성을 대표하여 사또를 보좌하는 좌수로서 날이면 날마다 들어오는 백성들의 피맺힌 하소연에 몸둘 바를 모르겠네. 법국 신부놈들이 사또 상투 위에 올라타앉은 판국에 관권이 무슨 소용 있나. 개 때릴 부지깽이만도 못한 것이 관권이여. 어허, 오늘도 관청 마당은 억울함을 호소하는 백성들의 통곡 소리가 낭자하구나.

(촌민들, 호곡하면서 등장)

촌민 1 아이고, 좌수어른, 우린 다 죽게 되어수다. 세금벼락 맞아 다 죽게 되어수다.

촌민 3 한라산 넓은 들판에 세금벼락 떨어졌소. 들판에 마소를 놓아먹인다고 목장세, 황무지를 일궈 밭 갈아먹는다고 장전세. 해변 쪽 땅은 돌이 많아 이삼리 길 걸어다니며 억새뿌리, 찔레 덤불 캐어내고 목장의 말똥 소똥으로 거름한 밭, 장전세가 웬말이오?

촌민 2 삼림세라고 해서 솔밭에 세금 나왔소. 초가지붕 이는 띠풀에도 세금, 뜰안의 귤나무, 유자나무, 감나무에도 세금 나왔소.

촌민 4 조상 무덤 지키는 구부러진 소나무에도 세금이오.

촌민 1 호별세라고 집 칸수를 헤아려 매기는데 '간'자가 붙은 것은 대문간, 헛간은 물론 뒷간까지 세금이 붙었소.

촌민 2 소, 말, 돼지, 개, 닭에도 세가 나왔소. 죽은 병아리에나 세가 없을까, 계란에도 세가 붙어 계란이 열개면 다섯개가 세금이오.

촌민 3 해변 포구에는 어망세, 물고기 열마리 잡으면 다섯마리가 세금이오.

촌민 2 산천초목이 다 세금난리 만났소. 기는 짐승, 나는 짐승, 헤엄치는 물고기도 다 세금이오.

촌민 1 세금 징수하는 교인들이 세금을 멋대로 올리면서 뇌물을

298

받아처먹고 있소.

촌민 2 마을 바깥의 수백년 묵은 노송들은 임자 없는 나무라고 그 놈들이 잘라다 팔아먹고 있소.

촌민 4 신당을 파괴하고 당나무를 베어버리고 있소.

촌민 3 교인놈들만 살판나고 우린 다 죽게 생겼소.

　　　(오대현, 죄인처럼 고개를 떨어뜨리고 촌민들은 맥없이 바닥에 주저앉는다.)

오 좌수 (비감해서 혼잣소리로) 이씨조선 오백년도 이제는 파장이로고. 작년 정월 초에 큰 혜성이 나타났지. 꼬리가 대빗자루같이 생긴 혜성 셋이 나란히 나타나 동북방 하늘을 쓸고 갔어. 옛말에 혜성은 임금의 악정을 꾸짖어 하늘이 내리는 재앙별이라고도 하고 혜성이 나타나면 수년 내에 큰 난리가 일어나 그 빗자루 같은 꼬리로 사악한 무리를 쓸어낸다고 했거늘……

　　　(오 좌수가 비틀거리며 퇴장하면 바닥에 주저앉은 촌민들 한맺힌 민요를 부른다. 촌민들은 다음 장까지 무대에 남는다.)

제11장

　　　(교인들 십자기와 도끼를 들고 등장)

최형순 (교인들을 향해) 모두들 내 말 들으시오. 오늘 우리는 이 신당의 고목나무 귀신을 퇴치하러 온 것이오. 이 제주섬은 여편네들이 미신에 미쳐 마을마다 당귀신을 모시지 않은 데가 없으니, 그 수가 수백을 헤아리고 있소. 오죽 믿을 게 없으면 고

목나무를 믿느냐 이거요. 그러니 우리는 저 무지몽매한 여편네들을 참된 신앙으로 이끌어주어야 합니다. 이 고장 사람은 당나무를 조금이라도 해쳤다간 재앙이 내린다고 믿고 있는 모양인데, 절대 그렇지 않다는 걸 우리가 오늘 이 자리에서 똑똑히 보여주어야 합니다. 알겠소?

교인들 예!

최형순 자, 그럼 시작하시오!

교인 1 막상 손을 대자니 몸이 으스스 떨리는디……

교인 2 이럴 줄 알았으면 탁주나 한사발 먹고 올걸.

교인 3 최 복사님, 저렇게 수백년 묵은 나무인데, 정말 귀신이 없으까 마씸?

최형순 이 작자들 정말 한심하네. 사탄을 무찌르는 하나님의 군사가 그리 신앙심이 약해서 쓰나. (십자기를 흔들며) 사탄은 이 십자기만 보면 도망가게 되어 있어요. 내가 이 마을 저 마을 돌며 그곳 교인들을 데리고 당나무를 쓰러뜨린 것이 벌써 여섯개여. 재앙은커녕 쥐뿔도 없었다구. 저 나무는 그저 재목감으로 좋은 늙은 팽나무에 불과하다고. 무슨 신령이 있고 귀신이 있다고 그래? 저 나무를 베면 꿩 먹고 알 먹는 거지. 미신타파도 될뿐더러 우리 교당 짓는 데 좋은 목재도 얻을 수 있지 않나. 자, 시작하시오.

교인 1 그러면 최 복사님, 주모경이라도 한번 큰 소리로 외우고설랑 일을 시작합주.

최형순 조오치.

(교인들 꿇어앉아 주모경을 합창한 다음 십자기를 든 최형순의 뒤를 따라 '와' 함성지르며 샛길로 뛰어든다. 곧 나무 찍는 소리가 들려오고 쓰러져 있던 촌민들 화들짝 놀라 일어났다가 계속되는 나무 찍는 소리에 맞춰 고통스럽게 몸을 뒤틀면서 쓰러져간다. 촌민들의 쓰러짐은 나무의 쓰러짐을 상징한다. 잠시 후 촌민 2가 징을 치면서 일어나고 징소리에 맞춰 뒤따라 촌민들이 분노에 찬 얼굴을 쳐들며 일어나기 시작한다.)

촌민 1 (노래, 촌민들 후렴) 살아 살아 살아옵서. 우리 할마님, 살아옵서. 죽은 넋 살아옵서. 살아옵서. 살아 살아 살아옵서. 팽나무 그늘 아래 수백년 좌정하여 마을 백성 돌보시던 우리 할마님, 살아 살아 살아옵서. 죽은 혼 살아옵서. 살아 살아 살아옵서. 이날 운수 불운하여 무도한 잡귀 만나 뜻밖에 죽임을 당했으되, 살아 살아 살아옵서, 죽은 넋 살아옵서.

제12장

(이재수가 관노 복장에 행랑 메고 바삐 등장)

이재수 (외치며) 오늘 아침 법국 신부가 제주성 감옥을 파괴했소. 법국 신부가 감옥을 파괴하여 죄인을 탈취해갔소.

(촌민들 무대 양쪽에서 달려나와 이재수를 둘러싼다.)

촌민들 거, 무슨 소리여. 법국 신부놈이 어쨌다고?

이재수 (바삐 걸음을 옮기며) 비킵서. 빨리 사또께 보고해사 합네다. 법국 신부놈이 교인패를 이끌고 제주성 감옥을 파괴해서 죄인을 놓아버렸단 말이우다.

(촌민들, 경악한 표정으로 이재수를 따라 퇴장)

제13장

(촌민 1, 2, 3이 함께 등장하면 맞은편에 촌민 4가 나온다.)

촌민 4 어디를 그리 바쁘게 가는가?

촌민 1 재판 구경 가는 길이라.

촌민 4 재판이라니?

촌민 2 이 사람 아직 물정 모르는 모냥이로고. 어젯밤에 오 좌수
가 자기 첩을 교인놈한티 빼앗긴 사건 모르나?

촌민 4 아니, 오 좌수 첩이?

촌민 3 아전 노릇 하는 그 최제보라고 교인놈 있지 않어. 그놈이
오 좌수 첩을 푸대쌈해갔단 말이라. 그래서 사또가 벌주려고
재판한다는 거여.

촌민 4 오호, 그려? 허지만 잘될까? 모처럼 관가가 칼을 뽑아든 모
냥인디, 글쎄 그 녹슨 칼이 제대로 먹혀들까?

촌민 1 사또도 무슨 승산이 있어서 재판 벌이는 건 아니고 백성들
눈 때문에 마지못해 하는 모냥이여.

촌민 3 하여간 가보세.

(촌민들 샛길로 퇴장)

제14장

채 군수 (온화한 말씨로) 죄인 최제보는 듣거라. 네가 남의 첩을 푸대쌈해갔다니, 그게 사실이냐? 일호의 거짓 없이 자백하여라. 네가 진실로 뉘우치는 빛이 있으면 매 다섯대만 맞혀 방송해줄 터이나, 만약 그렇지 않을 시에는 태장 삼십대를 치고 감옥에 처넣으리라.

교인 1 (태연하게) 사또, 나는 다만 마귀의 발굽에 차인 어린양을 구출하여 천주의 품에 인도했을 뿐이우다. 마귀는 오 좌수요, 불쌍한 어린양은 월계라는 퇴기입주. 오 좌수는 불쌍한 여성을 노리개로 삼아 제 욕심 채우기에 분방한 늙은 색마우다. 사람이 사람을 노리개로 삼아 학대함은 큰 죄악이오. 하늘 아래 만백성은 다 평등한 것, 양반이나 기생이나 지극히 높으신 하느님 아래에서는 높낮이 층하가 없는 거우다.

채 군수 (발끈 화를 내며) 발칙한 놈 같으니, 똥 싼 주제에 매화타령이라더니, 네놈이 감히 어느 앞에서 설교하려 드느냐? 우리나라 풍습에 첩을 데리는 것은 아무 잘못이 없는 관행으로 되어 있거늘 무슨 망발이냐. 관기로 있다가 물러난 퇴기들은 의식주가 어려운 불쌍한 여성으로 오 좌수가 그중 하나를 거두어 기른다고 그다지도 허물이더냐. 그래, 네놈은 처가 없는 홀애비라 남의 첩을 빼앗아갔단 말이여? 고연 놈! 번연히 마누라 있는 놈이 어따 핑계를 둘러대는 거냐. 이노옴, 정말 주리를 틀어야만 죄를 뉘우치겠느냐.

교인 1 주리를 틀든 난장박살하든 좋으실 대로 합서만 무죄한 교
　　　　인을 형벌해서 과연 후환이 없으까 마씸.

촌민 1 아니, 저런 뻔뻔한 놈 봤나?

촌민 2 저런, 쳐죽일 자식!

채 군수 (몹시 당황하여 죄인과 관객 쪽을 번갈아 보다가) 여봐라! 당
　　　　장 형틀을 들여라!

이재수 들주어라! 형틀을 들이랍신다.

　　　　(사령 둘이 형틀을 들여온다.)

채 군수 법대로라면 매 삼십대 치겠지만, 네가 다소 죄를 뉘우치
　　　　는 기색이 있으므로 다섯대만 때리고 방송하마.

교인 1 다섯대는커녕 단 한대도 못 맞겠소. 사또, 다시 말하거니와
　　　　무죄한 사람 매질해서 과연 무사할까요? 정 나를 패고 싶거들
　　　　랑 어서 바삐 서두르시오. 시방 우리 교인들이 나를 구출하려
　　　　고 구름같이 몰려오고 있을 것이오. 자, 어서 바삐 서두르시오.

채 군수 (화가 나서 어쩔 줄 모르며) 아, 이놈 봐라. 모처럼 생각해서
　　　　관대하게 처분하려고 했는데.

촌민 3 저녀러 자식이 정말 죽자고 실성했나.

촌민 4 사또, 다섯대가 뭐우꽈. 그놈을 볼기살 한점 안 남게 매우
　　　　치시오.

채 군수 어서 그놈을 엎어놓고 태장 다섯대를 때려라!

　　　　(사령들이 얼른 달려들어 형틀에 엎어놓고 바지를 발목까지 까내
　　　　린다. 벌건 궁둥이가 드러난다. 교인 1이 묶인 채 버르적거리며 악을
　　　　쓴다.)

교인 1　(매를 든 사령을 향해) 네놈들, 내 몸에 매를 댔다만 봐라. 그냥 두지 않을 테니. 냉중에 교당에 끌어다 요절내고 말 테다.

　　　　(매를 든 사령은 두려워서 이러지도 저러지도 못한 채 엉거주춤 서 있다.)

채 군수　어서 거행 못하고 뭣들 하느냐.

　　　　(사령이 울상 지으며 여전히 쩔쩔매자 이재수가 내닫는다.)

이재수　(사령 손에서 매를 빼앗으며) 사또! 소인이 집장 사령을 맡겠소!

　　　　(이재수, 힘껏 매로 교인 1의 볼기를 치기 시작한다.)

이재수　(매를 치며) 한대 맞았소. 두대 맞았소.

　　　　(채 군수, 황급히 달려가 매 때리는 이재수를 힘껏 잡아챈다.)

채 군수　이놈, 물러가라! 누가 너보고 매 때리라 했더냐. 이놈이 정말 큰일 낼 놈이로고. (사령을 향해) 여봐라, 그만하면 죄 다스림이 되었으니 잠시 감옥에 넣어두어라.

　　　　(사령들이 미친 듯 소리치는 교인 1을 데리고 중앙의 샛길로 나가고 채 군수가 괴로운 듯이 고개를 푹 숙인 채 퇴장하다가 돌아선다.)

채 군수　(이재수를 노려보며) 참말로 큰일 낼 놈이로고! 앞으로 일이 심상찮게 벌어질 듯하니, 너는 당분간 관청일을 보지 말고 바깥 동정을 살펴 보고하도록 하라.

이재수　네이!

　　　　(채 군수와 이재수, 각각 다른 방향으로 퇴장. 잠시 무대가 비고, 함성 소리가 들리고 촌민들이 쫓기듯 등장)

촌민 1　교인놈들이 쳐들어온다!

촌민 2 교인들 육십명이 몽둥이 들고 쳐들어온다!

　　　(촌민들이 쫓겨나고 교인들이 몽둥이를 들고 등장)

교인 4 감옥을 부숴라. 최제보를 구출하라!

교인 2 사또 채구석을 잡아족쳐라!

교인 3 사또 동헌을 때려부숴라!

교인 4 이 관청에 얼쩡거리는 놈은 아무라도 잡아 족쳐라!

　　　(무대 밖에서 교인들의 함성, 북소리 난타. 교인들 몽둥이 휘두르
　　며 퇴장)

제15장

　　　(구슬픈 상엿소리. 두건을 쓴 오 좌수. 강우백과 촌민들. 이재수는
　　관노 복장 그대로 만장을 들고 한쪽에 서 있다. 상엿소리 속에 침통
　　한 분위기가 얼마간 계속된다.)

촌민 1 교인놈들은 마침내 살인까지 저질렀으니, 이름은 오신락,
　　　한 고을의 명망 높은 선비가 매 맞아 억울하게 죽었구나.

촌민 2 아이고, 복장 터져 못살로고, 저 웬수놈들!

촌민 3 하이고, 가슴 답답이야, 쇠뿔에 찔린 가슴이냐, 말이 문 가
　　　슴이냐, 아이고, 애통하고 절통하다 ─

오 좌수 (결연하게) 좋소. 내가 장두로 나서겠소!

강우백 (놀라서) 아니, 좌수어른께서?

오 좌수 어느 모로 보나 장두는 내가 적임인 듯하오. 첩을 교인한
　　　테 빼앗겨 큰 망신을 당한 고을 좌수가 장두가 안되면 누가 되

겠소, 허허.

촌민들　(고개를 떨어뜨리며) 좌수어른!

오 좌수　그렇소. 애당초 이 사건은 내 첩으로 인해 발단된 것인즉 한사코 내 손으로 아퀴 짓고 말겠소. 흉년에다 세금난리 만나 고을 백성이 진구렁에 빠졌는데, 내가 좀 살기가 넉넉하다고 기생첩을 데렸다가 이 망신을 당했으니, 참으로 고을백성 보기가 부끄럽수다. 이 모든 수치를 씻는 길은 오직 하나, 백성을 위해 장두로 나서는 길뿐이오.

촌민들　(감복하여) 좌수어른!

강우백　좌수어른! 그건 안됩니다. 장두는 우리 젊은이들 중에서 나와사 합네다.

오 좌수　자네들은 한발짝 늦었네.

강우백　정말 안됩니다. 연로하신 분에게 장두를 맡길 수는 없는 노릇이우다.

오 좌수　(준엄하게) 강 처사! 거 무슨 소리여! 나를 마치 고려장 지내게 된 잔약한 늙은이쯤으로 생각하는가? 결심을 굳힌 이상 요지부동이니 그런 줄 알게!

강우백　(울음을 터뜨리며) 좌수어른!

　　　　(촌민들도 울음을 터뜨리며 고개를 숙인다.)

오 좌수　자, 모두 고개를 듭서. 이제 장두가 나왔으니 어서 거사계획을 꾸밉시다. 이것은 시각을 다투는 일, 한시가 급하우다.

　　　　(강우백 등이 얼른 눈물을 거두고 오 좌수를 에워싼다.)

오 좌수　저 교인들의 행패도 행패지만, 자고로 이같이 혹독한 세금은 두번 다시 없느니! 죽은 닭에도 세를 매긴다더니, 지금이 바로 그 지경이 아니오? 내 손으로 씨 뿌리고 김매고 내 손으로 거름 주어 키운 곡식, 내가 못 먹고 남이 먹다니! 사람이 날짐승이 아닌 바에야 어찌 벌레를 쪼아 먹고 살겠는가. 대저 하늘이 임금을 둔 뜻은 백성을 기르라 한 것이지, 굶겨 죽이라고 했던가!

소리 1 제주 삼읍에 즉각 통문을 띄우라!

소리 2 제주 삼읍 백성은 3월 28일까지 제주성으로 모이라!

소리 3 매호당 장정 한명씩 빠짐없이 내보내되 대엿새 먹을 양식 반드시 준비하라.

소리 4 만약 장정을 적게 낸 마을은 반드시 그 죄를 물을 터인즉, 마을마다 식별하기 좋게 마을기를 앞세우고 나오라.

제16장

(무대 밖에서 북소리, 징소리, 함성이 들리고 촌민들 마을기를 들고 등장)

촌민 1 어허, 기어코 난리가 터지고 말았구나. 에따, 잘됐져!

촌민 2 에이구, 시원하다. 십년 가뭄에 비 기다리듯 우리가 얼마나 장두어른 나타나길 고대했나. 하따, 사람들 많이도 모여드네. 큰비 온 뒤 이 골물 저 골물 흘러들어 큰 내를 이루는 듯하구나.

촌민 3 둥둥덩덩, 북소리, 징소리, 산천이 떠나가라 울어대고 우렁찬 함성 소리에 풀잎조차 눕는구나. 가자, 제주성으로!

308

촌민 1 어허, 모여드는 사람들, 한라산 목장 말들이 떼 지어 내려오는 것 같구나.

　　　　어려려 얼하량 어려려 돌돌

　　　　이 산중에 놀던 말아

　　　　저 산중에 놀던 말아

　　　　굽이굽이 돌아들어 구름같이 몰려온다

　　　　한라산 목장 말떼가 몰려온다

　　　　넓은 들 달려서 구름같이 내려온다

　　　　어려려 얼하량 어려려 어려 돌돌

　　　　(촌민들 노래를 부르며 퇴장. 무대 밖에서 북소리, 징소리, 함성소리)

제17장

　　(두 신부와 최형순은 총을 메고 나머지 교인들은 몽둥이를 들고 있다.)

뮈쎄 대정고을 난민들이 지금 어디까지 와 있습니까?

교인 1 오십리 밖 명월성에 머물고 있는 모양인디, 그 수가 이천 명쯤 되는 것 같수다.

라꾸우스 이천명? 지금 이 제주성 안에 들어온 교우들은 몇명이죠?

교인 2 아직은 삼백명밖에 안되지만 계속 모여들고 있는 중이니까 내일 중으로 오백명은 될 것 같수다.

최형순 두분 신부님, 저놈들이 더 숫자가 불어나기 전에 지금 당장 처부숴야 합니다. 저놈들이 이 제주성에 도착하는 날이 바로 삼일 후로 박두했는데, 그때는 제주 삼읍 장정들이 다 모여들어 수만명이 될 텐데 우리가 무슨 수로 당해냅니까. 우리 모두 죽어요. 두분 신부님도 무사하지 못할 겝니다.

뮈쎄 (놀라서) 우린 법국 사람인데, 감히 우리를 죽일 수 있어요?

최형순 저 사탄의 무리들이 물불을 가릴 줄 아는 놈들이라면 왜 난리를 일으키겠습니까.

라꾸우스 누구 한사람 목포로 보내 서울의 주교 각하와 빨랑시 공사께 위급 전보를 칠까요?

최형순 아직은 군함까지 청할 때가 아닌 것 같습니다. 지금 단계에선 신부님들께서 메고 있는 서양총 두자루면 간단히 끝날 겝니다. 저놈들이 숫자만 많았지, 평화적 시위를 한다고 작대기도 들지 않은 적수공권의 오합지졸 아닙니까. 총소리 한번 들어본 적 없는 촌무지렁이들이라 공포 한방만 쏴도 풍비박산 콩 튀듯 냅다 도망칠 게 분명합니다. 총이 무섭다는 것을 보여주어야 해요. 여차직하면 몇놈 쏘아 죽여도 상관없지요. (목소리를 낮추어) 그런데 말입니다, 괴수 오대현 이하 몇놈은 반드시 사로잡아야 합니다. 우리 쪽에서 먼저 화해를 하자고 요청해서 저쪽 요구를 들어주는 척 꾸몄다가 와락 덮치는 거죠. 자고로 민란이란, 괴수 몇놈만 없애버리면 스스로 괴멸하게 마련입니다. 뱀 대가리를 딱 잘라버리는 거죠.

라꾸우스 거참, 좋은 생각이오. 어떻습니까, 뮈쎄 신부님?

뮈쎄　대단히 좋아요. (총대를 어루만지며) 주교 각하께서 야만국에
　　　전교하려면 총이 꼭 필요하다고 말씀하였습니다. 정말 최요안
　　　은 용기 있고 재주 있는 사람이에요!

라꾸우스　자, 그럼 내 방으로 들어가서 계책을 의논합시다.

　　　(모두 퇴장)

제18장

　　　(낭자한 총소리, 교인들의 함성. 강우백, 이재수가 촌민들과 함께
　　　쫓겨서 등장)

강우백　속았구나! 비겁한 놈들 같으니! 먼저 화해를 하자고 해놓
　　　고선 이럴 수가 있나? 빈손으로 나선 이 평화로운 모임에 총질
　　　을 해서 사람을 죽이다니! 극악무도한 놈들!

촌민 1　애당초 저놈들의 화해 요청에 응한 것이 잘못이우다. 저런
　　　인간 말종들과 말로 해결할 생각을 했으니, 에이, 빌어먹을!

　　　(다시 총소리, 함성. 강우백 등이 황급히 쫓겨나가고 잠시 후 교인
　　　들이 두 신부와 함께 급히 등장. 오 좌수와 촌민 세명, 얼굴이 피투성
　　　이 된 채 결박되어 끌려나온다. 교인들 몽둥이 휘두르며 환호작약)

교인 1　괴수 오대현을 잡았다!

교인 2　우리가 이겼다. 만세!

교인 3　우리 신부님 만세!

교인 4　선봉대장 최요안 만세!

교인 1　누구든지 덤빌 테면 덤벼라! 우리에게 대항할 자가 누구냐!

교인 2 와하하, 저놈들 꽁지 빠져라 하고 냅다 튀는군!

최형순 쫓아가라! 대정성까지 쳐들어가 저놈들을 완전 굴복시켜라!

제19장

소리 1 새로 장두가 나왔다. 흩어지지 마라. 모두들 이쪽으로 모이시오.

소리 2 대정고을 젊은 처사 강우백 씨가 새로 장두가 되었소!

소리 3 모두들 이쪽으로 모이시오.

　　　(강우백, 이재수가 촌민들과 함께 등장)

강우백 사태는 돌변해수다. 저놈들은 대정성을 침입, 무기고를 깨뜨리고 그 총칼로 우리를 무찔렀소. 저 악독한 신부놈들과 그 졸개들의 총에 우리 백성 여덟명이 죽어수다. 여러 말 할 것 없이 총칼을 듭시다. 나라의 허가 없는 싸움이라고 망설일 것 없소. 공자 왈, 난신적자는 사람마다 죽일 수 있다고 해수다. 지금이 바로 사악함을 물리치고 오랑캐를 배척하는 척사척양의 깃발을 높이 쳐들 때요!

소리들 옳소!

소리 2 저 불란서 종내기들을 아주 씨멸족시켜버립시다!

강우백 놈들은 시방 제주성으로 돌아가고 있는 중이오. 무엇보다 무기를 갖춤이 급선무입네다. 대정성의 무기고는 이미 저놈들이 다 털어가버리고 제주성의 무기도 저놈들 차지이니, 우리는 시급히 제주 삼읍을 돌아 차귀진, 서귀진, 별방진의 무기고

312

를 열어야 합네다. 그러자면 당연히 한라산을 한바퀴 돌아야 합네다. 그것도 단시일 내에! 그러자면 우리 의병을 동진과 서진, 둘로 갈라 한패는 동쪽으로, 한패는 서쪽으로 돌아 양쪽에서 제주성을 공격해야 합네다. (사이를 두었다가 비장한 음성으로) 그런즉, 장두가 두사람 필요합네다. 동진은 내가 맡고, 서진을 맡을 장두가 여러분 중에서 나와야게수다.

　　(촌민들 고개를 푹 숙인 채 한숨만 내쉰다. 모두들 자신이 없는 표정)

이재수　(불쑥 앞으로 나서며) 장두님, 소인은 어떻습니까? 소인을 써주신다면, 이 천한 목숨 내던져 힘껏 싸워보게수다만.

　　(촌민들 탐탁지 않다는 투로 재수를 훑어본다. 무대 밖에서 웅성거리는 소리)

소리 1　하인 주제에 어딜 감히……

소리 2　장개도 안 간 어린아이가 장두로 나서겠다고?

이재수　(절규하듯) 비천한 하인붙이라고 옳은 의지를 위해 죽지도 못합네까? 아까 장두님 말씀에 난신적자는 아무라도 죽일 수 있다고 하셨는디, 난신적자를 무찌르는 데 어찌 양반, 쌍놈의 구별이 있습네까. 대의를 위해 죽는 것이 하인 신분에 가당찮다면, 상전을 위해 죽는 것도 안됩네까. 잡혀간 좌수어른은 소인이 여러해 받들어모신 상전이우다. 소인은 좌수어른의 원수를 꼭 갚고야 말겠소. (울분을 참지 못하여 강우백 앞에 엎어져 울음을 터뜨린다.) 장두님, 소인의 천한 목숨 바쳐올리니 부디 백성을 위해 제단의 희생물로 삼아주십서.

(모두들 감복해서 고개를 끄덕거리는데 무대 밖의 군중들이 외치는 소리가 들려온다.)

소리 1 아따, 그 아이 말도 참 잘하네.

소리 2 정말 똑똑하고 담찬 소년이여.

소리 3 이재수 소년을 장두로 삼읍시다.

강우백 좋소. 이번 거사는 다름 아닌 의병을 일으킴에 있은즉, 반드시 용기가 출중하고 날랜 장두가 나와야 하겠소. 이 소년은 내가 여러번 겪어 잘 알지만, 똑똑하고 용맹스럽기가 능히 장두에 값할 인물이우다. 이재수 소년을 장두에 추대합시다.

촌민들과 군중 좋소! (함성 소리)

강우백 (엎드린 이재수의 손을 덥석 잡아 일으키면서) 재수야, 그만 일어나거라. 네 말대로 난신적자를 토멸하는 데 어찌 반상의 구별이 있었느냐. 다만 네 얼굴이 약간 얽은 게 흠이다만, 우툴두툴 얽은 당유자도 조상 제상에 먼저 오르는 법 아니냐. 하하하.

    (이재수, 눈물을 손등으로 닦으며 수줍게 웃는다. 한바탕 웃음소리)

강우백 하하하, 재수야, 이제 네가 나와 한가지로 백성의 장두가 되었으니, 해라 말라 하대 하는 것도 이것이 마지막이로구나.

    (음성을 바꾸어) 자, 이재수 장두! 이제는 그 하인 옷을 벗고 장군 옷으로 갈아입으시오. 집사들은 어서 거행하시오.

    (촌민들, 이재수를 군복으로 갈아입히고 나서 두 장두에게 큰 칼을 바친다.)

강우백 닭을 들이시오!

    (닭을 들여오자, 강우백이 큰 칼로 닭 목을 벤다.) 우리 중에 배반

자는 바로 이 꼴이 될 것이오. 자, 천지신명께 굳은 맹세를 다 집시다. 우리가 나기는 각각 달리 났으나, 죽기는 한날한시에 죽는 것이오! 모두들 입술에 닭 피를 바르시오!

(강우백이 먼저 닭 피를 입술에 바르고 그다음 이재수, 이어서 촌민들이 차례차례 뒤따른다. 강우백과 이재수가 나란히 서고 이재수가 격문을 읽는다.)

이재수 　격! 오호라! 오늘날 탐라 백성이 생업을 잃고 도로와 산골에 방황하야 생계의 도를 자유치 못하니, 그 민폐의 근본이 무엇이뇨! 이는 곧 살생과 폭행과 재물 늑탈을 일삼는 교도 무리와 봉세관의 세폐로 말미암은 것이니, 저들은 교도가 아니라 폭도요, 저들이 믿는 것은 교가 아니라 미신이로다. 모여라, 모여라! 영웅, 열사들이여. 지금이 아니면 때가 늦다. 저들의 총칼에 죽을지니! 피 있는 자 일어날지어다. 신축년 3월, 대정 창의소, 강우백, 이재수.

(촌민들 척사기를 들고 급히 좌우로 내달으며 외친다.)

촌민 1 　즉각 제주 삼읍에 통문을 띄우라.

촌민 2 　차귀진, 서귀진, 별방진의 무기고를 열라.

촌민 3 　산포수는 빠짐없이 총을 들고 마을마다 왕대밭을 베어넘겨 죽창을 깎으라.

촌민 4 　어른은 죽창 들고 아이는 마을 동산에 봉홧불을 올려라.

촌민 1 　배 못 뜨게 해변을 봉쇄하라. 포구의 모든 배는 뭍으로 끌어올리되 돛과 키는 마을 경민장 집에 보관하라. (함성이 연달아 터지는 가운데 조명이 어두워진다.)

제20장

(먼 데서 함성 소리. 가까운 데서 깡깡 울리는 종소리)

소리 1 난민들이 몰려온다. 어서 성문을 닫으라.

소리 2 성문을 닫으라! 성문을 닫으라!

소리 3 영문의 무기고와 화약고를 열라!

소리 1 성안 백성들은 들으라! 오늘 새벽 우리의 용맹스러운 교인 용사 세명이 배 한척을 탈취하여 법국 군함을 부르러 육지로 떠났다. 군함은 늦어도 나흘 후에 여기에 도착할 것이다. 그런 즉 성안 백성들은 조금도 동요됨 없이 우리의 지시에 따르라.

소리 2 만약 우리 교당의 명령에 거역할 시는 죽음 면치 못할 것이다. 우선 집집마다 머리통 크기만 한 돌덩이 두개씩 날라다 성 위에 올려놓으라. 저놈들이 성벽을 타고 오를 때 그 돌로 대갈통 까주게 말이여.

(돌을 등에 진 만성춘 등 아낙 세명이 연이어 등장하면 맞은편에서 상절이 나온다.)

만성춘 상절아, 벌써 성 위에 돌 날라다 두고 오는 길가?

상절 응. 그런디 아이고, 성 위에서 잠깐 보니까 동으로 서으로 사람들이 구름같이 들어서라 인산인해여. 온 섬 백성이 다 모여드는 모양이여. 아이고, 무서워라. 아이고, 우리 성안 사람들 저 교인놈들 때문에 다 죽게 생겼져.

만성춘 아이고, 어떵허면 좋을꼬. 고래 싸움에 새우 등 터져 죽게 생겼구나.

(최형순이 교인 둘을 달고 등장)

최형순　아니, 이 여편네들이 어디서 한가하게 놀고 있는 거여. 빨랑빨랑 돌을 나르지 못하고!

(만성춘 등이 퇴장하면 교인 1이 빠른 걸음으로 나온다.)

최형순　(다급하게) 그래, 화약고는 열었는가? 화약이 많이 들었던가?

교인 1　예, 많기는 많은디, 죄다 습기에 젖어서 말리지 않으면 못 쓰쿠다.

최형순　그럼 어서 빨리 말려야지. 나쁜 놈들이 불을 던져 태워버릴지 모르니까 몇사람 감시 세워서 말리도록 하시오. 우리 중에 화약이 떨어져 총을 못 쏘는 사람 많아. 그 화약이 목숨줄이여. 그것 없으면 우린 다 죽는다고. 알았소?

교인 1　(하늘을 쳐다보며) 날이 비 올 듯한데 널어 말리다가 더 젖으면······

최형순　(하늘을 흘겨보며) 에익, 빌어먹을, 저놈의 한라산은 오는 구름 가는 구름 다 잡아들여 걸핏하면 날 굳게 만드니, 원. 하여간 화약고에 가봅시다.

제21장

(교전의 총소리와 함성이 일어나다 그치면 이재수가 어둠속에서 스포트라이트를 받고 등장)

이재수　이번 성 공격에도 우리 의병 다섯명이 희생되어수다. 이렇게 싸워갖고는 백날 가야 우리 쪽만 다칠 뿐 성을 함락할 수 없소. 곧 법국 군함이 들이닥칠 텐디 한시가 급합네다. 어서 각 마을에 남아 있는 교인과 교인 가족을 잡아들여 총알받이로 앞세우든지, 아니면 저 성안의 교인놈들 대신 잡아죽이든지 해야지, 이리 마냥 허송세월할 수는 없수다. 어서 각 마을별로 남아 있는 교인들을 모조리 착납하시오!

제22장

채 군수 이보게 강 처사, 그리고 재수야! 우리가 서로 아는 처지에 왜 이리 나를 생면부지 사람처럼 냉대하는가? 저쪽에서 이렇게 오 좌수를 풀어주고 강화하자고 나섰으니, 일단 말로 담판 해보는 것이 옳지 않소?

이재수 좌수어른이 이렇게 풀려난 것은 참으로 반가운 일이우다만, 그러나 저런 인간 말종의 사기꾼들과 강화할 수는 없수다. 우린 두번 다시는 속지 않을 거우다. 명월진에서 강화하자고 속여 우리를 이 지경으로 만든 자가 대관절 누구우꽈? 저놈들은 우리가 마을에 남은 교인들을 처단하기 시작하니까 두려워서 법국 군함이 올 때까지 시간을 벌자는 흉계라 마씸.

채 군수 분한 마음 같아서야 당장 불속에라도 뛰어들고 싶을 걸세. 허나 냉정을 되찾아사 해여. 승산 없는 싸움은 피해사주. 법국 군함이 곧 들이닥칠 텐데, 그땐 섬땅이 아주 망하는 거라.

강우백 사또, 무슨 말씀이시오? 우리가 싸우지 않고 물러난다고 이 섬땅이 온전합네까? 차제에 저놈들을 엄중히 다스리지 않는 한, 그 세력이 온 섬에 창궐하여 저절로 법국 천지가 될 거우다. 저기 저 성 위에 휘날리는 법국기를 봅서. 사또께서는 저 법국기를 내리게 하지 못하고 뭣하는 거우꽈?

채 군수 목사또도 까딱 못하는데, 저번 재판 건으로 교인들한테 미움받는 내가 어쩌란 말이오. 목사또께서 항의를 하긴 한 모양인데, 저 사람들이 자기네 군함이 보고 찾아오기 좋게 표식으로 기를 올렸다는디 뭐라고 할 거여.

이재수 사또, 무고한 백성이 스물한명이나 학살당한 마당에 절대로 그냥 물러갈 수는 없수다. 더도 말고, 원흉 최형순 한 놈만 성 밖에 내치라고 전해줍서. 그놈 한 놈이라도 우리 손으로 처단 않고는 결단코 물러날 수 없수다!

채 군수 (애걸하며) 재수야!

이재수 (단호히) 재수야라니요? 함부로 해라 말라 하대 맙서. 나는 서진 의병의 장두우다.

채 군수 (말을 더듬으며) 아, 이 장두, 분을 참아야 해요. 빈대를 죽이자고 초가삼간 태우겠소?

이재수 초가삼간 타더라도 빈대 멸망 좋지요. 저놈들은 이미 동족이 아니우다. 법국놈, 법국년들이오. 이 땅에 독균을 뿌리는 저 법국 종내기들은 모조리 멸망시켜사 해여 마씸. 우리는 이대로 물러날 수는 없수다. 저 잔인무도한 폭도들에게 학살당한 스물한명의 원혼이 이 허공중에 떠돌며 울고 이수다. 아, 우리도 이 한곳에 모여 있다가 법국 군함이 쏘는 대포에 몰사죽음하기 소원이오.

채 군수 (허탈해져) 오 좌수, 뭐라고 말씀 좀 하시오.

오 좌수 저는 할 말이 없수다.

제23장

(어두운 무대에 스포트라이트를 받으며 이재수가 등장)

이재수 성 위에 있는 교인놈들은 들으라! 오늘 우리 의병은 촌에서 잡아온 느네 가족들을 포함한 교인 이백여명 중에서 우선 열명을 처단했다. (무대 벽면에 조사된 나무를 가리키며) 보라! 저기 늙은 팽나무 가지에 주렁주렁 목매달려 죽은 시체들을! 너희들이 성문 열고 투항할 때까지 너희 가족들은 매일 열명씩 죽어갈 것이다.

제24장

(조명이 밝아지면 상절이가 망태를 메고 나와 여기저기 두리번거리며 뭔가 줍는 시늉 한다. 이어서 만성춘 등장)

만성춘 상절아, 상절아, 너 찾아왔는디, 여기서 뭐햄시니?

상절 오, 너로구나. 쇠똥을 줍는디…… 쇠똥 말려서 땔감 하려고.

만성춘 아이고, 느네도 땔감이 떨어졌구나. 참말로 큰일이라, 큰일. 성문 닫힌 지 겨우 닷새밖에 안되었는디, 온 성안이 양식 떨어져 생난리여.

상절　워낙 양식 귀한 흉년인데다 그나마 남아 있는 것마저 저놈의 교인패들이 닥닥 긁어가버리고. 도대체 성문을 열어야 양식이 들어오든지, 땔감이 들어오든지, 산나물 캐다 먹든지 해서 보리철까지 연명할 거 아니랴? 이러다간 우리 성안 백성 다 굶어 죽을지 몰라.

만성춘　굶어 죽기 전에 총칼 맞아 죽을지 몰라. 너, 간밤에 성 밖에서 통문 들어온 거 모르지?

상절　성 밖에서 통문이?

만성춘　서진 의병 이재수 장두가 통문을 화살에 쏘아 보내왔는디, 앞으로 닷새 이내에 우리 성안 백성들이 합심해서 성문을 열지 않으면 입성하는 대로 모조리 무찔러버리겠다는 거라. 우리가 성문 열 생각은 않고 교당에 붙어 쌀, 땔감을 대주고 심지어 교인들과 같이 성 위에 올라 불침번 선다고 말이여.

상절　아이고, 거 무신 소리라! 우리사 교인놈들 협박에 못 이겨서 그런 건데……

만성춘　너도 이재수라고 대정고을 관노아이 알지? 관청 심부름으로 자주 우리 성에 들르고, 왜, 거, 두번인가 우리 퇴기들이 모인 데 와서 오돌또기 부르고 우스갯소리한 적 있지.

상절　아, 얼굴이 좀 얽고 걸음이 빠른 아이……

만성춘　바로 맞혔져. 그 이재수가 서진 의병의 장두라는 거라.

상절　(무척 놀라서) 뭐, 그 하인아이가 백성의 장두라고?

만성춘　종놈, 종년이라고 백성을 위해 큰일 못하느냐? 상절아, 실은 내가 너하고 의논할 일이 있어서 왔져. 우리가 그냥 앉아서

당할 수는 없어. 자, 저쪽으로 가서 의논하자.

(만성춘과 상절이 퇴장하면 교인 두명이 몹시 심란한 모습으로 나온다.)

교인 1 아이고, 몸서리야! 성 밖의 늙은 고목나무에 목매달려 죽은 시체들 말이여. 저놈들이 기어이 우릴 죽이기 시작했구나! 우리 부모도 필경 잡혀 죽을 거여. 아이고, 어떵허리!

교인 2 간밤에 성 밖에서 통문이 날아든 후로 성안 민심이 여간 흉흉하지 않아. 닷새 안에 자진해서 성문을 열지 않으면 우리 부모처자를 총알받이로 앞세워 총공격을 한다고 하니!

교인 1 새벽녘에 성벽 타고 도망친 교우가 열명도 넘는다는디…… 성안의 교인 삼백명 사기가 말이 아니여. 아이고, 어떵허리!

제25장

(만성춘과 상절이 살금살금 기어서 등장)

만성춘 상절아, 저기 성 밑에 멍석 두개 널어놓은 것 있지? 바로 그거여.

상절 아니, 저건 목화솜 아니라?

만성춘 솜화약이라, 솜화약! (무대 밖에서 성 위를 가리키며) 저기, 성 위에서 지키는 놈들 안 볼 때 화닥닥 달려가 불을 던지고 도망치는 거라, 알아시냐?

상절 알았어.

만성춘 자, 이때여. 자, 가자!

　　(만성춘과 상절이 무대 중앙까지 달려나와서 불붙은 부지깽이를 무대 밖으로 던지고 도망친다. 순간 번쩍하는 섬광과 함께 푸시식 화약 타는 소리가 무섭게 들려온다. 성 위에 있던 교인 세명이 무대 안으로 뛰어든다. 그중 화상 입은 교인 한명은 나둥그려져 신음을 토한다.)

교인 1 (타는 불을 바라보며 발을 동동 굴린다.) 아이고, 저 아까운 화약! 다 타버렸구나, 다 타버렸어. 화약 없이 어떻게 싸우나. 아이고, 우린 망했구나!

교인 2 으이구, 무서워라. 성안 놈들마저 우리에게 대항하니, 성 밖에도 적, 성안에도 적. 여섯날이 지났건만 법국 군함은 안 오고, 성안 놈들은 뒷전에서 쑥덕쑥덕 성문 열 흉계를 꾸미고. 아이구, 야단났네.

　　(교인들이 쓰러진 동료를 부축하고 비틀비틀 퇴장하면 무대는 어두워진다. 어둠속에서 만성춘과 상절이 스포트라이트를 받고 주위를 경계하면서 등장)

만성춘 (외치는 목소리) 우리는 내일 정오를 기해 성문을 열기로 했다! 성내 백성들은 내일 정오를 기해 일제히 일어나라!

상절 (외치는 소리) 안 나오는 집은 때려부수켜!

　　(둘이 황급히 퇴장하면 최형순이 쫓기듯이 사방을 두리번거리며 나온다.)

최형순 (겁에 질려서) 아무래도 위험해. 가만있다간 내가 어느 손에 잡혀 성 밖에 내쳐질지 모를 일이야. 교인들까지 나를 잡아 내칠 궁리를 하고 있으니. 아이고, 어디 가서 숨을까?

제26장

(함성, 총소리가 매우 가깝게 들려오는 중에 만성춘과 상절이 꽹과리 치며 등장)

만성춘 (외치며) 때는 왔다! 때는 이때여! 모두들 괭이, 몽둥이 들고 나오라! 이 골목 저 골목 한꺼번에 소리치며 튀어나오라! 일도리 마을 사람들은 남문으로, 이도리는 동문으로, 삼도리는 서문으로 내달으라! 와 ─

(함성이 크게 일면서 촌민들이 몽둥이 들고 무대 안으로 쏟아져들어오면 만성춘, 상절이 앞장서서 무대 밖으로 달려나간다.)

소리 1 저것 봐라, 성 위 교인놈들 총을 버리고 도망친다 ─

소리 2 저놈들이 민가에 숨어들고 있다 ─

소리 3 성문을 열어라 ─

(함성과 북소리, 총소리가 낭자하게 일어나다가 곧 만세 소리가 들려온다.)

소리 1 만세! 우리 의병 입성 만세!

소리 2 이재수 장두 만세! 강우백 장두 만세!

(이재수가 화승총과 죽창을 든 촌민들을 이끌고 등장. 촌민 하나가 빠른 동작으로 서너군데 척사기를 꽂고 이재수는 여기저기 명령을 내린다.)

이재수 저기 저 교당 건물을 때려부수라. 교인놈들은 빈집에 숨었다. 놈들을 잡아내어 처단하라.

(이재수 등이 소리치며 퇴장하면 무대 뒤 스크린에 성모, 예수상

이 파괴되고 법국기가 찢기는 장면이 조사된다. 단말마의 비명 소리들, 성모마리아를 부르는 소리)

소리 1 법국 종내기 웬수놈들 잡는 대로 다 죽여!

소리 2 한집도 빼놓지 말고 샅샅이 뒤지라. 천장, 방고래, 돼지막, 싸그리 훑어!

소리 3 최형순이를 잡았다.

  (최형순이 뒷짐 결박당한 채 무대 안으로 떠밀려 들어오면 이재수가 맞은 저쪽에서 등장, 칼로 겨냥하면서 내닫는다.)

이재수 철천지원수 최형순 놈은 내 손으로 죽이겠다. 모두 비켜나라!

  (최형순 공포에 질려 뒷걸음치다가 이재수의 칼을 맞고 무대 밖으로 쓰러진다. 이때 강우백, 오 좌수가 황급히 등장)

강우백 이 장두! 이젠 그만, 이젠 싸움이 끝났으니 그만 살상을 피합시다.

오 좌수 그만하면 저놈들 죄 다스림이 됐지 않소. 이젠 칼을 거두시오.

이재수 안됩네다. 저놈들 싸그리 씨멸족시켜사 합네다. 교인 씨 하나라도 냉겨두었다간 다시 새끼 쳐서 온 섬에 창궐할 거우다.

강우백 이젠 피비린내에 멀미날 대로 났소.

이재수 아니, 도대체 동진 의병들이 한 일이 뭐 이수꽈? 겨우 교인 십여명 처단하고선 피에 멀미난다니. 하여간 우리 서진은 내가 알아서 할 테니 간섭 맙서! 어서 물러납서!

  (촌민들이 강우백과 오 좌수를 에워싸고 무대 밖으로 내몬다.)

이재수　법국 신부를 착납하라! 신부놈들이 목사또 동헌에 숨었으
　　　니, 잡아내오라!

　　　（만성춘과 상절이 등장）

촌민 1　이 장두! 이 여자분이 이번 성문을 개문하는 데 장두로서
　　　공을 세운 만성춘 아가씨요.

만성춘　퇴기 만성춘 문안드리오.

이재수　（깜짝 놀라서） 아니, 개문 장두가 누군가 했더니! 허어, 우리
　　　가 이렇게 다시 만날 줄이야. 약한 여자 몸으로 어떻게 용약 개
　　　문 장두로 일어났단 말이오? 더구나 천한 기생 신분에! 참말로
　　　놀라운 일이여.

만성춘　장두님도 천한 하인 신분이 아니우꽈? 진주 기생 논개도
　　　왜놈 장수 죽여수다.

이재수　하하하, 그렇구나! 우리 두사람이 각기 천한 하인으로 하
　　　나는 성 밖에서, 하나는 성안에서 백성의 장두가 되어 함께 손
　　　잡고 저 사악한 무리와 싸워 이겼으니 이 얼마나 통쾌한 일인
　　　가! 만성춘 아가씨, 정말 손 한번 잡아봅시다. （만성춘의 두 손을
　　　부여잡고 복받쳐오르는 울음을 참으며） 아, 내 생전에 여자 손 잡
　　　아보기는 이것이 처음이고 마지막이로구나! 나는 앞으로 몇날
　　　더 살지 못할 거우다. 장가 못 간 채 죽는 이 총각을 부디 오래
　　　오래 기억해줍서.

만성춘　（손을 잡은 채 오열을 터뜨린다.） 아, 장두님!

이재수　자, 이제 그만, 나는 아직 할 일이 많이 남았소. 자, 이 아가
　　　씨를 밖으로 모시시오.

326

(촌민 하나가 만성춘을 무대 밖으로 인도한다.)

소리　법국 신부 두 놈을 착납해왔소.

이재수　그놈들을 이리 끌어들입서!

　　　(두 신부와 하인 하나가 결박당한 채 끌려들어온다. 겁에 질린 빛
　　　으로 기도문을 외우고 있다. 촌민들이 두 신부의 어깨를 눌러 꿇어앉
　　　힌다.)

촌민 2　어서 무릎 꿇어, 정강이 꺾어놓기 전에!

이재수　(심문조로) 너네들, 관직이 무엇이냐? 느네 나라 법국 왕이
　　　내린 벼슬 말이다.

라꾸우스　우리는 관직에 있지 않고 성직에 있습니다. 우리는 천주
　　　님의 말씀을 가르치러 온 신부들입니다.

이재수　발칙한 놈들, 어디서 감히 거짓부렁이냐. 느이가 법국 왕
　　　의 명을 받들어 조선 내정을 탐지하러 온 첩자인 줄은 만천하
　　　가 다 아는 사실인데.

뮈쎄　아닙니다. 우린 천주의 말씀을 가르쳐 조선 백성의 영혼을
　　　구하러 왔습니다.

이재수　하하하, 그놈, 자백이 빨라서 좋다. 조선 백성의 영혼을 구
　　　하러 왔다고? 그것은 조선 백성의 영혼을 빼앗아 너희 서양 나
　　　라 종으로 맹글려는 흉계가 아니고 무엇이냐. (칼로 땅을 치면
　　　서 피를 토하듯이) 듣거라! 너희 두 오랑캐놈은 천주교다 뭣이
　　　다 하는 허울 좋은 간판 아래 혹세무민하고 갖은 패악질을 자
　　　행했으니 그 죄가 실로 막대하다! 참으로 천번 죽여 마땅한 놈
　　　들이여!

소리들   옳소, 장두님, 그놈들을 죽이시오! 이 양놈들아, 오늘이 바
　　　　로 너희들 죽는 날이다. 법국이 무엇이고, 군함이 다 무엇이냐.

　　　　　（강우백, 오 좌수, 채 군수가 황급히 등장하여 이재수를 말린다.）

강우백   이 장두, 고정하시오, 고정하시오!

오 좌수   신부를 죽이면 이 제주땅이 아주 망하는 거요. 분을 참으
　　　　시오!

이재수   （분에 못 이겨 칼자루로 제 가슴을 치며） 아, 이 원흉들을 살리
　　　　라니!

채 군수   참으시오, 제발 참으시오!

이재수   （두 신부를 향해） 이 비겁한 놈들아, 네놈들이 일을 저질러
　　　　놓은 장본인인데, 너희 제자들은 다 죽게 내버려두고 저만 살
　　　　자고 목사 동헌에 숨다니, 더러운 놈들. 너희 놈들을 잡아먹고
　　　　싶어도 양념값이 아까워 못 잡아먹겠다. 너희 두 놈 대신 너희
　　　　하인, 이놈을 죽여주마. 예전에 죄를 지은 주인 대신 그 종을
　　　　잡아 죽이던 법이 있었다. 바로 너희 놈들 눈앞에서 죽여주마.
　　　　자, 비켜라!

　　　　　（칼로 하인을 찌른다. 군중의 환호성. 무대 조명이 꺼지고 잠시 후
　　　　무대 위에 이리저리 내달리는 사람들의 썰루엣이 어지럽게 난무한
　　　　다. 무대 뒤 스크린에 법국 군함 두척이 조사된다.）

소리 1   법국 군함 두척이 떴다. 동산만큼 커다란 철선이여 ─

소리 2   대포 아가리 다섯 달린 군함이 두척이다 ─

소리 3   그뒤로 따라오는 작은 배는 관군 실은 배여 ─

　　　　　（대포 소리 한번 쿵 하고 터진다.）

소리 1　모두들 성 밖으로 피하라. 성안에 있다간 대포에 몰사죽음
　　　당한다 ─

소리 2　의병은 즉각 성을 떠나 사라봉 뒤로 모이라 ─

소리 3　제주 삼읍 각 마을에 고한다! 15세 이상 60세 이하의 남정
　　　들은 한사람도 빠짐없이 의병에 가담하라!

제27장

　　(무대가 밝아지면 무대 한쪽에 찰리사와 관군 대대장, 그뒤로 법
　국기를 든 법국 함장이 서 있고, 다른 한쪽 끝에는 강우백, 오대현, 이
　재수가 척사기를 들고 서 있다. 팽팽한 대립상태)

찰리사　우리는 국왕의 명령으로 민란을 수습하러 온 찰리사 황기
　　　연과 대대장 윤철규이다. 민란의 장두들은 지체 없이 백성을
　　　귀가시키고 관군 앞에 투항하라! 만약 불응 시에는 부득불 무
　　　력을 쓸 수밖에 없다. (손으로 뒤쪽을 가리키며) 저 우리 관군은
　　　모두 신식 서양총으로 무장하고 있은즉, 감히 너희들이 대적
　　　할 바가 아니다. 어서 무기를 놓고 투항하라.

관군의 군가 소리
　　　얼화 군인들아 천공내공 하여보세
　　　총대 메고 배낭 지고
　　　태산준령 넘어갈 제
　　　부모처자 생각 마라

강우백　대관절 너희들은 어느 나라 군사냐. 서양 오랑캐와 난신적

자를 물리침은 조선 백성과 조선 군대의 당연한 임무이거늘, 너희 관군들은 어찌하여 저 법국 오랑캐 군사와 더불어 우리를 치러 왔는가. 관군을 대신해서 오랑캐와 그 앞잡이들과 싸운 우리 의병에게 상을 주진 못할망정 총칼과 대포로 무찌르겠다니, 대관절 너희들은 조선 군대가 아니고 어느 나라 군대냐. 저 흉측한 법국 함대가 이 섬에서 떠나지 않는 한 우리는 결코 투항할 수 없다. 너희 관군이 비록 신식 무기를 가졌다 하나 그 수효가 삼백명에 불과한데 어찌 우리 용맹한 포수 천명과 수만 의병을 당해낼 것이냐. 법국 군함을 돌려보내라, 그러면 흔쾌히 강화회담에 응할 것이다.

민병의 노랫소리

　　　이어 이어 이어싸나

　　　이어싸나 이어싸나

　　　쳐라 쳐라 어기야 쳐라

　　　(세 장두가 늠름하게 퇴장하면 민병의 함성)

법국 함장　저놈들을 우리 해군이 해치울 테니 허락해주십시오. 대포 몇방 갈기면 끝납니다.

찰리사　대인, 그건 안됩니다. 될 수 있으면 싸움을 피하라는 것이 국왕 폐하의 명령이외다. 대단히 죄송합니다만, 저놈들이 법국 군함이 떠나지 않는 한 강화할 수 없다고 하니, 잠시 먼바다에 나가 기다려주십시오. 만약 강화가 깨질 경우 도움을 청하겠소이다.

법국 함장　정 그렇다면 할 수 없지. 우리 나라 신부들이 무사하니 당분간 무력행사는 삼가겠지만, 그러나 두 신부가 겪은 정신적 물리적 피해보상은 물론 이번에 순교한 교인 수백명에 대한 몸값은 반드시 받아낼 테니 그런 줄 아시오. 자, 이것이 로켓 조명탄이오. 우리가 저 바다 한가운데 머물러 있을 테니, 위급할 때 신호하시오.

제28장

(진양조의 애잔한 가락이 흐르면서 어두운 무대에 만성춘이 홀로 스포트라이트를 받고 등장)

만성춘 (비감한 음성으로) 이별이여, 이별이여. 단 한번 손 잡아본 우리 임, 이 밤이 가면 영영 이별이네. 성 밖에 대낮같이 타오르던 봉홧불도, 화톳불도, 함성 소리도, 총소리도, 이제는 조용히 사그라지는구나. 교당을 향한 총칼을 관군에게 돌린다면 이는 나라에 역적 되는 것, 마침내 우리 의병은 강화에 응하여 일체의 세폐와 교폐를 혁파할 것과 세 장두 외에는 더이상 죄를 묻지 않는다는 약조를 받아냈으니, 아아, 이 밤이 가면 우리 임과 영영 이별이네. 아, 민란에는 난민들은 살아도 장두는 반드시 죽는 것, 제 한몸 안위만 위한다면 왜 죽기를 스스로 택하겠는가. 진구렁에 빠져 허덕이는 이 섬 백성들이 아니면 왜 섶을 지고 불에 들겠는가. 살신성인한 영웅이여, 성인이여. 무릇 영웅이란 저 한몸 바쳐 만인을 살리고 그 원수를 갚는 사람의 이름일진대. 단 한번, 단 한번 손 잡아본 우리 임, 한라산 정기

받고 일월같이 찬란하게 떠올랐던 이재수 장두님, 이별이여,
이별이여.

(만성춘, 흐느끼면서 퇴장)

제29장

(애잔한 가락이 계속되는 가운데 무대가 밝아오면 무대 우측에 찰
리사와 관군 대대장이 병졸들과 함께 근엄하게 열지어 서 있다. 종소
리와 함께 음악은 장중한 가락으로 변하고 세 장두가 당당하게 걸어
나와 무대 중앙에 멈춰 선다. 오 좌수를 제외한 두 장두는 여전히 칼
을 차고 있다. 그뒤로 포수들이 총을 멘 채 늘어선다.)

찰리사   (한 손을 들면서) 음악을 멈춰라! (탁자 앞으로 성큼 다가가
서) 국왕 폐하의 윤음을 전할 터이니 모두들 엎디어 경청하라.
(세 장두와 포수들이 일제히 엎드리고 대대장과 관군 병졸은 총과
칼을 가슴 앞에 세워 예를 표한다.)

찰리사   (두루마리 종이를 펼쳐들고) 너희 탐라 민인들은 들으라. 너
희들은 절해고도에 살면서 자고로 풍속이 순박하고 기풍은 예
스러워 험란한 바닷길 탓하지 않고 말과 귤 진상에 힘써 나라
에 순종하는 뜻이 갸륵하더니, 금일의 거역은 어이된 것이냐.
불측하게 난을 일으켜 인명살상을 낭자히 범했으니 그 죄가
실로 크도다. 그러하나 성인의 말씀에 제왕은 모름지기 어질
인(仁) 자에 명심하여 백성을 살리는 호생지덕(好生之德)을 근
본으로 삼으라 했다. 오호라, 절해의 물결 한가운데 한점 산으

로 솟은 탐라여! 바닷길이 멀다는 핑계로 내가 돌봄을 등한히 하였구나. 흉년 기근으로 살림이 곤핍한데 가혹한 세금과 교인의 학대로 그 원성이 하늘에 미쳐도 내가 듣지 못하였도다. 실로 모든 허물이 나에게 있다. 이에 민원에 따라 세폐와 교폐를 시정할 터인즉, 너희들은 모두 귀가하여 생업에 힘쓰라.

(다시 음악이 울리는 가운데 강우백과 이재수가 나란히 나아가 칼을 풀어 찰리사와 대대장에게 바친다. 이어서 세 장두가 백성들을 향해 돌아선다.)

이재수 (동달이 군복과 전립을 벗어 발 앞에 내려놓으며) 자, 백성님네, 이로써 우리의 거사는 끝나수다. 모두들 무기를 내리놓읍서.

촌민들 (울음을 일시에 터뜨리며) 장두님, 장두님! 우리도 같이 죽겠습니다. 이재수 어른, 강우백 어른, 오대현 어른! 우리도 같이 죽겠소!

강우백 자, 백성님네, 어서 총칼을 내리놓읍서. 그것은 나라 무기고에서 나온 것이니 나라 물건이우다. 어서들 내리놓읍서.

(촌민들이 울면서 총과 칼을 발밑에 내려놓는다.)

오 좌수 자, 이젠 고향으로 돌아들 갑서. 벌써 보리 거둬들일 철이 돼수다. 어서 집으로 돌아가 농사일에 힘쓰십서.

이재수 부디 평안히 잘삽서.

(세 장두가 백성들에게 작별을 고하고 나서 순순히 손 묶여 퇴장한다. 애잔한 가락과 함께 울음소리가 계속되는 가운데 조명이 차츰 어두워진다. 무대가 완전히 어두워졌을 때 큰 북소리와 함께 스포트라이트가 비치면서 세 장두의 잘린 목이 스크린에 조사된다. 무대 양

쪽에서 촌민들이 노래를 부르며 등장한다.)

촌민들　(후렴) 살아 살아 살아옵서.

만성춘　우리 장두님 살아옵서.

　　　　죽은 넋 살아옵서, 죽은 혼 살아옵서.

촌민들　(후렴) 살아 살아 살아옵서.

만성춘　어화 둥둥 살아옵서, 옥동자로 살아옵서.

촌민 1　(비감한 분위기를 깨뜨리며 큰 소리로) 어화, 벗님네야. 보리
　　　　벨 때가 늦어간다. 자, 가자!

촌민들　가자! 이어싸나, 이어싸나, 어기여쳐라.

　　　　(촌민들, 역동적인 군무를 추면서 퇴장)

역사적 진실의 문학적 형상화
──4·3과 현기영의 소설세계

서영인

1

　문학이 역사를 기억하고 복원한다는 것은 어떤 의미를 지니는
가. 현기영의 소설을 다시 읽으면서 문득 이런 원론적인 의문에 사
로잡히게 된다. 이런 의문은 일차적으로 현기영이 4·3의 작가, 제
주의 역사를 꾸준히 문학적으로 형상화해온 작가라는 데서 기인
한다. 실제로 1975년의 등단작 「아버지」(동아일보 신춘문예)부터 첫
소설집 『순이 삼촌』(창작과비평사 1979), 장편 『변방에 우짖는 새』
(창작과비평사 1983), 그리고 『마지막 테우리』(창작과비평사 1994)에
이르기까지 현기영의 소설은 직간접적으로 4·3과 관련되어 있으
며 제주의 역사를 그 창작의 기반으로 삼고 있다. 무엇이 한 작가
로 하여금 짧지 않은 작가적 이력 모두를 제주라는 한 지역의 역사

로 채우게 했는가, 그것으로 그는 무엇을 하고자 했는가라는 질문이 당연히 제기될 수밖에 없다.

한편으로 2000년 '제주 4·3사건 진상규명 및 희생자 명예회복에 관한 특별법'이 공포되고, 2003년 대통령이 국가권력의 과오에 대해 공식적으로 사과한 지금 여전히 4·3을 문학적으로 기억하고 복원하는 일이 어떤 의미를 지니겠는가 하는 질문이 뒤따른다. 당사자들의 입장에서야 아직도 미흡하고 불완전할 것임에 틀림없지만 적어도 공식화된 경로를 통해 진상이 규명되고 있고, 그러므로 과거에 그랬듯이 오해나 누명이 억울한 죽음에 덧씌워지는 일은 더이상 일어나지 않을 것이기 때문이다. 역사의 기억이나 복원을 진상규명의 차원으로 생각한다면, 4·3문학에 관한 한 그 문학적 성취와 가능성을 논하는 일은 지금까지와는 다른 방식으로 진행되어야 할지도 모른다.

우선은 작가가 4·3사건을 본격적으로 다룬 최초의 작품인 「순이 삼촌」이 1979년에 발표되었다는 점을 감안하면서 그 작품의 당대성과 현재성을 함께 살펴볼 필요가 있겠다. 「순이 삼촌」은 작중 화자가 할아버지의 제삿날에 귀향하면서 친척 어른들과 1948년 음력 12월의 소개(疏開)와 학살에 관한 기억을 떠올리는 방식으로 제주의 4·3과 그 이후의 수난을 기록한다. 할아버지의 제삿날은 음력 섣달 열여드레, 마을에서는 화자의 큰집뿐 아니라 수많은 집들이 제사를 지내고 있는데 모두 1948년의 그 사건으로 한날한시에 죽은 사람들의 제사이다. 희생자들, 희생자의 가족들에게 그날의 사건은 느닷없는 죽음과 죽임의 아비규환으로 기억된다. 군인들은 마을 사람들을 학교 운동장으로 불러모은 후 트럭에 싣고 가서 일제사격으로 총살하였으니, 영문도 모르고 죽어간 사람들의 억울함과 공포는 살아남은 사람들에게도 여전히 고통의 기억으로 남아 있다. 「순이 삼촌」은 일단 그때 그 사건의 전모와, 그 사건의 어처구니없는 폭력성을 충실하게 전달하는 것만으로도 우리 문학사에서 중요한 의미를 차지한다. 토벌군과 공비들의 번갈아드는 협력 요구와 부역자 색출의 등쌀 속에서 어느 쪽에게도 보호받지 못하고 결국은 무고하게 죽임을 당한 희생자들의 원한은 살아남은 자들의 기억 속에서 더욱 생생하게 복원되는 것이다.

그런데 「순이 삼촌」에서 눈여겨볼 것은, 제삿날에 모여 그날의 기억을 복원하는 인물들 한편에 '순이 삼촌'의 죽음을 두고 있다는 사실이다. '순이 삼촌'은 도피자 남편을 둔 탓에 토벌대에게 말 못할 고통을 겪었고 학살의 그날에는 시체더미 아래에서 기절한 덕분에 겨우 살아남은 인물이다. 남편은 행불자가 되고 사건의 와중에 오누이를 잃었으며 마침내 자신마저도 죽을 고비에 처했다가 숱하게 죽어 널브러진 시체더미를 헤치고 살아남았으니 그의 남은 삶이 온전했을 리가 만무하다. 환청과 신경쇠약에 시달리다 결국 '순이 삼촌'은 그날 수많은 시체들로 가득했던 자신의 옴팡밭에서 자살한다. 화자의 말대로 그의 죽음은 "한달 전의 죽음이 아니라 이미 삼십년 전의 해묵은 죽음이었다" 할 수 있을 것이다. 말하자면 「순이 삼촌」은 1948년의 그 끔찍한 사건을 문학 속에 복원하면서 아울러 그 사건이 입힌 내상들을, 세월이 흘러도 사라지지 않고 더 굳은 옹이로 남은 상처들을 그려내고 있는 것이다. 죽음을 죽음으로 받아들일 수 없었으므로 살아도 삶 같지 않은 나날들을 「순이 삼촌」은 아프고도 결곡하게 장면화해낸다. 이를테면 「순이 삼촌」의 말미에 환각처럼 그려진 다음의 장면이 그렇다.

더운 여름날 당신은 그 고구마밭에 아기구덕을 지고 가 김을 매었다. 옴팡진 밭이라 바람이 넘나들지 않았다. 고구마 잎줄기는 후줄근하게 늘어진 채 꼼짝도 하지 않았다. 바람 한점 없는 대낮, 사위는 언제나 조용했다. 오누이가 묻힌 봉분의 뗏장이 더위 먹어 독한 풀 냄새를 내뿜었다. 돌담 그늘에는 구덕에 아기가 자고 있었다. 당신은 아기구덕에 까마귀가 날아들까봐 힐끗힐끗 눈을 주면서 김을 매었다. 이랑을 타고 아기구덕에서 아득히 멀어졌다가 다시 이랑을 타고 돌아오곤 했다. 호미 끝에 때때로 흰 잔뼈가 튕겨나오고 녹슨 납탄환이 부딪쳤다. 조용한 대낮일수록 콩 볶는 듯한 총소리의 환청은 자주 일어났다. 눈에 띄는 대로 주워냈건만 잔뼈와 납탄환은 삼십년 동안 끊임없이 출토되었다. 그것들을 밭담 밖의 자갈더미 속에다 묻었다.

—「순이 삼촌」,『순이 삼촌』 93~94면

생각해보라. 덥고 조용한 한낮의 정적 속에서 환청처럼 총소리가 들려오고 자신이 시체들을 헤치고 허위허위 기어나왔던 그 밭에서 김을 매며 뼈와 탄환을 주워내야 하는 일상을. 그렇게 이어진 삼십년의 세월 속에서 '순이 삼촌'은 내내 시달리면서 마음의 지옥을 겪어내야 했던 것이다. 역사를 기억하는 것은 묻힌 진실을 이

끌어내기 위해서일 터이다. 그리고 그 진실은 사건의 진상에 머무르지 않고 그 역사를 살아낸 사람들의 삶과 죽음, 고통과 두려움과 절망의 일상에까지 가닿는다. 법률로도 문서로도 당해낼 수 없는 이 고통의 기록이야말로 『순이 삼촌』이 이루어낸 진정한 문학적 성과라 할 것이며, 또한 작가가 삼십년 가까운 세월을 제주 4·3사건에 대해 천착하고 있는 진정한 이유가 될 것이다.

2

『마지막 테우리』에 수록된 「쇠와 살」은 삼십여개의 짧은 장면, 십여개의 서술을 하나의 작품에 모아놓음으로써 현기영의 작품 중에서 가장 파격적인 형식 실험을 보여준 작품으로 평가된다. 아울러 이러한 장면의 나열만으로 소설을 완성하는 기법은 몽따주적인 것으로 해석되어 리얼리즘적 내용과 모더니즘적 기법의 결합으로 일컬어지기도 한다. 개별 사실들의 집약적 표현과 구조로서의 단편소설이라는 익숙한 정의에 따르자면 다소 낯설게도 느껴질 수 있는 방식인데, 그러나 「쇠와 살」의 그 낯섦은 오히려 더 충격적이면서도 총체적인 형상으로 4·3의 진면목을 경험하게 해준다. 각각의 단락들로 나누어진 일화나 서술은 다른 장면과 서사적 연관을 지니지 않은 것처럼 보이지만 그것이 한데 모여 있음으로써 4·3의 다양한 의미는 훨씬 더 복합적이고 다면적인 공감으로 되살아나는 것이다.

그런데 여기에서 주목할 점은 「쇠와 살」의 이러한 효과가 단지

'개별 장면 모아놓기'의 방식으로 이루어지지 않는다는 점이다. 몽따주적인 기법을 활용하기는 하지만 이 작품은 '몽따주'의 기법적 효과, 즉 상이하거나 상반된 장면들을 접합시킴으로써 이미지의 증폭을 이끌어내는 것과는 다소 거리가 있다. 「쇠와 살」은 장면들의 접합이나 나열이라기보다는 오히려 서술적 연속과 논리로 구성된다. 예를 들어 서두에 나오는 두 단락, '불복산(不伏山)'과 '백살일비(百殺一匪)'를 보자. '불복산'은 한라산을, 남북에 적대적인 정권이 수립되던 1948년의 현실에 불복한 '불복산'이라고 정의하면서 4·3을 해방 후 친미주의자들이 득세하고 진정한 통일과 해방을 이룰 수 없게 된 현실에 저항하는 항쟁으로 의미화한다. 그리고 '백살일비'는 양민 백을 죽이면 게릴라 한명이 끼여 있다는 의미인데, 즉 소수의 게릴라를 죽이기 위해 무고한 양민들을 무참하게 학살한 사건을 간명하게 정리하는 말이다. 서두의 두 단락은 말하자면 앞으로 이어질 여러 단락의 장면과 서술들의 성격을 규정해주는 일종의 전제이며 배경설명에 해당하는 셈이다. 소설에서 작가의 주(註)에 해당하는 서술은 한편으로는 중산간 부락에서의 학살─해변부락으로의 소개─선무공작─한국전쟁에 이르는 시간적 순서와 사건의 추이를 간략하게 요약하고 또 한편으로는 개인의 양심이 아무런 의미도 가지지 못하는 학살의 구조와 미군의 개입 문제를 군데군데 삽입함으로써 전체 소설의 틀을 잡는다. 나열된 일화들은 이 틀거리 속에서 나름의 연관성과 통일성을 확보하게 되는 것이다. 그리고 소설은 결론적으로 숭고한 자연적 죽음 대신 처참한 살육에 의해 강제된 죽음의 억울함을, 개인적 불행이 아니라 누구도 벗어날 수 없었던 야만의 역사인 4·3의 진상을 드러 낸다.

이렇게 본다면 「쇠와 살」은 4·3의 역사적 맥락과 의미에 대한 치 밀하고도 깊이있는 천착이 빚어낸 성과이며 이로써 4·3은 훨씬 더 확장된 역사적 지평을 얻게 되었다고 할 만하다. 이는 연속적 서사 를 지니고 있는 「순이 삼촌」이 오히려 4·3의 배후보다는 사건의 재 현에 초점을 맞추고 있으며 일상의 장면화를 통해 그 효과를 발휘 하고 있는 것과도 비교할 만하다. 사실 「순이 삼촌」은 역사 속에 묻 힌 4·3을 정면으로 문학화하고 그 사건의 진상을 드러내고 있다 는 점에서 문학사적 의미를 가지는 작품이지만, 실상 그 사건의 배 후, 역사적 연원에 대해서 그리 충분한 정보를 담고 있지는 않다. "5·10선거 때 부락 출신 몇몇 공산주의 골수분자의 선동에 부화뇌 동하여 선거를 보이콧한 사건이 화근이 된" 것이라는 정도가 사건 의 원인으로 제시되어 있을 뿐이며, 소설은 살육의 무자비함과 희 생자들의 참담함, 사건이 개인의 생애에 끼친 내상에 초점이 맞추 어지고 있는 것이다. 4·3 3부작이라 할 만한 「도령마루의 까마귀」 나 「해룡 이야기」 역시 그렇다. 「도령마루의 까마귀」는 사건 와중 에 가족과 헤어지고 마침내 남편의 주검을 목격해야 했던 귀리집 의 체험을 생생하게 되살리고 있고, 「해룡 이야기」는 제주의 역사 를 외면하고 있었던 화자가 피하려 했으나 피할 수 없었던 역사를 인정하게 되는 과정을 그리고 있다. 『순이 삼촌』에 실린 작품들이 4·3을 정면으로 바라보기 시작한 지점을 보여준다면, 『마지막 테 우리』는 이처럼 문학작품의 정면에 드러난 4·3의 역사적 연원과 의미, 그리고 그것의 현재성을 다양한 방식으로 고민한 결과물이라 할 수 있다.

「쇠와 살」의 서두에서 "4·3 이전에 3·1이 있었다"고 언급하면서 "삼만 군중이 운집하여 외세 없는 진정한 독립을 고창한 3·1 대집회"를 4·3의 시발점으로 놓는 부분은 『순이 삼촌』에서 한발 더 나아간 지점에 『마지막 테우리』가 있음을 분명히 한다. 장편 『변방에 우짖는 새』를 개작한 희곡 「변방에 우짖는 새」는 이재수를 장두로 하여 일어난 민란의 원인을 중앙정부의 학정과 외세의 횡포 때문이라고 해석하고 있는데, 이는 4·3을 해석하는 시선과 그리 다르지 않다. 이로써 『마지막 테우리』는 4·3을 제주도 역사의 연속성 속에 자리매김한다. 「거룩한 생애」에서 주인공 간난이의 생애를 4·3을 중심으로 하여 이전인 일제시기까지 거슬러올라가 기록하는 것 역시 4·3을 역사적 연속성 속에서 사유하고자 하는 노력의 일환이라 할 것이다. 해방이 되었으나 섬은 일본군에서 미군으로 그 지배자가 바뀌었을 뿐이며, 여전히 섬 주민들은 수탈과 억압 속에서 숨죽이며 살아야 했고, 그들의 목숨은 늘 벼랑 끝에 내몰린 듯 위태로웠다. 4·3의 진정한 원인은 백성들이 한번도 삶의 주인이 될 수 없었던 우리의 가난한 역사에 있으며, 나라를 분열시켰던 이념대립은 결국 순박한 민중들의 목숨을 수없이 빼앗고도 반성 없이 나라를 지배했던 레드콤플렉스로 남았다.

그러므로 간난이의 생애는 모진 시련을 겪으면서 살아온 한 개인의 생애에 그치는 것이 아니다. 물론 4·3 역시도 변방의 섬에서 일어난 과거의 사건으로 기록되어서는 안된다. 『마지막 테우리』가 말하는 것은 그 역사가 끊임없이 지속되어온 우리의 역사이며 그 역사 속에서 누구도 자유롭지 않다는 사실이다. 이것이 「쇠와 살」이 "4·3 이전에 3·1이 있었다"로 시작하는 이유이며, "귀순하여 생업에 안돈해 있던 생존자들은 한국전쟁이 발발하자 또 한번의 수난을 당했다"는 사실을 굳이 언급하는 이유이기도 할 것이다. "그들의 기계적 사고에는 인간이 부재하였고 소름 끼치게 단순명료했"던 까닭에 죽은 자들도 살아남은 자들도 모두 4·3의 악몽에서 자유롭지 못하다. '순이 삼촌'이 사실은 이미 삼십년 전에 죽은 사람이며 그 이후의 삶은 그저 죽음의 유예에 불과했던 것처럼. 「목마른 신들」의 화자인 심방이 수십년이 지난 후에도 그날의 사건에 희생된 피해자들을 해원하는 원혼굿을 벌이게 되는 것도 그 때문이다. 억울하게 죽은 원혼들은 그 한을 풀 길이 없어 수십년이 지난 후에도 섬의 곳곳을 떠돌고 있다. 그런데 「목마른 신들」의 중심을 차지하는 원혼굿의 경우 그 사연이 좀 유별나다. 굿의 대상이 된 자는 희생자들과는 아무런 관련이 없는 한 고등학생이기 때문이다. 그 학생은 4·3 당시 태어나지도 않았을뿐더러 일가친척들 중에도 4·3에 관련된 이들은 없다. 원혼굿의 과정에서 그 고등학생이 이상증세를 보인 것은 4·3 때 희생되었던 소년의 혼이 붙었기 때문으로 밝혀지는데, 이웃의 할머니가 그 학생을 보며 그 나이에 죽은 아들을 그리워했던 까닭이다. 그리하여 이 원혼굿은 단지 망자의 한을 달래는 굿일 뿐 아니라 살아남은 자들 역시 그 한으로부터 자유로울 수 없음을, 죽었거나 살았거나 학살의 편에 가담했거나 희생되었거나 할 것 없이 모두 4·3에 연루된 이웃일 수밖에 없음을 밝히는 굿이기도 하다.

　아마도 망인은 그 당시 많은 학생들이 그랬듯이 항쟁 쪽에 가
담했을 것이고, 나는 저승차사들을 태운 서청 차를 몰아야 했고,
환자 아이 또한 제 조부의 업보를 통해 4·3을 앓고 있었던 것이
다. 내가 팔자를 그르쳐 심방이 된 것도 열일곱살 때부터 보기
시작한 그 숱한 죽음들 때문이 아니었던가.
──「목마른 신들」, 『마지막 테우리』 96면

　화자가 심방의 자식이 되기 싫어 어머니의 곁을 떠났으나 결국
숱한 죽음을 보고 어머니와 함께 묻은 무구(巫具)를 꺼내 심방이
될 수밖에 없었듯이, 4·3과 아무 관련이 없는 어린 학생이 고통에
가득 찬 생애 곁을 지나는 것만으로도 그 원혼과 한몸이 될 수밖에
없었듯이, 주위에 널린 것이 고통과 억울함의 세월이니 그 누구도
홀로 자유롭게 평안할 수 없는 것이다. 그 감염된 고통으로 인해
역사는 우리 모두가 감당하고 기억하고 복원해야 할 공통의 과제
가 된다.

3

　다시 처음의 질문으로 되돌아가보자. 진상규명을 위한 특별법
이 공포되고 대통령의 사과가 있은 지금도 여전히 4·3의 역사를 기
억하고 복원하는 것은 어떤 의미를 지니는가. 말하자면 4·3문학의

현재성을 묻는 질문일 터이다. 법률과 문서로는 말할 수 없는 삶의 진실과 그 절실한 고통의 감각을 복원해야 한다면, 역사적 진실의 문학적 형상화는 언제나 유효하다. 그리고 공식적 진상규명이 그 문학적 진실의 절실성을 과거화하고 화석화할 가능성이 남아 있는 한, 문학은 언제나 역사적 과거를 현재 속에서 다시 떠올릴 수 있어야 한다. 주변에 떠도는 고통의 기억들, 그리고 그 고통에 감염된 공동체적 삶이야말로 문학이 현재성의 이름으로 끊임없이 역사에 개입해야 하는 이유가 된다.

그리고 「마지막 테우리」는 여기에 또 하나의 현재성을 더한다. 「마지막 테우리」의 주인공인 고순만 노인 역시 4·3에 관한 아픈 기억을 가지고 있다. 토벌대에 붙잡혀 입산자들의 은신처를 말하라는 강요에 못 이겨 본의 아니게 밀고자가 되고 말았다. 사람이 있을 리 없다고 생각한 동굴에는 노부부와 손자가 있었고 그가 보는 앞에서 그들은 무참하게 죽었다. 노인이 마지막 테우리로서, 세상과 격리된 초원에 남은 것은 그들의 죽음에 대한 속죄이기도 할 것이고 그날의 사건 이후 인간도 행복도 믿을 수 없게 된 그에게 인간과 더불어 사는 일이 점점 의미를 잃었기 때문이기도 할 것이다. 그래서 그는 그 죽음들의 현장이었던 초원에 머물며 그 슬픔을 더 오래 기억하고자 한다. 한 생애의 자연스러운 결말, 숭고하고 아름다워야 할 죽음이 아니라 죽임에 의한 끔찍한 죽음, 시체조차 갈무리하지 못하는 처참한 죽음들을 목격한 이후 노인에게 삶은 삶이 아니었으니 그의 벗은 오직 말 못하는 소들과 일렁이는 초원의 목초들뿐이다. 처참한 죽음들을 목격하고 초원으로 되돌아와 자연속에서 서서히 늙어가고 서서히 죽어가는 노인의 삶은 다시, 한번도 인간답지 못했던 그날의 죽음들이 지닌 슬픔을 처연하고 고통스럽게 환기시킨다. 인간답게 살기 위해서, 인간답게 죽기 위해서라도 그날의 죽음들을 여전히 기억해야 한다는 사실은 자연에 대한 아름답고도 풍요로운 묘사들 속에서 여전히 번쩍이며 살아 있는 것이다. 그러나 세상은 점점 그 참혹한 역사를 잊어간다. 미처 수습되지 못한 주검과 원혼들의 상처로 가득했던 초원은 골프장을 짓는 포클레인에 의해 살벌하게 파헤쳐지고 인간의 이기심은 독한 농약과 기계들로 점점 그날의 초원을 파괴해나갈 것이다. 노인의 눈에 비친 초원의 현재가 더 아프게 다가오는 것도 이 때문이다.

그사이 바람의 방향이 바뀌어 포클레인 소리가 아주 또렷하게 들려왔다. 들들들, 피를 말리는 소리, 그 소리에 노인은 찬 바람 맞아 생명에 위협을 느낀 늦가을의 여치처럼 가슴이 오싹 오그라드는 느낌이었다. 골프장 만든다고 또 목장을 까밝기는 것이다. 생흙, 생피를 벌겋게 드러낸 채 뒤집히는 야초지. 거기에 덮일 것은 독한 농약에 전 골프잔디, 지렁이도 두더지도 도마뱀도 씨 말려버릴 죽음의 카펫이었다. 노인은 신음처럼 괴롭게 한숨을 토했다. 초원을 야금야금 잠식해 들어오는 포클레인 소리를 들으면서 노인은 자신의 몸속에서 차츰 좀먹어들어오는 죽음의 진행이 느껴졌다.

———「마지막 테우리」,『마지막 테우리』19면

그리하여 소설은 다시 우리에게 묻는다. 과거의 참혹했던 죽음들과 그로 인한 고통의 삶들을 잊어도 좋을 만큼 우리의 삶은 인간다운가. 영문 모르고 죽어간 원혼들이 우리에게 가르쳤던 인간다운 죽음과 인간다운 삶에 대한 간절한 희원을 우리가 다시 떠올리지 않아도 좋을 만큼 우리는 인간의 삶/죽음을 존중하고 있는가. 「마지막 테우리」가 지닌 현재성은 바로 여기에 있으며 이것이야말로 우리가 비극적 역사를 과거의 것으로 기억의 저편에 묻을 수 없는 이유이다. 관광자원의 보고라고 할 만한 천혜의 자연을 그저 휴양을 위한 아름다움으로만 스쳐지나갈 수 없는 것도 이 때문일 것이다. 「마지막 테우리」는 4·3이라는 역사적 사건을 인간과 인간의 관계, 인간과 자연의 공존, 기억과 망각의 윤리성이라는 좀더 심층적인 삶의 문제들로 확장시킨다. 「마지막 테우리」 이후에 우리 문학이 감당해야 할 역사적 진실과 그 현재성에 대한 고민은 여기에서부터 시작해야 할 것이다.(2006. 8.)

徐榮裀 | 문학평론가

　벌써 등단 40년이라니! 세월의 흐름에 무심한 나에게 창비가 그 숫자를 알려줬을 때 나는 "아니, 벌써!" 하면서 눈이 휘둥그레졌는데, 그 말에 이어 그 40주년을 기념해서 세권의 중단편전집을 동시에 만들어주겠다고 했을 때, 나는 얼마나 놀라고 기뻤던지! 그동안 나의 문학은 창비가 베풀어준 과분한 우정에 격려받은 바 크다. 참 고마운 일이다. 기쁘긴 한데, 가뭄에 콩 나듯 생산이 드물었던 지난 세월이 새삼스럽게 아쉽고 후회스러워진다. 하지만 천성이 게으른 걸 어찌하랴.

　중단편전집을 계기로 다시 돌아본 이 세권의 책은 앨범 속 과거의 자기 초상을 보는 것처럼, 남의 글을 읽는 것처럼, 다소 낯설게 느껴진다. 문학작품에는 그것이 소설이라고 해도 어떤 식으로든 작가 자신이 투영되어 있게 마련인데, 나의 이 작품들에 나타난 과거의 나는 그 젊음 때문에 지금의 나와는 어쩐지 별개의 인간처럼 느껴진다. 지금의 내가 젊은 나의 잔해처럼 여겨지는 것이다. 젊은 날의 그 생생한 열정, 분노, 두려움, 우울증이 부럽다. 군사독재의 공포정치 속에서 두려움에 떨면서, 자기검열에 찌들면서, 어떻게든 '아니다'라고 말해보려고 부심하는 모습들……

지금의 나는 늙었지만, 그 젊음의 잔해가 아니라 그 젊음이 낳은 자식이고 싶다.

2015년 이른 봄날에

현기영

오래간만에 창작집을 내면서, 나는 기쁜 만큼이나 부끄러운 심
정이 절실하다. 나이 오십줄에 들어서 얻은 만득(晩得)의 자식인
지라 기쁜 마음이 각별하면서도, 생산이 부실했던 지난날의 나태
가 새삼 부끄러워지는 것이다. 87년 6월항쟁 무렵에서 지금에 이르
기까지 칠년 세월 동안 내가 생산해낸 것이라곤 장편 하나 외에 이
창작집에 실린 내용이 전부이고 보니 나의 무능과 나태가 이다지
도 심한가, 스스로 아연해질 뿐이다.

취옹(醉翁)의 뜻이 어찌 취하는 데에만 있었을까만, 글쓰기를 이
처럼 등한히 했으니, 아무래도 나의 음주벽은 도를 지나쳤나보다.
그러나 돌이켜보면 지난 80년대처럼 쟁점 많아 술맛 좋고 술벗 좋
던 시절은 다시는 오지 않을 것 같다. 폭정은 폭음을 유발해냈으니
술이 아니라면 나같이 심약한 자가 어떻게 폭정 속에서 그나마라
도 심폐기능을 유지할 수 있었겠는가. 심지어는, 어쭙잖은 글쓰기
보다는 격정의 음주행위가 곧 싸움이라고 엉뚱한 자기합리화가 생
기기도 했다.

싸움과 이념이 술과 잘 어울리던 시절, 나의 짧은 생애에서 그 십여년의 격정시대는 다시는 맛볼 수 없는 귀중한 경험이 틀림없다. 그 시절, 취기 도도하여 더욱 아름답게 빛나던 얼굴의 글벗들이여, 부디 그 시대정신으로 여전히 건재하기를! 우리를 서로 매개해준 그 독한 소주도 우리가 오래 사귄 벗이고, 그래서 차마 저버릴 수 없는 바에야, 수리술술 달래면서 사귀어야지, 다시는 문필행위가 음주행위에 압도당하는 일은 없어야 되지 않겠는가.

1994년 6월
현기영

| 수록작품 발표지면 |

마지막 테우리 『문예중앙』 1994년 봄호

거룩한 생애 『우정 반세기』 1991년

목마른 신들 『실천문학』 1992년 봄호

야만의 시간 『노둣돌』 1992년 창간호

쇠와 살 『창작과비평』 1992년 가을호

고향 『창작과비평』 1994년 봄호

위기의 사내 『문예중앙』 1988년 봄호;『현대소설』 1990년 봄호, 일
　　부 개고

희곡·변방에 우짖는 새 『외국문학』 1986년 가을호

1941년   1월 16일 제주시 노형리에서 부친 연주 현씨 규호와
                 모친 제주 양씨 순완의 3남 1녀 중 장남으로 출생.

1947년(6세)   노형국민학교 입학. '3·1사건'으로 제주 읍내를 제외
                 한 모든 학교가 문을 닫게 되면서 이듬해에 북국민학
                 교에 다시 입학함.

1948년(7세)   '4·3사건'이 일어남. 이때 토벌대의 초토화작전으로
                 고향 마을이 송두리째 불타 잿더미로 변하는 참혹한
                 광경을 목격함.

1954년(13세)   오현중학교 입학. 이때부터 문학에 대한 꿈과 동경이
                 형성됨. 제주도 학생문예대회에서 소설 「어머니와
                 어머니」가 1등으로 당선됨.

1955년(14세)   전국학도호국단 중앙위원회 주최 현상모집에서 소
                 설 「행군 소리」로 2등을 차지함.

1957년(16세)   오현고등학교 입학. 고교생 문학 서클 '석좌(石座)'
                 동인으로 활동. 동인 중 소설가 현길언이 있었음.

1960년(19세) 오현고등학교 졸업. 가정형편으로 대학 진학을 포기하고 실의의 나날을 보내다가 밤바다에 뛰어들어 자살을 기도하기도 함.

1961년(20세) 서울대학교 사범대학 불어교육과 입학.

1962년(21세) 해병대에 자원입대.

1964년(23세) 제대 후 영어교육과로 전과하여 2학년으로 복학.『대학신문』문예현상모집에 단편「산정을 향하여」로 가작 입선.

1967년(26세) 서울대학교 사범대학 영어교육과 졸업. 서울 광신중학교 영어교사로 발령.

1969년(28세) 대학의 같은 과 동창인 시인 양정자와 결혼.

1970년(29세) 서울대사대부속중학교로 전근.

1975년(34세) 서울대사대부속고등학교로 전근.『동아일보』신춘문예에 단편「아버지」가 당선되어 등단.「꽃샘바람」(『신동아』3월호),「아우에게」(『소설문예』9월호,「아리랑」으로 개제·개고해『아스팔트』에 수록),「실어증」(『문학사상』11월호),「초혼굿」(『동아일보』12월) 발표.

1976년(35세) 「동냥꾼」(『한국문학』5월호),「소드방놀이」(『현대문학』11월호) 발표.

1977년(36세) 「어떤 챔피언」(『동아일보』) 발표. 위장병으로 창작활동을 거의 못함.

1978년(37세) 「겨울 앞에서」(『현대문학』1월호),「플라타너스 시민」(『문예중앙』겨울호) 발표. '4·3사건'을 소재로 발표한

중편 「순이 삼촌」(『창작과비평』 가을호)으로 문단에 파장을 일으키며 문제작가로서 주목을 받음.

1979년(38세) 「도령마루의 까마귀」(『문학과지성』 가을호), 「해룡 이야기」(『문예중앙』 가을호), 「아내와 개오동」(『작단』 1집), 「발병」(『작단』 2집) 발표. 첫 소설집 『순이 삼촌』(창작과비평사) 출간. 「순이 삼촌」이 문제가 되어 군 수사기관에 끌려가 삼일 동안 고문을 받고 감옥에 구치되는 등 1개월간 고초를 겪음.

1980년(39세) 「어떤 철야」(『한국문학』 2월호), 「가해자」(『한국문학』) 『순이 삼촌』이 다시 문제가 되어 종로서에 끌려가 일주일간 취조 받은 끝에 책이 판매금지 당함.

1981년(40세) 「길」(『실천문학』 2집) 발표.

1983년(42세) 「어떤 생애」(『문예중앙』 가을호, 「잃어버린 시절」로 개제해 『아스팔트』에 수록) 발표. 장편 『변방에 우짖는 새』(창작과비평사) 출간.

1984년(43세) 「아스팔트」(신작소설집 『지 알고 내 알고 하늘이 알건만』), 「귀환선」(『시인』 2집) 발표.

1985년(44세) 「난민일기」(『창작과비평』 57호, 「망원동 일기」로 개제해 『아스팔트』에 수록), 「겨우살이」(신작소설집 『슬픈 해후』), 희곡 「일식풀이」(『오늘의 책』) 발표. 희곡 「일식풀이」가 극단 '한올레'에 의해 공연됨. 서울 고척고등학교로 전근.

1986년(45세) 희곡 「변방에 우짖는 새」(『외국문학』 가을호) 발표. 소설집 『아스팔트』(창작과비평사) 출간. 제5회 신동엽창작

기금(신동엽문학상) 수혜.

1987년(46세) 고척고등학교를 마지막으로 이십여년간의 교직생활을 마감함. 희곡 「변방에 우짖는 새」(극단 연우무대 각색, 김석만 연출)가 문예회관 소극장에서 공연됨.

1988년(47세) 「위기의 사내」(『문예중앙』 봄호) 발표. 『한겨레신문』 창간 기념으로 『바람 타는 섬』 연재.

1989년(48세) 3월 27일 남북작가회담을 개최하기 위해 남쪽 대표단으로 참석했으나 통일로에서 체포·구속되었다가 29일 불구속입건으로 석방됨. 장편 『바람 타는 섬』(창작과비평사) 출간. 산문집 『젊은 대지를 위하여』(청사) 출간. 제주4·3연구소 창립(초대 소장).

1990년(49세) 제5회 만해문학상 수상. 제민일보 선정 제1회 '올해의 제주인' 수상.

1991년(50세) 「거룩한 생애」(신작소설집 『우정 반세기』) 발표. 소설집 『위기의 사내』(청맥) 출간.

1992년(51세) 「목마른 신들」(『실천문학』 봄호), 「야만의 시간」(『노둣돌』 창간호), 「쇠와 살」(『창작과비평』 가을호) 발표.

1994년(53세) 「고향」(『창작과비평』 봄호), 「마지막 테우리」(『문예중앙』 봄호) 발표. 『실천문학』 겨울호부터 1996년 겨울호까지 『지상에 숟가락 하나』 연재. 소설집 『마지막 테우리』(창작과비평사) 출간. 일본 시민운동단체 '중심21'의 초청으로 '치마저고리 사건' 심포지엄 참가. 제2회 오영수문학상 수상.

1995년(54세) 일본 쿄오또에서 열린 종전 50주년 기념 심포지엄 초청 강연. 「목마른 신들」이 놀이패 '한라산'에 의해 마당극으로 공연됨.

1996년(55세) 『아스팔트』 개정판(창작과비평사) 출간.

1998년(57세) 민족문학작가회의 부이사장.

1999년(58세) 장편 『지상에 숟가락 하나』(실천문학사) 출간. 제32회 한국일보문학상 수상. 『변방에 우짖는 새』가 각색되어 「이재수의 난」(감독 박광수)으로 영화화.

2001년(60세) 민족문학작가회의 이사장 취임. '박정희기념관 반대' 1인 시위 참여. 「순이 삼촌」이 일본 신깐샤(新幹社)에서 번역 출간됨. 일본 토오꾜오에서 열린 '제주 4·3사건 53주년 기념 집회' 초청 강연.

2002년(61세) 산문집 『바다와 술잔』(화남출판사) 출간. 『지상에 숟가락 하나』가 일본 헤이본샤(平凡社)에서 번역 출간됨.

2003년(62세) 한국문화예술진흥원 원장 취임. 『지상에 숟가락 하나』가 MBC '느낌표' 추천도서로 선정됨.

2004년(63세) 산문집 『젊은 대지를 위하여』(화남출판사) 재출간. 일본 국제교류기금 초청으로 일본 문화계 탐방.

2005년(64세) '남북민족작가대회' 대표단으로 북한 방문. 『지상에 숟가락 하나』가 스페인 베르붐 출판사(Editorial Verbum)에서 번역 출간됨.

2006년(65세) 『순이 삼촌』 『마지막 테우리』 개정판(창비) 출간.

2008년(67세) 『지상에 숟가락 하나』가 국방부의 '불온서적'으로 지정됨. 오끼나와에서 열린 '제주 4·3사건을 생각하는 오끼나와 집회' 초청 강연.

2009년(68세) 『똥깅이』(실천문학사) 출간. 장편 『누란』(창비) 출간. 「순이 삼촌」「도령마루의 까마귀」등 9편의 중단편이 '도령마루의 까마귀'라는 제목으로 타이완 윈천원화(允晨文化)에서 번역 출간됨.

2012년(71세) 『순이 삼촌』 일본 신깐샤 재판 발간. 콜롬비아 보고타 국제도서전에 참가해 문학 강연.

2013년(72세) 『변방에 우짖는 새』 개정판(창비) 출간. 한국작가회의 산하 젊은작가포럼의 제12회 '아름다운 작가상' 수상. 「지상에 숟가락 하나」가 미국 달키 아카이브 출판사(Dalkey Archive Press)에서 번역 출간. 미국 캘리포니아주 쌘타로사 시의 소노마카운티 뮤지엄(Sonoma County Museum)이 주최한 제주 4·3사건 주제 예술작품 전시·상연 모임 초청 강연.

2014년(73세) 동화 『테우리 할아버지』(현북스) 출간. 일본 토오꾜오에서 열린 '제주 4·3사건 66주년 기념 집회' 초청 강연.

2015년(74세) 현기영 중단편전집(전3권, 창비) 출간.

현기영 중단편전집 3
마지막 테우리

초판 발행 • 1994년 6월 20일
개정1판 발행 • 2006년 8월 5일
개정2판 1쇄 발행 • 2015년 3월 25일
개정2판 2쇄 발행 • 2019년 5월 17일

지은이/현기영
펴낸이/강일우
책임편집/김선영
펴낸곳/(주)창비
등록/1986년 8월 5일 제85호
주소/10881 경기도 파주시 회동길 184
전화/031-955-3333
팩시밀리/영업 031-955-3399 · 편집 031-955-3400
홈페이지/www.changbi.com
전자우편/lit@changbi.com

ⓒ 현기영 1994, 2006, 2015
ISBN 978-89-364-6036-5 04810
ISBN 978-89-364-6988-7 (세트)